पहाडमा न्याय
मानव बन्धनको कथा, ग्रिट र लचिलोपन

Translated to Nepali from the English version of
Justice on the Hills

सञ्जय बनर्जी

Ukiyoto Publishing

सबै विश्वव्यापी प्रकाशन अधिकार द्वारा आयोजित छन्

Ukiyoto Publishing

2024 मा प्रकाशित

सामग्री प्रतिलिपि अधिकार © Sanjai Banerji

ISBN 9789360497477

सबै अधिकार सुरक्षित।

यस प्रकाशनको कुनै पनि अंश प्रकाशकको पूर्व अनुमति बिना कुनै पनि माध्यमबाट, इलेक्ट्रोनिक, मेकानिकल, फोटोकपी, रेकर्डिङ वा अन्यथा पुन: उत्पादन, प्रसारण, वा पुन: प्राप्ति प्रणालीमा भण्डारण गर्न सकिँदैन।

लेखकको नैतिक अधिकारलाई जोड दिइएको छ।

यो काल्पनिक काम हो। नामहरू, पात्रहरू, व्यवसायहरू, ठाउँहरू, घटनाहरू, स्थानहरू, र घटनाहरू लेखकको कल्पनाका उत्पादन हुन् वा काल्पनिक रूपमा प्रयोग गरिएका छन्। कुनै पनि वास्तविक व्यक्ति, जीवित वा मृत, वा वास्तविक घटनाहरूसँग मिल्दोजुल्दो संयोग मात्र हुनेछ।

यो पुस्तक व्यापार वा अन्यथा, प्रकाशकको पूर्व स्वीकृति बिना, बन्धन वा कभरको कुनै पनि रूपमा यो जसमा छ त्यो बाहेक, ऋण, पुन: बिक्री, भाडामा वा अन्यथा वितरण गरिने छैन भनी सर्तमा यो पुस्तक बेचिन्छ। प्रकाशित।

www.ukiyoto.com

समर्पण

मेरो जीवनभरि, मेरो व्यक्तिगत र व्यावसायिक क्षेत्रमा, साथै खेलकुद समुदायको साहसिक क्षेत्रहरूमा, जीवन्त र असाधारण महिलाहरूको सर्कलले घेरिएकोमा म धन्य छु। यस उपन्यासमा महिलाहरूको अदम्य भावनाको उत्सव यसको मूल रूप हो। यी पृष्ठहरू भित्रका पात्रहरूले मेरो यात्रामा अमिट छाप छोडेका उल्लेखनीय महिलाहरूमा प्रेरणा पाउँछन्। म बलियो, लचिलो र असाधारण महिलाहरूलाई मेरो हृदयदेखि समर्पण गर्दछु जसले मेरो जीवनलाई उनीहरूको उपस्थिति र प्रभावले सुन्दर बनाएको छ। यो काल्पनिक कथाले नारीत्वको सारलाई परिभाषित गर्ने शक्ति, बुद्धि र अनुग्रहको लागि विनम्र श्रद्धांजलिको रूपमा सेवा गरोस्।

स्वीकृतिहरू

यस विशेष साहित्यिक प्रयासमा, यस उपन्यासको सारमा महत्त्वपूर्ण योगदान पुऱ्याउने दुई महिलाको प्रभावलाई प्रकाश पार्दै म कृतज्ञता व्यक्त गर्न बाध्य छु।

सर्वप्रथम, व्यक्तिगत कारणले नाम नखुलाउन चाहनुहुने एक असाधारण गोर्खा महिलालाई म हृदयदेखि नै कृतज्ञता व्यक्त गर्न चाहन्छु। कथामा उनको प्रभाव गहिरो छ, र म उनको गुमनाम रहने निर्णयको गहिरो सम्मान गर्छु। यदि संसारलाई उनको क्षमताका व्यक्तिहरूले अनुग्रहित गरे भने, यो निस्सन्देह एक समानुपातिक र आनन्दित ठाउँ हुनेछ।

दोस्रो, मैले अनुराधा पलको असाधारण योगदानलाई स्वीकार गर्नुपर्छ। उनको माग गरिएको तालिकाको बावजुद, अनुराधाले मेरो उपन्यासको प्रत्येक पङ्क्तिलाई सावधानीपूर्वक समीक्षा गर्न आफ्नो बहुमूल्य समय समर्पण गरिन्। रचनात्मक आलोचना र अमूल्य सल्लाहको उत्तम मिश्रणको साथ प्रस्तुत गरिएको उनको अन्तर्दृष्टिले यस कार्यको गहिराई र गुणस्तरलाई निर्विवाद रूपमा समृद्ध बनाएको छ।

यी दुवै उल्लेखनीय महिलाहरूलाई म हृदयदेखि धन्यवाद दिन्छु। यस उपन्यासलाई आकार दिन तपाईंको प्रभाव निर्णायक भएको छ, र तपाईंले प्रदान गर्नुभएको प्रेरणा, मार्गदर्शन र समर्थनको लागि म हृदयदेखि कृतज्ञ छु। तपाई दुबैलाई लाख लाख धन्यवाद ।

लेखकको नोट

यस उपन्यासको कल्पना र शिल्पको यात्रा २०१९ देखि २०२३ सम्म चार वर्षको थियो।

राज्यको लागि पहाडी जनताको उत्कट खोजको अन्वेषण गर्न सुरु गर्दा टाढा पर्यवेक्षकको दृष्टिकोण भन्दा बढी आवश्यक थियो। यो यात्रा 2019 मा सुरु भयो जब लेखकले बैंगलोरमा 10K दौडको हलचलको बीचमा गोरखा महिला धावक साथीलाई खाजाको लागि आमन्त्रित गरे। तिनीहरूलाई थोरै थाहा थियो, यो मुठभेडले उल्लेखनीय साहसिक कार्यको लागि चरण सेट गर्नेछ?

यस उपन्यासको लागि गोर्खाल्याण्डको विषयवस्तु छनोट गर्दा दार्जिलिङ, कालिम्पोङ, जलपाईगुडीलगायतका पहाडी जनताहरू प्रायः मूलधारबाट सीमान्तकृत भएको ठानिएको यथार्थले म बाध्य भएँ। पर्याप्त शैक्षिक र अन्य अत्यावश्यक सुविधाहरूको अभावले बाधित, तिनीहरूको आवाज र कथाहरू प्रायः बेवास्ता गरिन्छ। राज्यसत्ताका लागि सङ्घर्ष, जसरी कथामा प्रतिबिम्बित हुन्छ, त्यो राजनीतिक खोज मात्र होइन, मान्यता, प्रतिनिधित्व र धेरै लामो समयदेखि गुमेको आधारभूत अधिकारको उत्कट आकांक्षा हो। मोबियस मुखर्जी, ग्याङ्ग अफ सिक्स, मनिषा र जुनालीका पात्रहरू मार्फत यस उपन्यासले गोरखा समुदायले सामना गर्नुपरेका चुनौतीहरू र उत्तर पश्चिम बंगालका केही क्षेत्रहरूमा कायम रहेको उपेक्षा र असमानताका फराकिलो मुद्दाहरूमा प्रकाश पार्ने लक्ष्य राखेको छ। उनीहरूका कथाहरूलाई कथाको कपडामा बुन्दा, उनीहरूका संघर्ष र आकांक्षाहरूलाई अझ बढी बुझ्न, पाठकहरूमा समानुभूति र चेतना जगाउन योगदान दिन सक्छु भन्ने मेरो आशा छ।

यो उपन्यासले तीन दशकमा समसामयिकलाई ऐतिहासिकसँग मिलाएर ल्याउँछ। नायक, मोबियस मुखर्जीले राज्यको लागि पहाडी जनताको संघर्षको जटिल कथा बुनेको कथालाई मूर्त रूप दिन्छ। Mobius एक्लो छैन; उसलाई उसको स्कूलका ब्याच-साथीहरू र उनीहरूका साझेदारहरूले एक लचिलो र कडा रूपमा बुनिएको समूहको रूपमा समर्थन गर्दछ।

यस कथाका पात्रहरू विविध जातीय पृष्ठभूमिका छन्, जसले हाम्रो देशको समृद्ध सांस्कृतिक मिश्रणलाई प्रतिनिधित्व गर्दछ। बंगाली, पञ्जाबी, महाराष्ट्रीयन, यूपीइटी, एमपीइटी, गोर्खा र लद्दाखिहरू सबैले महत्त्वपूर्ण भूमिका खेल्छन्। मोबियस र तिनका साथीहरूको यात्रा, जसलाई सामूहिक रूपमा Gang of Six भनिन्छ, गतिशील पृष्ठभूमिमा प्रकट हुन्छ, देहरादूनको एक आवासीय पब्लिक स्कूलबाट मध्य प्रदेशको सतना र भोपालको केन्द्रविन्दु हुँदै लद्दाखको दुर्गम इलाकासम्म, हिमपहिरोमा। सिक्किमको नाथु ला, र मुम्बई र कोलकाताका जीवन्त सडकहरू। यात्रा दार्जिलिङ र कालिम्पोङको शान्त पहाडी स्टेशनहरूमा विश्वव्यापी द्वन्द्वको बीचमा टुङ्गिन्छ।

विविधतायुक्त राष्ट्रको समृद्ध टेपेस्ट्रीको हाम्रो अन्वेषणमा, पहाडी जनताको बारेमा ऐतिहासिक तथ्यहरू काल्पनिक सारसँग सम्झौता नगरी प्रामाणिकता प्रदान गर्न कथामा बुनेको छ। यो उपन्यास काल्पनिक कृति हो, र वास्तविक घटना वा व्यक्तिसँग मिल्दोजुल्दो संयोग मात्र हो भन्ने कुरालाई जोड दिनु महत्त्वपूर्ण छ। मनसाय विवादमा नपरिकन एक आकर्षक कथा प्रस्तुत गर्ने हो।

जबकि पात्रहरू र कथाहरू पूर्णतया कल्पनाका उत्पादनहरू हुन्, यस कामका केही सबैभन्दा मनमोहक पक्षहरू वास्तविकतामा जरा छन्, जसले लेखक र पाठकहरू दुवैलाई अन्वेषण गर्नको लागि सत्य र रचनात्मक व्याख्याको मिश्रण प्रदान गर्दछ।

सञ्जय बनर्जी

डिसेम्बर २०२३

सामग्री

पहाडी राजकुमारी र गोरखा इतिहास (2016) 1

नाथु ला एण्ड द प्रोफेसी (1995) मा हिमस्खलन 23

द रेस, अरेस्ट र रेस्क्यू (2018) 36

द हिल राइजिङ एट स्कूल एन्ड ए ट्र्याजिक इभेन्ट (1986) 53

द ओपुलेन्ट लंच, ए फादर्स टरमोइल एन्ड वेडिङ बेल्स (1999) 63

द स्टार्क रियलिटीज एण्ड राइजिङ स्टारडम (2005) 82

हवलदार गुरुङको बहादुरी र नयाँ बिहान (2010) 89

लेह र खार्दुङ ला च्यालेन्जमा हिल काउन्सिल बैठक (2018) 103

राष्ट्रिय सांसदको समर्थन (2019) 121

राष्ट्रिय लकडाउन, कोविड र एक अभिनेताको मृत्यु (2020) 123

शोडाउन र अनलुक्ड प्रमोशन (2021) 136

कालिम्पोङ योजना, ठेगाना र भाग्ने (2022) 154

द ग्याङ्ग अफ सिक्स र एमडीसँगको भेट (2023) 168

द मास्टरस्ट्रोक र एस्केप (2023) 185

निर्वासनबाट फिर्ता (2023) 198

जस्टिस अन द हिल्स (2024) 204

लेखक को बारेमा 210

पहाडी राजकुमारी र गोरखा इतिहास (2016)

मोबियसलाई सहजै थाहा थियो कि केहि भयानक रूपमा गलत थियो। आयुषीले आधा घन्टाअघि हाउजिङ कालोनी नजिकै केमिस्टबाट सर्जिकल चक्कु किन किनिन् ? मोबियस आफ्नो कालोनी भित्र डुप्लेक्स घर तिर दौडिन थाले। गेटमा रहेका दुईजना सुरक्षाकर्मीले हेरिरहेका थिए, छक्क परे । अगाडिको ढोका खोल्दा मोबियसले सुमित्राको नाम चिच्याए।

"सुमी, पहाडी कहाँ छ?"

"उनको कोठामा हुनुपर्छ," सुमित्राले हैरान हुँदै जवाफ दिइन्।

मोबियसले एकै पटक तीनवटा सिँढी चढे र पहिलो तल्लामा छोरीको शयनकक्ष आयुशीलाई धकेले। उनी कतै देखिनन् । बाथरूमको बत्ती ढोका मुनिबाट निभ्यो।

"पहाडी, तिमी भित्र छौ?" मोबियस चिच्याए। ढोका पछाडि एक भयावह सन्नाटा थियो। यसैबीच सुमित्रा हल्लिएर मोबियसको पछाडि उभिइन् ।

"मोब्सी, तिमी पागल भयौ कि के?" सुमित्राले सास फेर्दै भनिन् ।

"सुमी, केहि डरलाग्दो गडबड छ," मोबियसले बाथरूमको ढोकामा हथौडा गर्दै जवाफ फर्काए। कुनै प्रतिक्रिया आएन ।

मोबियस भान्साकोठामा दौडे, आफूले खोजेको कुरा भेट्टाए; खाली ग्यास सिलिन्डर, र उसको काँधमा बोकेर टाँसियो। दैनिक dumbbell प्रशिक्षण उपयोगी साबित भयो। उनी हतार हतार छोरीको कोठामा फर्किए ।

"के भइरहेको छ मलाई बताउन सक्नुहुन्छ?" सुमित्राले श्रीमानलाई चिच्याइन् ।

"तिमीले चाँडै थाहा पाउनेछौ," मोबियसले आफ्नो निधारबाट निस्केको पसिना पुछदै चुपचाप जवाफ दिए।

“पहाडी, अन्तिम पटक । ढोका खोल्दै छौ कि छैन ?”

जवाफको प्रतीक्षा नगरी, मोबियसले कमजोर प्लाईवुड ढोकामा आफ्नो सम्पूर्ण शक्तिले खाली तर भारी सिलिन्डरलाई हान्यो, माथिको आधा भागलाई चकनाचूर पार्यो र ठूलो, अस्पष्ट प्वाल सिर्जना गर्यो। आफ्नो हात होसियारीपूर्वक टुक्रा टुक्रामा राख्दै, मोबियसले भित्रबाट ढोका खोल्यो र त्यसपछि यसलाई खोल्यो।

उसको अगाडिको दृश्यले मोबियसको रगत तुरुन्तै जमेको थियो, र उसको हात र घाँटी पछाडिको कपाल त्रसित भयो। आयुषी बाथटबमा रगतको पोखरीमा सुतिन् । सर्जिकल स्केलपेल टबको छेउमा लापरवाहीपूर्वक छरिएको थियो।

"पहाडीले आफ्नो नाडी सुमी काटे," मोबियसले आफ्नो स्ट्यान्डबाट तौलिया समात्दै पुष्टि गर्यो। "हामीले रक्तस्राव रोक्नु पर्छ। पहाडी चक सेतो हो।

"मोबी, हात तौलिया प्रयोग गर्नुहोस्; यो सानो छ। म सर्जिकल टेप लिइरहेको छु, "सुमित्राले जवाफ दिइन्।

"ठीक छ, सुमी," मोबियसले जवाफ दिए, आफ्नी श्रीमती नडराएकोमा थोरै राहत महसुस गरे।

दुवैको बीचमा, उनीहरूले पहिले आयुषीको बायाँ नाडीमा रगत बगाए र त्यसपछि हातको तौलियालाई सर्जिकल टेपले सुरक्षित रूपमा बेरे। मोबियसले आफ्नी छोरीलाई बाथटबबाट उचालेर आफ्नो छातीको वरिपरि हतियार लगाएर र सुमित्राले आफ्ना दुवै खुट्टा उठाएर छोरीलाई भुइँमा लाउन सफल भए। मोबियसले आफ्नो हातले आयुषीको खुट्टाको तलाउलाई जोडले रग्यो भने सुमित्राले छोरीलाई सुक्खा पुछिन्। आयुषीको मुख अलिकति खुला थियो, र अनुहार एकदम सेतो थियो। उनले धेरै रगत गुमाएकी थिइन् । उनले आफ्नो मनपर्ने टी-शर्ट लगाएकी थिइन्, अघिल्लो वर्षको एयरटेल दिल्ली हाफ म्याराथन फिनिशरको टी-शर्ट 10K को लागि, जुन उनले आफ्नो बुबाको साथमा पूरा गरेकी थिइन्।

"के तपाईं उनको मोबसी उठाउन सक्षम हुनुहुनेछ?" सुमित्राले गह्रौं सास फेर्दै फुसफुस गरिन्, उनीहरू बीचमा, बिस्तारै आयुषीलाई सुत्ने कोठाको ढोकामा तानेका थिए।

"हो, म गर्छु। सुमी अगाडि दौडेर कारको चाबी लिएर आयो । हामीले यसलाई बिरला अस्पतालमा छिटो पुर्‍याउनु पर्छ, "मोबियसले जवाफ दिए। मोबियसले बिर्ला अस्पताललाई सतना सहरमा स्वास्थ्य सेवाको शिखर मान्थे। उनले

आफ्नो दैनिक जिम कसरतको बावजुद आफ्नी छोरीलाई उठाउने तनाव महसुस गरे र उनको तौल बढेको देखेर छक्क परे, जुन बिरलाको मेडिकल रिपोर्ट पछि पछिल्ला तीन महिनामा भएको हुनुपर्छ। त्यसपछि, निदान सही थियो। यो वास्तवमा Polycystic Ovary Syndrome (PCOS) को केस थियो। कतै, आयुषीले गत हप्ता रिपोर्ट हेरेको हुनुपर्छ। जसका कारण उनी विगत केही दिनदेखि निकै उदास थिइन् । शनिबार रातिको खाना खाएपछि धेरै प्रयास गरे पनि आयुषीले आफूलाई के समस्यामा परेको थियो भन्ने कुरा खुलाउन अस्वीकार गरिन् । उनी र सुमित्राबीच हिजो सुत्ने कोठामा नराम्रो झगडा भएको थियो जसमा दुवैले एकअर्कालाई गाली गरेका थिए । मोबियसले आयुषीलाई साँचो बताउन आग्रह गर्दै र सुमित्राले उल्टो दाबी गरिन्।

एक महिलाको रूपमा, सुमित्रालाई थाहा थियो कि यसले आफ्नी छोरीलाई कहिल्यै गर्भधारण गर्ने छैन भन्ने थाहा पाउँछ, र आयुषी साना बच्चाहरूलाई माया गर्थे। भयानक प्रकारको खुलासाको लागि समय र स्थान थियो। विशेष गरी मीठो सोह्रमा, उनको छोरीले गाँठो बाँध्न र त्यसपछि मातृत्वको सामना गर्न अझै लामो बाटो थियो।

द ग्याङ्ग अफ सिक्स

मोबियस बिहान ८ बजे आफ्नो बाल्यकालका चुमहरू लिएर बिर्ला अस्पतालको क्यान्टिनमा बसिरहेका थिए, तर पनि के आउँदैछ भन्ने थाहा भएकोले उनी एक्लो महसुस गर्थे। आयुषीलाई भर्ना गरिएको वीआईपी डिलक्स रुमको तेस्रो तल्लामा सुमित्रा थिइन् । तीन बोतल रगत चढाएर हिजोको दिन व्यस्त थियो । आयुषीको रक्त समूह बी-नेगेटिभ थियो, जुन दुर्लभ थियो। सौभाग्यवश, अस्पतालमा दुईवटा बोतल थिए र बी नेगेटिभ ब्लड ग्रुप भएको मन्दिरा र भोपालमा न्याम्प शो गरिरहेका मिलिन्द दुवैजना यो खबर सुनेर वृश्चिक गाडीमा ओर्लिएका थिए । अस्पतालले बाहिरी चोटपटक लागेका बिरामी आएमा प्रहरीलाई जानकारी गराउनु पर्ने भएकाले मोबियसले सतनाका प्रहरी सहायक आयुक्त प्रकाश त्रिपाठीलाई फोन गरेर आफ्नो कार्यालयमा बारम्बार आउने दैनिक भास्करका क्राइम रिपोर्टरलाई खबर नगर्न आग्रह गरेका थिए । मोबियससँग धेरै हाफ म्याराथन दौडिसकेका प्रकाशले उनलाई मिडियाले थाहा नपाउने आश्वासन दिएका

थिए र मोबियसलाई सर्जिकल चक्कुले पेन्सिल धारिरहँदा गल्तिले आफ्नो नाडी काटेको रिपोर्ट गर्न मोबियसलाई सुझाव दिएका थिए।

"मोब्सी, तपाइँ तपाइँको नितम्बमा लातको योग्य हुनुहुन्छ," शिवले प्रतिक्रिया दिनुभयो।

"के तपाईं मोबसीमा अलिकति नम्र हुन सक्नुहुन्छ," मन्दिराले सहानुभूतिपूर्वक भनिन्, मोबियसको बिरूद्ध क्रिस्पी फ्राइड वडा र एक कप फिल्टर कफी लिएर बसेकी। "उनी कठिन समयबाट गुज्रिरहेका छन्।"

"मोब्सी घोडा जस्तै कडा छ। उसले जति आफ्नो बाइसेप्सको विकास गर्छ, त्यति नै उसको दिमाग कमजोर हुँदै जान्छ, "शिवले जवाफ दिए। मन्दिराले निराश भएर आफ्नो सुडौल काँधहरू हल्लाउँदै।

"सुमी दीदी पहाडीसँग छ?" मोबियसको छेउमा बसेर मिलिन्दले सोधे ।

मोबियसले टाउको हल्लाए।

"धन्यवाद, म्यान्डी, मेरो पहाडीलाई बचाउनु भएकोमा," मोबियसले विषय परिवर्तन गर्ने स्पष्ट प्रयासमा टिप्पणी गरे, जुन उसले सोचेको थियो कि उसको विरुद्धमा जाँदैछ।

"उनी मेरो पहाडी राजकुमारी पनि हुन्, र अब उहाँमा मेरो रगत छ, यसले मलाई उनको कल्याणमा समान अधिकार दिन्छ," मन्दिराले मुस्कुराउनुभयो।

यो एकदमै नजिकको दाढी थियो, "मोबियसले आफ्नो स्कूलका साथीहरूलाई भने। "डा. महेश्वरीले समयमै पहाडी लिएर आइपुगेको बताइन् । मोबिसका आँखा रसाए । मन्दिराले सहजै टेबुलको वरिपरि गइन् र आफ्नो हात मोबियसको काँधमा राखिन्।

"सबै ठिक हुन्छ। अब शान्त रहनुहोस्, "मन्दिराले भनिन्। त्यतिकैमा सुमित्रा क्यापेमा पसिन् । उनको आँखामुनि कालो घेराहरू थिए। उनले मन्दिरालाई आफ्नो भौहें फराकिलो पारेर हेरिन्, जसले मन्दिराले आफ्नो हात मोबियसबाट हटाइन्।

"पहाडी राम्रोसँग सुतिरहेको छ, त्यसैले तल आएर सबैलाई भेट्ने विचार गरें," सुमित्राले थकित स्वरमा भनिन् । रातभरि निद्रा लागेन, छोरीलाई निरन्तर निगरानीमा राखेर। अर्को ओछ्यान र एउटा ठूलो सोफा थियो, जुन कोठामा ओछ्यानजस्तै दोब्बर हुन सक्छ, तर सुमित्राले कुनै मौका लिन चाहिनन्। उनलाई थाहा थियो कि मोबियस धेरै थाकेको थियो, र तिनीहरू दुवै जागा

रहनुको कुनै अर्थ थिएन। वास्तवमा, मोबियस अराजकताको बीचमा राम्रोसँग सुत्न सक्छ। सुमित्राले आफ्नो पतिको छिट्टै काम गर्ने निपुणता देखेर सधैं चकित भइन्। सबैभन्दा राम्रो उदाहरण उनले हिजो के देखे। मन्दिरा, मिलिन्द र शिवले बाथरुमको ढोका फुटेको कुरा सुन्दा ध्यान दिएर सुनेका थिए । छोरी र बाबुबीचको समानता देखेर सुमित्रा छक्क परिन् । दुवैको नाक एउटै थियो, चम्किलो, छेड्ने आँखा थोरै झुकेका थिए; मोबियसकी आमा, एक गर्व गोरखाबाट आनुवंशिक थ्रोब्याक।

अस्पतालमा उनीहरूलाई छुट्याइएको कोठा विशेष थियो, एकदमै फराकिलो र सफा, दुईवटा बेड, एउटा सोफा, तीनवटा कुर्सीसहितको सानो गोलाकार खाने टेबल र कोठाको एक कुनामा एउटा छुट्टै अध्ययन टेबलसहितको फ्रिज थियो। यसको छेउमा बत्तीको साथ। हिजो व्यक्तिगत हेरचाह गर्ने डा महेश्वरीका अनुसार कोठा विशेष साथीहरूको लागि आरक्षित गरिएको थियो। आयुषीलाई अस्पताल भर्ना भएको पाँच मिनेटमै रगत दिइयो ।

मिलिन्द आफ्नो कुर्सीबाट उठे र सुमित्रालाई अँगालो हाल्यो, त्यसपछि सुमित्राको दुवै हातलाई एक क्षणको लागि समात्यो र आफ्नो मिलियन डलरको मुस्कान दियो, जसले शिवका अनुसार महिलाहरूलाई घुँडामा कमजोर बनायो।

"धन्यवाद, मिल, यहाँ आउनको लागि समस्या लिनुभएकोमा," सुमित्राले मुस्कुराउँदै जवाफ दिइन् र एकै साथ आफ्नो गालाको दुबै छेउमा डिम्पलहरू पर्दाफास गरिन्।

"सुमी दिदीका लागि साथीहरू के हुन्?" मिलिन्दले आफ्नो सिटमा फर्कनुअघि जवाफ दिए। मिलिन्दको हैसियतको सेलिब्रेटीले सधैं सुमित्रालाई सुमी दीदी भनेर सम्बोधन गर्नु अनौठो लाग्थ्यो। ग्याङ्ग अफ सिक्स भए पनि; मिलिन्द, मन्दिरा, शिव, चन्द्रिका र मोबियस सबै लगभग एउटै उमेरका थिए, सुमित्रा बाहेक जो उनीहरूभन्दा छ वर्ष जेठी थिइन्, र उनीहरूले 'क्रेडल स्न्याचर' भनेर लेबल लगाए। यसले गिरोहसँगको उनको सम्बन्धलाई असर गरेन, तर तिनीहरूले कहिलेकाहीं मोबियसलाई रिस उठाउन सफल भए। यद्यपि, मन्दिराले यस्तो समयमा मोबियसको लागि राम्रो सहयोग गरिन्।

शिवले भने, “मैले डाक्टर महेश्वरीसँग केही समयअघि भेटेँ । उनले क्लिन चिट दिएका छन् । पहाडीले निको भइसकेको तर अर्को दिन बस्न चाहेको

बताए । सावधानीका रूपमा आज साँझ उनलाई दुई बोतल प्लाज्मा दिइनेछ। शिवले सुमित्रा र मोबियसलाई कडा रूपमा हेरेर केही सेकेन्ड पर्खनुभयो, "तिमीहरू असफल अभिभावक हौ।"

"र हामी किन जान्न सक्छौं?" सुमित्राले आक्रोशित देखिन् ।

दुई दिनअघिको तपाईंको तर्कका कारण पहाडीले यो चरम कदम चालेकोमा म पक्का छु । हिजो राती सुत्नुअघि पहाडीले मलाई यसबारे बताइन् । यदि यो पोलिसिस्टिक ओभरी सिन्ड्रोम हो भने, किन लुकाउने? केवल साधारण परामर्श आवश्यक थियो। यो सबै हुने थिएन," शिवले आफ्नो हातले इशारा गरे। वरपरका मानिसहरू क्यान्टिनमा टाउको घुमिरहेका थिए। मन्दिराले शिवलाई आफ्नो आवाज कम गर्न संकेत गरिन्।

"के मैले सबै कुराको जिम्मेवारी लिनुपर्छ?" सुमित्राले खण्डन गरिन् ।

"यस अवस्थामा, हो। तपाईंले मोब्सीलाई त्यसो गर्नबाट रोक्नुभयो।

"तिमीले कसरी थाहा पायौ?"

"मोब्सीको अनुहारले यो सबै भन्छ।" शिवको कडा जवाफ थियो।

सुमित्राले जवाफ दिइन्, 'पहाडी जन्मेदेखि नै मलाई नराम्रो मान्छे र मोब्सी द हिरोको उपाधि दिइयो । उनले आजसम्म पहाडीलाई कहिल्यै गाली गरेका छैनन् । यो सधैं मेरो पहाडी राजकुमारी थियो जसले कुनै गल्ती गर्न सक्दैन। छिमेकीको रुखबाट अमरूद चोर्दै गरेको पक्राऊ पर्दा पनि।"

"शाखा सिमानाबाट ओगटेको थियो। यो बाल्यकालको मजाक थियो," मोबियसले बचायो।

"मोबसीले पहाडीलाई सुरक्षित राख्न केही तार तान्यो," शिवले मोबियसको समर्थनमा स्वीकार गरे।

"जीवन तार तान्नको लागि होइन, शिवी। तपाईंले कुदाललाई कुदाल भन्नु पर्छ। पहाडीलाई हुर्काउन मलाई सधैं झगडा हुन्थ्यो किनभने उनका बुवाले मलाई साथ दिनुभएन। मेरा आफन्तहरू र बहिनीहरू पनि भन्छन्, सर मोबियस यस ग्रहमा परफेक्ट जेन्टलम्यान हुन्। यो सबै बाबा लोकनाथको अनगिन्ती आशीर्वादले!

मन्दिरा, मिलिन्द र शिव मुस्कुराए । मोबियसले निराश भएर आफ्नो टाउकोमा हात हान्यो। आज उसको खराब दिन थियो।

"चन्द्रिका कहाँ छ ? के उनी तिमीसँगै आएकी थिइन् ?" मोबियसले शिवलाई भने, विषय परिवर्तन गर्न बेताल प्रयास गर्दै।

"होइन, उनी संस्थापकहरूमा भाग लिइरहेका छन्," शिवले जवाफ दिए। "दिपेशले प्रमुख अतिथि अरुन्धती रोयबाट उत्कृष्ट अलराउन्डरको ट्रफी प्राप्त गर्दैछन्।"

"वाह! दिपेशलाई बधाई छ,' सुमित्रा, मन्दिरा, मिलिन्द र मोबियसले उत्साहित हुँदै भने।

"तिमीहरूले पनि जाने सोच्नुपर्थ्यो। अरुन्धती रोयलाई तिमीले पुस्तक प्रदर्शनी बाहेक भेट्न पाउँदैनौ," सुमित्राले शिव, मिलिन्द, मन्दिरा र मोबियसलाई थपिन्।

"म मान्डीको प्रमुख अतिथि हुँदा मात्र संस्थापकहरू उपस्थित हुन जाँदैछु," मोबियसले मन्दिरालाई शरारतीपूर्वक आँखा झिम्क्याउँदै जवाफ दिए, जुन सुमित्राले आफ्नो आँखाको कुनाबाट हेरिन्।

शिव वार्तालापको निर्देशनमा विज्ञ थिए। यस पटक, उनले मोबियसमा आफ्नो क्रोध निर्देशित गरे। "तिमीलाई थाहा छ मोब्सी, तपाईंले मनिषा राईसँग गोर्खाल्याण्डको मुद्दा उठाउनु हुँदैन। तपाईं पातलो बरफमा हिड्दै हुनुहुन्छ। मनिषालाई पश्चिम बंगाल प्रहरीले कालिम्पोङबाट पक्राउ गर्ने सम्भावना छ, जहाँ उनी अदालतमा वकिल हुन्। उनीमाथि देशद्रोहको आरोप लगाइएको छ र हडताल फैलाएको छ।"

"यस्ता वफादार साथीहरू पाउँदा राम्रो छ," मोबियसले व्यंग्यात्मक स्वरमा शिवलाई हेर्दै भने।

"Mobsy बुझ्न प्रयास गर्नुहोस्। यो आफ्नो भलाइको लागि हो। पहाडीको भविष्यको बारेमा सोच्नुहोस्। के उसलाई आफ्नो बुबा जेलमा देख्न राम्रो लाग्थ्यो?"

"शिभि, मलाई भावनात्मक रूपमा ब्ल्याकमेल गर्ने प्रयास नगर्नुहोस्," मोबियसले प्रतिक्रिया दिन्छ।

"तपाईंकी आमा गोर्खा हुनाले, तिमीले ओभरबोर्डमा जानु पर्दैन," शिव दोहोर्‍याउँछन्।

केही बेर छलफल सुनेपछि मोबियसको पक्षमा आएर मिलिन्दले भने, "शिभि, मोब्सीलाई आफ्नो काम गर्न दिनुहोस्। "उहाँले हाम्रो मद्दत माग्नुभएको छैन।"

"उनी क्लिंकरमा हुँदा हुनेछ," सुमित्राले जवाफ दिइन्। “मैले मोब्सीको बट किन्डरगार्टनमा हुँदादेखि नै जोगाउँदै आएको छु। एक छिन। मेरो जीवनमा अन्य कर्तव्यहरू पनि छन्।"

“तिमी नै झोला खोसेर सुमी दिदी। तपाईंले मोब्सीलाई आफ्नो मातृत्वको हेरचाहको साथ प्रेममा पार्नुभयो, "मिलिन्द मुस्कुराए। शिवले चर्को स्वरले गफ गरे, र क्यान्टिनका सबैजना समूहलाई हेर्न थाले। शिवले तुरुन्तै रचना गरे।

सुमित्राले निरुत्साहित भएर हेरिन्, “छ वर्ष जेठी ।”

"तिमीले उसको पुरुषत्व लुट्यौ।" अब उपहास गर्ने पालो शिवको थियो । "मोब्सी अझै किशोरावस्थामा छ।"

"केवल एक क्षण, तिमीहरु। बकवास काट्नुहोस्। एउटा सान्दर्भिक बिन्दु सम्झनुहोस्। जब मिल, शिववी र म संस्थापकहरूको समयमा सी फारममा दूनमा थियौं र अभिभावकविना शहर बाहिर जाने अधिकार थिएन, मैले दिल्लीमा मिरान्डा हाउसमा स्नातकोत्तर गरिरहेकी सुमीलाई फोन गरें, र उनले हामीलाई बाहिर लगे। चलचित्र हेर्न र मोती महलमा खाजा खाए । के यो घण्टी बज्छ?" शिव तर्फ औंला देखाउँदै मोबियसलाई छोयो। "सुमी त्यो दिनको लागि हाम्रो संरक्षक थियो।"

मिलिन्दले आफ्नो पेटको बटनबाट बिस्तारै हाँसो नियन्त्रण गर्दै गम्भीरतापूर्वक बोल्यो, "हो, मलाई त्यो दिन याद छ। बाहिर घुम्न जाँदा सुमी दिदीले हामीलाई हात समात्न दयालु थिइन्। त्यसैले आजसम्म म उसलाई उसको पहिलो नामले बोलाउदिनँ।"

शिवले समर्थनमा हात उठाए ।

"ठीक छ, तपाईलाई यो थाहा छ," मोबियसले टिप्पणी गरे। "र गोर्खाल्याण्ड मुद्दामा आउँदैछ। यो महत्त्वपूर्ण छ।"

"हो, यो मनिषाको लागि हो। तिम्रो लागि होइन,’ शिवले जवाफ दिए। "तपाईंले हेरचाह गर्न परिवार पाउनुभयो।"

"कसैले यो मुद्दा उठाउनु पर्छ," मोबियसले आफ्नो धैर्य गुमाउन थालेको जवाफ दिए।

"तर के यो तपाईं हुनु पर्छ, मोब्सी?" सुमित्रा रोई ।

“महिला र सज्जनहरू, बिहानको खाजाको लागि अरू केही चाहिन्छ?” क्यान्टिन म्यानेजरले विनम्रतापूर्वक सोधे, जो कतैबाट एक्कासी उठेको जस्तो देखिन्थ्यो।

मोबियसले आफ्नो ४५ औं जन्मदिनमा सुमित्राले उनलाई उपहार दिएको आफ्नो बेदाग जी-शकलाई हेरे। घडीमा एक सीमलेस क्वालिटी थियो हरेक चोटि उसले यसलाई हेर्‍यो र महसुस गर्‍यो कि तिनीहरू क्यान्टिनमा भएको लगभग दुई घण्टा भयो। यस क्षणमा, उहाँ शिववी र मिल दुबैलाई तिनीहरूको कलरले समात्न र उनीहरूमा केही भावना हानेर अरू सबै भन्दा बढी चाहन्थे। मनिषाको सपनाको लागि आफ्नो समुदायका लागि कसैले लड्नुपरेको थियो । नयाँ राज्यसत्ता। उसलाई चाहिएको समर्थन प्राप्त गर्न आवश्यक थियो।

"शिवजी, मैले चाहेजस्तै गोर्खाहरूका सबै साहित्यहरू कम्पाइल गर्दै हुनुहुन्छ?" शिवको मोबियसलाई सोधे ।

"हो, तपाईं प्रभुत्व, सर मोबियस," शिवले चित्त बुझाए। "यद्यपि, यो पूर्ण छैन। म यसमा काम गरिरहेको छु ।"

"तिमीलाई लाज लाग्छ, मोब्सी, तपाइँको साथीबाट यस्तो जानकारी माग्नको लागि। शिववीसँग उपस्थित हुन अन्य महत्त्वपूर्ण कुराहरू छन्। तपाईं पनि भन्न सक्नुहुन्छ," सुमित्राले जवाफ दिइन्। 'डोस्कोस' (दून स्कूलका पूर्व छात्र) सँग कुनै शिष्टाचार छैन।

"म माफी चाहन्छु?" मिलिन्द मुस्कुराए । "कम्तीमा हामी हुडलम होइनौं।"

"न त वेल्हम गर्ल्स हो," सुमित्राले खण्डन गरिन्।

"मोब्सी एक सज्जन र एक हुडलमको संयोजन हो," शिवले हल्का मनले भने।

“म त्यो दोस्रो,” सुमित्राले स्वीकृत गरिन्।

"म विरोध गर्छु," मोबियसको समर्थनमा मन्दिराले खण्डन गरिन्, आफै मुसुक्क हाँसिन्। "सर मोबियस एक उत्तम सज्जन हुनुहुन्छ।"

“हो, सर मोबियसलाई मभन्दा राम्ररी चिन्ने तपाईं ज्ञानी महिला हुनुहुन्छ,” सुमित्राले व्यंग्यात्मक स्वरमा प्रश्न गरिन्।

अलिकति लज्जित भई मन्दिरा उठिन् । “तिमीहरू यहीँ बस। पहाडीलाई समात्ने । उसलाई पेप टक दिने समय हो। ”

अँध्यारो घण्टामा एक गार्जियन एन्जिल

आयुषीले आफूलाई कडा ठानिन् र सबैलाई थाहा थियो। उनलाई पहाडी भनिन्थ्यो, यो नाम उनको थम्मा (हजुरआमा) द्वारा बनाईएको थियो, उनका साथीहरू, बापी, मा र नजिकका नातेदारहरूले केही पनि होइन। उनले केही गल्ती गरेकी थिइन्, तर यो आत्महत्याको प्रयास सबैभन्दा मूर्खतापूर्ण थियो। उनलाई अहिले नै उनको उद्धारको लागि एक अभिभावक एन्जिल चाहिन्छ। जय बाबा लोकनाथ ! त्यतिकैमा ढोका खुल्यो र उनको गार्जियन एन्जिल मन्दिरा काकी भित्र पसिन् । "उ-हू!"

"कसरी छौ मेरी पहाडी राजकुमारी?" बायाँ नाडीमा पट्टी बाँधेर ओछ्यानमा उभिएकी आयुषी विचलित भएको देखेर मन्दिराले सोधिन् । आयुषीको अनुहारमा तुरुन्तै मुस्कान छायो । उनको बापी, आमा र मन्दिरा काकीले मात्रै उनलाई यही नामले बोलाउनुहुन्थ्यो । अरूको लागि त्यो पहाडी मात्र थियो। मन्दिरा आन्टी उनको मिल्ने साथी थिइन्, उनलाई देखेर आँसु थाम्न सकिनन् ।

मन्दिरा तुरुन्तै उनको ओछ्यान छेउमा आइन् र उनलाई ठूलो अँगालो हालिन्। आयुषी आफैंलाई नियन्त्रण गर्न नसकेर भक्किइन् । मन्दिरा पनि आयुशीसँग जोडिएर रोइन्, उनको गाला उनको विरुद्धमा र एउटा हात उनको टाउकोमा समातेर।

"रो नगर, मेरी राजकुमारी। म अहिले यहाँ छु। चिन्ता लिनुपर्ने केही छैन ।"

"मलाई माफ गर्नुहोस्, म्यान्डी आन्टी। मलाई के आयो थाहा छैन। म कसैलाई आफ्नो अनुहार देखाउन सक्दिन," आयुशीले मन्दिराको काखतिर अनुहार थिचेर रोइन्।

आयुषीले सिमी फुकाउने निर्णय गरिन् । उनले मन्दिरा काकीलाई सबै कुरा सुनाइन् । तीन महिनाअघि उनलाई पोलिसिस्टिक ओभरी सिन्ड्रोम भएको पत्ता लाग्दा उनले आमाको कपाटमा मेडिकल रिपोर्ट देखेकी थिइन्। उनीहरुको घरको छेउमा रहेको केमिस्टबाट मेडिकल स्क्याल्पेल किन्दा उनको देब्रे हातको हात काटियो ।

"पहाडी, PCOS ठूलो कुरा होइन। यो संसारको अन्त्य होइन। तपाईं पूर्ण रूपमा सामान्य जीवन बिताउन सक्नुहुन्छ।"

"तर बच्चाहरू बिना," आयुषीले पीडामा जवाफ दिइन्।

"तपाईं जहिले पनि अपनाउन सक्नुहुन्छ। यसरी तपाई मानवताको सेवा गर्दै हुनुहुन्छ। भगवान खेल्दै। यस संसारमा पालनपोषण र फुल्नको लागि एक अनाथलाई दिने," मन्दिराले भनिन्

"हो। म मूर्ख थिएँ। अहिले अवस्था राम्रोसँग बुझ्नुहोस्,' आयुषीले जवाफ दिइन्।

"अब मलाई वाचा गर, मेरी प्यारी पहाडी राजकुमारी। जहिले पनि तिमी डुंगामा परेको महसुस गर्दा मलाई कल गर्नुहोस्, र म हिजो जस्तै हतारिन्छु।

मन्दिराले आयुषीका दुवै हात आफ्नो हातसँग मिलाएर समातिन्।

"अब मलाई वाचा गर, पहाडी। के तपाईलाई थाहा छ आयुशी नाम हिन्दी मूलको हो र यसको अर्थ दीर्घायु वा पूर्णिमा वा सधैंभरि बाँच्ने व्यक्ति हो? तपाईंको नाम विशेष रूपमा तपाईंको थम्माले चयन गरेको हो।

"पक्कै म्यान्डी आन्टी। म तिमीलाई कहिल्यै निराश पार्ने छैन। अब त तिम्रो रगत पनि मभित्र पसेको छ,' आयुषीले आँसुले भरिएको अनुहारमा रमाइलो गरिन्।

"ठीक छ, भयो, पहाडी। अब हामी रगत बहिनी भएकाले शैतानसँग मिलेर लड्नेछौं,' आयुषीको आँसु पुछ्दै निधारमा चुम्बन गर्दै मन्दिराले भनिन्।

मन्दिरा कोठाको एक मात्र झ्यालमा पुगेपछि आयुषीले भनिन्, "म्यान्डी आन्टी, तिमी मिल अंकलसँग २० वर्षभन्दा बढी समयदेखि लिभ इन रिलेसनसिपमा छौ र विवाह नगरेको?"

"ठीक छ, वयस्क संसारमा केही विलक्षणताहरू बुझ्न गाह्रो छ। उदाहरणका लागि, तिम्री आमा तिम्री बापीभन्दा ६ वर्ष जेठी हुनुहुन्थ्यो, तर तिनीहरू एकदमै राम्रो जोडी हुन्!"

"यसैले के तपाई, मिल अंकल र शिवी अंकलले मेरी आमालाई क्रेडल स्न्याचर भनेर सम्बोधन गर्नुहुन्छ?"

"ठीक छ। त्यो त हामी बीचमा हुर्केको ठट्टा मात्र हो," सोह्र वर्षीया केटीको निर्दोष उदारता देखेर लज्जित भएको मन्दिराले जवाफ दिइन्।

"म्यान्डी आन्टी, तिमी मिल अंकलसँग बिहे गर या नगर, म तिमीलाई उस्तै माया गर्नेछु।"

"यो भन्नु राम्रो कुरा हो, पहाडी," मन्दिराले झ्यालबाट फर्केर, आयुशीलाई बलियोसँग अँगालो हालेर र उनको दुवै गालामा चुम्बन गरिन्।

अस्पताल भर्ना समस्याहरू

बाबुआमाले बाथटबबाट उठाएपछि उनी सचेत भइन्। आमाले गाडी चलाउँदा उनको होन्डा सिटीको पछाडिको सिटमा उनको बापीले उनको काखमा टाउको राखेका थिए। बापी आँखाबाट आँसु झार्दै रोइरहेका थिए, "बाबा लोकनाथ, मेरो पहाडी राजकुमारीलाई बचाइदिनुहोस्। म तिमीलाई बिन्ती गर्छु।" आयुषीले आफ्नो शक्ति घट्दै गएको महसुस गरे तर आँखा खोल्ने हिम्मत गरिनन्, तर ओठमा परेको बापीको नुनिलो आँसुका थोपाहरू चाख्दै बिस्तारै दाहिने पलक खोलेर बापीको पीडादायी अनुहार देखेर स्तब्ध भइन्।

त्यसपछि उनले बाबा लोकनाथको नाम सुने र उनलाई बचाउनको लागि ईश्वरीय हस्तक्षेपको लागि प्रार्थना गरिन्। बापी र उनको थम्मा दुवैले बाबा लोकनाथमा दृढ विश्वास गर्थे, जसको आज्ञा थम्माले पाँच वर्षको उमेरमा उनको टाउकोमा दृढतापूर्वक गाँसिएको थियो। थम्माले उनलाई समस्यामा पर्दा नौ पटक बाबा लोकनाथको नाम जप्न सिकाउनुभएको थियो। "जय बाबा लोकनाथ, जय बाबा लोकनाथ, जय बाबा लोकनाथ..." उनको शरीरबाट एउटा अनौठो र उदात्त शक्ति निस्कियो। प्रत्येक रोएपछि, बापी र उनी बिरला अस्पताल नआउन्जेल धेरै पटक "जय बाबा लोकनाथ" भन्दै एकै स्वरमा रोए। त्यतिबेला उनी पूरै होशमा थिइन्।

बिरलामा, उनी आँधीमा परेझैं भयो। डा. महेश्वरी अंकल अस्पतालको पार्किङमा स्ट्रेचर र तीन जना सहयोगी लिएर पर्खिरहनुभएको थियो। उनीहरूले विज्ञतापूर्वक उनलाई कारबाट बापीको काखबाट स्ट्रेचरमा उठाए। लिफ्ट उनको लागि मात्र आरक्षित गरिएको थियो, र 5 मिनेट भित्र, बी नेगेटिभ को एक बोतल उनको ओछ्यान छेउमा सुईको साथ टाँसिएको थियो जसमा एक युवा एन्जेलिक नर्सले स्टार्च गरिएको सेतो युनिफर्ममा सुन्दर मुस्कान सहितको सुई राखे। उनको नामको ट्यागमा माधुरी शर्मा लेखिएको थियो, र उनको घाँटीमा सत्य साई बाबाको चाँदीको लटकन थियो। उनको अनुहार परिचित देखिन्थ्यो, र त्यसपछि यसले उनलाई फ्ल्यासले हिर्काउँछ। उनी सतनामा एक मात्र महिला हाफ म्याराथन धावक थिइन् र बापीसँग धेरै

दौड दौडिन्। आमाका सान्त्वनादायी हातहरूले गाला छोए। पूर्ण रूपमा सुरक्षित महसुस गर्दै, आयुषले आफ्नो आँखा बन्द गरिन्।

आयुषीले बिहान ११ बजे आफ्नो नाडी काटेकी थिइन् र दिउँसो १ बजेसम्म तीन बोतल रगत मिसाइएको थियो । बेलुका ४ बजे, ढोका ढकढक्यो, र एक सब इन्स्पेक्टर विनम्रतापूर्वक भित्र पसिन्, उनले आफ्नो ओछ्यान नजिकको कुर्सी तानेर उनको टोपी हटाई। उनको बापी सब-इन्स्पेक्टरलाई हेरेर मुस्कुराउनुभयो, र उनी मुस्कुराइन्, कालो कपाललाई राम्रोसँग रोटीमा बाँधेर मोतीका दाँतहरूको एक सेट देखाउँदै। उनको वर्दी टाइट फिटिंग थियो, आकर्षक स्तन र राम्रो संगत मा एक राम्रो गोलाकार तल सेट प्रकट। उनले एउटा नोटबुक लिएर आयुशीलाई हेरिन्, "के भयो ?"

"मेरो पेन्सिल तिखार्ने क्रममा मैले संयोगवश मेरो नाडी काटेको छु।"

"तपाईको पेन्सिल तपाईको औंलाले समातेको हुनुपर्छ। तिम्रो नाडी बाटोमा कसरी आयो?"

आयुशी त्रसित भइन्, र उनका बुबा उनलाई बचाउन आए। "पेन्सिल तिखार्दै गर्दा, पेन्सिल हातबाट खस्यो, र प्रक्रियामा उनले आफ्नो नाडी काटिन्।"

मुस्कुराउँदै सब इन्स्पेक्टरले बपीलाई हिन्दीमा जवाफ दिए, " *क्या मै आपको फुड्डु लगता हूँ?*" (के म तिमीलाई मूर्ख जस्तो देखिन्छु?)

" *कभी नही यो सोच। आप के छेहरे में एक अलग चमक है। धेरै खुशी-मंगल व्यक्ति लगते हैं*,' (कहिल्यै सोचेकै छैन। तपाईंको अनुहारमा एक अद्वितीय चमक छ। एक प्रबुद्ध रूप)।

" *ठीक हो। आपको त्रिपाठी साब की कृपा हो। मै वाही लिखुङ्गा जो अपने बताया* ।" (ठिकै छ। त्रिपाठी सरको आशिर्वाद छ। तपाईले मलाई जे भन्नुहुन्छ म लेख्छु।)

बापीले पाँच सय रुपैयाँको नोट निकालेर आफ्नो छातीमा कुनै असर नगरी अगाडिको खल्तीमा हालिन् । सब-इन्स्पेक्टरको मुस्कान फराकिलो भयो र आयुषीलाई भन्यो, " *आपके बाप बहुत ऊँच वर्गीय व्यक्ति है* ।" (तिम्रो बुबा एकदमै उच्च वर्गको व्यक्ति हुनुहुन्छ)। जब आयुषीले उनको अगाडि देखा परेको हास्य नाटकीय दृश्यहरू हेरिन्, उनको मनमा गहिरो खुलासा भयो। उनले बापीको उल्लेखनीय सफलताको लुकेको कुञ्जी बुझिन्। सीधा हुन र कुदाललाई कुदाल भन्ने सीप थिइन्, बापीसँग परिस्थिति सुधार्ने र सुधार्ने

असाधारण क्षमता थियो। यो स्पष्ट भयो कि यो भिन्नताले उनीहरूलाई अपराजेय जोडी बनाएको थियो। तिनीहरूको कमजोरीहरूले एकअर्कालाई पूर्ण रूपमा पूरक बनायो, तिनीहरूको बलको आधार बन्यो। बापीको आवेगपूर्ण तर लचिलो स्वभावले माको बुद्धि र उच्च मापदण्डहरूसँग निर्दोष रूपमा मेल खायो, एक अतुलनीय तालमेल सिर्जना गर्‍यो।

मुखर्जी परिवार

मोबियस र सुमित्रा ओछ्यानमा थिए । सुत्न पनि सकिएन ।

सुमित्रा पहिले बोलिन्, “यो एकदम नजिकको फोन थियो। यो घटना कोलोनीमा कसैलाई थाहा थिएन। जब हामी बिर्लाको मुख्य गेट पार गर्‍यौं, सुरक्षाकर्मीहरू बसेका थिए र हाम्रो कारलाई हल्लाउँदै थिए। बिर्ला अस्पतालमा पनि डा. महेश्वरी व्यक्तिगत रूपमा आफ्नो स्ट्रेचर टोलीसँग थिए। खैर, मोब्सी, के तपाईले डा. महेश्वरीलाई व्यक्तिगत रूपमा धन्यवाद दिनुभयो?"

"अवश्य पनि मैले गरें। म यस्तो महत्त्वपूर्ण कुरा बिर्सन्छु भनेर तिमीलाई लाग्छ?”

"हो, म गर्छु। महिला संलग्न नभएसम्म तपाईको दिमागले राम्रो काम गर्दैन।"

“सुमी, हामीले विवाह गरेको १७ वर्ष भइसक्यो र अहिले ४६ वर्षदेखि एकअर्कालाई चिनेका छौं, तर तिमीले मलाई अझै चिन्दैनौ ।”

"सर मोबियस, म तपाईंलाई अहिले 46 वर्षदेखि धेरै राम्रोसँग चिन्छु, र म बाबा लोकनाथको कसम खान्छु, म एक दिन तपाईंको नितम्ब साँच्चै कडा लात हानेछु। मलाई थाहा छैन तिमीले यति लामो समयसम्म मेरो लातबाट कसरी बच्नुभयो,’ सुमित्राले मुस्कुराइन्।

मोबियसले नक्कली निराशामा आफ्ना दुवै हात उठाए।

“अस्पतालमा सबै ठीकठाक भयो। डाक्टरहरूले एक शब्द बोल्दैनन्, र तपाईंको सुन्दर धावक नर्सले उनको मुख खोल्ने छैन। तर मलाई यो भन, Mobsy। पहाडीले यो चरम कदम चालेको कसरी थाहा भयो ?”

मोबियसले जवाफ दिए, "दिन अरू जस्तै सुरु भयो; म शेभिङ फोम लिन छेउको केमिस्टमा गएँ। म काउन्टरमा पुग्दा त्यहाँका सेल्सम्यानले मसँग एउटा अनौठो जानकारी साझा गरे। स्पष्ट रूपमा, पहाडीले पसलमा मैले

गर्नुभन्दा एक घण्टा अघि नै पुगेकी थिइन् र उनको खरिद सामान्यभन्दा धेरै टाढा थियो। उनले सर्जिकल स्केलपेल प्राप्त गरेकी थिइन्। मैले यो सुनेर मेरो मेरुदण्डमा काँप महसुस गरे तर मद्दत गर्न सकिन। जिज्ञासाले मलाई सबैभन्दा राम्रो लाग्यो, र मैले सेल्सम्यानलाई सोध्ने प्रतिरोध गर्न सकिन कि उसले उनको खरिदको कारण बारे सोध्यो। मेरो आश्चर्यमा, उसले हो भन्यो।

मोबियसले एक पज लिए र जारी राखिन्, "पहाडीले आफ्नो अध्ययनको टेबलबाट रंगको दाग हटाउन स्क्याल्पेल आवश्यक रहेको बताएकी थिइन्। मैले केही गल्ती भएको असहज भावनालाई हटाउन सकिन। पहाडी विगत तीन दिनदेखि चिन्तित मुडमा थिए, जुन मलाई एकदमै असामान्य लाग्यो। यो सबै उसले हामीलाई टाढैबाट सुरु गर्यो। मैले उनलाई दुई दिन अघि अचानक फिर्ता लिने बारे प्रश्न गरेको थिएँ, र उनको प्रतिक्रिया थियो कि उनी अघिल्लो हप्ता उनको स्कूलमा ब्याडमिन्टन प्रतियोगिताको फाइनलमा पराजित भएदेखि नै निराश महसुस गरिरहेकी थिइन्। त्यो व्याख्या मसँग ठीक बसेन, यद्यपि। मलाई थाहा थियो कि वार्षिक खेलकुद प्रतियोगिता अर्को हप्ता सुरु हुन लागेको थियो, त्यसैले उनको दाबी जोडिएन।

आफ्नो सुत्ने सुटमा खसेको फोहोरको टुक्रा हटाएर मोबियसले अनुमान लगाए, "वास्तवमा मेरो चिन्ता यति बढेको थियो कि मैले उहाँको कारणले गर्दा उहाँको ख्याल राख्न उहाँको कक्षा शिक्षिका गौरी म्याडमलाई पनि बोलाएँ। स्पष्ट अवसाद। अब, सर्जिकल स्केलपेलको बारेमा यो प्रकटीकरणको साथ, मेरो चिन्ता र सबैभन्दा खराब डरले समात्न थालेको थियो। यो जस्तो थियो कि मैले क्षितिजमा केहि अशुभ भएको महसुस गर्न सक्छु, र म अगाडि के हुने डरले मद्दत गर्न सक्दिन।"

मोबियसको नजिक सर्दै सुमित्राले भनिन्, "मोब्सी डार्लिंग, तिमीले साँच्चै यो कुरामा आफ्नो दिमागलाई चकित पार्यौ।

"तिमीलाई थाहा छ, मोब्सी, यस संसारमा सबैले सोच्छन् कि म तिमीलाई मोलीकोडलिंग गर्दैछु, तर तथ्य यो हो कि म तिमीलाई बचाउन खोज्दै छु।"

ढोकामा ढकढक भयो। सुमित्राले तुरुन्तै मोबियसको तिघ्राबाट हात हटाइन्।

"हो, पहाडीमा आउनुहोस्," सुमित्राले भनिन्।

एक हात मुनि टाँसिएको तकियाले सुत्ने कोठाको पर्दा छेउमा राखेर आयुषी ढोकामा देखा पर्‍यो। "के म तिमीसँग रातभर सुत्न सक्छु?"

"अवश्य, राजकुमारी," मोबियसले भने र आफ्नो छोरीलाई भेटे, जसले चाँडै आफ्ना आमाबाबुको बीचमा डुबुल्की मारिन्। आयुषीले ओछ्यानको आवरणमा तकियालाई होसियारीपूर्वक मिलाएर आराम गरिन् । सुमित्राले एउटा हात काँधमा राखिन् । मोबियसले आफ्नी छोरीको दाहिने हात बिस्तारै समातिन्।

"मलाई थाहा छ मैले केहि मूर्खतापूर्ण गरें," आयुशी रोई, उनको आँखामा आँसु छ। "मैले तपाई र बापीमा भरोसा गर्नुपर्थ्यो। माफ गर्नुहोस्, आमा र बापी, "आयुषी रोइन्, उनको शरीर प्रत्येक रोएर काँप्दै थियो। "बापीले मलाई धेरै पटक सोधे, तर मैले केही खुलाइनँ।"

"पहाडी, तपाईंले देखेको मेडिकल रिपोर्टबारे बताइदिनुपर्थ्यो। हामीले यस विषयमा लामो छलफल गर्ने थियौं। "

"मलाई थाहा छ, मा, तर मैले PCOS गुगल गरें र केही कठोर सत्यहरू लिएर आए। म बाँझो छु। कहिल्यै बच्चा जन्माउन सक्दैन।" आयुषीको रुवाइ अब विलापमा परिणत भइसकेको थियो ।

"कोही पनि बुद्धिमानी छैन। हामी यसलाई मिलाउँछौं, पहाडी। चिन्ता नगर,' सुमित्राले सान्त्वना दिइन्।

"आमा, म ओभ्युलेट गर्न सक्दिन।"

"अरू धेरै विकल्प छन्, पहाडी। इन भिट्रो निषेचन ती मध्ये एक हो।

"तर अण्डा कहाँ पाइन्छ ?" पहाडीले जवाफ दिए । "उनीहरू अर्को महिलाबाट उधारो हुनुपर्छ।"

मोबियस र सुमित्रा दुबैले यसको जवाफ पाउन सकेका थिएनन्।

मोबियससँग परिस्थितिले माग गर्दा खुशी र हाँसो जगाउने यो अनौठो क्षमता थियो। अब समय थियो।

पहाडीले एउटा जोक सुन्नुहोस्, जुन गैर-कथा हो। हामी पछि विट्रो निषेचनमा क्रमबद्ध गर्नेछौं। त्यसका लागि तपाईसँग लामो यात्रा छ। तपाईको १२ औं बोर्ड परीक्षा, स्नातक, स्नातकोत्तर, पीएचडी, पोस्ट डक।

"बापी गेट टु द पोइन्ट," आयुषीले चित्त दुखाएको बताइन्।

"हो, तर बाबा लोकनाथको कसम खानुहोस्, तपाईंले हाम्रो ग्याङ्ग अफ सिक्स सहित कसैलाई केही भन्नुहुन्न।

"हो, हो," आयुषीले दोश्रो पटक झन् उत्सुक हुँदै जवाफ दिइन्।

"भन, कसम पहाडी।"

"म कसम खान्छु। बाबा लोकनाथको कसम खान्छु। आमा शब्द।"

मोबियसले भने, "तपाईंको आमा तपाईको बापीभन्दा छ वर्ष जेठी हुनुहुन्छ, अर्थात् बापी एक हुनुहुँदा तपाईको आमा सात वर्षकी हुनुहुन्थ्यो ।

"अगाडि बढ। जाउ" आयुषीले बिन्ती गरिन् । "यो सुनौं।"

मोबियसले गम्भीरताका साथ जारी राखे, "जब हामी कोचीनमा थियौं, तिम्रो थम्मा (हजुरआमा) भान्सामा खिचडी बनाउँदै हुनुहुन्थ्यो। तिम्रा बापी त्यतिबेला मात्र एक वर्षको हुनुहुन्थ्यो र तिम्री आमा पनि घरमा पुतली खेल्दै हुनुहुन्थ्यो । तिम्रो बापीलाई बैठक कोठाको सोफामा दुईवटा कुसनको बीचमा राखेर उनको डायपरमा पिसाब गर्ने निधो गरि, तिम्रो उमेरको हिसाबले निक्कै ठूली थिइन्, तिम्री आमा थम्मा गएर उनको अवस्थाबारे जानकारी गराइन् । तिम्री थम्माले आमालाई डायपर फेर्न केही समय लाग्ने बताइन् किनभने उनले प्रेसर कुकरको तेस्रो सीटी कुर्नुपर्‍यो।"

मोबियसले आफ्नी छोरीको जिज्ञासाको फाइदा उठाउँदै बिस्तारै सस्पेन्स निर्माण गरिरहे, "थम्माले तिम्री आमालाई मेरो डायपर परिवर्तन गर्न सक्नुहुन्छ कि भनेर सोधे।"

"मलाई यो विश्वास लाग्दैन," आयुषीले उनको अनुहार मुस्कानमा परिणत गर्दै भनिन्। मलाई यो विश्वास लाग्दैन। त्यसपछि के भयो?"

"तिम्मालाई आमाले जवाफ दिनुभयो कि उनी काम गर्न सक्छिन् तर अझ सक्षम हुन आवश्यक छ।"

"जानुहोस्, बापि। जानुहोस्, "आयुषीले बिन्ती गरिन्, उनको जिज्ञासाले उनलाई अझ राम्रो बनाउँदैछ। "अनि के भयो?"

मोबियस आफैले मुसुक्क हाँसे र जवाफ दिए। "तिमीलाई के भयो जस्तो लाग्छ? तिम्री आमाले बापीको डायपर बदल्नु भयो। यो साँच्चै एक अजीब स्थिति छ! त्यतिबेला हामी बिहे गर्न लायकको उमेरको थिएनौं पनि!"

"मेरो भगवान, म यो विश्वास गर्दिन! यो पागल हो!" आयुषीले खुसी हुँदै भनिन् । "आमा, के यो सत्य हो? म यस विषयमा थम्मासँग क्रस-चेक गर्न जाँदैछु।

आफ्नी छोरीको प्रफुल्लित मनोभाव देखेर सुमित्राले मन भित्रै खुसी महसुस गरिन्, यद्यपि खुलासामा क्षुब्ध महसुस गरिन्।

"हो, साँचो हो, पहाडी," सुमित्राले आँखा टाल्दै भनिन्।

आँखामा रमाइलोको आँसु बोकेर हाँस्दै आयुषी दोब्बर भयो। "बापी, आमा, मेरो पेटमा दुखाइ आएको छ!" रमाइलोमा आमाबुवा दुवै सामेल भए।

आयुषी आफ्ना आमाबुवाको बिचमा ओछ्यानमा सुतेकी थिइन्, सबै हाँसो र हलुका मिठासले थकित भई। उनको बापीको हद थियो। उनको पेट अझै हाँसो र पीडाले दुखेको छ। आमाको देब्रे हात पछाडिबाट उनको कम्मर वरिपरि जोडिएको थियो। आयुषीले आफ्नो घाँटीमा आमाको सास फेरिरहेको महसुस गरिन्। उनको देब्रे हात बापीको छातीमा टाँसिएको थियो। आधा बन्द आँखाबाट आयुषीले छेउछाउको भित्ताबाट चम्किरहेको हरियो रातको बत्तीलाई कोठामा हरियो छाया छर्ने गरी छुट्याइरहेकी थिइन्। उनको नाडी घडीमा रेडियम-टिप गरिएको सुईले बिहानको 1 बजे देखाएको थियो। आयुषीले आफू चार वर्षकी हुँदा जस्तो महसुस गरिन्, त्यसरी नै पूर्ण रूपमा सुरक्षित महसुस गरिन्। पाँच वर्षको उमेरदेखि उनको आफ्नै कोठा थियो। आयुषीले भनिन्, "म तिमीलाई माया गर्छु। आफ्नो छोरी हुनुमा गर्व छ।"

"यहाँ पनि उस्तै छ," उनका आमाबाबुले एकै स्वरमा जवाफ दिए। "शुभ रात्रि, पहाडी राजकुमारी।"

"गुड नाइट, बापी, मा," आयुषीले जवाफ दिई, आमाको अँगालोमा थप कोकुन हुन अलिकति सर्दै। सबै ठिक हुन लागेको थियो। उनको थम्माले प्रायः भन्नुभएझैं, हरेक दिन उज्यालो सूर्यको सुन्दर दृश्यको साथ सुरु हुन्छ र अन्त्य हुन्छ। उनको घाम चम्किरहेको थियो।

द गोरखा क्रोनिकल्स

शिव चतुर्वेदी आफ्ना साथी मोबियसका लागि गोर्खा सैनिकहरूका बारेमा संकलित नोटहरू हेर्दै थिए। विश्वभरि आफ्नो बहादुरीका लागि प्रख्यात यस कठोर समुदायमा उनले असाध्यै गर्व महसुस गरे। ब्रिटिसहरूको लागि नभएको भए तिनीहरूको अनुकरणीय लडाई कौशल संसारलाई थाहा हुने थिएन।

रातको ९ बजेको थियो, र उनी सागौनको काठको कुर्सीमा बसेका थिए, जुन उनको हजुरबुवाको थियो र लन्डनको रोयल कलेज अफ सर्जन अफ इङ्ग्ल्याण्डबाट योग्यता प्राप्त गर्ने भारतीय मूलका पहिलो डाक्टर उनका बुबालाई हस्तान्तरण गरियो। सोही संस्थामा, उनका बुबाले गोर्खाकी प्रतिमालाई भेटे, जो रोयल कलेज अफ एनेस्थेसियोलोजीबाट योग्य हुने पहिलो भारतीय महिला डाक्टर बनिन्। त्यसपछि दुवै यही कारणले चर्चामा आए । पछि, प्रतिमाले आफ्नो सहकर्मी प्रोसेनजितसँग कोचीन (अहिले कोच्चि) को मिसनरी अस्पतालमा विवाह गरे, जसरी मोबियसको जन्म भयो।

तर उनको मृत्यु नभएसम्म उनको बुबाले मोबियसकी आमासँग सम्पर्कमा रहे। मोबियसकी आमासँग पनि आफ्नो बुबाको लागि नरम कुना थियो, जुन धेरै राम्रोसँग राखिएको थियो। अर्को राम्ररी राखिएको गोप्य सम्झौता थियो कि उनीहरूका छोराछोरीहरू एकै समयमा जन्मिनेछन्। यो शिवले आफ्नो बुबाको निधनपछि अध्ययनको टेबुलको तल्लो दराजको फोल्डरमा गएर सिके। उनले फोल्डरमा मोबियसकी आमा प्रतिमाले आफ्ना बुबालाई लेखेका केही पत्रहरू भेट्टाए। मोबियसकी आमा शिवका बुबालाई 'प्रिय डा. राघव' भनेर सम्बोधन गर्दै र 'हार्दिक अभिवादन' भन्दै हस्ताक्षर गर्दै लेख्ने क्रममा धेरै सम्मानजनक थिइन्। शिवले यी पत्रहरू आमालाई देखाउने हिम्मत गरेनन्, यद्यपि तिनीहरू धेरै निर्दोष देखिन्छन्।

यसबाहेक, प्रतिमाको गर्भावस्था थाहा पाएपछि शिवका बुबाले कुनै सम्भावित कारण नदिई त्यस पवित्र अवधिमा सावधानी नअपनाउन आफ्नी पत्नीलाई बताएपछि दुवैबीचको गोप्य सम्झौता स्पष्ट भयो। मोबियस र शिवको जन्ममा दुई महिनाको अन्तर मात्रै थियो । शिवकी आमाले कारण थाहा नदिई आफ्नो पतिको अनुरोध निकै खेलकुदका साथ लिइन् ।

शिव आफ्ना नोटहरू हेरिरहे।

1814 मा नेपाल मा भएको युद्ध को समयमा, जसमा अंग्रेजहरूले नेपाललाई साम्राज्यमा गाभ्ने प्रयास गरे, सेना अधिकारीहरू गोरखा सैनिकहरूको दृढताबाट प्रभावित भए। उनीहरूले उनीहरूलाई ईस्ट इण्डिया कम्पनीमा स्वयम्सेवा गर्न प्रोत्साहित गरे। गोर्खाहरूले सन् १८१७ को पिन्डारी युद्धमा , सन् १८२६ मा नेपालको भरतपुरमा र सन् १८४६ र १८४८ मा भएको प्रथम र दोस्रो सिख युद्धमा कम्पनीको सेनाको रूपमा सेवा गरेका थिए। 1857 मा सिपाही विद्रोहको समयमा, गोर्खा रेजिमेन्टहरू ब्रिटिशप्रति वफादार रहे र यसको गठनमा ब्रिटिश भारतीय सेनाको हिस्सा बने।

सन् १९४० को दशकको उत्तरार्धमा मलायन आपतकालको समयमा, गोर्खाहरूले बर्मामा जस्तै जंगली सैनिकको रूपमा लडे। गोर्खाहरूको तालिम डिपो ब्रिगेड १५ अगस्ट १९५१ मा सुङ्गाई पेटानी , केदाह र मलायामा स्थापना भएको थियो। द्वन्द्व समाप्त भएपछि, गोर्खाहरूलाई हङकङमा स्थानान्तरण गरियो, जहाँ उनीहरूले सुरक्षा कर्तव्यहरू गरे। सांस्कृतिक क्रान्तिको अशान्तिको समयमा सबैभन्दा महत्त्वपूर्ण रूपमा, इलाकामा प्रवेश गर्ने अवैध आप्रवासीहरूको जाँच गर्दै, सेनाहरूले सीमामा गस्ती गरे। तिनीहरू 1966 को स्टार फेरी दंगाको समयमा भीड नियन्त्रण गर्न तैनाथ गरिएको थियो।

सन् १९४७ मा भारतको स्वतन्त्रता र विभाजनपछि त्रिपक्षीय सम्झौताअनुसार ६ वटा गोर्खा रेजिमेन्टहरू स्वतन्त्रतापछिको भारतीय सेनामा सामेल भए। चार गोर्खा रेजिमेन्टहरू, दोस्रो , छैठौं , सातौं र दशौं गोर्खा राइफलहरू १ जनवरी १९४८ मा ब्रिटिश सेनामा सामेल भए। पहिलो र दोस्रो गोर्खा राइफल्स १९६२ मा ब्रुनाई विद्रोह सुरु हुँदा ब्रुनाईमा तैनाथ गरिएको थियो। सन् १९७४ मा टर्कीले साइप्रसमा आक्रमण गर्‍यो र दशौं गोर्खा राइफल्सलाई बेलायतको सार्वभौम आधार क्षेत्र ढेकलियाको रक्षा गर्न पठाइयो। 1 जुलाई 1994 मा, चार राइफल रेजिमेन्टहरू एकमा विलय गरियो, रोयल गोर्खा राइफल र तीन कोर रेजिमेन्टहरू (गोर्खा मिलिटरी पुलिस 1965 मा विघटन गरिएको थियो) स्काड्रन संख्यामा घटाइयो।

1 जुलाई 1997 मा, ब्रिटिश सरकारले हङकङलाई जनवादी गणतन्त्र चीनलाई हस्तान्तरण गर्‍यो, स्थानीय ब्रिटिश ग्यारिसनलाई हटाइयो। गोरखाको मुख्यालय र भर्ती तालिम बेलायत सारिएको थियो। रोयल गोर्खा राइफल्सले सन् १९९९ मा कोसोभोमा , सन् २००० मा पूर्वी टिमोरमा र त्यस वर्षको पछि सिएरा लियोनमा संयुक्त राष्ट्रसंघको शान्ति स्थापना अभियानमा भाग लिएको थियो।

2007 मा, गोर्खाहरूको ब्रिगेडले महिलाहरूलाई सामेल हुन अनुमति दिएको घोषणा गर्‍यो। तिनीहरूका ब्रिटिश समकक्षहरू जस्तै, गोर्खा महिलाहरू इन्जिनियरहरू, लजिस्टिक कोर्प्स, सिग्नलहरू, र ब्रिगेड ब्यान्डमा सामेल हुन योग्य थिए, यद्यपि इन्फन्ट्री इकाइहरूमा छैनन्। सेप्टेम्बर 2008 मा, लन्डनको उच्च अदालतले बेलायती सरकारले गोर्खाहरूलाई बेलायतमा बसोबासको अधिकारका लागि विचार गर्न सक्ने मापदण्डहरूमा स्पष्ट मार्गदर्शन उपलब्ध गराउनु पर्छ भनेर निर्णय गर्यो। 21 मे 2009 मा, गोर्खा दिग्गजहरूको लामो

अभियान पछि, तत्कालीन ब्रिटिश गृह सचिव, ज्याकी स्मिथले घोषणा गरे कि 1997 भन्दा पहिले ब्रिटिश सेनामा चार वर्ष वा सोभन्दा बढी सेवा गरेका सबै गोर्खा दिग्गजहरूलाई बेलायतमा बस्न अनुमति दिइनेछ।

शिवको दाहिने काँधमा कोमल ढुकढुक थियो। कफीको कप बोकेकी चन्द्रिका थिइन्। "धेरै ढिलो नगर्नुहोस्। लेखकहरूको सम्बन्धमा जिल्ला कलेक्टरको बैठकको लागि तपाईं भोलि चाँडै उठ्नु पर्छ।

"चन्द्रिका, बस," शिवले आफ्नो छेउको कुर्सी तानेर इशारा गरे।

"Mobsy लाई तपाईंको मद्दत चाहिन्छ; उसले एक्लै गर्न सक्दैन। यो कुरामा सुमी खुसी नहुन सक्छ। यसबाहेक, उसलाई राज्यको पछ्याउन प्रमाणित ऐतिहासिक तथ्याङ्क चाहिन्छ। मोब्सी र मनिषा राईबीच के भइरहेको छ, मैले बुझिनँ?" चन्द्रिकाले टिप्पणी गरे।

शिवले रुवायो। "उनीहरू दुवैले सँगै धेरै दौडहरू दौडे। मोब्सीले कोलकाता, दार्जिलिङ र कालिम्पोङको यात्रा गरे र कालिम्पोङ नजिकैको पेडोङ गाउँमा मनिषाको स्पार्टन घर गए। उहाँ साँच्चै महसुस गर्नुहुन्छ कि उहाँले तिनीहरूको कारणलाई समर्थन गर्न सक्नुहुन्छ। Mobsy को कुनै कानूनी पृष्ठभूमि छैन। यो उनको लागि कठिन हुनेछ, त्यसैले मैले मोब्सीलाई मद्दत गर्ने निर्णय गरेको छु। उसको लागि मलाई डर लागेको एउटा कुरा भनेको उसको सुरक्षा हो। पश्चिम बङ्गाल सरकार असन्तुष्टहरूमाथि कडाइ गर्दैछ र उनीहरूलाई जेल हाल्दैछ। मध्य प्रदेशको मोब्सी आफ्नो नाक सफा राख्दासम्म सुरक्षित रहन्छ, तर यो त्यस्तो काम हो जुन उसले गर्न गइरहेको छैन। उनको लागि समस्या छ। म मेरो साथी, मोब्सीलाई मद्दत गर्नेछु। म मोब्सी र मनिषा बीचको बलियो र सूक्ष्म बन्धन पनि महसुस गर्छु। केहि गहिरो, तर जसको बारेमा हामीलाई थाहा छैन।"

"तपाईं रोमान्टिक भन्न खोज्दै हुनुहुन्छ?" चन्द्रिकाले सोधिन्।

"होइन, त्यस्तो केहि छैन, तर यो केहि चीज हो जुन मैले आफैंलाई पत्ता लगाउन सकेको छैन। म पक्का छु कि सुमीलाई यसको बारेमा थाहा छ किनभने मोब्सीले उनीसँग किंगडम कमेदेखि सबै कुरा छलफल गरेको छ। चन्द्रिका, तिमीलाई थाहा छ मोब्सी जन्मेको दिन छ वर्षकी सुमी अपरेटिङ थिएटरबाहिर मोब्सीका बुवाको हात समातेर उभिरहेकी थिइन्। मोब्सी र सुमी बीचको सम्बन्ध सबैभन्दा बहुआयामिक र सुन्दर सम्बन्ध हो जुन दुई मानवहरू बीच हुन सक्छ। म तिनीहरूलाई ईर्ष्या गर्छु।"

"अवश्य, म तपाईंसँग सहमत छु, शिवी; Mobsy लाई तपाईंको समर्थन चाहिन्छ। मलाई यो मान्छे मन पर्छ। उहाँ एक पूर्ण सज्जन हुनुहुन्छ। सुमी दुर्गा सिंह जस्तै हो। उनी मोब्सी, दाँत र नङको रक्षा गर्न सबै बाहिर जानेछिन्, जे भए पनि। यसमा, म पक्का छु। Mil र Mandy ले यस सम्बन्धमा Mobsy लाई मद्दत गर्न सक्दो प्रयास गर्नेछन्। मेरो छेउबाट, मेरो मन गोर्खाहरूमा जान्छ। भारत गणतन्त्र बनेदेखि नै उनीहरूसँग कच्चा सम्झौता भएको छ। गोर्खाहरू प्रायः सेनामा भर्ती भए वा सुरक्षा गार्ड थिए। अहिले उनीहरु मूलधारमा आउन थालेका छन् । मनिषा कालिम्पोङ अदालतकी अधिवक्ता हुन्।

"हो, मनिषाको लागि राम्रो," शिवले जवाफ दिए।

नाथु ला एण्ड द प्रोफेसी (1995) मा हिमस्खलन

स्कार्पियोको चक्कामा सवार चालक नाथुला आर्मी क्याम्पमा रोकिएका थिए । मनिषा एकदमै उत्साहित थिइन्, कुनै पनि आठ वर्षको बच्चा जस्तै। गाडी गान्तोकबाट नाथु ला पासमा आइपुगेका पर्यटकहरूको काफिलाको हिस्सा थियो। पर्यटकहरू नाथुलामा ओर्लिए र भारत-चीन सीमामा तीन घण्टा बिताए, जुन अनौठो रूपमा पहेंलो नायलन डोरीले विभाजित थियो। रातो गाला भएका चिनियाँ सिपाहीहरूले काँधमा राइफल बोकेर सिमेन्टको सतहमा कोरिएको रातो रङको सिमानाबाट करिब तीस मिटर टाढा घुमिरहेका पर्यटकहरूलाई हेरे।

भारतीय पक्षका अधिकांश पर्यटकले चिनियाँ सैनिकको तस्बिर खिचिरहेका थिए, तर सैनिकहरू आफ्ना उच्च अधिकारीले आदेश दिएझैं उग्र अनुहारमा बसेका थिए। मनिषा आफ्नी काकीसँग आर्मी टुरिष्ट सेन्टर पुगेकी थिइन्, जहाँबाट उनीहरूले नाथुला पास देखेको प्रमाणित छाप र सेना अधिकारीको हस्ताक्षर सहितको प्रमाणपत्र प्राप्त गरे। उनले आफ्नो ज्यान गुमाएका 'मेमोरियल वाल अफ ब्रेभ सोल्जर्स' मा काकीसँग फोटो खिचाइन् ।

आर्मी क्यान्टीनले रोटीसँग म्यागी नूडल्स र सूप खुवाएको थियो। एउटा रमाइलो घटना घट्यो । नाथुला आर्मी क्यान्टिनमा मनिषाको टेबुलको छेउमा एकजना युवक चाउचाउ खाँदै थिए । टेबलमा कफीको कप पनि थियो । उसले बायाँ हातमा बाघको ट्याटु देखाउँदै कुहिनोमा रातो र कालो चेकर-बाहुलाको शर्ट लगाएको थियो। यो मूलतया सुन्तला को प्याच संग कालो मा थियो। तर बाघको आँखाले उनको ध्यान खिच्यो। विद्यार्थीहरू निलो थिए। मनिषाले बाघ डरलाग्दो देखिए पनि निलो आँखाले बाघको अनुहारबाट खराबी हटाएको बताए । उनी ट्याटुबाट यति मोहित भइन् कि उनले त्यस मानिसको आँखा समातिन्, जसले टेबुलमा आराम गरिरहेको आफ्नो देब्रे हात उनको तर्फ सार्यो। उसलाई हेरेर मुस्कुराउनुभयो र मनिषा मुस्कुराउनुभयो । मनिषाले ट्याटु हेर्न मन लाग्यो र कुर्सीबाट उठिन् ।

काकीले पाखुरा समातेर नेपालीमा भनिन्, *"तिमी कहम जडाइचौ ?"* (तिमि कहाँ जादै छौ?)।

मनिषाले जवाफ दिइन्, " *मा ट्याटु हर्नचाहाछु*।" (म ट्याटू हेर्न चाहन्छु)।

" *होइन, होईन बासा* " (होइन, होइन, बस) मनिषाको हातमा रिसाउँदै काकीले जवाफ दिइन्।

अकस्मात्, विपरित छेउमा चेकर लगाएको शर्ट लगाएको मानिस उनीहरुको नजिक आयो।

"नमस्ते म्याडम। म मोबियस मुखर्जी हुँ। हामीले बच्चाको जिज्ञासालाई दबाउन हुँदैन। उसलाई मेरो ट्याटु हेर्न दिनुहोस् यदि उनी चाहन्छिन्, "मोबियसले मनिषाकी काकीलाई भनिन्।

आन्टी, आत्तिएर उठी र भनिन्, "नमस्ते, सर। माफ गर्नुहोस्। मलाई लाग्छ तपाईंले नेपालीमा हाम्रो कुराकानी सुन्नु भएको छ।"

"हो। त्यो सत्य हो। नेपाली बुझ्छु । मेरी आमा गोर्खा हुनुहुन्छ।

"तर, बंगाली बुबासँग," काकीले जवाफ दिइन्।

"तिमी साँच्चै एक तेज महिला हुनुहुन्छ," मोबियसले मुस्कुराउँदै जवाफ दिइन्।

मनिषाले मुस्कान थाम्न सकिनन्, र चाँडै, तीनै जना खुलेर हाँसोमा फटाइयो।

"यो राम्रो देखिने ट्याटु हो," मनिषा उत्साहित हुँदै भनिन्।

"तर, मलाई भन्नुहोस्, श्री मुखर्जी, बाघ डरलाग्दो देखिन्छ। यसले के बुझाउँछ?" दिदीले सोधे ।

"बाघ ट्याटुसँग सम्बन्धित दुईवटा सामान्य अर्थहरू शक्ति र शक्ति हुन्। प्रकृतिमा, बाघ यसको वातावरणमा शीर्ष शिकारी हो। त्यसकारण, बाघको ट्याटुले स्वतन्त्र आत्मा वा स्वतन्त्रताको प्रतिनिधित्व गर्न सक्छ। यी सकारात्मक अर्थहरूको साथमा, बाघले खतरा, बदला वा सजायको प्रतीक हुन सक्छ। सौभाग्यवश, मेरो बाघको ट्याटुमा नीलो आँखा छ, जसले राम्रो बाघलाई जनाउँछ। बलियो र भरपर्दो, "मोबियसले जवाफ दिए।

"वाह। त्यो एउटा हेलुवा बाघ हो! मेरो नाम जुनाली राई हो। म पश्चिम बंगालको कालिम्पोङ नजिकैको पेडोङकी मनिषाकी बुवा हुँ। म केही बंगाली पनि बुझ्न सक्छु। " *कमोन अचो?"* (तिमीलाई कस्तो छ?)।

"*खुब भलो*," (म ठीक छु) मोबियसले जवाफ दिए।

मनिषा र उनकी काकी स्कार्पियो गाडीको छैठौं लाइनमा र मोबियसको पछाडिको गाडीमा थिए। नाथुला पासबाट फर्कने क्रममा, सिक्किमको इन्डो-चिनियाँ सीमामा तैनाथ भएको एक वर्षपछि, 1968 मा सीमामा मृत्यु भएका २३ औं पञ्जाब रेजिमेन्टका स्वर्गीय बाबा हरभजन सिंहको मन्दिरमा पर्यटक काफिले रोकियो। यो विश्वास गरिन्छ कि हरभजन सिंहको आत्माले अझै पनि भारतीय सिमानाको रक्षा गर्दछ र आफ्नो रेजिमेन्टका सिपाहीहरूलाई उनीहरूको सपनामा देखा परेर तीन दिन अघि कुनै पनि खतराको विरूद्ध चेतावनी दिन्छ।

दिउँसो ३ बजेसम्म विपद् परेपछि काफिले मन्दिरबाट ओर्लिएको थियो । यो एक हिमस्खलन थियो। ढुंगाको पहिरो एक्कासी सुरु भयो र चारैतिर अराजकता मच्चियो । उनीहरुको गाडी दुईवटा ठूला ढुङ्गाको बीचमा फसेको थियो । मनिषाले पछाडीका सबै गाडीहरु तिब्र गतिमा हिडिरहेको देखेकी थिइन् । अगाडि, मोबियस यात्रा गरिरहेको गाडीले उनीहरूलाई अलपत्र छोडेर टाढा गयो। मनिषाले पहाडबाट थप ढुङ्गाहरू आउँदै गरेको देख्दा डरले हेरी। गाडी चालक र उनकी काकीले एकअर्कालाई डराएर हेरे। दुष्टको पूर्वसूचना तीनमा ठूलो थियो।

मनिषा वृश्चिकबाट ओर्लिएपछि ढुङ्गाको उचाइले उनको दृश्यमा बाधा पु¥याएको महसुस गरिन् र यसको पछाडि के भइरहेको छ थाहा पाउन सक्ने अवस्था थिएन । उनकी काकी पनि हताश भएर यताउता हिँडिरहेकी थिइन् किनभने ढुङ्गाहरू अगाडि र पछाडि पट्टि जोडिएका थिए। अकस्मात्, चेकर सर्ट लगाएको मानिसको टाउको ढुङ्गाको पछाडिबाट आयो।

"मनिषा, तिमी त्यहाँ?" मोबियस चिच्याए।

"हो, मिस्टर मोबियस, म यहाँ आन्टी र ड्राइभर साबसँग छु," मनिषाले विचलित हुँदै जवाफ दिइन्। "हामी फसेका छौं। जाने कतै छैन ।"

"ड्राइभर साबलाई उठाउन भन्नुहोस्। म तिमीलाई अर्को तर्फबाट तल तान्छु। त्यसपछी तिम्री आन्टीलाई पनि त्यसै गर।"

"ठीक छ, श्री मोबियस। उसलाई भन्नू होला । कृपया तयार हुनुहोस्।"

मनिषाको अनुहार मलिन भयो । मोबियसले मनिषालाई काखमा समातेर बिस्तारै भुइँमा ल्यायो। त्यसपछि जुनाली आयो । उनी ढुङ्गाको माथितिर

घुमिन् र तल सर्ने प्रयास गरिन्। उनको स्कर्ट माथि उठ्यो, उनको प्यान्टी खुला।

"श्री। मोबियस मुखर्जी, के तिमी मेरो प्यान्टी देख्न सक्छौ?"

"यो अहिले महत्त्वपूर्ण छैन। कृपया जान दिनुहोस् ताकि म तिमीलाई कम्मरमा समात्न सकूँ।"

"ठीक छ, श्री मुखर्जी, म आउछु।"

चालक कडा पहाडी-कदमा सानो तर धेरै लचिलो शरीरको थियो। मोबियसले जुनालीलाई आफ्नो खुट्टामा राख्नु अघि नै एकै छलांगले उसले ढुङ्गा माथि उचाल्यो र अर्को छेउमा तल झर्यो।

मोबियसले तीनै जनालाई दौडन सुरु गर्न निर्देशन दिए। मोबियसको गाडी एक सय मिटर अगाडि थियो, र मोबियसको ड्राइभर गाडीको छेउमा थिए, हतार गर्न तिनीहरूलाई हल्लाउँदै थिए। मोबियसको छेउमा सानो-निर्मित ड्राइभर अगाडि बढ्यो। मोबियसले जुनाली र मनिषालाई सकेसम्म छिटो दौडन आग्रह गरे।

मोबियसले पहाडतिर हेरे। तिनीहरू सुस्त गतिमा हिँडिरहेका थिए, पक्कै पनि ढुङ्गाहरूले तिनीहरूलाई हिर्काउनेछन्। उसले छिट्टै निर्णय गर्नुपर्यो । मोबियस भुइँमा घुँडा टेके।

“मनिषा, अगाडि आएर मेरो घाँटीमा हात हाल। म तिमीलाई बोकेर जान्छु ।” अनि मनिषाले उठाई ।

"जुनालीले मेरो बेल्टलाई पछाडिबाट समात्यो। हामी आफ्नो ज्यानको लागि दौडने छौं।"

दौडिरहेको बेला, मोबियसले ६० किलोग्रामको महिलाले आफूलाई पछाडि तानेको र २० किलोग्रामको बच्चालाई एकैसाथ दौडिरहेको महसुस गरे। ढुङ्गाहरू डरलाग्दो गतिमा खसेका थिए। यो टच एण्ड गो थियो, मोबियसले आफैलाई सोचे।

अचानक, यो 1985 थियो, र मोबियस र मिलिन्द घाँटीमा दौडिरहेका थिए। देहरादुनको दून स्कूलमा भइरहेको सिनियर्स क्रस कन्ट्री दौडको अन्तिम रेखा ५० मिटर अगाडि थियो। पूरै विद्यालय अन्तिम रेखामा पर्खिरहेको थियो। धेरै जसो डोस्कोस (दून स्कूलका विद्यार्थीहरूका लागि प्रयोग गरिएको शब्द) मोबियसको लागि जयकार गर्दै थिए। MOBIUS! MOBIUS! MOBIUS!

नाराबाजीले चर्को रुप लियो । कसले जित्ने थियो ? के यो मिलिन्द, अर्को वर्षको स्कूल क्याप्टेन, वा मोबियस, स्कूलको नायक हुनेछ? देहरादुन जिल्ला खेलकुदको इतिहासमा पहिलो १४ वर्षिय बालकले आर्मी र पुलिस रनरलाई हराउँदै खुला विधामा रोड रेस जितेका हुन् । ढुङ्गाहरू तिनीहरूलाई चकनाचूर गर्न जाँदै थिए। प्रत्येक पाइलामा, मोबियसले आफ्नो दाँत किट्यो र आफ्नो खुट्टालाई भुइँमा बलियो धकेल्यो। यो टच-एन्ड-गो हुन गइरहेको थियो। मोबियसले आफ्नो छाती डुबाएर मिलिन्दभन्दा एक इन्च अगाडि टेप छोए। Doscos ले आफ्नो मुटु चिच्याए! तिनीहरूको नायकले जित्यो र नयाँ कीर्तिमान बनायो, जुन तीस वर्षसम्म रहनेछ!

मोबियस भुइँमा खसेपछि उसले जुनालीलाई आफ्नो छेउमा ताने र मनिषालाई छातीमा समातेर आफ्नो पीठमा भारी मात्रामा जमिन छोउन चारैतिर घुम्यो। मोबियसले जुनाली र मनिषालाई आफ्नो माथि हान्यो, उनीहरूलाई जोगाउँदै र प्रभावबाट सास फेरे।

एउटा विशाल ढुङ्गाले मोबियसको जुत्ता झन्डै माझ्यो; ठुलो ढुङ्गाको गति यस्तो थियो, जसले ग्राभल बाटोमा दुई पटक उछाल्दै तल आफ्नो बाटो जारी राख्यो। केही बेरपछि मोबियसले यताउता हेरे । जुनाली भुइँमा घुँडा टेकेर, गुनगुनाउँदै, आँखा बन्द गरी चुपचाप प्रार्थना गरिरहेकी थिइन् । मनिषालाई चोट नदेखे पनि रुन थालिन् । Mobius उठ्न धेरै कमजोर महसुस गरे। अचानक, तिनीहरू युद्धको थकानमा सिपाहीहरूले घेरे। तिनीहरू भारत-तिब्बत सीमा सुरक्षा बल थिए। मोबियसले धेरै हातहरू उसलाई भुइँबाट बिस्तारै उठाएको महसुस गर्न सक्थे। उनलाई नजिकैको सेनाको एम्बुलेन्समा लगिएको थियो । त्यसपछि मनिषा र उनकी काकीको ठेगानाको बारेमा उसलाई छोयो। उसको माथिबाट एउटा आवाज आयो।

“यो मेजर बक्षी हो। तपाईं अब सुरक्षित हातमा हुनुहुन्छ। तपाईको परिवार तपाईसँगै आउँदैछ, त्यसैले चिन्ता नगर्नुहोस्। म एम्बुलेन्सलाई पछ्याउँदै जीपमा दस किलोमिटर टाढाको हाम्रो सैनिक अस्पतालमा जान्छु। तपाईको श्रीमती र छोरी तपाईसँगै एम्बुलेन्समा हुनेछन्। माफ गर्नुहोस्, मैले तपाईंको घाँटी र शरीरलाई कुनै पनि सम्भावित चोटपटकको लागि सावधानीको रूपमा स्ट्रेचरमा पट्टी लगाउनु पर्छ। आफ्नो आँखा बन्द राख्नुहोस्; तिम्रो छेउमा श्रीमती बसेकी छिन् । हामी बिस्तारै यात्रा गर्नेछौं, त्यसैले त्यहाँ कम टक्कर हुनेछ। तिम्री छोरीलाई कुनै खरोंच छैन।

एम्बुलेन्सका कर्मचारीहरूले मोबियसको घाँटीलाई स्थिर राख्न काठको, फनेल आकारको वस्तु राखेका थिए। उनको हात र खुट्टा एकसाथ बाँधिएको थियो।

"चिन्ता नगर्नुहोस्। उनीहरूले केही पनि टुटेको छैन भनी सुनिश्चित गर्नका लागि मात्र यस्तो गरेका हुन्। मलाई लाग्छ तिमी सन्चै हुनेछौ,' मेजर बक्षीले भने।

तीनै जना भित्रै एम्बुलेन्स सुरु गरेपछि मोबियसको छेउमा बसेर जुनालीले गनगन गरे, "मैले तिम्रो देब्रे हात समातेको छु । महसुस गर्न सक्नुहुन्छ?"

"हो, हो, केहि बिग्रिएको छैन। के तपाइँ यी पट्टाहरू हटाउन सक्नुहुन्छ, कृपया?"

"माफ गर्नुहोस्, सर। हामीले अस्पताल नपुग्दासम्म कुर्नु पर्ने हुन्छ। यो एक मानक चिकित्सा प्रक्रिया हो, "एम्बुलेन्स कर्मचारी मध्ये एकले विनम्रतापूर्वक भने।

"के मेजर बक्षी डाक्टर हुन्?" मोबियसले टिप्पणी गरे।

"होइन, सर, तर उहाँ सबैभन्दा वरिष्ठ अधिकारी हुनुहुन्छ," चिकित्सा कर्मचारीले जवाफ दिए।

"दश किलोमिटर लामो बाटो हो। म यहाँ निसास्सिएर मर्नेछु।"

"सर, तपाईं इन्डो-तिब्बत सीमा सुरक्षा बलको हेरचाहमा हुनुहुन्छ। हामी तपाईलाई सुरक्षित र स्वस्थ राख्न हामी सक्दो गर्नेछौं।"

"बैल, म तिमीलाई विश्वास गर्दिन।"

"माफ गर्नुहोस्, सर। मैले तपाईलाई बुझिनँ," अस्पतालका कर्मचारीले जवाफ दिए।

जुनालीले मोबियसको हात समातिन् र ओठमा औंला राखेर चुप लाग्न संकेत गरिन् । सेना अस्पतालका कर्मचारीले मोबियसलाई स्ट्रेचरमा ल्याएका सैनिक अस्पतालबाहिर मोबियसका लागि आधा घण्टाको पीडापछि एम्बुलेन्स रोकिएको थियो । मेजर बक्षी पहिले नै आइसकेका थिए र अस्पतालमा पर्खिरहेका थिए।

“मेजर बक्षी, उचित सम्मानका साथ, के म यस कन्ट्रपपबाट मुक्त हुन सक्छु? त्यहाँ कुनै हड्डी भाँचिएको छैन। म हिड्न सक्छु भन्ने पक्का छु,” मोबियसले बिन्ती गरे।

मेजर बक्षीले मुस्कुराए, साम मानेकशको जुँगालाई आफ्नो औंलाले छोटकरीमा घुमाए, र जवाफ दिए, "त्यसो होस्" र अस्पतालका अर्डलीहरूलाई पट्टा हटाउन निर्देशन दिए।

राहतको सास लिएर मोबियस स्ट्रेचरबाट ओर्लिए, आफूलाई तन्काए र आफ्नो ढाड महसुस गरे। शर्ट पछाडिबाट च्यातिएको थियो। त्यहाँ केही कच्चा घाउहरू थिए, र मोबियसले आफ्नो औंलाहरूले महसुस गरेपछि, उसको औंलाहरू रगतले दाग भएको महसुस गरे। मेजर बक्षीले उनीहरूलाई अस्पतालको सर्जिकल वार्डमा लगे, जहाँ उनको शर्ट हटाइयो र घाउहरू सफा गरियो, कीटाणुरहित र ब्यान्डेज गरियो। जुनालीको दुवै कुहिनोमा केही घाउहरू थिए, जसलाई कीटाणुमुक्त गरिएको थियो। शल्यक्रियामा सम्पूर्ण प्रक्रिया करिब एक घण्टा लाग्यो।

सधैं मुस्कुराउने मेजर बक्षी शल्यक्रिया बाहिर पर्खिरहेका थिए। “खुसीको खबर, श्री मुखर्जी, तपाईको रक-स्याक तपाईका ड्राइभरले हामीलाई दिनुभयो। मैले मेरा जवानहरूलाई पनि गाडीबाट तपाईंको परिवारका सामानहरू बचाएर मकहाँ ल्याउन निर्देशन दिएको छु। म तपाई र तपाईको प्यारा परिवारलाई अस्पताल क्याम्पस भित्रको हाम्रो घरमा रात बस्न लैजादैछु। बाँकी पर्यटकहरूलाई सेनाको ब्यारेकमा राखिएको छ, पुरुष र महिला दुवै छुट्याइएको छ। १० वर्षभन्दा मुनिका बालबालिका आमासँग बस्छन्,’ मेजर बक्षीले भने ।

“मेजर बक्षी, तपाईंले हाम्रो लागि जे गर्नुभयो त्यसको लागि हामी पहिले नै धेरै बाध्य छौं। हामी ब्यारेकमा बस्न सक्छौं, "मोबियसले जवाफ दिए।

"होइन, श्री मुखर्जी। मेरा जवानहरू र मैले तपाईंको मृत्युलाई अपमान गर्ने सय मिटर दौड तपाईंको परिवारसँग हेरे। तपाईंले आफ्नी श्रीमती र बच्चालाई सुरक्षामा तानेर आसन्न मृत्युबाट बचाउनु भयो। मेरी श्रीमती र म तपाईंको परिवारलाई हाम्रा सम्मानित अतिथिको रूपमा पाउँदा सम्मानित हुनेछौं। ” उसको आँखाको कुनाबाट मोबियसले जुनाली र मनिषालाई एकअर्कालाई अचम्ममा हेरिरहेको देख्न सक्थे।

"ठीक छ, मेजर। हामी पक्कै पनि सम्मान अस्वीकार गर्न सक्दैनौं, "मोबियसले जवाफ दिए।

"त्यसो भए, जवान, तिम्रो पछि," मेजरले जुनाली र मनिषालाई मोबियसलाई पछ्याउन संकेत गर्दै मनिषाबाट टाढा हिंड्दै भने।

मेजर बक्षीले मनिषालाई भने, "तिम्रो बुबा अद्भुत मानिस हुनुहुन्छ ।

"हो। कि उहाँ हुनुहुन्छ। उसको बायाँ हातमा सुपर टाइगरको ट्याटु पनि देख्न पाइयो,' मनिषाले गर्वका साथ जवाफ दिइन् ।

"ओह साँच्चै? त्यसोभए मैले गर्नुपर्छ," मेजरले जवाफ दिए।

मेजरकी श्रीमतीले मोबियसको साहसको प्रशंसा गरिन्। उनले रुमाली रोटीको साथ चिकन चाउचाउ र मटन भुना गोश्त, मिठाईको लागि कारमेल कस्टर्डको साथ तयार गरिन्, जसले तीनैको तालुमा ठूलो अपील गर्यो।

मोबियसले मेजरकी पत्नीलाई टिप्पणी गरे, "म्याडम, एक राजाको लागि एकदमै राम्रो स्प्रेड उपयुक्त छ।"

"मुखर्जी महोदय, तपाई एकदमै विनम्र हुनुहुन्छ," श्रीमतीले मुस्कुराउँदै जवाफ दिइन्।

रातिको खाना चाँडै थियो, बेलुका ७ बजे। दयालु मेजरले मोबियसको कच्चा घाउको फाइदा उठाउँदै, आफ्नो उच्च अधिकारीसँग कुरा गरे र मोबियस र परिवारलाई उठाउन र दार्जिलिङको आफ्नो होटलमा छोड्न एम्बुलेन्सको व्यवस्था गरे। अनौठो संयोगले जुनाली र मनिषा दुबै दार्जिलिङको एउटै होटलमा मोबियस बस्दै आएका थिए । जुनाली र मनिषाले सडकबाट पेडोङ फर्कने योजना बनाएका थिए । मोबियस बागडोगरा एयरपोर्टको लागि प्रस्थान गर्ने थियो, जहाँबाट उनी दिउँसो ५ बजेको फ्लाइटमा दिल्ली जानेछन्, जसलाई उनले अनुमान गरे कि उनीहरू बिहान ७ बजे मेजरको घर छोडेर दिउँसो दार्जिलिङ पुगे र दिउँसो ३ बजे बागडोग्रा एयरपोर्ट पुगे भने, प्रस्थान गर्नु अघि दुई घण्टा। जुनालीले मोबियसलाई आरामदायी समय क्षेत्रमा रहन बिहान ६:३० बजेतिर जान सल्लाह दिए।

जुनाली र मनिषाले नुहाएर सुत्ने कोठामा मोबियसले जिम्मा लिएका थिए र मोबियसले आफ्नो ढाडमा लुगा लगाएका कारण आफूलाई स्पन्ज गरे ।

"हाम्रो गणित सही गरौं। जुनाली, तिमी मभन्दा चार वर्ष जेठी छौ २५ वर्षको । म तिमीलाई जुनाली बोलाउँछु। तपाईले मलाई मोबियस भन्न सक्नुहुन्छ।"

"के तिम्रो उपनाम छ, मोबियस," जुनालीले मुस्कुराउँदै जवाफ दिइन्।

"ठीक छ, मेरा नजिकका साथीहरूले मलाई मोब्सी भन्छन्," मोबियसले भने।

मनिषातिर औँला उचालेर मोबियसले शरारती गर्दै भने, "म तिम्रो बुवा बन्न सक्दिन किनकि तिमी आठ वर्षको छौ र मैले तिम्री आन्टीलाई बिहे गरेपछि तिमी जन्मेको भए पनि बिहे गर्दा म १७ वर्षको हुने थिएँ । त्यसैले, मनिषाई, तिमी मेरी कान्छी बहिनी हौ, र म तिमीलाई मनिषा वा कांची (नेपालीमा कान्छी बहिनी) भन्छु।

"यो राम्रो छ," मनिषाले जवाफ दिइन्। "र म तिमीलाई बाघ भाइ भन्नेछु, जसको अर्थ टाइगर ब्रदर हो।"

"ठीक छ, ठीक छ। अब म सोफामा सुत्छु, र तपाईं दुबै ओछ्यानमा, "मोबियसले जवाफ दिए।

"ओह, यसबाट आउनुहोस्, मोब्सी। ओछ्यान हामी तीनजनाको लागि पर्याप्त छ। तिम्रा खुट्टा सोफामा झुल्नेछन्,' जुनालीले चिन्तित हुँदै जवाफ दिइन् ।

"म व्यवस्थापन गर्नेछु," मोबियसले जवाफ दियो।

"ठीक छ, कम्तिमा सबै अब ओछ्यानमा आराम गरौं। अलिकति कुरा गर्नुपर्छ,' जुनालीले भने ।

"मोब्सी। तपाईं विवाहित हुनुहुन्छ?" जुनालीले सोधे ।

"अहिले सम्म छैन," मोबियस मुस्कुराए। "तिमीलाई के छ जुनाली?"

"दुर्भाग्यवश, म अझै अविवाहित छु, मनिषाका आमाबुवासँग पेडोङमा बस्छु। मैले बिर्सनु अघि, हाम्रो टेलिफोन नम्बर यहाँ छ। मसँग कागजको टुक्रामा छ।" मोबियसले कागज सुरक्षित रूपमा आफ्नो वालेटमा राखे। पर्स खोल्दा जुनालीले सुमित्राको फोटो देखे। "के त्यो तिम्रो प्रेमिकाको फोटो हो? उनी सुन्दर छिन्। उनी तपाईंजस्तै खेलाडी जस्तो देखिन्छिन्।

"हो, उनी धेरै नै छिन्। देहरादूनको वेल्हम गर्ल्समा उनी स्कूल क्याप्टेन वा हेड गर्ल थिइन्, जसरी तपाईंले उनलाई बोलाउन सक्नुहुन्छ। उनले बास्केटबल, ब्याडमिन्टन र हक्कीमा उत्कृष्ट प्रदर्शन गरे। उनले अन्डर-१९ टिमका तीनवटै इभेन्टमा उत्तर प्रदेशको प्रतिनिधित्व गरिन्। उनले मिरान्डा हाउस, दिल्ली विश्वविद्यालयबाट अंग्रेजीमा स्नातकोत्तर गरे। जे होस्, सुमी मभन्दा छ वर्ष जेठी छिन्।

"वाह, कस्तो प्रमाण! तपाईं एक भाग्यशाली मानिस हुनुहुन्छ, Mobsy। सुमीसँग कसरी प्रेम भयो भन।"

"ठीक छ, मलाई लाग्छ कि यो आठ वर्षको जस्तो थियो। हामीबीच झगडा भएको थियो, र उनले चौध वर्षकी केटी भएर मलाई भुइँमा टाँसिएर हातको ताला लगाएर दयाको याचना गरिन्।

"राम्रो, कस्तो रोमान्टिक क्षण!" जुनालीले भने । "आठ वर्षको केटालाई आफ्नी चौध वर्षीया प्रेमिकाले पिन गर्यो!"

"पप्पी लाज, कुकुरको लाज" मनिषाले हर्षोल्लासमा ताली बजाइ।

"मनिषा, उहाँ मेरो शिक्षिका हुनुहुन्थ्यो," मोबियसले उनको ठट्टाको जवाफ दिइन्।

"वाह!" जुनालीले चिच्याए । "तिमी आफ्नो गुरुसँग बिहे गर्छौ ? कुन विषय पढाउनुहुन्छ?"

"सबै विषयहरू सूर्य मुनि। केवल जीवविज्ञान, मैले उनीसँग विवाह गरेपछि उनले मलाई सिकाउनेछन्, "मोबियसले जवाफ दिए।

"हे भगवान, मोब्सी। तिमी हास्यास्पद छौ!" जुनाली हर्षले भरिएको आँसुले चिच्याइन् ।

"हे" मनिषा चिच्याइन्। "यो न्यायोचित होइन। यदि यो वयस्क मजाक हो भने, मैले यो किन बुझिन?"

"तिमीले सत्रह वर्षको हुँदा हुनेछौ," मोबियसले हाँस्दै जवाफ दिए र आफ्नो घडी हेरेर भने, "ठीक छ, साथीहरू, हामी यसलाई एक दिन फोन गरौं र सुतौं। हामी चाँडै उठ्नु पर्छ।" मोबियस, ओछ्यानबाट उठ्यो र सोफामा आफैं खने। पाँच मिनेटमै ऊ निदायो ।

कसैले उसलाई काँधमा टाँसिरहेको थियो । मोबियसले आफ्नो उज्यालो नाडी घडी हेरे। २ बजेको थियो ।

जुनाली थियो । "चुप बस, मोब्सी। मनिषा गहिरो निद्रामा छिन् । मैले उसलाई खाटको एक छेउमा राखें। यसरी सुत्दा घाँटी रङ्गिनेछ । आऊ ओछ्यानमा हाम फाल्ने।"

मोबियसले अँध्यारोमा ओछ्यानको खाली छेउमा आफ्नो बाटो बनाए। जुनाली मोबियस र मनिषाको बिचमा निस्किन् ।

मोबियसले एउटा अनौठो सपना देखिरहेको थियो। उनी आँखा बन्द गरेर स्पेसशिपमा थिए। नदेखेका औंलाहरूले मुख खोल्न खोजिरहेका थिए। जब उसको मुख खुल्यो, उसको ओठमा केही नरम कुरा धकेलियो। यो चिकनी र रबरी स्वाद थियो। अचानक, मोबियसको सपना टुट्यो। उसको मुख भित्र निप्पल थियो। मोबियसले आँखा खोले, छक्क परे। "के भो, जुनाली?" मोबियसले भने।

"चुप बस, मोब्सी। तिमी ब्यूँझनेछौ, मनिषा - चिन्ता लिनु पर्दैन। बस चिसो गर्नुहोस्। यो एक वार्डरोब malfunction थियो। तिम्रो अनुहार मेरो स्तनको बिरुद्ध थियो, र मेरो ब्रा पट्टा फुट्यो।"

“बुरु, तिमीले जानाजानी गर्यौ। दिनको विश्राम आउन एक घण्टा मात्र बाँकी छ। म थाकेको छु। के म निश्चिन्त सुत्न सक्छु?"

"मोक्सी प्रिय। यो यहाँ एक कडा निचोड छ। मेरो हातमा टाउको राख। म प्रतिज्ञा गर्छु कि म तिमीलाई छुने छैन। घुमाउनुहोस् र सुत्नुहोस्। शुभ रात्री।"

मोबियसले आफू सुतिरहेको महसुस गरे। उसले आफ्नो वरिपरि दुईवटा पाखुरा बलियो भएको र गालामा भर्खरै स्याम्पु गरिएको कपालको गन्ध महसुस गर्न सक्यो। मोबियसले प्रतिरोध गर्न धेरै थकित महसुस गरे र तुरुन्तै सुत्यो।

एक ज्योतिषी भविष्यवाणी

मेजरकी श्रीमतीले टमाटर र अण्डा स्यान्डविचको प्याक ब्रेकफास्ट चियाको थर्मससँग तयार पारेकी थिइन्। एम्बुलेन्स मेजरको घर अगाडि पार्क गरिएको थियो।

एम्बुलेन्समा रहेका अर्डरली एक पोर्टली 30 वर्षीया थिए जसले सेनामा भर्ना हुनु अघि आफूलाई पामिस्ट भएको दाबी गरे। "हाम्रा हत्केलाहरू हेर्नुहोस् र हामीलाई केहि भन्नुहोस्," मोबियसले एम्बुलेन्स भित्र एक पटक भने।

"सबैभन्दा पहिले, एउटा सानो परिचय। तपाईंको हत्केलामा चार मुख्य रेखाहरू छन्। हृदय रेखा हातको शीर्षमा छ र तपाईंको भावनात्मक अवस्थालाई संकेत गर्दछ। दोस्रो तपाईको हातको केन्द्रमा हृदय रेखाको तलको हेडलाइन हो, स्वभावलाई संकेत गर्दछ। तेस्रो हृदय रेखा अन्तर्गत जीवन रेखा हो, जुन तपाईंको औंलाको वरिपरि जान्छ र जीवन शक्तिलाई

संकेत गर्दछ। चौथो स्थायित्व रेखा हो, जसलाई भाग्य रेखा पनि भनिन्छ, जुन हातको बीचबाट माथि आउँछ, तपाईंको हत्केलाको तलबाट सुरु हुन्छ र तपाईंको बीचको औंला तिर दौडन्छ, र यसले तपाईंले सिर्जना गरेको जीवनको बारेमा कस्तो महसुस गर्नुहुन्छ भनेर संकेत गर्दछ। । अब हजुरको छोरीको हात हेरौं ।"

अर्डरले मनिषाको हात हेरेर चिच्यायो, "तिम्रो छोरी ज्ञानी छिन् । उनी जनताको नेता बन्न लागेकी छिन् । उनी धेरै प्रसिद्ध बन्ने भाग्यमा छन्। उनले आफ्नो समुदायलाई उपलब्धि र प्रमुखताको शिखरमा पुर्‍याउनेछन्। "

"के त्यो काव्यात्मक बयानबाजी होइन?" मोबियसले भने।

"होइन सर, त्यस्तो होइन । उनको टाउको र भाग्य रेखाहरू ठोस छन्। यसबाहेक, उनको अनुक्रमणिका र बीचको औंलाहरू मोटाई र लम्बाइमा राम्रोसँग विकसित छन्। लामो तर्जनी औंलाले नेतृत्वको सुझाव दिन्छ, र लामो सीधा बीचको औंलाले विश्वासयोग्यता र जिम्मेवारीलाई संकेत गर्दछ।

"अब तपाईको श्रीमतीकहाँ आउँदै हुनुहुन्छ, सर।" क्रमशः जुनालीको देब्रे हत्केला हेर्यो: "मेरा साथीहरूले मलाई मेरो भविष्यवाणी नब्बे प्रतिशत सही भएको बताउँछन्। खैर, यहाँ मेरो पढाइमा, म गलत छु। हत्केलामा विवाह रेखा सानो औंलाको आधार तल र दाहिने हत्केलामा मुटुको रेखाको ठीक माथि अवस्थित हुन्छ। यो सबैको लागि फरक छ। म्याडमको मामलामा, विवाह रेखा हराइरहेको छ, जसले स्पिनस्टरहुडलाई संकेत गर्दछ। यस पटक म स्पष्ट रूपमा गलत छु। "

धेरै चासो राख्दै, मोबियस आफ्नो सिटबाट उठ्यो र अर्डरलीको नजिक बस्यो। अब मलाई मेरो बारेमा भन्नुहोस्। "अवश्य सर । मलाई तिम्रो दाहिने हत्केला देखाउनुहोस्।" अर्डलीले केही मिनेट सोच्दै बिताए, उसको निधारहरू काँपिए। "केही गलत छ?" मोबियसले चिन्तित हुँदै भने।

"होइन, सर, तर तपाईंले आफ्नो कार्डहरू सही खेल्नुपर्छ। तपाईंको जीवन धेरै जटिल हुन गइरहेको छ। तपाईं समस्याबाट बाहिर निस्कनु भएको देखिन्छ। तर त्यहाँ राम्रो समाचार छ। तिम्रो श्रीमती धेरै बलियो छ, धेरै दबदबा छ। तर तिम्री श्रीमतीको यो पक्षले तपाईलाई प्रायजसो विपत्तिबाट बचाउनेछ।"

"मेरी श्रीमतीले मलाई माया गर्छिन्?" मोबियसले सोधे, तर तुरुन्तै आफ्नो गल्ती महसुस भयो। अर्डली र जुनाली दुवैले एक अर्कालाई हेरे, अलमलमा ।

जुनालीले निराश भएर टाउको थप्पड हानेर अर्डरलीलाई भनिन्, "मेरो श्रीमान कहिलेकाहीँ तर्कसंगत कुरा गर्दैनन्," र मोबियसलाई फोहोर नजर दिए। लज्जित दम्पतीलाई हेरेर अर्डलीले मोबियसलाई भने, "तिम्रो श्रीमतीले तपाईंलाई माया र चक्कुको छेउसम्म रक्षा गर्नेछिन्। तिनी तिम्रो अभिभावक हुनेछिन्। म देख्छु, सर, तपाईंको देब्रे हातमा बाघको ट्याटु छ।"

"यो बाघको ट्याटु हो," मोबियसले बताए। अर्डलीले केही बेर ट्याटुलाई हेर्यो र टिप्पणी गर्यो, "सर, मलाई थाहा छैन यो ईश्वरीय प्रोविडेन्स हो कि होइन, तर ट्याटुको गहिरो अर्थ छ। यो बाघ अरु कोहि होइन तिम्रो जीवनसाथी हो, मतलब तिम्रो श्रीमती हो,' उनले जुनालीतर्फ औंल्याएर भने ।

तीनैजना बिहान साढे ११ बजे होटल पुगेका थिए । जुनालीले भनिन्, "मोब्सी, म तिमीलाई मद्दत गर्छु किनकि तिमीले तुरुन्तै बागडोगरा जानुपर्छ।"

"धन्यवाद, जुनाली। त्यो ठूलो मद्दत हुनेछ, "एक आभारी मोबियस जवाफ दिए।

मोबियसको ट्याक्सी आइसकेको थियो र होटलको पोर्चमा पर्खिरहेको थियो। यो मोबियसको लागि हतारको विदाई थियो।

मोबियसले मनिषालाई भने, "मनिषा, तिम्री आन्टीको हेरचाह गर।"

"पक्कै बाघ भाइ। तिमीलाई सुरक्षित यात्राको कामना छ,' मनिषाले अलिकति स्तब्ध हेर्दै जवाफ दिइन्। "हामीले सँगै केही राम्रो समय बिताएका थियौं।"

मोबियसले मनिषालाई अँगालो हालेर जुनालीसँग हात मिलायो । आँखा झिम्काएर मोबियसले फुसफुसाएर भने, "बायोलोजी पाठ जुनालीको लागि धन्यवाद।"

सामान लिएर ट्याक्सीमा चढ्नुअघि पछाडिबाट मनिषाले निर्दोष भएर भनिन्, "मलाई लाग्छ बाघ भाइ र आन्टीले सँगै जीवविज्ञान पढ्नुपर्छ किनभने तपाईं दुवैलाई यो विषय धेरै मनपर्छ । यसले जुनाली र मोबियसलाई विभाजन गरेको थियो।

"तिमीहरू दुबैलाई छिट्टै भेटौंला," मोबियसको बिदाई शब्दहरू थिए।

द रेस, अरेस्ट र रेस्क्यू (2018)

मोबियसलाई सहजै थाहा थियो कि केहि अपमानजनक रूपमा गलत थियो। प्रोकमले आयोजना गरेको टाटा स्टिल कोलकाता २५केको २५ किलोमिटर दौडको दुई दिनअघि उनी मनिषा र जुनालीलाई भेट्न बिहान म्याजेस्टिक होटल पुगेका थिए । पछि दिनमा जुनालीले मोबियसलाई दिउँसो ३ः३० बजे फोनमा मुफ्ती र वर्दी लगाएका दुई महिला प्रहरीको जीपमा आएर मनिषालाई सोधपुछका लागि ब्यारेकपुर आर्टिलरी रोडमा रहेको अखिल महिला प्रहरी चौकीमा लगेको जानकारी दिए । । मोबियसले तुरुन्तै महसुस गरे कि उनको सबैभन्दा खराब सपना सत्य भएको थियो।

उनीहरुले जबरजस्ती बयान लिन मनिषालाई महिला प्रहरी चौकीमा लगेका थिए । यो कानुनी गिरफ्तारी थिएन। मोबियसले जुनालीले मनिषालाई जीपमा लैजाने दुई महिलाको मोबाइल प्रयोग गरेर खिचेको भिडियोको प्रतिलिपि बनायो।

जुनालीको अनुरोधमा, दुवै जना उभिएको ठाउँबाट करिब पाँच किलोमिटर टाढाको लालबजारमा रहेको कोलकाता प्रहरी मुख्यालयमा गए। जुनालीसँगै ओला क्याबमा प्रहरी मुख्यालय जाने क्रममा मोबियसले कोलकातामा प्रोकमका अतिथि मिलिन्द र मन्दिरालाई बोलाए र सहरको एउटा सिमेन्ट कम्पनीको न्याम्प शो गरे। मोबियसले मिलिन्द र मन्दिरालाई लालबजारको प्रहरी मुख्यालयको प्रवेशद्वारमा जान निर्देशन दिए। मोबियस र जुनालीलाई पर्खिरहेको हेर्न दुवै ३० मिनेटभित्र प्रवेशद्वारमा पुगे।

जुनालीलाई सबै औपचारिकताहरू थाहा थियो र उनीहरूलाई प्रवेशद्वारमा प्रहरी चेकमार्फत मार्गदर्शन गरे, जहाँ मोबाइल फोनहरू आत्मसमर्पण गर्नुपर्ने थियो। जुनालीले आफ्नो मोबाइल फोन ब्रा भित्र लुकाइन् र ढोकाको फ्रेम मेटल डिटेक्टरको बिप बज्दा उनले आफ्नो घाँटीमा रहेको स्टिलको हारमा औंल्याइन्, र महिला प्रहरी जवानले थप अनुसन्धान गरेनन्।

जुनालीले कुनामा रहेको सेतो भवनलाई औंल्याइन्, र उनले तीनैलाई कोलकाता पुलिसका डेपुटी कमिश्नर (महिला विंग) अनिता थापा, कालिम्पोङ्की आईपीएस अफिसर र जुनालीकी स्कूलका दिनदेखिकी

साथीको तेस्रो तल्लामा लैजाइन्। जुनालीले मोबियस, मिलिन्द र मन्दिरालाई परिचय गराए। मोबियसले ब्रास ट्याक्समा पुग्न समय बर्बाद गरेन। डीसीपी अनिताले ब्याराकपुरको सबै महिला पुलिस स्टेशनलाई सम्पर्क गरिन्। पाँच मिनेट लामो कुराकानी पछि, डीसीपी अनिताले फोन राखिन् र भनिन्, "हो, मनिषा उनीहरूको हिरासतमा छ। गृह र पहाडी मामिला विभाग संलग्न छ। म कुरा उठाइरहेको छु, तर आधा घण्टा लाग्न सक्छ। यसैबीच, म तपाईं चारैजनालाई ब्याराकपुरको सर्व-महिला पुलिस स्टेशनमा हतार गर्न सुझाव दिन्छु।

सबै-महिला पुलिस स्टेशन, बैराकपुर, कोलकाता (5 बजे 14 डिसेम्बर)

मनिषा डराएकी थिइन्। कोठा अँध्यारो थियो, छानाको बीचबाट लामो तारमा झुण्डिएको एकान्त, मधुरो बल्बको बल्ब। त्यहाँ एउटा ठूलो बेन्च थियो जसमा बरफको ठूलो ब्लक थियो, र मनिषा आफ्नो ब्रा र प्यान्टीमा मात्र आइस स्ल्याबको सामना गर्न बाध्य भइन्। दुवैतर्फका एकजना महिला हवल्दारले मनिषाको काखलाई दुवैतिरबाट तानेर बलियोसँग समातिन्। काँधमा दुई तारा बोकेकी एउटी महिला अफिसर (कोलकाता प्रहरीको सब इन्स्पेक्टर) सायद बालुवाले भरिएको साइकल ट्यूब हावामा झुलाउँदै थिइन्, मनिषाले सोचे। उनको अनुमान सही थियो, र साइकल ट्यूब उनको टाउकोको छेउबाट निस्केर उनको तल्लो ढाडमा जोडिएको बेला उनी पीडाले चिच्याइन्।

पीडाले उनलाई हिर्काउन केही सेकेन्ड लाग्यो। यो बिच्छीको डंक जस्तै थियो, जुन उनले दस वर्षको उमेरमा अनुभव गरेकी थिइन्।

त्यसपछि, दोस्रो प्रहार माथिल्लो पीठमा भयो, र तेस्रो घाँटी नजिकै पछ्यायो। मनिषाको ओठबाट दुखी रोएको आवाज निस्कियो। उनको ढाडमा आगो लागेको थियो। उनले साइकलको ट्यूबमा रगत देख्न सक्थे जब यो हावामा उडेको थियो र दुई तारा महिला अफिसरमा दुर्भावनापूर्ण मुस्कान हेरी। तिनी बाहिर निस्केको पेटको साथ भारी बनाइएको थियो। अफिसरले उनको लामो बाहुला उनको माथिल्लो पाखुरामा घुमाइरहेकी थिइन्, राम्रोसँग विकसित बाइसेप्सको जोडी खुलासा गर्दै। अफिसरको माथिल्लो ओठमा हल्का कपाल थियो, उसको असभ्य स्वभावको पुरुषत्वलाई जोड दिँदै। उनको टक लगाएको शर्ट खुकुलो भइसकेको थियो र उनको पेटमा गहिरो दागसहितको पेटको बटनलाई पर्दाफास गरेको थियो, सम्भवतः जन्मको बेला नाभी काट्ने

क्रममा चिप्लिएको स्क्यालपेलबाट उत्पन्न भएको थियो। बच्चामा रहेको दानव नाभी काटेर जन्मेको हुनसक्छ, मनिषाले परिकल्पना गरिन्।

कोर्राको संख्या बढ्दै गएपछि मनिषाले बंगालीमा 'नमोक' (नमक) शब्दलाई 'राकोश' (दुष्ट) महिलाबाट छुट्याउन थालिन्। तिनीहरूले उनको रगतले लतपतिएको पीठमा नुन छर्कन लागेका थिए। चौथो महिला अन्धकारबाट नुनको प्लास्टिकको प्याकेट लिएर निस्किन्, जसलाई 'राकोश' महिलाले आफ्नो पीठमा फैलाउन थालिन्। मनिषाले आफ्नो दाहिने हात समातेको हवल्दारको पक्राउ झन्डै ढिलो गरिरहेकी थिइन्। यसले हवल्दारलाई थप रिस उठाउन मात्र सफल भयो, र उनले मनिषाको दाहिने पाखुरालाई एक पाखुराले आफ्नो पछाडिको पछाडि र अर्को हातले मनिषाको घाँटी बरफको स्ल्याबमा समातेर क्रूरतापूर्वक आफ्नो क्रोध निकालिन्। यसैबीच, उनको देब्रे हात समातेको हवल्दारले मनिषाको देब्रे नाडीलाई दुवै हातले बलियो समातेर एक खुट्टाको जुत्ता मनिषाको गालामा राखेर भुइँमा खसेको थियो ।

मनिषाले आफ्नो आँखाको कुनाबाट 'राकोश' दुई तारा महिलाको रौं भएको ओठको एक कुनाबाट झरेको र्याललाई देख्न सकिन। तलको हिउँले उनको पेट जमेको थियो, र मनिषाले आफ्नो पेटमा कुनै संवेदना महसुस गर्न सकेनन्। यद्यपि, उनको पीठमा प्रत्येक प्रहारको साथ, उनको पबिसले बरफको स्ल्याब विरुद्ध बाहिरी रूपमा रग्यो, रमाईलो सनसनी सिर्जना गर्यो। पेडोङको सेन्ट जर्ज हायर सेकेण्डरी स्कुलमा १६ वर्षीया विद्यार्थीको रूपमा मनिषाको दिमाग फर्कियो। तिनीहरूको चैपल पछाडि तीनवटा झाडीहरूले लुकाइएको घेरा थियो। यदि दुईजना मानिसहरू झाडीहरूको पछाडि पल्टिए, तिनीहरू त्यहाँबाट जाने जो कोहीले देख्न सक्दैनन्। एन्ड्र्यूले मनिषालाई कम्मरको वरिपरि दुवै हातले समात्यो। मनिषा एन्ड्र्यूको घाँटीमा हात राखेर थिइन् । एन्ड्र्यू पेडोङ गाउँका उनको सहपाठी थिए। उनी नेपाली, अङ्ग्रेजी र हिन्दी भाषा पढ्न र लेख्न सक्थे। एन्ड्र्यूले आफ्ना हातहरू तल ल्याइन्, जुन अब मनिषाको तिघ्रामा टाँसिएको थियो। मनिषाले सोचेकी थिइन्, उनी हदभन्दा बाहिर गएकी थिइन् । एन्ड्र्यूको ओठले आफ्नो चिनलाई छोएको कल्पना गर्दा उनी अब चेतनासँग लड्दै थिइन्।

बालुवाले भरिएको साइकलको ट्युबको प्रत्येक थोपा उनको पीठ र नितम्बमा, उनको घाँटीबाट गहिरो थिचोमिचोपूर्ण रोएको थियो, "जय हिन्द, जय गोरखा, जय हिन्द, जय गोरखा, भारत माता की जय।" (भारत जिंदाबाद, जिंदाबाद गोरखा, जिंदाबाद भारत, जिंदाबाद गोरखा, भारत जिंदाबाद)।

'राकोश' दुई तारा महिलाले "मरो रगती गोर्खा" भनी रिस पोखिन् र मनिषाको तल्लो ढाडमा लागेको अन्तिम प्रहारमा आफ्नो सम्पूर्ण शरीरको तौल सदुपयोग गरिन्। नलीले छोएपछि मनिषा बेहोस भइन् ।

प्रहरी हिरासतबाट उद्धार (१४ डिसेम्बर साँझ ६:३०)

ब्याराकपुरको सबै महिला प्रहरी चौकी बाहिर, मोबियसले एकमात्र महिला इन्स्पेक्टरसँग बहस गरे।

“म्याडम, भोलि बिहान ७ बजे २५ किलोमिटरको दौड छ । घटनाको कभरेज गर्ने १० भन्दा बढी पत्रकारलाई खबर दिनेछु । साथै, आजको च्याम्प शोमा, मिलिन्द र मन्दिरा दुवैले आज साँझ तपाईंको पुलिस स्टेशनमा अवैध हिरासतको बारेमा चकित पार्ने विवरणहरू खुलासा गर्नेछन्। अदालतको आदेश बिना सूर्यास्त पछि महिलालाई हिरासतमा राख्ने अधिकार छैन।

“हामी कुनै पनि अदालतको आदेश बिना शंकाको आधारमा एक महिलालाई 24 घण्टासम्म हिरासतमा राख्न सक्छौं,” इन्स्पेक्टरले मिठो जवाफ दिए। यसबाहेक, सोधपुछ गर्ने महिलालाई सूर्यास्त अघि हिरासतमा लिइएको थियो, पछि होइन।

मोबियसले इन्स्पेक्टरबाट अनुहार दुई इन्च राखे र बंगालीमा कराए, “ *तुमी बेस्यारा मै । तिमी जहाँ मापुराबेले खाने तोमरा मुख गोबरे झकट हकबे* ।” (अविचारी महिला। गाईको गोबरले मुख छोपेर नर्कमा जल्नेछौ)।

मन्दिरा र जुनालीले मोबियसलाई समातेर इन्स्पेक्टरबाट सुरक्षामा फर्काए, जो क्रोधित थिए र आफ्नो दाहिने हातमा बलियो भएको डण्डाले मोबियसलाई प्रहार गर्न लागेका थिए। मिलिन्दले यसैबीच पश्चिम बंगाल प्रहरीका प्रहरी नायब महानिरीक्षक (डीआईजी)की पत्नीलाई सम्पर्क गरे, जो Milind को ठूलो प्रशंसक थिइन्।

"के यो लाइनमा मधुमिता छ?" मिलिन्दले सोधे ।

"हो, त्यो म हुँ। नमस्ते मिलिन्द , मैले तिम्रो नम्बर सेभ गरेको छु। कस्तो सुखद आश्चर्य। कोलकातामा हुनुहुन्छ?" मधुमिताले जवाफ दिइन् ।

"हो, मधु," मिलिन्दले जवाफ दिए। "म जाममा छु। तपाईका महिला पुलिसहरूले अदालतको आदेश बिना गैरकानूनी रूपमा ब्याराकपुर सर्व-

महिला प्रहरी चौकीमा हाम्रा साथीलाई यातना दिइरहेका छन्। अहिले सूर्यास्त भइसकेको छ ।"

मिलिन्द प्रिय, बस होल्ड गर्नुहोस्। म फोन मेरो श्रीमानलाई दिन्छु।"

"सर, म मिलिन्द डान्डेकर बोल्दै छु। हाम्रो साथी मनिषा राईलाई ब्याराकपुर अखिल-महिला पुलिस स्टेशनमा यातनाबाट बचाउन मलाई तपाईंको तत्काल सहयोग चाहिन्छ। त्यहाँ कुनै अदालतको आदेश छैन, र यो अब सूर्यास्त वितिसकेको छ। कृपया मद्दत गर्नुहोस्, "मिलिन्दले डीआईजीलाई फोनमा भने।

"मनिषा राई, गोर्खा महिला र हडबडाउने व्यक्ति," डीआईजीले चेतावनी दिए।

मिलिन्दले जवाफ दिए, डीआईजीको रिस उठाउँदै। "सर, जे भएको छ, हामी कुरा गर्न सक्छौं। मैले सञ्चालन गरिरहेको फेसन शोमा आधा घण्टामा प्रेससँग भेटघाट गर्छु। यो विषय भोलि बिहान तपाईका सबै प्रमुख समाचार पत्रहरूको पहिलो पृष्ठमा पुग्नेछ - गैरकानूनी नजरबन्द, गलत थुनामा, अदालतको आदेश बिना। मनिषालाई चोट लाग्यो भने टाउको घुम्छ ।"

"के तपाई पश्चिम बंगाल पुलिसका डीआईजीलाई धम्की दिनुहुन्छ? मिलिन्द डान्डेकर, म यसको लागि लुकाउन सक्छु, "डीआईजीले हप्काए।

मिलिन्द काउन्टर, "आदरणिय महोदय, मनिषा राईलाई गैरकानुनी हिरासतबाट तुरुन्त रिहा गर्नुहोस्, नत्र पत्रकार सम्म पुग्छ।"

"मेरो प्यारो मिलिन्द, मेरो कोलकाता पुलिसमा अधिकार क्षेत्र छैन," डिआईजीले अचानक विनम्र हुँदै जवाफ दिए।

मिलिन्दले कुनै हिचकिचाहट नगरी टुट्यो , "सर, म तपाईंलाई दुई मिनेट दिन्छु, त्यसपछि म मेरो व्यक्तिगत साथी आनन्द पत्रिकाका मुख्य सम्पादक इन्द्रजीत बाबुलाई फोन गर्दैछु। त्यस्तै, चर्चित कर्पोरेट म्याराथन धावक मोबियस मुखर्जीले भोलि बिहान ७ बजे २५ किलोमिटर दौड दौड्ने र दौडस्थलमा पत्रकार सम्मेलन गर्दैछन् । मनिषालाई पुलिस जीपमा मुफ्तीमा दुई महिला लिएको भिडियो हामीसँग छ। यो देशको कुनै पनि प्रहरी संहिताको स्पष्ट उल्लङ्घन हो। एउटी महिलालाई हिरासतमा लिनको लागि, तपाईलाई वर्दीधारी महिलाहरू चाहिन्छ, महिला हुलमहरू होइन। डीआईजी सर मैले चेतावनी दिएको होइन भन न । म फोन श्री मोबियस मुखर्जीलाई

हस्तान्तरण गर्दैछु, जसले तपाईंलाई कानुनी अवस्थाहरू बारे अझ राम्रोसँग जानकारी गराउनेछन्।

मोबियसले मिलिन्दलाई भने, "मूर्ख, पश्चिम बंगाल पुलिस र कोलकाता पुलिस फरक संस्था हुन्। पश्चिम बङ्गाल पुलिसका प्रहरी महानिदेशक र कोलकाता पुलिसका पुलिस आयुक्त दुबै राज्यको गृह मन्त्रालयमा रिपोर्ट गर्छन्। आफ्नो दिमागले, कसरी दून स्कूलमा स्कूल कप्तान बन्यो?"

लज्जित देखिने मिलिन्दले दुबै हातमा मोबाइलको कप समात्दै भने, "ठीक छ, आइन्स्टाइन, म मद्दत गर्न खोज्दै थिएँ। अब फर्किने अवस्था छैन । के सेरा, सेरा। जे हुनेछ, हुनेछ।" मिलिन्द मोबियसलाई फोन दिन्छन्।

मोबियसले मोबाइल फोनबाट टाढा मिलिन्दसँग कुरा गर्दै जवाफ दिए, "जसरी भए पनि उसलाई ठगौं। "वैसे, तपाईंले भर्खरै गाएको गीत डोरिस डेको थियो। शर्त तिमीलाई त्यो थाहा थिएन।"

मोबियसले डीआईजीसँग फोनमा कुरा गर्न थाले। "आदरणिय महोदय, कृपया ध्यान दिनुहोस्, यद्यपि यस मामिलामा तपाईको अधिकार क्षेत्र छैन। असाधारण परिस्थितिमा बाहेक कुनै पनि महिलालाई सूर्यास्तपछि र सूर्योदयअघि पक्राउ गरिने छैन र त्यस्तो असाधारण अवस्था भएमा महिला प्रहरी अधिकृतले लिखित प्रतिवेदन दिएर प्रथम श्रेणीको न्यायिक मजिस्ट्रेटको पूर्व अनुमति लिनु पर्नेछ। स्थानीय क्षेत्राधिकारमा अपराध गरेको वा गिरफ्तार गर्नुपर्नेछ। धारा ६०ए को उपरोक्त प्रावधानलाई सावधानीपूर्वक हेर्दा, यो प्रचुर मात्रामा स्पष्ट छ कि मनिषालाई हिरासतमा लिइएको थियो, जहाँ कुनै पनि महिला प्रहरी अधिकारीले न्यायिक मजिस्ट्रेट, प्रथम श्रेणीको पूर्व अनुमति प्राप्त गर्न लिखित रिपोर्ट गरेनन्।

"ठूलो शो मोब्सी," मिलिन्दले कानमा फुसफुसाउँदै भने , "मलाई लाग्छ कि डीआईजी डराएको छ।"

"यसले उद्देश्य पूरा गर्दैन," मोबियसले फोन स्वीच अफ गरेपछि मिलिन्दलाई उदासीन रूपमा जवाफ दिए।

अचानक इन्स्पेक्टरको खल्तीमा रहेको मोबाइलमा बंगाली फिल्मको धुन बज्यो । उसले खल्तीबाट फोन निकालेर कानमा राख्यो । मोबियस, मिलिन्द, म्यान्डी र जुनालीले इन्स्पेक्टरको आँखा डरले थुनिएको हेरे। उनी पछाडि फर्किन् र भित्र पसिन् र भित्र पस्दा अगाडिको ढोका भित्रबाट बन्द गरिन्।

मिलिन्दले पुलिस स्टेशनको अगाडि एउटा खाली ट्याक्सी देखे र यसलाई रोक्नको लागि स्वागत गरे।

"डीसीपी अनिता काममा हुनुपर्छ, मोब्सी," मिलिन्दले भने। "अर्को ट्याक्सी समात्नुहोस्। हामी सबै एक मा फिट हुनेछैनौं। तपाईं, मोब्सी मनिषासँगै पछाडिको सिटमा बस्नुहुन्छ। उनी घाइते हुन सक्छिन् । उनको टाउको तपाईंको काखमा राखेर उनको शरीरलाई पछाडिको सिटमा फैलाउन दिनुहोस्। म्यान्डी अगाडि बस्नुहुन्छ। जुनाली र म दोस्रो क्याबमा पछ्याउनेछौं। हामी सबै मन्डी र मेरो लागि Procam द्वारा बुक गरिएको होटेलमा जानेछौं। त्यसपछि हामी हाम्रो रणनीति बनाउँछौं।

दश मिनेटपछि अखिल महिला प्रहरी चौकीको अगाडिको ढोका खुल्यो । इन्स्पेक्टर सबैभन्दा पहिले बाहिर निस्किए । पछाडि दुई जना हवल्दार, प्रत्येकले मनिषालाई काँधमा टेवा दिँदै आएका थिए। मनिषाका आँखा रातो र उदास थिए । एकजना सब इन्स्पेक्टरले मनिषाको पीडामा परेको शव पछाडिबाट समातेका थिए । मोबियस भित्र पसे र बालुवाले भरिएको नुन प्याकेट र रगतले भरिएको साइकल ट्यूब निकाल्यो। आफ्नो टाउकोमा अचानक थप्पड लागेपछि मोबियसले बेन्चमा बरफको ब्लकको फोटो खिच्न थाले। मन्दिरा थिइन् । मन्दिराले मोबियसलाई कलरले समातेर हिरासत कोठाबाट बाहिर निकालिन्।

“अविचारी, तिमीलाई के लाग्छ? के तपाईं बरफ स्ल्याबमा लाइनमा दोस्रो हुन चाहनुहुन्छ वा के? सुमीले यो कुरा नसुन्जेल पर्खनुहोस्। तिमीले उसको निम्तोमा दुईवटा लात पाउनेछौ,” मोबियसमा मन्दिराले चिच्याइन्।

बाहिर मिलिन्द उभिएर निर्देशन दिए । "मोब्सी, मन्डी र मनिषासँग पहिलो क्याबमा छिट्टै जानुहोस्। तिमी, जुनाली, मसँग दोस्रो ट्याक्सीमा आउ। हामी हाम्रो होटल तर्फ प्रस्थान गर्दैछौं। जाऔं।"

"तिमी र मोबियस स्वर्गका मसीह जस्तै हौ," जुनालीले ट्याक्सी भित्र आँसु झार्दै भने। “तिमीले मनिषाको अवस्था देख्यौ। तिनीहरूले बालुवाले भरिएको साइकल ट्यूबले उनको कालो र निलो कुटपिट गरे।

"हामी यी ठगहरू ठीक गर्नेछौं," मिलिन्दले जुनालीको काँधमा हात राखेर उसलाई सान्त्वना दिँदै चुपचाप भन्यो।

मनिषा क्याबको पछाडि मोबियसको काखमा टाउको राखेर सुतेकी थिइन् । "धन्यवाद बाग भाई र मन्दिरा दिदी। समय मिलाएर आउनुभयो । नत्र म मरिसकेको हुन्छु।"

"चिन्ता नगर मनिषा, तिमी ठीक हुनेछौ। हामीले तपाईलाई डाक्टरबाट जाँच गराउनु पर्छ, "मोबियसले जवाफ दिए।

"तर बाग भाइ, म प्रोकम स्लाम को लागी प्रयास गर्दैछु। बाघ भाइ तिमी जस्तै मेरो पनि दुई दौड बाँकी छ । भोलि पच्चीस किलोमिटर र 2019 मा मुम्बईमा जनवरीमा फुल म्याराथन, "मनिषाले टिप्पणी गरे।

क्याबको अगाडि बसेकी मन्दिराले टाउको घुमाइन् । "तिमी पागल हो मनिषा ? आखिर, तपाईं मार्फत गएको छ? भोलिको दिनमा २५ किलोमिटर दौडिएर तपाईंले केही दिन हिँड्नु पर्ने छैन।"

"कृपया, मन्दिरा दिदी, म वाचा गर्छु कि म बिस्तारै दौडनेछु। मैले पुरस्कारको लागि योग्य हुन जनवरीसम्ममा प्रोक्याम स्ल्याम पूरा गर्नुपर्छ।

"मनिषा, तिमी र तिम्रो बाघ भाइ दुई पागल कुट हौ। राम्रो कुरा बाघ भाइले मसँग बिहे गरेको छैन; नत्र उसले हरेक वर्ष उसको बममा ३ सय ६५ लात लिने थियो।"

मनिषा (मुस्कुराउँदै) मोबियसको हात समातेर हाँस्दै भनिन्, "मलाई लाग्छ मन्दिरा दिदी, तिमीलाई बाघ भाइ असाध्यै मन पर्छ । वाह!"

"यो घटना पछि, कृपया सावधान रहनुहोस्, मनिषा। गोर्खा राष्ट्रिय एकता मोर्चा (GNUF) को अध्यक्ष भएर पनि २०१३ मा भएको निधनले गोर्खाल्याण्ड आन्दोलनलाई ठूलो धक्का दिएको लछिमान गुरुङको नेतृत्वमा तपाईलाई अहिले कुनै पनि प्रमुख केन्द्रीय पार्टीको समर्थन छैन । अबको बाटो निकै कठिन हुनेछ । यसबाहेक, दार्जिलिङ र कालिम्पोङका धावकहरूको समूहले बलियो समर्थन आधारको उदाहरणको रूपमा काम गर्न सक्दैन।

"मलाई GNUF र मेरो रनिङ फाउन्डेसन मार्फत गोर्खा समुदायबाट राजनीतिक समर्थन छ," मनिषाले साहसका साथ आँखाभरि आँसु झार्दै जवाफ दिइन्।

"तपाईंका पूर्ववर्ती वीर लच्छिमान गुरुङलाई गोरखा समुदायमा उच्च सम्मान थियो। दुर्भाग्यवश, 2013 मा उनको निधन पछि, सत्तारुढ केन्द्रीय सरकारले तपाईंको पार्टीलाई गम्भीरतापूर्वक लिने सम्भावना छैन। कृपया यो पनि याद

गर्नुहोस् कि यदि तपाईंको चलिरहेको फाउन्डेशनले नयाँ राज्यको आन्दोलनलाई प्रवर्द्धन गर्न थाल्छ भने, तपाईं सलाखहरू पछाडि समाप्त हुन सक्नुहुन्छ। आजको घटना के हुन सक्छ भन्ने एक झलक मात्र थियो। पश्चिम बंगाल सरकारले कोलकाता पुलिस मार्फत तपाईलाई धम्की दिने प्रयास गर्यो। कालिम्पोङ्मा पनि यस्तै अवस्था आयो भने कस्तो समस्याको सामना गर्नु पर्नेछ, तपाईं कल्पना गर्न सक्नुहुन्छ। हामी सबै भोलिको दौडपछि बाहिरिने भएकाले, म तुरुन्तै कुनै समस्याको आशा गर्दिन," मन्दिराले जवाफ दिइन्।

डाक्टरको परीक्षा

२५ किलोमिटर दौडको शुरुवात बिन्दु नजिकै रहेको ग्रेट इस्टर्न होटलमा पुगेपछि मनिषालाई डाक्टरले गहिरो परिक्षण गराए जसले उनको घाउको तुरुन्तै उपचार गरे । मनिषाको पिसाब रातो भएकोले मृगौलामा क्षति पुगेको संकेत गरेको थियो । तर, दुई घन्टाको व्यापक परीक्षणपछि डाक्टरले सबैलाई आश्वस्त पार्दै भने, "मनिषाको मिर्गौलामा चोट लागेको भए पनि सुरक्षित छ। मैले विगतमा बक्सरहरूलाई उनीहरूको म्याच पछि जाँच गरेको छु, जहाँ मृगौला समस्याहरू गलत मुक्काका कारण उत्पन्न भयो। म मनिषालाई आगामी दुई हप्तामा निको हुन मद्दत गर्न केही औषधिहरू लेख्नेछु। साथै, मनिषाको शरीरमा लागेको चोटका निशानहरूले उनलाई कुनै न कुनै प्रकारको यातना भोगेको हुनसक्ने संकेत गर्छ। म यी निष्कर्षहरू कागजात गर्न मेडिकल प्रमाणपत्र प्रदान गर्न सक्छु।

"धेरै धेरै धन्यवाद, डाक्टर। प्रमाणपत्र लाभदायक हुनेछ। हामी तपाईंको सहयोगको कदर गर्छौं," मोबियसले मिलिन्द, मन्दिरा र जुनालीको उपस्थितिमा आफ्नो कृतज्ञता व्यक्त गरे।

२५ हजार दौड र प्रेस बैठक (१६ डिसेम्बर)

सबैको सक्दो प्रयास र डाक्टरको सल्लाहको विरुद्धमा, मनिषा अडिग थिइन् र टाटा स्टील कोलकाता 25K मा 25K मा भाग लिने निर्णय गरिन्। प्रहरीको निर्दयी कुटपिटबाट मुक्त हुन उनीसँग एक दिन मात्र बाँकी थियो। दौड हाईकोर्ट नजिकैको रेड रोडमा सुरु भई स्ट्र्यान्ड रोड, पार्क स्ट्रिट, आशुतोष चौधरी एभिन्यू, एसपी मुखर्जी रोड, नेसनल लाइब्रेरी, हेस्टिङ्स जंक्शन, भिक्टोरिया मेमोरियल र कासुआरिना रोड हुँदै घुमाउरो बाटो हुँदै अन्त्य भएको थियो।

मनिषासँगै उनकी काकी जुनाली पनि थिइन्, जो आफै ५१ देखि ५५ वर्षको उमेर समूहमा दौडने दौडिएकी थिइन्, उनले पोडियम फिनिशको लागि प्रयास नगर्ने र मनिषासँगै दौडने निर्णय गरे। अर्कोतर्फ, मन्दिरा ४५ देखि ५० वर्ष उमेर समूहमा महिलाको पहिलो स्थानमा आइन् । मोबियस मुखर्जीले समान उमेर समूहमा पुरुषहरूको लागि पहिलो स्थानमा पोडियम फिनिश पाए। यो दोस्कोस (दून स्कूल, देहरादूनका पूर्व छात्र) र वेल्हमाइट्स (वेल्हम गर्ल्स स्कूल, देहरादूनका पूर्व छात्र) को लागि दोहोरो झट्का थियो।

दौड पछि तुरुन्तै, मोबियसले प्रेस क्लबमा प्रेस सम्मेलनको लागि आह्वान गरे, फिनिस लाइनबाट ढुङ्गाको फ्याँक। दौडमा दश जना पत्रकारहरूमध्ये छ जना पाँचवटा प्रकाशनका प्रेस क्लबमा थिए। मोबियसले मिलिन्द दौड कार्यक्रमका लागि प्रोकमको विशेष अतिथि भएकाले प्रेस सम्मेलनमा नआउन सल्लाह दिए। उनले जुनालीलाई पत्रकार सम्मेलनमा अन्तर्वार्तामा सक्रिय सहभागिता नगर्न पनि सल्लाह दिए । मोबियस मन्दिरा भाटिया र मनिषा राईको बीचमा बसे। मोबियसले कोलकाता पुलिसले अवैध रूपमा हिरासतमा राखेको व्याख्या गर्न ठूलो मात्रामा गयो र मनिषा राईको यातनामा प्रयोग गरिएको साइकल-ट्युब र नुनको प्याकेट प्रदर्शन गर्‍यो।

प्रेस फोटोग्राफरहरूले धेरै तस्बिर खिचे र मोबियसले मनिषालाई प्रहरी जीपमा लैजाँदै गरेको सादा पोशाकका प्रहरी महिला जुनालीको मोबाइलबाट खिचेको भिडियो पनि उनीहरूलाई देखाए । आनन्दबजार पत्रिकाका एक क्राइम रिपोर्टरको आग्रहमा मनिषाले आफ्नो पट्टी बाँधिएको ढाड पर्दाफास गर्न आफ्नो दौडने भ्याकेट उठाइन् । अघिल्लो रात होटलका डाक्टरको उपस्थितिमा मोबियसले मोबाइलबाट मनिषाको रगतले लतपतिएको फोटो खिचेका थिए । उनले उक्त तस्विर उपस्थित पत्रकारहरुसँग साझा गरे । जुनालीले महत्वपूर्ण साक्षीका रुपमा पत्रकारहरुलाई प्रहरी जीपको दर्ता नम्बर उपलब्ध गराए । मोबियसले डाक्टरको मेडिकल सर्टिफिकेट पत्रकारहरूसँग साझा गरे।

मोबियसले अघिल्लो रात मिलिन्द, मन्दिरा र जुनालीसँग विस्तृत छलफल गरेका थिए। सबैले दौडपछि पत्रकार सम्मेलन गर्ने निर्णय गरे । उनीहरु एकै दिन मनिषा र जुनालीबाट पेडोङ, मिलिन्द र मन्दिरा भोपाल र मोबियसबाट सतनामा तितरबितर हुनेछन् । त्यसैले भोलिपल्ट कोलकाताका हरेक प्रमुख अखबारको पहिलो पृष्ठमा समाचार छापिने भएपछि उनीहरू सहरबाट बाहिर निस्केका थिए।

मोबियसले हावडा रेलवे स्टेशनमा मनिषाको रगतले लतपतिएको अन्डरगार्मेन्टहरू पनि प्रदर्शन गरे र दिउँसो ट्रेनमा चढ्नु अघि बीस मिनेटसम्म बंगालीमा बोले। भाग्यले बहादुरलाई समर्थन गर्यो, र कोलकातामा आफ्ना आफन्तहरूलाई भेटेर मुम्बई फर्कदै गरेको द टाइम्स अफ इन्डियाका रिपोर्टरले रेलवे स्टेशनमा मोबियसको अन्तर्वार्ता लिए।

जब तपाईं हावड़ा रेलवे स्टेशनमा प्रवेश गर्नुहुन्छ, बाँयामा खाली ठाउँ छ। दृष्टिकोणको साथ जो कोहीले पनि घटनास्थलमा बोल्न सक्छ, र त्यहाँबाट गुजरने यात्रुहरूले एक अर्काको छेउमा सुविधाजनक स्थानमा राखिएका २३ प्लेटफर्महरूमा उनीहरूको रुचि र उनीहरूको ट्रेन प्रस्थानको आधारमा रोकेर सुन्नेछन्। त्यहाँ चढ्नको लागि कुनै सीढीहरू छैनन्, त्यसैले थप खाली समय। २० मिनेटको अन्त्यमा, धेरै यात्रुहरू अन्य यात्रुहरूलाई अवरोध गर्दै कोलकाता पुलिस विरुद्ध मोबियसको आगोको टाइरेड सुन्न रोकिएपछि पुलिसकर्मीले उनलाई आफ्नो भाषण रोक्न अनुरोध गरे। रेलवे स्टेशनका पुलिस कर्मचारीहरू कोलकाता पुलिसका आफ्ना भाइहरूले मनिषामाथि गरेको क्रूरताको बारेमा अनभिज्ञ थिए, र तिनीहरूमध्ये केहीले मोबियसले आफ्नो हतियारको इशारा गर्दै, साइकल-ट्युबले प्रहरी महिलाको भेडाको हत्याको नक्कल गर्दै जादू सुनेका थिए। एक सहानुभूतिशील महिला कन्स्टेबलले मोबियसलाई कोलकाताको पुलिस मुख्यालयमा ब्याराकपुर सबै-महिला पुलिस विरुद्ध एफआईआर दर्ता गर्न सल्लाह दिए।

प्रहरी आयुक्तको कार्यालयमा बैठक (१७ पुस)

टाटा स्टील कोलकाता 25K को भोलिपल्ट बिहान 10:30 बजेको थियो, र पुलिस आयुक्तको कार्यालयमा महत्त्वपूर्ण बैठक चलिरहेको थियो। कमिश्नरको अगाडिको टेबुलमा बंगाली र अङ्ग्रेजी भाषाका दिनभरका पत्रपत्रिकाहरू थिए। त्यहाँ कोलकाता पुलिसकी उपायुक्त अनिता थापा, ब्याराकपुर सबै-महिला पुलिस-स्टेशनकी लेडी अफिसर-इन्चार्ज नीलम सेनगुप्ता, एक सब-इन्स्पेक्टर र एउटै थानाका तीन कन्स्टेबलहरू थिए। पीसीपीले उनलाई डिस्टर्ब नगर्न कडा निर्देशन दिएको थियो । उनले पहिले डीसीपी अनितालाई आफ्नो रिस देखाए।

"पृथ्वीका चर्चित व्यक्तित्व मिलिन्द डान्डेकर, उनकी श्रीमती मन्दिरा, कर्पोरेट गायक, मोबियस मुखर्जी र जुनाली राई तपाईलाई भेट्न पहिलो स्थानमा प्रहरी मुख्यालयमा कसरी प्रवेश गरे कृपया व्याख्या गर्न सक्नुहुन्छ?"

रिसाएको देखिएकी डीसीपी अनिता थापा आफ्नो कुर्सीबाट उठिन् र जवाफ दिइन्, "सर, पहिले सहि परिप्रेक्ष्यमा केही तथ्यहरू बुझौं। नम्बर एक, तिनीहरू मुख्य सार्वजनिक प्रवेशद्वार प्रयोग गरेर उचित च्यानल मार्फत आएका थिए, र तिनीहरूको आधार कार्ड विवरणहरू भित्री दर्तामा नोट गरिएको थियो। गेट पास जारी गर्नु अघि उनीहरूको फोटो वेबक्यामद्वारा प्रवेशद्वारमा खिचिएको थियो। दोस्रो, उनीहरूले मलाई सहरका सबै महिला प्रहरी चौकीको इन्चार्ज डीसीपीको आधिकारिक हैसियतमा भेटे। तेस्रो, मनिषा राईलाई ब्यारेकपुर सर्व-महिला प्रहरी चौकीमा गैरकानूनी रूपमा थुनामा राखिएको बारे मलाई लुपमा राखिएको थिएन। कुनै पनि गिरफ्तारी जसमा बन्दीलाई कोलकाताको कुनै पनि सबै-महिला पुलिस स्टेशनमा लगिन्छ भने मेरो स्वीकृति चाहिन्छ, जुन कसैले लिएन। मनिषाकी काकी जुनाली राई मकहाँ आफ्नी भान्जी मनिषा राई बेपत्ताको रिपोर्ट दर्ता गराउन आइन् । उनीसँगै आएका अन्य तीन जना उनका साथी थिए । उनको साथी मोबियस मुखर्जीले मनिषा राई ब्याराकपुर अखिल महिला प्रहरी चौकीमा महिला प्रहरीको हिरासतमा रहेको बताए। उसले मनिषालाई अवैध थुनामा राख्नबाट बचाउन मलाई बिन्ती गर्यो । उनले मलाई सम्बन्धित प्रहरी चौकीमा फोन गर्न आग्रह गरे, मैले गरें। अफिसर-इन-चार्जले गृह र पहाडी मामिला विभागबाट शरारती गर्नको लागि आधिकारिक फोन कलको बारेमा कुरा गरे (इन्स्पेक्टरलाई हेर्दै), र अन्तमा, मन्दिराले मिलिन्दसँग विवाह गरेनन्।

त्यसपछि, एक विराम पछि, डीसीपी अनिताले जारी राखे, "कोलकाता पुलिसमा डीसीपी रैंकको कानून प्रवर्तन अधिकारीको रूपमा, म दुई दिन अघि भएको घटनामा शर्ममा मेरो टाउको झुण्ड्याउँछु। अन्तिम तर कम्तिमा होइन, फ्रन्ट-पेज प्रेस खुलासाहरू विशेष र कोलकाता पुलिसमा ठूलो कलंक थिए। आज यही कोठामा बसेकी इन्स्पेक्टर नीलम सेनगुप्ताले कसको हस्तक्षेपमा काम गरेकी हुन् भन्ने तथ्य बताउँछन्।

प्रहरी आयुक्तले विगत दुई वर्षमा डिसीपीसँग दैनिक बिहान १०:३० बजेको भेटघाटमा उनी यति रिसाएको कहिल्यै देखेका छैनन्। उसले उनलाई बस्न इशारा गर्यो र ब्याराकपुर पुलिस स्टेशनबाट इन्स्पेक्टर बाहेक सबैलाई कोठाबाट बाहिर निस्कन बोलायो। अब इन्स्पेक्टर नीलम तर्फ औंला देखाउँदै पुलिस कमिश्नरले कुनै अस्पष्ट शब्दमा भने, "कृपया कोलकाता पुलिस म्यानुअल पछी आफ्नो केस बताउनुहोस्।"

"म तपाईसँग एकान्तमा कुरा गर्न सक्छु, सर?" इन्स्पेक्टरलाई आग्रह गरे ।

"होइन, तपाईले गर्नुहुन्न। यदि तपाईले मौन बस्न रोज्नुभयो भने, म तपाईलाई तुरुन्तै डीसीपी अनिताको नेतृत्वमा अनुसन्धान गरेर निलम्बन गर्नेछु। त्यसोभए तपाईंले आफ्नो मुख खोल्नुभयो भने यसले मद्दत गर्दछ, "आयुक्तले कडा जवाफ दिए।

"हजुर, मलाई गृह तथा पहाडी मामिला विभागको मुख्य सचिवको कार्यालयबाट बब्लु दाको फोन आयो र मनिषा राईलाई प्रहरीको जीप चढेर स्टेसनमा ल्याइदिनु, यातना दिनु र उनले ज्वलनशील भनाइ दिएको स्वीकारोक्ति लिन खोजेको छु । प्रोक्याम एक्सपोको समयमा पश्चिम बंगाल सरकारको बारेमा।

"के तपाईंले आफ्नो अपराध दर्तामा उनको नाम प्रविष्ट गर्नुभयो?"

"होइन सर।"

"किन छैन?"

"सर, गृह मन्त्रालयका अधिकारीले बोल्दै हुनुहुन्थ्यो ।"

"तपाईलाई कसरी थाहा भयो यो प्रतिरूपण होइन?"

"सर, त्यो व्यक्तिले ढुक्क भएर बोल्यो, र नक्कल गर्नेसँग मेरो मोबाइल नम्बर कसरी हुन्छ?"

कमिश्नरले डीसीपी अनितातिर फर्केर बोले, "डीसीपी अनिता, रेस डे अघि तीन दिनसम्म रेस एक्सपोमा दुईजना कन्स्टेबल थिए। के उनीहरूले मनिषालाई गोर्खाल्याण्डको मुद्दामा कुनै कुरा गरिरहेको देखेका थिए?

"कुनै पनि होइन, सर। एक्स्पोको अन्तिम दिन मनिषा मुख्य वक्ता थिइन् । उनले आफ्नो रन मनिषा रन फाउन्डेसनको चालु पक्षका बारेमा मात्र बोलिन्। गोर्खाल्याण्ड मुद्दाको कुनै उल्लेख छैन, "डीसीपी अनिताले जवाफ दिनुभयो।

गृह तथा पहाडी मामिला विभागले गरेको ठूलो गल्ती प्रहरी आयुक्तले बुझेका छन् । (बङ्गाल सरकारको गृह विभाग 1843 मा स्थापित भएको थियो। विभागलाई २०१६ मा गृह तथा पहाडी मामिला विभागको नामकरण गरिएको थियो)। उनले डीसीपी अनितासँग एक्लै कुरा गर्नुपर्‍यो।

"ठीक छ, इन्स्पेक्टर नीलम, तपाईं जान सक्नुहुन्छ। हामी पछि भेट्छौं, "उनले डीसीपी अनितालाई फर्किन निर्देशन दिए।

जब तिनीहरू एक्लै थिए, आयुक्तले बोले, "हेर, डीसीपी अनिता, मलाई थाहा छ तपाई गोर्खाल्याण्डको बारेमा सहानुभूति राख्नुहुनेछ, आफैं गोर्खा हुनुहुन्थ्यो। तर आफ्नो पेशाप्रति समर्पित हुनु तपाईको पहिलो प्राथमिकता हो।"

"अवश्य, सर। म सँधै कानूनको समर्थन गर्नेछु जहाँ सबैलाई न्याय मेरो मुख्य चासो हो, "डीसीपी अनिताले आत्मविश्वासका साथ जवाफ दिइन्।

"ठीक छ DCP अनिता, मैले तिमीलाई बुझें। हामीले सँगै केही कठिन समयहरू पार गरेका छौं। तपाईंले मलाई माओवादी आन्दोलनमा जालमा नपर्न सल्लाह दिँदा एकपटक मेरो ज्यान बचाउनुभएको थियो। शवसम्म पुग्नको लागि ट्रेल पार गरेको भए हामी सबै मरेका थियौं । ती हरामीहरूले शरीरलाई बुबी-जालमा राखेका थिए। शवभित्रै विस्फोटक पदार्थ सिलाइएको थियो ।"

आयुक्तले तुरुन्तै आफूलाई सच्याए। "अपशब्दको लागि माफ गर्नुहोस्, DCP अनिता।"

"ठीक छ, सर। म बुझ्दछु। मैले आफैंमा केही विवेकपूर्ण सोधपुछ गरें। उपसचिव बब्लु दालाई हाम्रो मुख्यमन्त्रीका निकटवर्ती मुख्य सचिव प्रबोध दाले मनिषालाई पाठ सिकाउन निर्देशन दिएका थिए। त्यसैले बब्लु दाले हामी दुवैलाई बाइपास गरेर ब्याराकपुर अखिल महिला प्रहरी चौकीकी इन्स्पेक्टर नीलम सेनगुप्तासँग सीधै कुरा गरे।

कमिश्नरको भलाकुसारी उसले बोल्दै भन्यो, "डिसीपी अनिता मैले इन्स्पेक्टरलाई कारबाही गरे भने त्यसको अर्थ गृह विभागको सीधै अपमान हुनेछ। अर्कोतर्फ, कारबाही नगर्नु भनेको प्रेसको आक्रोशलाई आकर्षित गर्नु हो। त्यो बदमाश मोबियसले प्रेसलाई साइकल ट्यूब र नुनको प्याकेट पनि देखायो। हावडा स्टेसनमा रेलवे पुलिसको नाकमुनि पीडितको रगतले लतपतिएको अन्डरवियरहरू प्रदर्शन गर्ने उल्लेख नगर्नुहोस्। यसबाहेक, मलाई हिजो पश्चिम बंगाल प्रहरीका डीआईजी दीपक घोषालको फोन आयो कि मिलिन्द र मोबियसले मनिषालाई हिरासतमा राख्ने धम्की दिएका थिए। मिलिन्दलाई पश्चिम बङ्गाल प्रहरी र कोलकाता प्रहरीको छुट्टाछुट्टै क्षेत्राधिकारबारे थाहा थिएन। यद्यपि, यो मोबियस क्यारेक्टर स्मार्ट जस्तो देखिन्छ। मैले उहाँको बारेमा सुनेको यो अन्तिम होइन। यो व्यक्ति, मोबियस,

हाम्रो पुलिस विभागको लागि उपयोगी हुनेछ, "कमिशनरले हाँसे, र डीसीपी अनिता सामेल भए।

डीसीपी अनिताले भनिन्, "सर, इन्स्पेक्टर नीलमलाई सोधपुछको लागि निलम्बन गर्नुपर्छ। मलाई अनुसन्धानको जिम्मा दिनुहोस्। म लगबुक फेर्छु, सबै प्रविष्टिहरू बनाउँछु, र घटनालाई नियमित प्रश्नको रूपमा देखाउँछु, जुन इन्स्पेक्टरको लापरवाहीको कारण हातबाट बाहिर गयो। मनिषाले प्रेसलाई साइकल ट्युबले सब इन्स्पेक्टरले कुटपिट गरेको बताएपछि इन्स्पेक्टर निलम र सब इन्स्पेक्टरलाई निलम्बन गर्नुपर्छ । तीन दिनभित्र छानबिन प्रतिवेदन बुझाउँछु । तपाईंले प्रतिवेदन स्वीकार गर्नुहोस् र मलाई इन्स्पेक्टर नीलमको मूर्खताको लागि प्रेससँग माफी माग्न निर्देशन दिनुहोस्। इन्स्पेक्टर र सब इन्स्पेक्टर प्रेस बैठक पछि निलम्बन खारेज हुन्छन् र प्रशासनिक चेतावनी दिएर मात्र निस्कन्छन्। ४ देखि ५ दिनमा सबै काम सम्पन्न हुन्छ ।"

"यो राम्रो छ, डीसीपी अनिता। मलाई थाहा थियो म तिमीमा भरोसा गर्न सक्छु। कृपया अगाडि बढ्नुहोस्। अर्को कुरा, DCP अनिता। यो गोप्य राख्नुहोस्। बंगाली भएर पनि गोर्खाल्याण्डको निर्माणप्रति म पनि तपाईजस्तै सहानुभूति राख्छु। यदि तपाईं उत्तराखण्ड र झारखण्ड बनाउन सक्नुहुन्छ भने, गोर्खाल्याण्डलाई छुट्टै राज्यको रूपमा नराख्ने कुनै कारण छैन। नेपालबाट बसाइँ सरेका गोर्खाहरू भन्दा फरक उत्तराखण्डमा पहाडी मानिसहरू पनि थिए।"

DCP अनिताले भनिन्, "सर, गोर्खाहरू, ब्रिटिश सेना बाहेक, भारतीय सेनाले भर्ती गरेको थियो, जसमध्ये लगभग 100,000 44 बटालियनहरूमा र आसाम राइफलको 25 बटालियनहरू थिए, जुन त्रिपक्षीय सम्झौतामा हस्ताक्षर भएको थियो। भारतको स्वतन्त्रताको समय। यसलाई भारतीय सेना अन्तर्गत सेवा गर्ने गोर्खा रेजिमेन्टहरूको सूचीमा थप दस्तावेज गरिएको छ।

"तपाईंले आफ्नो समुदायमा धेरै अनुसन्धान गर्नुभयो, डीसीपी अनिता," आयुक्तले जवाफ दिए।

"पर्छ सर । हामीले गोर्खा भएकाले एक अर्कालाई साथ दिनुपर्छ । मलाई गोर्खा हुनुमा गर्व छ।"

"र तपाईलाई मेरो सहकर्मी भएकोमा मलाई गर्व छ," आयुक्त मुस्कुराए। "गोर्खाहरू धेरै चकचके छन्। म तिनीहरूलाई प्रशंसा गर्छु। "

"धन्यवाद सर, दयालु शब्दहरूको लागि," डीसीपी अनिता मुस्कुराई।

पश्चिम बंगालको मुख्यमन्त्रीको कार्यालयमा बैठक (१८ डिसेम्बर)

पश्चिम बंगालका मुख्यमन्त्री रिसाए । सभामुखले बोल्ने समय दिएपछि उनले व्यवस्थापिका, पश्चिम बङ्गा विधानसभालाई सम्बोधन गरेकी हुन् । विधान सभा कोलकाताको BBD-बाग क्षेत्रमा अवस्थित थियो। (BBD भनेको तीन युवा भारतीय स्वतन्त्रता कार्यकर्ता - बेनोय बसु, बादल गुप्ता र दिनेश गुप्ता हो, जसले ८ डिसेम्बर १९३० मा कारागारका महानिरीक्षक कर्नेल एनएस सिम्पसनको हत्या गरे)।

"गोर्खाल्याण्डको लागि छुट्टै राज्यको लागि तपाईंहरू कति इच्छुक हुनुहुन्छ, कृपया आफ्नो हात उठाउनुहोस्।" एउटा हात पनि उठेन । "त्यसो भए गोर्खाल्यान्डको लागि किन यो सब हलचल ? यो कोठामा गोरखासँग सम्बन्धित कोही हुनुहुन्छ ? कृपया उठ्नुहोस्।"

मुख्यमन्त्रीको छेउमा तैनाथ गोर्खा सुरक्षा गार्डले कानाफुस गरे । "म त पहिले नै उभिएको छु म्याडम।"

मुख्यमन्त्रीले सुरक्षा गार्डतिर फर्केर फुसफुसाउँदै भने, "मैले तिमीलाई भन्न खोजेको होइन । आराम गर्नुहोस्।"

सीएमले जारी राखे, "ठीक छ। दिनको कारबाहीमा साथ दिऔं।"

संसद बैठक दिनभरका लागि स्थगित भएपछि मुख्यमन्त्री आफ्नो क्याबिनमा पसिन् । कोलकाता पुलिस आयुक्त र पश्चिम बंगाल पुलिसका डीआईजी उनको अगाडि कोलकाताका मेयर र जिल्ला कलेक्टरसँग बसेका थिए। उनको सेक्रेटरी र बब्लु दा अलि पछाडि बसिरहेका थिए ।

पहिलो, मुख्यमन्त्रीले चिच्याउनुभयो, "प्रहरी आयुक्त, तपाइँले दौडको दुई दिन अघि गोर्खा धावकलाई कसको आदेशमा अपहरण गर्नुभयो र ब्याराकपुर सर्व-महिला प्रहरी चौकीमा यातना दिनुभयो?"

"बराकपुर अखिल-महिला पुलिस स्टेशनको SHO द्वारा लिएको केही मूर्ख निर्णय। प्रहरी नायव उपायुक्त अनिता थापाको अगुवाईमा रहेको उनको अनुसन्धानलाई मैले निलम्बन गरेको छु ।"

"गोर्खा प्रहरी अधिकारीलाई छानबिनको नेतृत्व गर्नु राम्रो विचार हो। यसले हामी पक्षपाती छैनौं भन्ने देखाउँछ। यद्यपि, यो अध्याय सकेसम्म चाँडो बन्द

गर्नुहोस्। SHO लाई कठोर नगर्नुहोस्। यदि उनले दोषी स्वीकार गरे भने, चेतावनी दिएर उनलाई पुनर्स्थापित गर्नुहोस्।

"यो योजना के हो, महोदया सीएम।"

मुख्यमन्त्रीले डीआईजीलाई हात देखाउनुभयो, “तिमीसँग फोनमा ती जोकरहरू कसरी कुरा गरे? तिनीहरुले तिम्रो नम्बर कसरी पायो?"

डीआईजीले लाजमर्दो जवाफ दिए, “सेलिब्रेटी मिलिन्दसँग मेरी श्रीमतीको नम्बर थियो। तिनीहरू कोलकातामा खाँचोमा परेकाहरूको लागि राम्रो काम गर्ने एनजीओसँग सम्बन्धित थिए। ”

"ठिक छ। कृपया आफ्नी श्रीमतीलाई उसको नम्बर ब्लक गर्न भन्नुहोस्।

"यो पहिले नै गरिसक्यो महोदया सीएम।"

उनले आफ्नो अगाडि समूहलाई सोधे, "के कसैले एक बंगाली कर्पोरेट केटा, एक महाराष्ट्रीयन सेलिब्रेटी मोडेल र उनको पञ्जाबी लिभ-इन पार्टनर गोर्खाल्याण्ड आन्दोलनमा कसरी संलग्न भए भनेर व्याख्या गर्न सक्नुहुन्छ?"

"म्याडम सीएम," डीआईजीले जवाफ दिए। "उनीहरू सबै स्कूलका साथीहरू हुन्, अहिले मध्य प्रदेशमा बस्छन्। बंगालीकी आमा गोर्खा हुन्, र उनको आन्दोलनप्रति नरम कुना छ, उनले बाल्यकालमा धेरै अघि भेटेका गोर्खा महिला धावकलाई मद्दत गरे। उनीहरूले धेरै दौडहरू सँगै दौडिएका छन्। तिनीहरूले पहिले नै धेरै सार्वजनिक सभाहरू गरिसकेका थिए, जुन दार्जिलिङ र अन्य ठाउँहरूमा कुनै पनि कानून र व्यवस्थाको समस्या बिना सहज रूपमा सम्पन्न भयो। ”

आक्रोशित मुख्यमन्त्रीले भने, “आफ्नो समय लिनुहोस्, तर एक दिन, बंगाली र गोर्खा महिलाकी काकीलाई पक्रन निश्चित गर्नुहोस्। दुवै हाम्रा लागि खतरनाक छन्। यो होसियारीपूर्वक गर्नुहोस्। यदि भीड नियन्त्रण बाहिर जान्छ भने, बल प्रयोग गर्नुहोस्। म गोर्खाल्याण्ड आन्दोलनलाई एकपटक र सदाका लागि दबाउन चाहन्छु। मैले ठूला, शक्तिशाली गोर्खा राजनीतिज्ञहरूलाई जेल हालेको छु। यी नागरिकहरू कोही कोही छैनन्। तिनीहरू धेरै डराउनेछन्; आन्दोलन स्वाभाविक रूपमा मर्नेछ।"

द हिल राइजिङ एट स्कूल एन्ड ए ट्र्याजिक इभेन्ट (1986)

Mobius Hugh Taylor सुन्दै रिस उठ्दै हुनुहुन्थ्यो। कसरी पृथ्वीमा दून स्कूलले 'ए' पूर्वहरूलाई इतिहास पढाउन एक 65 वर्षीय अङ्ग्रेज र पुरातत्वविद् भर्ती गर्यो एक ठूलो रहस्य थियो। साँचो, उहाँ OBM पुरस्कार विजेता हुनुहुन्थ्यो, तर अझै?

ह्युज गोर्खाहरूको इतिहास बताउँदै थिए र अन्त्य हुँदै थिए। मोबिसले वरिपरि हेरे। कक्षाकोठामा सबैलाई दिक्क लाग्थ्यो । उसको पछाडि, शिवीले नाक उठाइरहेको थियो, र उसको दायाँतिर, मिल लुकाउन नसक्ने तरिकाले हाईरहेको थियो। मोबियस आफैं निद्रा लागेको महसुस गर्दै थिए र आफैले टाउको हल्लाइरहेको महसुस गरे। अचानक, एउटा चक घुम्यो र मोबियसको निधारमा ठोक्यो। दन्किएको गोलीले मोबियसलाई ब्यूँझ्यो।

ह्युग रिसाए, "निन्द्रा ब्लाइटर, उठ्नुहोस् र कक्षालाई बताउनुहोस् मैले आज के छलफल गरें।"

मोबियस उठ्यो, आफ्नो निधार रग्दै, आँखा साँघुरो, प्रत्येक इन्च गर्व गोर्खा हेर्दै। “पहिले, सर, यदि चकले मलाई केही सेन्टिमिटर तल हिर्काएको भए मेरो आँखा गुम्न सक्छ। दोस्रो, तपाईलाई गोर्खाहरूको इतिहासको बारेमा धेरै थाहा छैन जस्तो लाग्छ।"

"म तिमीलाई सिकाउँछु," मोबियसले टिप्पणी गरे। “सन् १८१४ मा नेपालमा भएको युद्धको क्रममा, जसमा बेलायतीहरूले नेपाललाई साम्राज्यमा गाभ्ने प्रयास गरे, सेनाका अधिकारीहरू गोर्खा सैनिकहरूको दृढताबाट प्रभावित भए र उनीहरूलाई ईस्ट इन्डिया कम्पनीको लागि स्वयम्सेवा गर्न प्रोत्साहित गरे। गोर्खाहरूले सन् १८१७ को पिन्डारी युद्ध , १८२६ मा भरतपुर, नेपाल र १८४६ र १८४८ मा पहिलो र दोस्रो सिख युद्धमा कम्पनीको सेनाको रूपमा सेवा गरेका थिए। सन् १८५७ मा सिपाही विद्रोहको समयमा गोर्खा रेजिमेन्टहरू ब्रिटिसप्रति वफादार रहे र यसको गठनमा ब्रिटिश भारतीय सेनाको हिस्सा बने।

एक विराम पछि, मोबियसले जारी राखे, "भारतको एक भागमा अंग्रेजहरूले शासन गर्न सक्ने एउटै कारण गोर्खाहरूको समर्थन थियो। वास्तवमा, अंग्रेजहरूले गोर्खाहरूको वफादारी र लडाकु वंशको फाइदा उठाए र तिनीहरूलाई धूर्त अंग्रेजहरूको अधीनमा रहन हेरफेर गरे।

मिलिन्द र शिवलाई अशुभ भावना थियो र मोबियसलाई शान्त हुन संकेत गरे। शिवले पछाडिबाट मोबियसको काँधमा ट्याप गर्न थाले।

मिलिन्दले इशारा गरे, "शान्त हुनुहोस्, मोब्सी। अहिले हामी स्वतन्त्र भारत हौं। अब ब्रिटिश राजतन्त्र अन्तर्गत छैन।"

ह्युग गर्ज्यो, "ए गोर्खा आमाको छोरो! तिमीले मलाई इतिहास पढाउने हिम्मत कसरी गर्यौ?"

मोबियसको दिमागमा फ्यूज उड्यो। उनी अगाडिको डेस्कमा हाम फालेर ह्युगलाई हिर्काउन हतारिए। मिलिन्दले छिट्टै काम गरे र मोबियसलाई रोक्ने पहिलो व्यक्ति थिए। शिव चाँडै नै मोबियसमा सामेल भए।

मोबियस रिसले काँपिरहेको थियो। "मेरो विशेषताहरूलाई अपमानजनक रूपमा उल्लेख गरेर मेरो गौरवान्वित वंशलाई सन्दर्भ गर्ने साहस कसरी भयो? तपाईं Limey एक कृतघ्न धेरै हुनुहुन्छ। तिमीले भारतबाट कोहिनूर हीरा चोरेर बदमाश रानीको मुकुटमा लगाउन थियौ।"

ह्युगले झगडा गर्दै जवाफ दिए, "अहिले एचएमको (हेडमास्टरको) कार्यालय जाऔं, तपाई क्याड।"

मिलिन्द र शिवले आफ्नो काखमा समातेर मोबियसले जवाफ दिए, "तपाईले गोर्खाहरूलाई तुरुन्त माफी दिनुहोस्, नत्र आफ्नो घाँटीमा उनीहरूको खुकरीको क्रोध महसुस गर्नुहोस्। ऐ गोर्खाली !"

ह्युगले मोबियसलाई HM को कार्यालयमा पछ्याउन इशारा गरे। मिलिन्द र शिव आफ्नो साथीलाई बचाउन पछि लागे।

HM स्वतन्त्र थिए र आफ्नो कार्यालयमा बसेर, खुला झ्यालबाट भित्र पसेका भँगेराहरूको चिरबिरसँग बिहानको शान्त शान्तिको आनन्द लिइरहेका थिए। उनको पछाडि प्रधानमन्त्री राजीव गान्धीको तस्बिर भव्य रूपमा झुण्डिएको थियो। अचानक, ह्युज मोबियस, मिलिन्द र शिवलाई साथमा लिएर आए। एचएमले तुरुन्तै तीनै जनालाई चिन्यो। ह्युगले बोल्न सक्नु अघि, एचएमले

आफ्नो क्रोध तीनैलाई निर्देशित गर्दै भने, "जब म तिमीलाई तीन मस्केटियरहरू सँगै देख्छु, मलाई थाहा हुन्छ कि भूकम्प आउँदैछ।"

मिलिन्द र शिवले आफ्नो हाँसो नियन्त्रण गरे। मोबियसले आफ्नो अनुहारमा मुस्कान देखायो।

तीन दशकअघि देहरादूनबाट इन्डियन मिलिटरी एकेडेमी (आईएमए) बाट उत्तीर्ण भएका आर्मीका रिटायर्ड कर्नल एचएमले ह्युगको कुरा धैर्यपूर्वक सुने। उनले गोप्य रूपमा तीन विद्यार्थीहरू बीचको उग्र वफादारीको प्रशंसा गरे।

पन्ध्र मिनेटसम्म ह्युजको टायरेड सुनेपछि, एचएमले बोल्ने निर्णय गरे, "मोबियस, म तपाईंलाई मिस्टर ह्यू टेलरसँग तुरुन्तै माफी माग्न चाहन्छु। हामी पछि मोडालिटी छलफल गर्नेछौं। मेरो धैर्यको परीक्षा नगर्नुहोस्, मोबियस। तपाईंले धुम्रपानको लागि आफ्नो बी फारममा पहेंलो कार्ड प्राप्त गरिसक्नुभएको छ।"

मिलिन्द र शिवले मोबियसको मेरुदण्डमा औंलाहरू हानिरहेका थिए र एकै स्वरमा कानाफूसी गरिरहेका थिए। "मोब्सी, केवल एक साधारण माफी दिनुहोस् र यसलाई समाप्त गर्नुहोस्।"

मोबियसले एक क्षण सोचे र त्यसपछि जवाफ दिए, "भारत सरकारको तर्फबाट, जुन संसारको सबैभन्दा ठूलो लोकतान्त्रिक देश हो, म श्री ह्यू टेलरसँग माफी चाहन्छु, यद्यपि उनले यस ग्रहको सबैभन्दा बहादुर समुदायको अपमान गर्ने अपमानजनक शब्दहरू प्रयोग गरे पनि। गोर्खाहरू, र मेरो अनुहारमा अपमानजनक प्रयोग गरेकोमा, मलाई 22 भारतीय माटोका छोराहरूले भरिएको कक्षाकोठा अगाडि तिरछा आँखा, ब्लाइटर र क्याड भनेर बोलाए।"

एचएमले निराशामा आफ्नो निधार थप्पड हाने र आफैंसँग गनगन गरे। "हे भगवान, मलाई हिम्मत दिनुहोस् कि मोबियसलाई उसको निम्तोमा लात नहान।"

मोबियसको माफीमा अलिकति लज्जित महसुस गर्दै, हगले भने, "ठीक छ, कर्नल। थप टिप्पणीहरू छैनन्। मसँग पढाउने कक्षा छ। तिनीहरुलाई उपयुक्त लागेमा तिनीहरुसँग व्यवहार गर्न सक्नुहुन्छ।" ह्युग फर्किए र HM को अफिस छोडे।

एचएमले तीनैजनालाई बस्नको लागि हात हल्लाए र निराश मनका साथ आफ्नो आरामदायी कुर्सीमा बस्यो।

"राम्रो कुरा हो कि तपाई बदमाशहरू अर्को वर्ष एस फारममा आउँदै हुनुहुन्छ। मैले अझै अठार महिना तिम्रा हर्कत सहनु पर्छ। मिलिन्द, तपाईलाई अर्को वर्ष स्कूल कप्तानको लागि मास्टर्स काउन्सिलले कडा सिफारिश गरेको छ। यसलाई गडबड नगर्नुहोस्। शिव, तपाईंले सायद छिट्टै विद्वानको ब्लेजर पाउनुहुनेछ, त्यसैले यसलाई बेवास्ता नगर्नुहोस्। मोबियस, तपाईंले पर्याप्त बिगार्नु भएको छ। कुनै गल्ती नगर्नुहोस्। अर्को गुरुबाट कुनै पनि थप गुनासो, तपाईं बाहिर हुनेछ, सदाको लागि रस्टिकेट। तपाईलाई अर्को वर्ष स्कूल क्रस कन्ट्री कप्तानको लागि सिफारिस गरिएको छ। कृपया यसलाई नउठाउनुहोस्। वा मैले तिम्री दिदीलाई थप्पड मार्न फेरि बोलाउनु पर्छ? मलाई लाग्छ उनको नाम सुमित्रा थियो। मिलिन्द र शिव आफैं हाँस्न थाले । मोबियसले सीधा अनुहार राख्न खोज्यो।

“ठीक छ, माटोका छोराहरू, तिमी तीनैजना अब जान सक्छौ”, एचएमले भने र हल्का मुस्कुराए। एचएमको कार्यालयबाट बाहिरिएपछि सबैभन्दा पहिले कराउने शिव नै थिए। "ब्रिटिश राजतन्त्रको साथ तल! भारत जिन्दाबाद!” एक्कासी एचएमको कार्यालयबाहिर विद्यार्थीको भीड लागेको थियो । "मोबियस अमर रहनुहोस्! वीर गोर्खाहरू अमर रहोस्!” आफ्नो काँधमा मोबियस बोकेर नाप्ने समूह एचएमको कार्यालयबाट टाढा जान थाले।

इन्डिया टुडे न्युज रिपोर्ट

(31 जुलाई)

कालिम्पोङ नरसंहार 27 जुलाई

27 जुलाई कालिम्पोङको उत्तर बङ्गाल पहाडी रिसोर्टमा पुलिस फायरिङको पुनरावृत्ति सजिलै बिर्सने छैन। तेह्र पुरुष, महिला र बालबालिकालाई शहीद बनाउँदै दुःखद रूपमा मारिएका छन्। उनीहरूले छुट्टै गोर्खाल्याण्ड राज्यको माग गर्दा ज्यान गुमाएका थिए र पश्चिम बंगालको वाम मोर्चा सरकार अहिले उत्पीडनको प्रतीक बनेको छ। कालिम्पोङ गोलीबारीको रिपोर्टले दुर्गम बस्ती र चिया बगानमा समेत गोरखा परिवारहरूमा स्तब्ध भएको छ। सबैभन्दा महत्त्वपूर्ण कुरा, कालिम्पोङ हत्याले गोर्खाल्याण्डको मागमा अपरिवर्तनीय मोड लिएको छ।

गोर्खा नेशनल लिबरेशन फ्रन्ट (GNLF) का दार्जिलिङ सहर संयोजक लप्का डोङले भने, "कालिम्पोङ हाम्रो जलियावाला बाग हो।" "यसपछि, हामीलाई छुट्टै राज्य प्राप्त गर्नबाट कुनै पनि कुराले रोक्न सक्दैन।" GNLF का नेता सुभाष घिसिङले वर्षको अन्त्यअघि गोर्खाल्याण्ड स्थापना गर्ने वाचा गरेका छन् । यद्यपि सबैले आशावादको यो स्तर साझा गर्दैनन्, युद्ध रेखाहरू स्पष्ट रूपमा कोरिएका छन्। दार्जिलिङ पर्वतको फेदमा रहेको तिन्धरियाका बासिन्दा जगतबहादुर प्रधान आफ्नो विचार राख्छन्, "हामीले आफ्नो जीवनकालमा छुट्टै गोर्खाल्याण्ड राज्यको निर्माण कहिले पनि देख्न नपाउन सक्छौँ तर कालिम्पोङमा भएको घटनापछि हामीले बंगालको शासनलाई कहिल्यै स्वीकार गर्न सक्दैनौँ । ।"

कालिम्पोङ त्रासदीले अहिले छुट्टै राज्यको मागलाई नैतिक तवरले समर्थन गर्ने गोर्खा मध्यमवर्ग, बारबार बस्ने र बुद्धिजीवीहरूलाई एकताबद्ध गरेको छ। उनीहरुको वाम मोर्चा सरकारप्रतिको विश्वास अपरिवर्तनीय रूपमा चकनाचुर भएको छ । नेपाली भाषा समितिका अध्यक्ष प्रेम अल्लय भन्छन्, 'हामीले यो आन्दोलनबाट दुरी कायम राख्दै आएका थियौं, तर गोली हानाहानपछि सयौं मानिसहरु हामीकहाँ आएर निर्दोषको हत्याको भत्र्सना गरेर अडान लिन आग्रह गरेका थिए ।

सार्वजनिक दबाबले भाषा समितिलाई प्रधानमन्त्री राजीव गान्धीलाई टेलिग्राम गर्न बाध्य तुल्यायो, तत्काल केन्द्रीय हस्तक्षेपको अनुरोध गर्दै, "जनताले पश्चिम बंगाल सरकारमा विश्वास गुमाएको छ।" यससँगै नेपाली प्रज्ञा प्रतिष्ठानका एक दर्जन सदस्य र पहाडी विकास परिषद्का मनोनित एक–दुई सदस्यले विरोधमा राजीनामा दिएका छन् । कुनै पनि राजनीतिक दलबाट स्वतन्त्र रूपमा सञ्चालन गर्ने दार्जिलिङ नगरपालिकाले समेत हत्याको निन्दा गर्ने प्रस्ताव पारित गरेको थियो ।

आन्दोलनको प्रतिक्रियामा, जिल्ला प्रशासन र स्थानीय सीपीआई (एम) ले वाम मोर्चा सरकार विरुद्ध जनमतलाई कडा बनाउन कालिम्पोङ हिंसालाई GNLF नेतृत्वले जानाजानी आयोजना गरेको आरोप लगाए। उनीहरूले गोलीबारी हुनुभन्दा आठ दिन अघि कालिम्पोङमा घिसिङको उत्तेजक भाषणलाई औंल्याउँछन्, जहाँ उनले भनेका थिए, "यदि उनीहरूले दुई जनालाई मार्छन् भने, तपाईंले बदलामा दुईजनालाई मार्नुपर्छ" र परम्परागत हतियार खुक्रीको नजिकको जादुई शक्तिको प्रशंसा गरेका थिए। गोर्खाहरूको, जानाजानी उक्साउने प्रमाणको रूपमा।

दार्जिलिङका पुलिस अधीक्षक राजेन्द्र पी सिंहले भनेका छन् कि पुलिसले 27 जुलाईको बिहान कालिम्पोङबाट 30 GNLF समर्थकहरूलाई गिरफ्तार गर्न बाध्य पारेको थियो, जुन पछि पुलिसको विरुद्धमा जनभावना भड्काउनको लागि शोषण गरिएको थियो। भारतीय दण्ड संहिताको धारा 144 (जसले चार जनाभन्दा बढी व्यक्तिको भेलालाई गैरकानूनी घोषणा गर्दछ) को अर्थ व्याख्या गर्ने नेपाली भाषामा दुई दिनसम्म दोहोर्याइएको घोषणाको बाबजुद पनि GNLF ले जुलुसहरू आयोजना गर्‍यो र प्रहरी ब्यारिकेडहरू तोड्ने प्रयास गर्यो। त्यसलगत्तै ठूलो जुलुस कालिम्पोङ सहर प्रहरी चौकीतर्फ जाँदै गर्दा खुक्रीसहितको गोर्खाको समूहले प्रहरी चौकीमा आक्रमण गरी डीआईजी (सीआइडी) कमल मजुमदारलाई निशाना बनाएका थिए, जसमा राज्यका सशस्त्र प्रहरी जवान सुब्रत सामन्तको मृत्यु भएको थियो । घाँटीमा खुकुरी प्रहार । मजुमदार पनि गम्भीर घाइते भएका छन् । पछि, केही सीआरपीएफ जवानहरू र राज्य सशस्त्र प्रहरीहरू खुकरी प्रहारबाट घाइते भए।

तर, जतिसुकै उत्तेजित भए पनि प्रहरीले हडताल गरेर गम्भीर गल्ती गर्‍यो । डीआईजी मजुमदारमाथि हमला गरेपछि सीआरपीएफ र राज्य पुलिसका जवानहरूले शहरभरि जो कोहीलाई देख्रेमाथि अन्धाधुन्ध गोली चलाए। "यो दीपावली जस्तै थियो। पटाका जस्तै बन्दुकको गोली चलिरहेको थियो," पासाङ नोर्बुक सम्झन्छिन्। प्रहरी चौकी नजिकै रहेका ४८ वर्षीय नेपाली मजदुर सुनमान घिसिङ दौडन थालेपछि सबै आत्तिएका थिए र उनको घुँडामा गोली लागेको थियो । घिसिङले भने, 'म सामान्य मजदुर हुँ, कसैलाई साथ दिएको छैन, तर आज घरमा आठ छोराछोरी भोकै बसेको अवस्थामा अस्पतालमा सुतिरहेको छु । सबैभन्दा दुखद घटना एक कलेज युवती संगीता प्रधानको थियो, जसको टाउको प्रहरी चौकीबाट करिब एक किलोमिटर टाढा रहेको आफ्नो टेरेसबाट हिंसालाई अवलोकन गर्ने क्रममा गम्भीर चोट लागेको थियो।

GNLF ले प्रहरीले भीडलाई कसरी घेरा हालेको, छतलगायत चारैतिरबाट गोली चलाएको र १०० भन्दा बढी गोर्खा मारिएको दाबी गरेको भन्ने अतिरञ्जित कथाहरू फैलाएर शोषणको शोषण गरेको छ। तर, वास्तविक गणना १३ जनाको मृत्यु भएको छ भने करिब ५० जना घाइते भएका छन् । GNLF ले आफ्नो जुलुस शान्तिपूर्ण भएको र गोलीबारी बिना उक्साहट भएको बताएको छ। कालिम्पोङमा GNLF का संयोजक वाङ्दी शेर्पाले आरोप लगाए, "पुलिसले हामीलाई मार्ने योजना बनाएको थियो। कालिम्पोङ

हाम्रो सबैभन्दा ठूलो अड्डा मानिने भएकाले उनीहरूले हामीलाई कुचल्न तड्पाउन चाहन्थे।

अन्य राजनीतिक दलहरूमा पनि गोर्खाहरू पनि GNLF को परिप्रेक्ष्यमा पङ्क्तिबद्ध हुन थालेका छन्। "पश्चिम बङ्गाल सरकारले हामीलाई राजनीतिक, आर्थिक र शैक्षिक रूपमा सबै किसिमले दमन गर्न माहिर छ," दार्जीलिङ सरकारी कलेजका विद्यार्थी युनियनका २१ वर्षीय महासचिव सुगेन क्षेत्रीले तर्क गर्छन्, जुन कांग्रेसको नियन्त्रणमा छ। (१) छात्र परिषद् । क्षेत्री र दार्जिलिङ जिल्लाका अन्य अधिकांश गोर्खाहरूका लागि, कालिम्पोङ घटनाले पश्चिम बंगालका शासकहरूको प्रकृतिबारे उनीहरूको पूर्व धारणासँग मेल खान्छ। 'सरकारले हाम्रा लोकतान्त्रिक मागलाई दबाउन यो आन्दोलनलाई हिंसात्मक देखाउन खोजेको छ,' क्षेत्रीले दाबी गरे ।

दार्जिलिङका सबै गोर्खाहरूले भारत-नेपाल सन्धि जस्ता मुद्दाहरूमा सुभाष घिसिङको व्यस्तता साझा नगरे पनि उनीहरू बंगालभित्र रहन सक्दैनन् भन्ने विश्वासमा एकताबद्ध छन्। थर्बो चिया बगानका एक अशिक्षित चिया बगानका मजदुर, राजकुमार प्रधान, जसले कुनै समय सीपीआई (एम) लाई समर्थन गरेका थिए, अहिले दाबी गर्छन्, "बङ्गालमा हाम्रो कुनै भविष्य छैन। यी सबै वर्षहरूमा, कुनै पनि उद्योगको विकास भएको छैन, र हाम्रो श्रमको सबै नाफा मैदानहरूमा लुकाइयो। हामीलाई भारतको उचित नागरिकको रूपमा पनि व्यवहार गरिएको छैन।

तीन दशकभन्दा बढी समयदेखि चिया उद्योगमा कार्यरत हरीश मुखियाले जिल्लाका ९० वटा बगैंचामध्ये एउटा पनि नेपालीको स्वामित्वमा नभएको बताउनुभयो । 'गार्डनका कार्यकारी कर्मचारीमध्ये १० प्रतिशत पनि नेपाली छैनन्,' मुखिया बताउँछन्। यसबाहेक, चियाको मूल्यमा बृद्धि भए पनि, 14 वटा बगैंचाहरू पहिले नै बन्द भइसकेकाले चियाका झाडीहरू रोप्न थोरै प्रयासहरू छन्।

शिक्षाजस्ता क्षेत्रमा हुने भेदभावले उपेक्षाको भावना झनै बढाएको छ। दार्जिलिङमा कलेजहरू कम छन्, र उत्तर बंगाल विश्वविद्यालय, सुरुमा पहाडहरूका लागि बनाइएको थियो, अन्ततः

तराईमा सरेको छ। फलस्वरूप, दार्जिलिङले दशकौंदेखि आइएएस अफिसर उत्पादन गर्न सकेको छैन, र धेरैजसो गोर्खाहरूले मैदानमा चपरासी वा दरबनको रूपमा मात्र जागिर पाउन सक्छन्।

वर्षौंदेखि, दार्जिलिङ पहाडहरूको लागि मैदानी क्षेत्रमा व्यापारिक केन्द्र सिलगुडीको बढ्दो महत्त्वलाई लिएर असन्तुष्टि बढेको छ। अधिकांश ठेक्का लिन सिलगढी जाने क्रममा नेपाली ठेकेदारहरू असन्तुष्ट छन्। "नागाल्याण्ड, सिक्किम र मिजोरम जस्ता राज्यहरू कुनै समय दार्जिलिङभन्दा २० वर्ष पछाडि थिए, तर आज हामी उनीहरूभन्दा २० वर्ष पछाडि छौं," दार्जिलिङका होटल व्यवसायी र ठेकेदार देवबहादुर प्रधान भन्छन्।

दार्जिलिङका लागि राज्य सरकारले रकम छुट्याएको होइन। तैपनि, सबै योजना कलकत्ताको लेखक भवनबाट नियन्त्रित हुन्छ, जहाँ व्यक्तिहरूलाई स्थानीय परिस्थितिहरूको थप ज्ञान चाहिन्छ। नतिजाको रूपमा, तिनीहरूका परियोजनाहरू प्रायः असफल हुन्छन्। उदाहरणका लागि, डार्जिलिङका सरकारी नर्सहरूले पहाडी क्षेत्रमा साइकल चलाउने अव्यावहारिकताको बाबजुद साइकल भत्ता पाएका थिए। त्यसैगरी पहाडमा बेकार भएका डुब्ने ट्युबवेलका लागि वार्षिक बजेट विनियोजन भए पनि पहाडी खोलाको पानी ट्याप गर्न भने सो रकम प्रयोग हुन सकेको छैन । दार्जिलिङको पानी आपूर्तिको लागि नयाँ विशाल जलाशय निर्माण गरिएको थियो तर यसलाई अझ राम्रो बनाउन आवश्यक थियो ताकि यसले दरारहरू विकास गर्यो। तीन वर्षअघि सञ्चालनमा आएको करोडौं रुपैयाँको जलढाका जलविद्युत एकाइ पनि ढुंगा र सिल्टका कारण अवरुद्ध भएको छ ।

वरिष्ठ अधिवक्ता तथा पूर्व कांग्रेस सदस्य डीएस रसाइली भन्छन्, "दार्जिलिङका प्रत्येक राजनीतिक दल, सीपीआई (एम) ले हाम्रा समस्या मैदानका समस्याहरूभन्दा फरक छन् भनी बुझेका छन् र प्रत्येकले कुनै न कुनै रूपमा स्वतन्त्र प्रशासनको वकालत गरेका छन्," वरिष्ठ अधिवक्ता तथा पूर्व कांग्रेस सदस्य डीएस रसाइली भन्छन्। गोर्खा लिगले छुट्टै पहाडी राज्यको सबैभन्दा बढी आवाज उठाएको थियो भने स्थानीय माकपाले क्षेत्रीय स्वायत्तताको प्रस्ताव राखेको थियो । बंगालको प्रशासनबाट अलग हुने आन्दोलन सन् १९०७ मा सुरु भयो र १९४० को दशकको मध्यमा अविभाजित कम्युनिष्ट पार्टीले पहिलो पटक 'गोरखास्तान' को विचार प्रस्ताव गरेको थियो।

1970 मा, राज्य सीपीआई (एम) ले पहिलो अवसरमा पूर्ण विधायिका र कार्यकारिणी शक्तिहरू सहित दार्जिलिङको लागि क्षेत्रीय परिषद् स्थापना गर्ने विधेयक पेश गर्ने वाचा गरेको थियो। मार्क्सवादीहरूले संविधान भित्रका बाधाहरूलाई स्वीकार गरे तर संविधानमा परिवर्तन गर्न बाध्य पार्न जनआन्दोलन गर्ने योजना बनाए। व्यवहारमा, सीपीआई (एम) ले गत वर्ष मात्र

दार्जिलिङको लागि क्षेत्रीय स्वायत्तता माग्ने विधेयक ल्यायो, सत्तामा आएको आठ वर्षपछि, र संसदमा बिल पराजित हुँदा मौन बस्यो। यो दोहोरो मापदण्डले शिक्षित मध्यम गोर्खालाई समेत विमुख गरेको छ ।

पश्चिम बंगालका मुख्यमन्त्री ज्योति बसुले आफ्नो पार्टीले जीएनएलएफलाई राजनीतिक रूपमा लड्ने दाबी गरे पनि सरकारले प्रहरी प्रशासनमा भर परेको छ। CPI (M) को समर्थन आधारको क्षय दार्जिलिङको मुख्यालयमा स्पष्ट छ, जहाँ हाल पार्टी कार्यकर्ताहरू भन्दा बढी पुलिसहरू छन्। चिया बगानमा पनि, माक्र्सवादीहरूका लागि परम्परागत रूपमा किल्ला, कुनै अपवाद बिना अन्तर्वार्ता लिइएका प्रत्येक कार्यकर्ताले गोर्खाल्याण्डलाई समर्थन गरे।

केवल केही सीपीआई (एम) समर्थकहरू बाँकी छन्, मुख्य रूपमा जिएनएलएफ कार्यकर्ताहरूको नामहरू जिल्ला गुप्तचर ब्यूरोलाई आपूर्ति गर्न जिम्मेवार छन्। अर्को प्रमुख दल कांग्रेस (आइ)ले पनि नेकपा (एम)जस्तै प्रदर्शन गरेको छ । 'यहाँ काङ्ग्रेस पूर्णतया एक्लो छ, हजारौं सदस्यले राजीनामा दिएका छन्,' कांग्रेस (आ) जिल्ला कमिटी सदस्य एएम राईले भने । "मेरो आफ्नै छोराछोरीले गोर्खाल्याण्डको नारा लगाउँछन्, र मलाई सामाजिक बहिष्कारको डर लाग्न थालेको छ। सबै उद्देश्य र उद्देश्यका लागि, पार्टी दार्जिलिङ पहाडी क्षेत्रमा मात्र नाममा अवस्थित छ।

दार्जिलिङ DCC (I) ले २६ जुलाईमा भेला भयो र दार्जिलिङलाई केन्द्र शासित प्रदेश बनाएर बंगालबाट अलग गर्ने मागलाई समर्थन गर्ने संकल्प गर्यो। यद्यपि, पश्चिम बंगाल प्रदेश कांग्रेस (आई) का प्रमुख प्रिया रञ्जन दास मुन्शीले आफ्नो दार्जिलिङ इकाईसँगको दरारलाई राज्य इकाईले बंगालको अर्को विभाजनको कदमलाई कहिल्यै समर्थन गर्दैन भनेर घोषणा गर्दै।

यसबीचमा प्रहरीले गोर्खाल्याण्डवासीहरूलाई पछाडि पारेको छ। आन्दोलनकारीलाई असामाजिक तत्वको रूपमा व्यवहार गर्न बसुको आह्वानबाट प्रोत्साहित भएर जिल्ला प्रहरीले पहाडमा दैनिक कारबाही गर्ने, चिया बगानमा छापा मार्ने र GNLF नेताहरूलाई पछ्याउने गरेको छ। करिब 300 प्रमुख GNLF कार्यकर्ताहरूलाई नजरबन्दमा राखिएको छ, साथै सयौं अन्य संदिग्धहरू जो असल आचरण बन्डमा हस्ताक्षर गरेपछि रिहा भएका छन्।

मुख्यमन्त्री ज्योति बसुले पनि केन्द्रले सहयोग र थप सुरक्षा बल दिने वाचाहरू प्राप्त गर्न केन्द्रीय गृहमन्त्री बुटा सिंहलाई भेट्न दिल्ली गएर सुभाष घिसिङसँग स्वतन्त्र वार्तामा केन्द्रित हुने सम्भावनाको पनि अनुमान गरेका छन्।

यी घटनाक्रमहरूको प्रतिक्रियामा GNLF नेतृत्वलाई रक्षात्मक रूपमा बाध्य पारिएको छ। अधिकांश प्रमुख कार्यकर्ताहरू अहिले लुकेर बसेका छन्, र घिसिङलाई पनि राज्य सरकारले पक्राउ नगर्ने आश्वासन दिए पनि भूमिगत भइसकेका छन्। यद्यपि, औसत गोर्खा दृढ रहन्छ। जेपी सिंह, एक बेरोजगार युवा, घोषणा गर्छन्, "हाम्रो रणनीति परिवर्तन गर्ने समय आएको छ।" कालिम्पोङबाट आएको प्रतिध्वनिले यस चलिरहेको सङ्घर्षमा थप उथलपुथलपूर्ण अध्याय सुरु गर्न सक्छ।

द ओपुलेन्ट लंच, ए फादर्स टरमोइल एन्ड वेडिङ बेल्स (1999)

मिलिन्दले सुमित्रालाई दिल्लीको जनपथ रोडमा रहेको इम्पेरियल होटल भित्र इटालियन र युरोपेली खानामा विशेषज्ञता प्राप्त एउटा विचित्र रेस्टुरेन्ट सान गिमिग्नानोमा खाजाको लागि निम्तो दिए। रेस्टुरेन्ट उही लाइन मा यसको समकक्षहरु को तुलना मा एक अधिक मूल्य खाने ठाउँ थियो। यो मिलिन्दको लागि एकदमै उपयुक्त थियो किनकि उनको सेलिब्रेटी स्थिति प्रायः एक हानि थियो जब उनी सार्वजनिक स्थानहरूमा घुम्छन्।

मिलिन्दले सुरुमा मिश्रित जडिबुटी, माछा र तरकारीहरू मिलेर फ्रेन्च स्ट्यु बोइलाबाइस अर्डर गरे। मेनु कार्डको बाबजुद, उनले मुख्य परिकारको लागि सुमित्रासँग सल्लाह गरे, र सुमित्राको जिद्दीमा वेटरलाई इटालियन फियोरेन्टिना स्टेक भेडाबाट बनेको पुष्टि गर्न बोलाइयो। यो फ्याँकिएको चिकन क्यूब र चिसो मेयोनेज ससको साथ रूसी सलादको साथ थियो।

मिलिन्दले रेड वाइनको बोतल स्टेकसँग जान अर्डर गरे। मिठाईमा अविस्मरणीय Kaiserschmarrn समावेश थियो, मेनुमा फ्लफी, हल्का कारमेलाइज्ड, स्क्रयाम्बल गरिएको प्यानकेकलाई प्लम कम्पोटको साथ प्रस्तुत गरिएको भनीज मिठाई। पौराणिक कथा यो छ कि Kaiserchmarrn कैसर फ्रान्ज जोसेफ को मनपर्ने मिठाई थियो, जसको पछि यो नाम राखिएको थियो। (कैसर फ्रान्ज जोसेफ अस्ट्रियाका सम्राट (१८४८–१९१६) र हंगेरीका राजा (१८६७–१९१६) थिए। उनले आफ्नो साम्राज्यलाई दोहोरो राजतन्त्रमा विभाजित गरे, जसमा अस्ट्रिया र हंगेरी समान साझेदारको रूपमा सहअस्तित्वमा थिए। 1879 मा, उनले प्रसियन नेतृत्वको जर्मनीसँग गठबन्धन बनाए। 1914 मा, सर्बियामा उनको अल्टिमेटमले अस्ट्रिया र जर्मनीलाई प्रथम विश्वयुद्धमा पुऱ्यायो)।

मिलिन्दले वेटरलाई अर्डर गरेको सुनेपछि सुमीले भनिन् । “मिल, तपाईंले खाजाको लागि चार देश ल्याउनुभएको देखिन्छ। फ्रेन्च स्ट्यु, इटालियन स्टेक, रुसी सलाद, र अस्ट्रियन काइसरस्मारन।

मिलिन्द आँखा चिम्लिएर मुस्कुराए, “सुमी दीदी, यो त साँच्चै पाँचवटा देश हो। रेड वाइन स्कटल्याण्डबाट आएको हो।

सुमीले हल्का मनले भनिन्, “मलाई भेट्ने बलियो कारण हुनुपर्छ जस्तो लाग्छ । यो मैले आजसम्मको सबैभन्दा महँगो खाना पनि हो।"

मिलिन्दले सम्झाउँदै हाँसे, “सुमी दीदी, यो डोस्कोस र वेल्हम गर्ल्सबीचको पुनर्मिलन जस्तै हो। यो स्कूलमा फिर्ता ती सामाजिक जमघटहरू जस्तो लाग्छ तर नृत्य फ्लोर बिना। जसको बारेमा बोल्दै, तिमी छ वर्ष जेठी भए पनि, मलाई ती स्कुलको सोसलमा तिमीसँग नाच्ने रमाइलो कहिल्यै भएन। यद्यपि मैले तपाईलाई शिववी र मोब्सीसँग केही पटक भेटेको थिएँ, जब मोब्सी आफैंलाई कडा ठाउँमा पुगे।

ऊ रोकियो, उसको आँखा पुरानो सम्झनाले चम्किरहेको थियो। "म ती दिनहरू स्पष्ट रूपमा सम्झन्छु, विशेष गरी जब मोब्सी क्याम्पसमा धुम्रपान गर्दै समातिए। उसको आमाबाबुको सट्टा, तपाईं सारी लगाएर उहाँको जेठी दिदीको रूपमा आउनुभयो, तपाईंको बीस वर्ष भन्दा धेरै परिपक्व देखिनुभयो। त्यसबेला हामी चौध मात्रै थियौं।"

सुमित्रा आँखा चिम्लेर मुस्कुराइन् ।

मिलिन्द भित्र झुक्यो, नाटकीय रूपमा आफ्नो आवाज कम गर्दै, "तपाईंले हेड मास्टर, कर्नल डेरेक सिमोनको अगाडि मोब्सीलाई कडा हप्काउनुभयो। र त्यसपछि त्यो क्षण आयो जसले कर्नेललाई पूर्ण रूपमा स्तब्ध बनायो, जस्तै मोब्सीले भने। तपाईंले वास्तवमा मोब्सीलाई थप्पड हाने; सुमी दीदी, एक थप्पड यति गजबको थियो कि, मोब्सीका अनुसार, यसले नाग टिब्बामा हिमपहिरो हुन सक्छ। उसको दाहिने गाला रातो र थोरै सुन्निएको थियो, र कर्नल सिमोनले हस्तक्षेप गर्नुपर्‍यो, थप्पड आवश्यक छैन र, केटाहरू केटाहरू हुनेछन् भनी हप्काए।

"तपाईसँग फोटोग्राफिक मेमोरी छ, मिल," सुमित्राले जवाफ दिइन्

उसले फेरि मुस्कुरायो, “कर्नेलले मोब्सीलाई आफ्नो गालामा आइस क्यूब लिनको लागि एक चपरासीसँग सेन्ट्रल डाइनिंग हलमा पठाए। मोब्सीका अनुसार त्यो थप्पडले मामिला मिल्यो। यो बिना, उसलाई निष्कासन हुन सक्छ। तपाईलाई थाहा छ, सुमी दीदी तपाईको तर्फबाट यो एक शानदार हिसाबले चाल थियो। तपाईंले चलचित्रहरूमा अभिनय गर्न पछ्याउनु पर्छ - तपाईंसँग यसको लुक्स, फिगर र ऐतिहासिकता छ।"

सुमित्रा अलमलमा परेर हेरिन् । "म अभिनय गर्छु भनेर कसले भन्यो?"

मिलिन्दले टाउकोमा हात समातेर अविश्वासका साथ भने, “मेरो भगवान, सुमी दिदी! तपाईको मतलब यो वास्तविक थियो र अर्केस्ट्रेटेड होइन?"

सुमित्रा हाँस्दै भनिन्, "मोब्सीले मूर्ख काम गरे र आफ्नो पापको मूल्य चुक्ता गरे।"

मिलिन्द मुसुक्क हाँस्छन् । "साँच्चै, सुमी दिदी, तपाईं सीमा हुनुहुन्छ। आजको दिनसम्म, मोब्सीलाई लाग्छ कि तपाईंले अभिनय गरिरहनुभएको छ।

सुमित्राले मुस्कुराउँदै भनिन्, “उहाँको लागि राम्रो। अब, उसलाई नभन्नुहोस्। उसले एकदमै लज्जित महसुस गर्नेछ। ”

मिलिन्दले अचानक गम्भिर बोलीमा भने, “अवश्य सुमी दिदी । केही थाहा छ? कृपया यो गोप्य राख्नुहोस्। मेरो पहिलो प्रेम तिमि सुमी दिदी थिइन । म्यान्डी पछि आयो।"

सुमित्राले जवाफ दिइन्, “अब मिलि, म यसलाई प्रशंसाको रूपमा लिन्छु।

आफ्नो कुर्सीमा आरामसँग बसेर मिलिन्दले भने, “मोब्सी तिमीलाई धेरै मन पराउँछन्। उसले आफ्नो पर्समा तिम्रो तस्बिर बोक्छ।"

सुमित्राले जिस्काउदै भनिन्, "मलाई लाग्छ तिम्रो उमेर समुहका सबै पुरुषले यस्तै गर्छन्, तिमी लगायत।"

मिलिन्दले अनुमोदन गर्दै भने, "हो, म मेरो वालेटमा म्यान्डीको तस्बिर राख्छु।" पर्स निकालेर सुमित्रालाई मन्दिराको तस्वीर देखाउँछिन्।

सुमित्राले तस्बिर हेर्दै भनिन्, “नयाँ मिल्नुपर्छ । यो बिग्रेको छ।"

मिलिन्दले जवाफ दिए, "यो विशेष अवसरमा विशेष थियो। तपाईलाई थाहा छ, सुमी दिदी, मैले पहिले सोचे कि मोब्सीले म्यान्डीको लागि हटहरू पाएका थिए, तर पछि थाहा भयो कि तिनीहरू केवल असल साथीहरू हुन्। तिनीहरू एकअर्काको उपस्थितिमा धेरै सहज छन्। उनीहरूले धेरै दौडहरू सँगै दौडिएका छन्। म घुसपैठ गर्न चाहन्न, तर मोब्सीसँग तपाईंको अटल सम्बन्ध छ। उनी जन्मेदेखि नै व्यवहारिक रूपमा सँगै छन् । हाम्रो छ जनाको समूहमा, तपाईंले मोब्सीको डायपर कति पटक परिवर्तन गर्नुभयो भन्ने बारेमा एउटा लोकप्रिय कथा छ। तथ्याङ्कहरू 10 र 20 को बीचमा घुमिरहन्छ।"

सुमित्रा जवाफ दिन्छिन्, "वास्तवमा, यो 6 मा मार्कबाट टाढा छ। तिमीलाई थाहा छ, मिल, सम्बन्ध भनेको प्रेम मात्र होइन। यो प्रतिबद्धता, विश्वास, अनुकूलता, र अधिक को बारे मा पनि छ।"

सुमित्राले मोबियससँगको आफ्नो सम्बन्धबारे छलफल गर्न चाहँदैनन् भन्ने बुझेर मिलिन्दले थप अनुसन्धान गरेनन् र विषय परिवर्तन गरे।

"सुमी दिदी, हामीले एक पटक सुनेका थियौं कि वेल्हम गर्ल्समा केटीले केरालाई आफ्नो योनिमा हाल्ने प्रयास गरेपछि उनीहरूले केराको टुक्रा दिन थालेका थिए।"

"हो त्यो सहि हो। दुर्भाग्यवश, यो भयो जब म मेरो अन्तिम वर्षमा स्कूल क्याप्टेन थिएँ। वास्तवमा मैले त्यो केटीलाई राम्ररी चिनेको थिएँ। प्रियंका मेरो ब्याचमेट थिइन्। एचएम (हेड मिस्ट्रेस) ले मलाई मेरो बाँकी अवधिको लागि यौवन र स्वच्छता बारे साप्ताहिक सचेतना कार्यक्रमहरू सञ्चालन गर्न लगाउनुभयो। तर त्यसबेलादेखि, वेल्हम गर्ल्सलाई पूरै केरा दिइएन। डोस्कोसले यसको बारेमा सिकेको मैले कहिल्यै महसुस गरेन, यद्यपि मोब्सीले धेरै पटक यसबारे राम्रो हाँसेका थिए। वास्तवमा, घरमा केरा परोस गर्दा मोब्सी मुस्कुराउने गर्दथिन् र पेटमा चिम्टाएर आफूलाई हाँस्नबाट जोगाउन थालिन्। अन्ततः मैले आमा र बाबालाई वास्तविक कथा सुनाउनु पर्‍यो।

मिलिन्द र सुमित्रा हाँसे, र सुमित्राले बुझे कि किन देशका अधिकांश महिलाहरूले मिलिन्द डान्डेकरलाई निर्लज्ज यौन प्रतीक ठान्थे। मिलिन्दको मुस्कान संक्रामक थियो, र उनको एडोनिस शरीर एक मूर्तिकारको सपना थियो। मिलिन्दको उपस्थितिमा कोही पनि महिला विचलित हुन बाध्य थियो।

मिलिन्द अचानक बोले, "तिमीले सुमी दिदीलाई चिन्छौ। म तिमीसँग एउटा खास विषयमा कुरा गर्न चाहन्थें। यो माधवी मेहतासँग रफम्यान जूताको लागि मोडलिङ असाइनमेन्टसँग सम्बन्धित छ। त्यहाँ धेरै विज्ञापनहरू हुनेछन् जुन विभिन्न राष्ट्रिय पत्र-पत्रिकाहरूमा देखा पर्नेछ। विज्ञापनहरू कालो र सेतोमा देखा पर्नेछ, माधवी र म नग्न पोजमा हाम्रो वरिपरि एउटा जीवित अजिंगर बेरिएको छ। हामीले खेलकुद जुत्ता लगाएका हुनेछौं र अरू केही छैन। त्यहाँ कुनै जोखिम समावेश हुनेछैन किनभने अजिंगर डिफ्याङ्ग हुनेछ र शूट गर्नु अघि बेहोश पनि हुनेछ। Ruffman जुत्ताको लागि यो विज्ञापन देशको सबैभन्दा विवादास्पद र लोकप्रिय विज्ञापन बन्ने भविष्यवाणी गरिएको छ!

माधवी मेहता र मैले २०/२० लाख पाउनेछन् । यो मैले मेरो जीवनमा प्राप्त गरेको सबैभन्दा ठूलो रकम हो। अष्ट्रेलियाको चलचित्र निर्माणमा पनि मैले निभाएको भूमिका 'यस गरौं'ले पन्ध्र लाख पाएको थियो । विज्ञापन एजेन्सीले पनि यो विज्ञापनको आलोचना गर्ने र यस विरुद्ध कानुनी मुद्दाहरू हुने अपेक्षा गरेको छ, त्यसैले तिनीहरूले अंग्रेजी र हिन्दी, गुजराती र केही लोकप्रिय स्थानीय भाषाका 13 पत्रपत्रिकाहरूमा एक हप्ताको लागि विज्ञापन जारी गर्ने योजना बनाएका छन्। र मलयालम, जहाँ पाठकहरू धेरै उच्च छन्। त्यहाँ लगभग 6 अंग्रेजी भाषा पत्रिकाहरू हुनेछन्। प्रि-शूट एकदमै लुकेको विषय हो। यसको बारेमा धेरै कम मानिसलाई थाहा छ। चयन गरिएका प्रकाशनहरूलाई यसबारे कुनै पनि तथ्य सार्वजनिक नगर्न कडाइका साथ भनिएको छ। वास्तवमा, मैले मेरो आमाबाबुसँग यसबारे छलफल गरेको छैन। तिनीहरू फिट हुनेछन्, विशेष गरी मेरी आमा।

मिलिन्द आफ्नो कुर्सीमा बसेर अगाडि बढे, "अर्को हप्ता सम्झौतामा हस्ताक्षर गर्नुअघि म तपाईंको सल्लाह चाहन्छु। तपाईं मेरो नजिकका साथीहरू मध्ये पहिलो हुनुहुन्छ जुन मैले यो छलफल गरिरहेको छु। सुमी दिदी, म तिमीलाई धेरै परिपक्व मान्छु, र मलाई थाहा छ तपाईंले मलाई सही सल्लाह दिनुहुनेछ। वास्तवमा, म शिववीलाई समावेश गरिरहेको छैन, किनकि उहाँ अलिकति पुरानो जमानाको व्यक्ति हुनुहुन्छ र मोब्सीले हाँसेर मात्रै पेट टुट्नेछ। तिमीले उसलाई म भन्दा राम्रो चिन्छौ। (हाँसो)। म सुपरमोडल बनेपछि मेरो करियरले गति लिन सकेन । तीनवटा चलचित्रमा तीनवटा सानो भूमिका मात्रै । दुई वटा हिन्दीमा र एउटा अङ्ग्रेजीमा एक अस्ट्रेलियाली फिल्म निर्माताले। घडीहरू, सेभिङ फोम र कपडाहरूका लागि केही अन्तर्राष्ट्रिय विज्ञापनहरू गरे, तर तीमध्ये धेरैले मलाई धेरै तिर्दैनन् र सुटिङको समयमा उत्कृष्ट होटेलहरूमा बस्ने र विदेशी स्थानहरूमा यात्रा गर्ने जस्ता धेरै निःशुल्क कुराहरू मात्र दिन्छन्। उनीहरूले मलाई ती होटलहरूमा अझै केही दिन बस्न अनुमति दिएका थिए।

मिलिन्द हल्का खोक्यो, रोकियो, र त्यसपछि जारी राख्यो। "तर यो सबै मेरो लागि सिक्ने अनुभव हो। म एक व्यक्तिलाई चिन्छु जसलाई यस बारे धेरै नराम्रो लाग्नेछ। यो Mandy हो। उनी एक प्रोफेशनल मोडल पनि हुन्, र उनले माधवी मेहताको सट्टा मबाट उनलाई छनोट गर्छु भन्ने अपेक्षा राखेकी थिइन्, तर यसमा मेरो केही भन्नु छैन । वास्तवमा, विज्ञापन एजेन्सीका निर्देशकको माधवीसँग केही कुरा छ र यसरी माधवी छनोट भयो।

उनीहरुलाई लोनावालामा निर्देशकको स्वामित्वमा रहेको फार्महाउसमा बारम्बार सँगै देखिएका छन् । मोडलिङ पेशामा यस्ता कुरा स्वीकार्य छन्। वास्तवमा, मलाई एक पटक विज्ञापन एजेन्सीको समलैंगिक निर्देशक द्वारा प्रस्ताव गरिएको थियो। मैले कार्यभार स्वीकार गरिन। सुमी दिदी, यी सबैलाई के भन्नु छ ?"

सुमीले सास फेर्दै जवाफ दिइन्, "यो एकदमै साल्भो थियो। व्यक्तिगत रूपमा, मलाई लाग्छ कि तपाईं विज्ञापनको साथ जान सक्नुहुन्छ। यो निश्चित रूपमा विज्ञापन संसारमा एक खेल-परिवर्तक हुनेछ। मलाई लाग्दैन कि विज्ञापनमा यस्तो केहि भएको थियो। यसले तपाईंको फ्ल्यागिङ क्यारियरलाई पूर्ण रूपमा पुनर्जीवित गर्नेछ। त्यहाँ कानुनी प्रभावहरू हुनेछन्, तर एजेन्सीले तपाईंको सुरक्षा गर्नेछ। किनभने, मेरो कानुनी ज्ञान अनुसार, कुनै पनि कानुनी नतिजा पहिले एजेन्सी विरुद्ध निर्देशित हुनेछ, र त्यसपछि, फोटोग्राफर, मोडेल, र प्रकाशन जसमा विज्ञापन देखा पर्दछ। यद्यपि, एउटा महत्त्वपूर्ण पक्ष तपाईंले सम्झनु पर्छ। तपाईं विगत पाँच वर्षदेखि म्यान्डीसँग लिभ-इन सम्बन्धमा हुनुहुन्छ र उहाँलाई तपाईंको स्कूलको दिनदेखि नै चिन्नुहुन्छ। तपाईंले उहाँमा भरोसा गर्नुपर्छ। तपाईंले सल्लाहको लागि फर्कनुहुने पहिलो व्यक्ति उहाँ नै हुनुहुन्छ जस्तो देखिन्छ। मसँग भएको छलफल म्यान्डीलाई नभन्नुहोस्। तपाईंले उनको सल्लाह र सहमति लिनुभएको जस्तो देखाउनुहोस्।

त्यतिकैमा वेटर खाना लिएर आइपुग्यो । रेड वाइनको बोतल टेबलको बीचमा बरफको अग्लो कचौरामा राखिएको थियो। स्ट्युलाई एक जवान वेटरले क्रू कटको साथ, पूर्णतामा भरिएको थियो। फुल बाहुलाहरूमा चाँदीको प्लेटेड कफ लिङ्कहरूको प्रमुख जोडी थियो। उसको झुकेको कुहिनोले उसको सेतो शर्टको कपडाको बिरूद्ध आफ्नो बाइसेप्सलाई धकेल्यो, यसले जिममा केही समय बिताएको संकेत गर्दछ।

जाँदै गर्दा मिलिन्दको छेउमा नम्रतापूर्वक निहुरिएर फुसफुसाउँदै भने, "श्री. मिलिन्द डान्डेकर, सर, हामीले खाजापछि तपाईंसँग फोटो खिच्न पाएको खण्डमा यो ठूलो सौभाग्य हुनेछ।"

मिलिन्दले जवाफ दिए, "पक्कै गर्छु, तर हामी यहाँ बसेर कुनै पनि लुकेको फोटो नलिनुहोस्। यहाँ महोदया। (सुमित्रालाई औंल्याएर मुस्कुराउँदै) मेरो व्यवस्थापन सल्लाहकार हुनुहुन्छ।"

"पक्कै सर, र धेरै धन्यवाद," वेटरले टाउको हल्लायो र आफ्ना सहकर्मीहरूलाई खुशीको खबर दिन चुपचाप भान्साको बाटो फर्क्यो।

खाजा र रेस्टुरेन्टका कर्मचारीहरूसँग सामूहिक तस्बिर पछि, मिलिन्दले सुमित्रालाई होटलको लबीमा छोडेको देखे, जहाँ उनलाई उनको कार्यस्थलमा छोड्न ट्याक्सीको व्यवस्था गरिएको थियो।

"तपाईंको सल्लाहको लागि सुमी दीदीलाई धन्यवाद। तपाईंले मलाई दिनुभएको समयको म धेरै कदर गर्छु। तिमीले लगाएको राम्रो लुगा।"

मिलिन्दले आफ्नो बेदाग दर्जीले बनाएको ट्राउजरबाट एउटा सानो, समतल, अण्डाकार अत्तरको बोतल लिए। "एउटा सानो उपहार, जुन म सँधै तपाईलाई दिन चाहन्थें तर मौका पाइन।" यो 'सुन्दर सरासर' सुगन्ध भएको एस्टी लाउडर परफ्युम थियो।

"वाह, धन्यवाद मिल। यसका लागि तपाईलाई थोरै मात्र खर्च भएको हुनुपर्छ,' सुमित्राले भनिन्। मिलिन्दले सुमित्रालाई हल्का अँगालो हाल्यो ।

६ फिट २ इन्चको मिलिन्दले ५ फिट १० इन्चको एथलीट शरीर भएको सुमित्रालाई आकर्षक देखे । उनको काँधहरू थोरै मर्दानापूर्ण थिए, तर त्यो उनको दैनिक शासनको भागको रूपमा दैनिक उठाउने डम्बेलहरूको कारण थियो, जसको परिणामस्वरूप 13 इन्चको बाइसेप्स हुन्छ। सुमित्राको पनि बलियो रम्प र खुट्टाको राम्रो आकारको जोडी थियो। यद्यपि पूर्ण रूपमा ठूला नभए पनि, उनको स्तनहरू दृढ र गोलाकार थिए र ध्यानको माग गर्थे।

मिलिन्द प्रायः मन्दिरा एक पेशेवर मोडेल भए पनि, सुमित्राले र्‍याम्पमा हिँड्दा र उनी जज भए भने उच्च स्कोर गर्नेछन् भनेर हल्ला गर्थे। सुमित्राको अनुहार उज्यालो र उर्जाले भरिएको थियो । मनमोहक, अण्डाकार बंगाली अनुहार, पूर्ण मुनि बदामको आकारको आँखा, रमाईलो, धनुषाकार भौहें र सही नाक।

जब सुमित्रा मुस्कुराईन्, उनको अनुहारले प्रत्येक गालामा एक जोडी डिम्पल देखायो। उसले आफ्नो काँधको एक छेउमा बग्नको लागि आफ्नो अलिकति चर्को कपाललाई टेथर्ड राख्न रुचाउँछिन् तर धेरै फरक हेयरस्टाइलहरूमा अनुकूलन गर्न सक्छ। हप्ताको हरेक दिन सुमित्राको कान-टोप बदलिन्थ्यो। मन्दिराले कसम खाएजस्तै उनले डन्लरहरू मन पराउँदिनन्, तर त्यो किनभने मन्दिराको पातलो, लामो घाँटी केटाको कपाल काटिएको थियो।

बुबाको अशान्ति र विवाहको घण्टी

"मोब्सी डियर, के तपाई यो आइतवार भोपाल आउन सम्भव छ? म पनि त्यहाँ हुनेछु। तपाईंले बिदा लिनु पर्दैन। शनिबार साँझ भोपाल एक्सप्रेसमा यात्रा गर्नुहोस् र आइतबार साँझ फर्कनुहोस्, "सुमित्राले फोनमा भनिन्।

"यो मेरो साथ ठीक छ। तर अचानक के आयो ?" लुकेको शंकाको साथ मोबियसलाई जवाफ दियो।

सुमित्राले जवाफ दिइन्, "तिमीले बाबासँग कुरा गरेर आफै पत्ता लगाउन किन ?"

"यो मलाई थाहा छ, तर तपाईलाई थाहा छ कि के बनिरहेको छ।"

"हुनसक्छ बाबा गोर्खाल्याण्ड आन्दोलनमा तपाईंको संलग्नताको बारेमा हप्काउन चाहनुहुन्छ।"

"त्यसो अवस्थामा, तपाईं कसरी संलग्न हुनुहुन्छ?"

"बाबाले मलाई केही भन्नुभएन। म अनुमान मात्र गर्दैछु।"

"मलाई लाग्छ कि बाबा सधैं जस्तै तपाईंको उपस्थितिमा मलाई चिच्याउन चाहनुहुन्छ," मोबियसले रिसाए।

सुमित्राले निरुत्साहित जवाफ दिइन्, "अब बाबाको विरुद्ध मुर्खजस्तै बोल्ने हिम्मत नगर्नुस्। म आइतबार बिहान दिल्लीबाट भोपाल पुग्छु र सोमबार साँझसम्म बस्ने योजना गर्छु। बाकी तपाईमा भर छ। हुनसक्छ तपाईंले आफ्नो आध्यात्मिक गुरु, बाबा लोकनाथसँग टेलिकन्फ्रेन्स गर्नु पर्ने कारण पत्ता लगाउनु पर्छ।

"ए सुमी, तिमी आफ्नो जिब्रोलाई राम्रोसँग हेर।"

"ए मोब्सी, पहिले आफ्नो बम हेर्नुहोस्!" सुमित्रालाई जिस्कियो ।

"ठीक छ, म त्यहाँ हुनेछु। मसँग केहि नराम्रो हुने भविष्यवाणी छ।"

मोबियसले आमालाई फोन गरे।

"के छ आमा ? सुमी र म एकै समयमा कसरी आवश्यक? के यो बाबाको लागि समय बनाउने हो?"

"चिन्ता नगर्नुहोस्, मोब्सी प्रिय। बस आउनुहोस्। भगवानले तपाईंलाई आशीर्वाद दिनुहुन्छ। जय बाबा लोकनाथ।"

"जय बाबा लोकनाथ, माँ।"

मोबियसको मनपर्ने मटन बिरयानी सहितको खाजा कारमेल कस्टर्डको साथ पछि, चारै जना भोपालको लेक पर्ल स्प्रिङमा मुखर्जी परिवारको बैठक कोठामा बसे।

मोबियसले हल्का ब्यानरमा पहिले बोल्यो, “आमा, बिरयानी र कारमेल कस्टर्ड, सामान्य रूपमा, उत्कृष्ट थिए। अब तिमीले बाछोलाई मोटो पारिसकेका छौ, कहिले मार्ने हो ?”

मोबियसको छेउमा बसेकी सुमित्राले उनलाई चुप लाग्न इशारा गरिन् ।

आमाको निधार खुम्चियो, तर उनी उस्तै मुस्कुराईन्।

बाबाले छोरालाई औंल्याएर बोल्नुभयो, "दोषी विवेक भएको मानिसले मात्र यस्तो बोल्छ।"

मोबियसले जवाफ दिए, "यो ग्रहमा गलत गर्ने म एक्लो मान्छे हुँ। सुमी सधैं मेरो नजरमा रहन्छिन्। राम्रो कुरा उनी लुक्दैनन्। ”

आमाले ताडनाको स्वरमा अवरोध गरिन्, “मोब्सी डियर, मलाई लाग्छ कि तपाईंले आफ्नो बुबाले भनेको कुरालाई कुनै अवरोध नगरी सुन्नुपर्छ। दोस्रो, यदि सुमीले तपाईलाई ट्याब राख्छ भने, यसले तपाईलाई समस्याबाट टाढा रहन सुनिश्चित गर्दछ। तेस्रो, तपाईं सही हुनुहुन्छ। सुमी लुक्दैन ।”

मोबियसले प्रतिक्रिया दिए, "कसैको लागि ममाथि ट्याब राख्नको लागि एक राम्रो विकल्प सुमीको सट्टा कोनन द बर्बेरियन हुनेछ।"

वार्तालाप जसरी हुनुपर्ने हो, त्यो हुन नसकेको महसुस गर्दै आमा, र समय बित्दै जाँदा झन् रिसाउँदै मोबियस आफ्नो कुर्सीबाट उठिन् र सुमित्रालाई त्यसै गर्न संकेत गरिन् । "मोब्सी डियर, सुमी र म भान्सा सफा गर्न जाँदैछौं। घरेलु कामदार ललिता आज आएनन्।

"एक मिनेट पर्खनुहोस्, आमा। बाबा र मेरो बीचको यो सबैभन्दा गोप्य भेट के हो? तपाईं र सुमी, कृपया यहाँ जारी राख्नुहोस्।

आमा र सुमित्रा आफ्नो सिटमा फर्किए ।

आफ्ना आमाबाबुलाई हेर्दै, मोबियसले भने, "यो राम्रो छ, मा। अब कुरा गरौँ बाबा।"

बाबाले घाँटी सफा गर्नुभयो। "मोब्सी, के तपाईंले कहिल्यै विवाह गर्ने सोच्नु भएको छ?"

"होइन, अहिलेको लागि होइन। म अहिले २९ वर्षको छु। बाबाले बिहे गर्दा तिमी ३० वर्षको थियौ, तिमी ३२ वर्षको हुँदा म जन्मिएँ।"

"तपाईको तथ्याङ्क राम्रो छ। अब के तिम्रो मनमा मन्दिरा बाहेक अरु कोही छ?"

"मन्डीको साथ के गलत छ? के उनी पञ्जाबी हुनुको कारण हो?"

"होइन, किनभने उनी तिम्रो साथी मिलिन्दसँग पाँच वर्षदेखि बसेकी छिन्।"

"बाबा, तपाईंले मेरा साथीहरूलाई धेरै ट्याब राख्नुहुन्छ। जे होस्, म्यान्डीले मिलसँग विवाह गरेको छैन।

बाबाले कडा जवाफ दिनुभयो, "हुन सक्छ, तर विवाहित जोडीजस्तै सहवास गरिरहेका छन् ।

"जे भए पनि, म्यान्डी मिल र शिववी जस्तै राम्रो साथी हो। अरू केहि हैन।"

"त्यो राम्रो हो। जुनालीको के कुरा ?"

"बाबा, यो दोस्रो विश्वयुद्ध पछि अमेरिकामा पक्राउ परेका नाजी एसएस अफिसरको पुनरावेदन अधिकारीले गरेको केही परीक्षण हो? जुनाली मेरो पनि असल साथी हो।

बाबाले आफ्नो भनाइ जारी राख्नुभयो। "गोर्खाल्याण्ड बनाउन जुनालीलाई तपाई सायद सबैभन्दा राम्रो समर्थन हुनुहुन्छ। सन् १९९५ मा नाथुला पास नजिकैको हिमपहिरोबाट आफू र उनकी भान्जी मनिषालाई बचाउनु र आफ्नो ज्यानलाई पनि जोखिममा पारेर ज्यान गुमाउने कुराको उल्लेख नगर्नुहोस्।

मोबियसले आफ्नी आमा र सुमित्रालाई समर्थनको लागि हेरे र आफ्नो टाउको खन्याए। आफ्नो आँखाको चालबाट, मोबियसले सुमित्रालाई आफ्नो उद्धारमा आउन प्रेरित गरे।

"बाबा, गोर्खाल्याण्ड एउटा महत्त्वपूर्ण मुद्दा हो। कसैले तिनीहरूलाई मद्दत गर्नुपर्छ। मोब्सी राम्रो छनोट हो,' सुमित्राले सन्तुष्ट स्वरमा भनिन्।

“हेर, सुमी, तिमीप्रति उसको उदासीन व्यवहारको बावजुद, तिमीले सधैं मोबसीलाई मोटो र पातलो माध्यमबाट समर्थन गर्यौ। यस विशेष क्षणमा पनि, तपाईं उहाँलाई समर्थन गर्दै हुनुहुन्छ। यो जिद्दी बमले तपाईलाई त्यसरी नै प्रतिदान गर्दैन," बाबाले जवाफ दिनुभयो।

छोराको उद्धारमा आमा आइन् । "हेर, प्रोसेनजित, सबै कुराको लागि मोब्सीलाई दोष नदिऔं। उहाँ धेरै समझदार र परिपक्व व्यक्ति हुनुहुन्छ। ”

“ओह, तिम्रो आमाको ओठबाट त्यो मोब्सी सुन! तिमी यति समझदार छौ कि आफ्नै दुनियामा बस्छौ। 29 मा, तपाईं हराएको कारणको लागि लड्दै हुनुहुन्छ।

आमाले हात जोडेर भनिन्, “ठिक बस, प्रोसेनजित। तपाईं अनावश्यक रूपमा उत्तेजित हुनुहुन्छ।"

मोब्सी आफ्नो सिटबाट उठे र घोषणा गरे। "यदि म यस्तो समस्यामा छु भने, तिमीले मलाई किन इन्कार गर्दैनौ? तिमीले सुमीलाई कुराहरू सिधा गर्न दियौ।"

“मोबी, तिमी आफ्नो मुख बन्द राखेर अर्को शब्द नबोलेर बस”, बाबाले गाली गर्नु भयो।

सुमित्राले निहुरिएर मोबियसलाई चुपचाप बस्न संकेत गरिन् ।

मोबियस बसे। “माफ गर्नुहोस् बाबा, मेरो गल्तीको लागि। जे भयो, भइसकेको छ । अब भन तिमी के चाहन्छौ ।”

बाबाले नम्रतापूर्वक भन्नुभयो, “यो तिम्रो, तिम्रो विवाहको कुरा हो, मोब्सी। सुमीलाई आफ्नी श्रीमती मान्नुपर्छ भन्ने तिम्रो आमा र मेरो चाहना हो ।”

मोबियसले आश्चर्यचकित हेर्दै भने, "विवाह गर्ने विचार गर्नु अघि, मलाई केही ठाउँ चाहिन्छ।"

"कस्तो ठाउँ? कृपया निर्दिष्ट गर्न सक्नुहुन्छ?"

"म घुम्न, मेरो दिमाग प्रयोग गर्न र मेरो विचार प्रक्रिया विस्तार गर्न आवश्यक छ," मोबियसले तर्क गरे।

बाबाले व्यंग्यात्मक स्वरमा जवाफ दिनुभयो, “यो नयाँ कुरा हो। तिम्रो दिमागको अस्तित्व मलाई कहिल्यै थाहा भएन।"

माताले श्रीमान्लाई इशारा गर्दै भनिन्, “तिम्रो छोरा विरुद्ध किन यस्तो वैरभाव ? उसले के गल्ती गरेको छ ? उहाँको कुरा सुनौं ।”

मोबियसले सुमित्राको मुस्कान देखे र खिन्न भयो। “तिमी बदमाश सुमी, के हेरेर मुस्कुराइरहेकी छौ ? यो सबै तिम्रै कारणले भइरहेको छ ।”

बाबाले जवाफ दिनुभयो, “मोबी, केही कुरा आफ्नो दिमागमा राख। सुमी बदमाश होइन। तपाईं हुनुहुन्छ। सुमीले तपाईंको छाला बचाएको वा तपाईंलाई मद्दत गरेको अनगिन्ती उदाहरणहरू छन्। मलाई तपाईको सम्झना ताजा गर्न बिन्दुमा बिन्दुमा जान दिनुहोस्।

बाबाले दाहिने हातको औंलाले गन्न थाल्नुहुन्छ।

"अँक एक। धुम्रपानको कारण चौध वर्षको उमेरमा तपाई लगभग स्कूलबाट निकालिनुभयो। सुमीले प्रधानाध्यापकलाई भेटेर तिम्रो छाला बचाइन्।"

मोबियसले जवाफ दियो, "सुमीले पनि मलाई असाध्यै थप्पड हानेको थियो कि मेरो गाला सुन्निएको थियो, र एचएमले मलाई सुन्न कम गर्नको लागि मेरो गालामा आइस क्यूबहरू हाल्न एक चपरासीसँग CDH (केन्द्रीय भोजन हल) पठाउनुभयो।"

सुमित्राले हस्तक्षेप गरिन्, “मोब्सी, मैले तँलाई सय पटक भनेको छु । त्यसका लागि म क्षमाप्रार्थी छु। के मैले मेरो दुवै कान समातेर तिम्रो लागि सिट-अप गर्नुपर्छ? पहिलो, तपाईको चिनमा पराल पनि नभएको बेला तपाईलाई फ्याग बाल्न कसले प्रेरित गर्यो? आक्रोशित मोबियस आफ्नो कुर्सीबाट उठे। “तिमीलाई आफ्नो जुत्ता सुमीको लागि धेरै ठूलो लाग्छ। कालोनी गेटबाहिर गएर कुरा मिलाऊँ ।”

सुमी रिसाउँदै कुर्सीबाट उठिन् । "म तयार छु। जाऔं।"

सुमी कोठाको छेउमा हिंड्दै मोबियससम्म पुगिन् र उसको हात समातिन्। "कलोनी गेट बाहिर जाऔं र हाम्रो मतभेदहरू समाधान गरौं।"

आमाले सुमित्रालाई आफ्नो हात देखाउनुभयो, “सुमी प्रिय, म पक्का छु कि मोब्सीले यसलाई भाषणको चित्रको रूपमा भन्न खोजेको हो। तपाईंले यसलाई शाब्दिक रूपमा लिनुपर्दैन। ”

बाबाले उहाँको अगाडि देखापरेको नाटक हेर्दै भन्नुभयो, “तिमीहरू दुवैले मलाई सानैमा पढेको कमिक स्ट्रिपको सम्झना गराउनुहुन्छ। यो मोडेस्टी ब्लेज र उनको मिलनसार साइड-किक, विल गार्विनको बारेमा थियो।

मोबियस र सुमित्रा आआफ्नो सिटमा फर्किए ।

“मैले बाल्यकालमा टाइम्स अफ इन्डियामा कमिक स्ट्रिप पनि पढेको थिएँ। विल गार्विनको IQ मोडेस्टीको भन्दा निकै कम थियो," मोबियसले जवाफ दिए।

"राम्रो, तपाईंले त्यो बुझ्नुभयो। अब, म जारी राख्न चाहन्छु। नम्बर दुई, Mobsy। तिमी, मिलिन्द र शिव – तीन जोकरलाई आइतवार बिहानको चलचित्र र खाजामा लैजानको लागि दून स्कूलबाट शनिबार सुमीलाई बोलाउने हिम्मत थियो। सुमीले आफ्नो व्यक्तिगत सुरक्षालाई गम्भीर जोखिममा पारेर राति दिल्लीदेखि देहरादूनसम्मको सरकारी बसमा एक्लै यात्रा गर्नुपरेको थियो । उनी बिहान ७:०० मा देहरादुन पुगेकी थिइन् र सिधै स्कुल गइन् जोकरहरू लिन। तिमी जोकरहरू त्यतिबेला पन्ध्र वर्षको थियौ र सुमी एक्काइस वर्षको । त्यसको माथि, उनी सोही साँझ फर्किन् र सोमबार बिहान सबैरै दिल्ली पुगिन् र कक्षाको लागि ठीक समयमा बिहान ९:०० मा मिरान्डा हाउस पुगिन्।

मोबियसले जवाफ दिए, “बाबा, तपाईंले एक मिनेटमै तेस्रो पटक हामीलाई जोकर भन्नुभयो। मलाई लाग्छ हामी सबै अहिले हुर्केका छौं।

बाबाले जवाफ दिनुभयो, "हो, मिलिन्द र शिव दुवै हुर्केका छन्। सहि, मान्नुभयो। तर तिमी अझै किशोरावस्थामा छौ।"

मोबियसको लागि जारी परीक्षामा मा र सुमित्राले आफ्नो निधारमा आफ्नो हत्केला थप्पड दिए।

बाबा जारी राख्नुभयो। "नम्बर तीन। आफ्नो दोस्रो जागिरको तीन वर्षपछि, तपाईंले आफ्नो मालिकलाई कम IQ भएको चिम्पान्जी भन्नुभयो। सुमी हतार हतार तपाईको मुम्बईको कर्पोरेट अफिसमा तपाईको कम्पनीका एमडीलाई भेट्न गइन् र जेठी बहिनीको रूपमा माफी मागे।

बाबाले निरन्तर जारी राख्नुभयो, "ठीक छ, मोब्सी। बिन्दु नम्बर चार। तपाईं सुमीसँग दिल्लीको कनॉट प्लेसमा घुम्दै हुनुहुन्थ्यो। तिम्रो साइज दोब्बर भएको मान्छेले सुमीलाई सिट्टी बजायो। तिमीले उसलाई केही मुक्का हाने। तपाईंले मिस गर्नुभयो। उसले तपाइँलाई एक पटक मुक्का लगायो र जडान गर्यो। अगाडिका दुईवटा दाँत भाँचिएका थिए र पछि सिरेमिकले प्रतिस्थापन गरेका थिए। तपाईं भुइँमा रगत बगेपछि, सुमीले आफ्नो कम्मरमा ओराङ्गुटान लात

हाने। ऊ भुइँमा ढल्यो । सुमीले तिमीलाई माथि उठाउन मद्दत गऱ्यो, र आधाले भाग्नको लागि तिमीलाई अटोमा ताने।"

"बाबा, त्यो बदमाश, डिप्लोमेटिक एन्क्लेभको ताज प्यालेसमा बाउन्सर हुनुहुन्थ्यो। मैले त्यो नम्रस्कल फेला पारे र प्रहरीमा उजुरी गरें। उनलाई ताजको जागिरबाट निकालियो । अब, यदि, बाबा, यदि तपाईं समाप्त गर्नुभयो, र पाँच नम्बर बुँदा छैन भने, म आमासँग, मेरो आसन्न विवाहको बारेमा गोप्य रूपमा छलफल गर्न चाहन्छु, यदि कसैको मन नपर्ने हो।"

सोफाबाट उठ्दै बाबाले भन्नुभयो, "त्यो आवश्यक पर्दैन। म बिहानको पेपर पढ्न सुत्ने कोठामा छु, र सुमीले भान्साकोठा सफा गर्न सक्छिन्। आमासँगको गोप्य भेटघाट पूरा गरेपछि मलाई थाहा दिनुहोस्। बाबा उठेर कोठाबाट निस्कनुभयो।

सुमित्रा पनि उठेर भान्साको लागि गइन् । मोबियस र उनकी आमा दुवैलाई बैठक कोठामा छोडियो।

आमाको छेउमा बसेर मोबियसले भने, "आमा, सुमीले मलाई भित्रबाट चिन्छिन् । उनले मेरो डायपर पनि केही पटक परिवर्तन गरिन्। तपाईलाई थाहा छ, आमा, एक पटक सुमीले मलाई मेरो लिंगमा कालो ताराको आकारको बर्थमार्क रहेको बताइन्, जुन सत्य हो। मेरो बारेमा अन्वेषण गर्न उनको लागि केहि बाँकी छैन। उसलाई मेरो दिमागले कसरी काम गर्छ भन्ने पनि थाहा छ। यदि मैले उसलाई छिटो तानेँ भने, उसले मेरो ब्लफ बोलाउँछ। सुमीको दिमाग मेरो लागि एउटा रहस्य हो, तर उनले मलाई धेरै पटक समस्यामा पर्नबाट बचाइन्। मलाई यो पनि प्रष्ट याद छ कि म सात वर्षको हुँदा सुमी १३ वर्षको हुँदा र हुर्किंदै गर्दा मलाई उनको अध्ययन कोठामा सारिएको थियो, तर सुमीले हामीले सँगै जीवन बिताएको ठूलो सुत्ने कोठामा राख्न आग्रह गरिन् र उनी सानो कोठामा सरिन्। तर, राम्रो भयो सुमीको स्टडी टेबल ठुलो सुत्ने कोठामा सारियो । राती ओछ्यानमा सुत्ने र घाममुनि विभिन्न विषयहरू छलफल गर्ने मौका पाएको थिएँ, जब उनी आफ्नो टेबलमा रहेको बत्ती प्रयोग गरेर राती अबेरसम्म अध्ययन गर्थिन्।"

आमाले जवाफ दिइन्, "तिमीले उनलाई डिस्टर्ब गरे पनि सुमी सधैं स्कुलको कक्षामा टप हुन्छिन्। तिमीलाई थाहा छ मोब्सी प्रिय, जब पनि रातमा असामान्य गर्जन र बिजुली चम्किन्छ, तिमी उनको ओछ्यानमा दौडिरहनुहुन्थ्यो र उनीसँग सुत्नुहुन्थ्यो। म प्रायः बिहान सबेरै उठेर आफ्नो

वरिपरि सुरक्षात्मक रूपमा काखमा लडिएका तपाईंहरू दुवैलाई ओछ्यान मिलाउनको लागि ओछ्यान मिलाउथें। सुमीले जीवनभर तिम्रो रक्षा गरे। हामी तिम्रो आमाबुवा हुन सक्छौ तर सुमी तिम्रो गार्डियन एन्जिल थिइन।

मोबियसले जवाफ दिए, "हो, यो सही हो। झ्यालको पर्दाबाट बिजुली चम्केको देख्न नपरोस् भनेर सुमी मेरो आँखामा हात राख्थिन् । साथै, जहिले पनि गर्जन हुन्छ, सुमीलाई अँगालो हाल्छु । तिमीलाई थाहा छ, आमा, म ११ वर्षको थिएँ जब सुमी दिल्लीबाट मिरान्डा हाउसमा भर्नाका लागि फारम भरेर फर्केकी थिइन्। मेरो स्कूल बिदाको समयमा, एक रात, मैले निशाचर उत्सर्जन अनुभव गरें। यो मेरो लागि डरलाग्दो क्षण थियो, र म मध्यरातमा सुमीको सुत्ने कोठामा उसलाई उठाउन र यसको बारेमा बताउनको लागि टिप-टुङ्गे। उनी शान्त भएर मेरो कोठामा आइन्, हातले ओसिलो तौलिया लिएर मेरो ओछ्यानको पानाको दाग पुछिन् र मलाई ओछ्यानको एक छेउमा सुत्न भनिन् ताकि बिहान छतको पंखाको हावाले ओछ्यानको पाना सुकाउन सकोस् र कोही नहोस् । बुद्धिमानी हुनेछ। भोलिपल्ट बिहान, ब्रेकफास्ट पछि, उनले आफ्नो सुटकेसबाट रोबी ह्यारिस र माइकल एम्बर्लीको किशोरावस्थाको पुस्तक 'इट्स परफेक्टली नर्मल' निकालिन् जुन उनले देहरादुनको क्याम्ब्रिज बुक डिपोबाट किनेका थिए, जुन दस र माथिका उमेर समूहका लागि हो। मलाई सान्दर्भिक पृष्ठ। उनले यो लाज मान्नु पर्ने कुनै कुरा नभएको र यो हुर्कनुको एक हिस्सा हो र ओछ्यान भिजाउने भन्दा फरक भएको बताइन्। मलाई याद छ कि केटीहरु लाई यस्तो केहि भएको छ कि भनेर सोधे, र उनले होकार मा जवाफ दिए।

आमाले जवाफ दिनुभयो, “हो, यो कुरा तपाईंले आफ्नो बाबा वा मसँग पनि छलफल गर्न सक्नुहुन्थ्यो, विशेष गरी हामी दुवै डाक्टर भएकाले”।

"मलाई थाहा छ, आमा, तर यो लाजमर्दो थियो। सुमी मेरो गुरु, नजिकको विश्वासपात्र र जेठी बहिनी जस्तै हो। जेठी बहिनीलाई कसरी विवाह गर्न सक्छु ? यो त अनाचार गर्नु जस्तै हो। सन्तुलित विवाह । हाम्रो उमेरको भिन्नता हेर्नुहोस्। सुमी ३५ वर्षको र म २९ वर्षको हुँ।

"उनी तिम्रो असली बहिनी होइन। तपाईलाई उनको पूर्ण पृष्ठभूमि थाहा छ। वास्तवमा, जब तपाईं दस वर्षको रूपमा दून जानुभयो, मैले तपाईंलाई सुमी दीदी भन्न बन्द गर भनेको थिएँ, तर सुमी मात्र।

"हो मलाई थाहा छ। वास्तवमा, मिलले अझै पनि उनलाई सुमी दिदी भनेर सम्बोधन गर्दछ। तर तिम्रो मतलब आमा, तिमीले हाम्रो बिहेको बारेमा सोचिरहेकी छौ ?"

"तिम्रो बाबा र म यसबारे सोच्थ्यौं।"

"बाबा सुमीको ठूलो समर्थक हुनुहुन्छ। उसले जे गर्छे सहि हो।"

आमाले मुस्कुराउनुभयो, स्नेहपूर्वक छोराको गालामा हात राख्नुभयो र भन्नुभयो, "अनि म तिम्रो ठूलो समर्थक हुँ, त्यसैले यो मिल्छ।"

मोबियसले आफ्नी आमाको काँधमा आफ्नो हात राख्यो र सोफामा आरामसँग बस्यो।

"तिमीलाई थाहा छ आमा, म सुमीसँग सहज छु। उनी मिलनसार महिला हुन्। म उनीसँग सधैं आरामसँग बाँच्नेछु। तर तपाईलाई थाहा छ, आमा, सुमी अझ राम्रो सम्झौताको योग्य छ। आफ्नो लुक्स र दिमागका कारण उनले डाक्टर, आईएएस अफिसर वा मिलजस्ता सेलिब्रेटीजस्ता हाई प्रोफाइल केटासँग सजिलै विवाह गर्न सक्छन्।

"तिम्रो बाबा र मैले उहाँसँग कुरा गरिसकेका छौं। उसले तिमीसँग बिहे गर्न चाहन्छु भनिन् ।"

मोबियसले जवाफ दियो, "आमा, सीधा कुरा गरौं। म सुमी जत्तिको बौद्धिक नहुन सक्छु तर म मूर्ख त होइन । हामी सबैलाई थाहा छ सुमीकी आमा र तिमी मेडिकल कलेजमा साथी थियौ। त्यसैले जब उनको श्रीमानको कार दुर्घटनामा मृत्यु भयो, र त्यसको केही समयपछि उनलाई क्यान्सर भयो, उनले तपाई र बाबालाई त्यतिबेला ६ वर्षकी सुमीलाई गोद लिन अनुरोध गरिन्। उनकी जेठी बहिनी दिदीभाई १२ वर्षकी थिइन् र उनीहरुको काकु (बुवाको भाइ)ले उनलाई धर्मपुत्र लिन राजी भइन् । अब, कुनै कारणले बाबाले सुमीलाई छोरी राख्न राजी भए, तर कानुनी रूपमा होइन, त्यसैले उनले आफ्नो केटीको नाम राख्न सकिन्। अब ठीक छ, आमा। तपाईं यसलाई अस्वीकार गर्नुहुन्छ वा सहमत हुनुहुन्छ?"

"Mobsy, सबै भन्दा पहिले, आफ्नो आवाज कम गर्नुहोस्। सुमी भान्सामा छिन्,' आमाले जवाफ दिइन्।

मोबियस आफ्नी आमाको नजिक पुगे। "अब हामी कानाफूसीमा कुरा गर्नेछौं।"

आमाले अगाडि भनिन्, "मोब्सी, सुमीले तिम्रो लागि धेरै त्याग गरिन् । यदि उनले चाहेकी भए, उनी आईआईटी र एमबीएमा इन्जिनियरिङका लागि आईआईएम जस्ता कुनै पनि प्रमुख संस्थानहरूमा जान सक्थिन्। उनले ती परीक्षाहरू सजिलै पास गर्न सक्थे, तर शिक्षाको लागत कम होस् भनेर उनले अंग्रेजी साहित्यमा बीए र एमए गर्न रोजिन्। म र बाबाले सुमीलाई क्याटमा बस्न मनाए पनि उनले मानिनन्। उनले आफ्नो बोर्ड परीक्षामा विज्ञान समूहबाट कलेजमा कलाको लागि रोजिन्। त्यसको बावजुद, उनले स्नातकोत्तर अध्ययनमा दिल्ली विश्वविद्यालयमा शीर्ष स्थान हासिल गरे। उनी, तपाईलाई थाहा छ, वेल्हम गर्ल्समा स्कूल कप्तान थिइन्। सुमी अलराउन्डर हुन् । कुनै शंका छैन।"

"उनी मिलको लागि राम्रो खेल हुनेछिन्, जो दूनको स्कूल कप्तान पनि थिइन्। जे भए पनि, उनी म्यान्डीसँग अड्किएका छन्, जो एक सुन्दर महिला पनि हुन्। "

"मोब्सी डियर, मलाई थाहा छ तपाईमा मन्दिराको लागि नरम कुना छ। तर मेरो इमानदार सल्लाह लिनुहोस्। तपाईंको लागि, सुमी सही छनौट हुनेछ।

चिन्तित मुडमा, मोबियसले भने, "आमा, तपाईंले मलाई अहिले जे भन्नुभयो, त्यो आँखा खोलिदियो। सुमीको पाठ्यक्रममा प्राथमिकता परिवर्तन शिक्षाको खर्चमा लाग्ने खर्चले गर्दा भएको हो भन्ने मलाई थाहा थिएन। यदि सुमीले म जस्तै स्केलावागसँग बिहे गर्ने निर्णय गरिन् भने म यसलाई ठूलो सौभाग्य ठान्छु।"

मोबियस सोफाबाट उठे र कोठातिर लागे।

"सुमीले मसँग बिहे गर्ने निर्णय गरेकी थिइन् किनभने उसलाई थाहा छ कि यसले तपाई र बाबालाई धेरै खुसी बनाउनुहुनेछ। सुमीले यसलाई पैसा फिर्ता गर्ने समयको रूपमा लिएको छ।

सुमीलाई पर्खिरहेको देखेर मोबियस आफ्नो बुबालाई बोलाउन फोयरमा गए। सुमीले आफ्नो हात मोबियसको काँधमा बेरेर भान्साकोठामा गइन्। काँध वरिपरिको पकड घाँटीको छेउमा थप माथि सर्यो र अझ बलियो भयो।

"सहज, सुमी, तिमिले मेरो घाँटी थिच्न खोज्दैछौ कि?"

"अब, मोब्सी प्रिय, कान खोलेर सुन्नुहोस्।"

"म सुन्छु, तर पहिले आफ्नो पकड कम गर्नुहोस्।"

सुमीले आफ्नो मुख मोबियसको कानमा राखेर भनिन्, "तिमीले म्यान्डी, जुनाली वा अरू कसैसँग बिहे गर्ने भन्ने मलाई वास्ता छैन । तर याद राख कि यदि तपाईंले बाबा वा मातालाई कुनै चिन्ताको क्षण दिनुभयो भने, तपाईं ग्रहको जुनसुकै भागमा हुनुहुन्छ, म तपाईंलाई ट्र्याक गर्नेछु, र तपाईंको निम्मामा यस्तो लात दिनेछु कि तपाईं बस्न सक्नुहुन्न । हप्ता । अब तिमीले के गर्ने भन्ने निर्णय गर।"

सुमीले मोबियसको कानको लोबलाई मायालु ढंगले काटिन् र मोबियसको घाँटीमा भएको पकडलाई आफ्नो घुँडाले पछाडिको भागमा रमाइलो नज दिएर छोडिन् ।

मोबियसले नक्कली मुस्कान बनाए, बक्सरको नक्कल गरे र उनको दाहिने हातले सुमित्राको टाउकोमा मुक्का प्रहार गरे । सुमित्राले आफ्नो खुल्ला हत्केलामा कडा प्रहार गरिन् तर मोबियसको टाउकोमा चोट नलागेर कम्मरबाट घुमाउनुभयो ।

आखिर, मुखर्जी परिवारका चार सदस्यहरू बैठक कोठामा राम्ररी बसेका थिए, र अदालतको सत्र चलिरहेको थियो ।

बाबाले सोच्दै भन्नुभयो, "ल, मोब्सी, तिम्रो अन्तिम फोन के हो ?"

"जब एउटी महिलाले मेरो टाउकोमा बन्दुक राख्छिन् र मलाई उनीसँग विवाह गर्न आग्रह गर्छिन् । के मसँग कुनै विकल्प छ?" मोबियसले गम्भीर स्वरमा जवाफ दिए ।

"मैले अहिले सुमीको हातमा बन्दुक देखेको छैन । ठीक छ, यसलाई उचित परिप्रेक्ष्यमा राखौं Mobsy । के तिमीले आफ्नो जीवनमा सुमीले लात हानेको छौ ?" बाबाले रमाइलो प्रतिक्रिया दिनुभयो र एउटा मुट्ठीले इशारे गर्दै अर्को खुला हत्केलामा मुक्का हान्नु भयो ।

"प्रसेनजित, कृपया हाम्रा बच्चाहरूको अगाडि आफ्नो भाषामा ध्यान दिनुहोस्," मा अलिकति रिसाउँदै भन्नुभयो ।

मोबियसको अनुहारमा बिस्तारै मुस्कान आयो । "होइन, मैले अहिलेसम्म सुमीले लात हानेको छैन, तर सुमीसँगको मेरो वैवाहिक जीवनमा त्यस्तो हुनेछैन भन्ने कुनै ग्यारेन्टी छैन । वाह!" मोबियस चिच्यायो र हाँस्न थाल्यो ।

मुखर्जी परिवारका बाँकी सदस्यहरूले आफ्नो कान्छो सदस्यको हर्कत देखेर एक क्षणको लागि स्तब्ध मौनता छायो र त्यसपछि सबैजना अनियन्त्रित रूपमा हाँस्न थाले। बाबा र माता दुवैको आँखामा खुशीको आँसु थियो।

द स्टार्क रियलिटीज एण्ड राइजिङ स्टारडम (2005)

मनिषा र तिनकी साथी शिबा क्यानट प्लेसको राजीव चोक मेट्रो स्टेसनमा ओर्लिए, र तिनीहरू शंकर मार्केटमा पुगे, एउटा आरामदायक मध्यम-वर्गीय साँघुरो शपिंग वाकवे। सिरानीदेखि इलेक्ट्रोनिक सामानसम्म सबै अत्यावश्यक घरायसी सामानहरू वातानुकूलित नभएका पसलहरूमा सुपथ मूल्यमा उपलब्ध थिए। मनिषा स्टपवाच सुविधा भएको डिजिटल घडी किन्न चाहन्थिन् । एउटा कुनाको पसलमा उनले आफूले चाहेको कुरा देखिन्। काउन्टरमा गिलास डिस्प्ले मुनिको हरियो नाडी घडीले उनको राम्रो प्रवृत्तिलाई अपील गर्यो। दयालु अनुहारकी महिलाले गिलास काउन्टरबाट घडी निकाले र घडीमा उपस्थित विभिन्न विकल्पहरू, जस्तै अलार्म, स्टपवाच, नाइट लाइट, र दिन र हप्ता विकल्पहरू वर्णन गरिन्। मनिषाले हातमा घडी समातेर निरीक्षण गरिरहेकै बेला पछाडिबाट रोएको आवाज आयो । "रक्त चाइनिज, यहाँबाट जानुहोस्!"

मनिषा र शिबा हतार-हतार फर्किए र चारजना युवा पुरुष र सायद कलेजका विद्यार्थीहरूले आरोप लगाए। रिसले भरिएको मनिषा समूहमा पुगेर भनिन्, "म पश्चिम बंगालको पेडोङबाट हुँ र हो, गोर्खा र भारतीय हुनुमा गर्व छ।" शिबा उनको छेउमा उभिरहेकी थिइन् ।

"मेरो खुट्टा छुनुहोस्, र तपाईलाई कुटपिट हुनेछैन," नेताले जवाफ दिए, जो राम्रोसँग बनेको थियो तर पेट थियो।

शिबाले भने, "भाइ शान्तिपूर्वक जाऔं । हामी दुबै DU, उत्तर क्याम्पस, हंसराज कलेजमा पढ्छौं।

"हामी चारजना DU, साउथ क्याम्पस, श्री वेंकटेश्वर कलेजका हौं," टम्मी केटाले काउन्टर गर्‍यो। "र म जान्न सक्छु कि तिमी को हौ।"

"कृपया पहिले आफ्नो भाषा सम्झनुहोस्। म उड़ीसाको शिबा कल्याणी साहू हुँ।

"ठीक छ, मिस साहु, हामीसँग तपाइँको विरुद्ध केहि छैन। हामी चाहन्छौं कि तपाईंको साथीले हाम्रो खुट्टालाई आदरको चिन्हको रूपमा छुओस्। हामी गोर्खा र चाइनिजलाई एउटै जातका मान्छौँ ।"

"सुन्नुहोस्," शिबाले भने। "हामी कुनै समस्या चाहँदैनौं। शान्तिपूर्वक जाऔं।"

टम्मी ब्वाईको समूहले मनिषातिर इशारा गर्दै जानाजानी टुटेको अङ्ग्रेजीमा एकजुट भएर बोल्यो । "खुट्टा छुनुहोस्। त्यसपछि जानुहोस्। समस्या छैन।"

शिबाले मनिषालाई भने, "यी स्क्रूबलहरू झगडा खोज्दैछन्। हामी तिनीहरूको वरिपरि हिंड्ने प्रयास गर्नेछौं। यदि उनीहरूले हामीलाई रोक्न खोजे भने हामी पछाडी लड्छौं।

शिबा र मनिषा दुवैले आफ्नो वरिपरि गएर समूहलाई रोक्न खोजे। टम्मी केटाले मनिषाको काँधमा हात राख्यो। बेडलाम फुट्छ। मनिषाले टम्मी ब्वाईलाई उनको पिण्डमा लात हानेकी थिइन् । तर, टमी ब्वायले मनिषालाई भुइँमा लडेर समातेर आफूसँगै लगे ।

शिबाले अन्य तीन केटाहरूको सामना गर्दै बक्सरको अडान लिइन्। 5 फिट 10 इन्चमा, मनिषाको 5 फिट 6 इन्च मोटो फ्रेमको तुलनामा उनी तारी थिइन्। शिबाले तीन पटक मुक्का हाने र प्रत्येक पटक जोडिए। अचानक, शिबाले एक जना केटालाई पाखुराको तालामा पछाडिबाट उनको वरिपरि हात हालेको भेट्टाए। उनले आफ्नो सासमा चुरोटको धुवाँ सुँघ्न सक्थिन र उनको हातहरू स्थिर भएको भेट्टाइन्। दोस्रो केटाले उनलाई आरोप लगायो। शिवकल्याणीले आफ्नो दाहिने खुट्टा हावामा उचालेर छातीमा लात हानेकी थिइन् । केटा डस्टबिनमा ठोक्किएर भुइँमा खस्यो, डस्टबिनको ढक्कन झर्यो र फोहोर बाहिर निस्कियो।

शिबाले आफ्नो टाउको अगाडी झुकाई र अचानक पछाडि फर्केर पहिलो केटाको नाकमा टाउको प्रहार गरि। केटाले आफ्नो नाकमा समातेर रगत बग्न थालेको थियो। शिबाले तेस्रो केटाको सामना गरे र मुक्काको व्यापार गरे। आफ्नो आँखाको कुनाबाट, शिबाले मनिषाको घाँटीमा एउटा घुँडा राखेर मनिषालाई आफ्नो दुवै हातले एउटा पाखुरा समातेको टम्मी ब्वाई देखे। मनिषा सास फेर्दै थिइन् । प्रतिद्वन्द्वीमाथि नजर राख्दै शिबाले मनिषालाई चिच्याइन्, "उनका बलहरू समातेर कडा निचो, मनिषा।"

मनिषाले आफ्नो स्वतन्त्र हात प्रयोग गर्दै, टम्मी ब्वायको क्रोचमा समातिन् र आफ्नो हातले जोडले निचोडिन्। पेट केटा पीडामा लात मारेको कुकुरले झैं

चिच्यायो र आफ्नो क्रोच समातेर पछाडि पर्यो। शिबाले आफ्नो चौथो मुक्कामा आफ्नो तेस्रो विपक्षीलाई आफ्नो बङ्गारामा समातेर उनलाई छक्क पारिन्। आफ्नो वरिपरि भीड जम्मा भएको देखेपनि सहयोग गर्न कोही नआएको देखेर शिबा र मनिषा दुबैले घटनास्थलबाट भाग्ने निधो गरे । शिबा र मनिषा शंकर मार्केटको प्रवेशद्वारबाट टाँसिएर रातो बत्तीको बाटो हुँदै कनट प्लेसतिर दौडे। शिबाले सडकको विपरित गुडिरहेको गुडिरहेको अटोलाई स्वागत गर्दै, मनिषाको हातमा बलियो र सुरक्षात्मक समातेर उनलाई तान्दै।

"हंसराज कलेज," शिबाले अटो चालकलाई भन्यो। मनिषाले आशंकित भएर फर्केर हेरिन् र सबै स्पष्ट देखीन्: कसैले तिनीहरूलाई पछ्याइरहेको थिएन।

हंसराज गर्ल्स होस्टेलमा बसेकी मनिषा र शिबा सिधै होस्टल सुपरिटेन्डेन्टको कार्यालयमा गएर घटनाबारे जानकारी दिए । मनिषाले सुपरिटेन्डेन्टको ल्यान्डलाइनबाट जुनाली आन्टीलाई फोन गरेर अवस्था बुझाइन् ।

जुनालीले सतनामा मोबियसलाई फोन गरेर मद्दतको लागि अनुरोध गरे। मोबियसले आफ्नो कम्पनीका कानूनी सल्लाहकार सरबजीत सिंहसँग दिल्ली कार्यालयमा पहिलो कुरा गरे। मोबियससँग टेलिफोनमा कुराकानी गरेपछि सरबजीतले आफ्नो दिल्ली अधिवक्ताको कार्यालयलाई दिल्ली विश्वविद्यालय नजिकैको स्थानीय अदालतमा मनिषा र शिबा विरुद्ध चार जनाले बलात्कार प्रयास गरेको भन्दै निवेदन दायर गर्न आग्रह गरे। उनले मनिषा राई र शिबा कल्याणी साहु दुबैले चार जना विरुद्ध एफआईआर दर्ता गर्न पनि सल्लाह दिए। सरबजीतले मोबियसलाई स्थिति बुझाए र उनलाई दुबै केटीहरूसँग अधिवक्ताको भेटको व्यवस्था गर्न आग्रह गरे, जस पछि DU स्थानीय अदालतमा याचिका दायर गरिनेछ।

मोबियसले त्यसपछि सुमित्रालाई फोन गर्‍यो, जो उनको दिल्लीको मुख्य कार्यालयमा एनजीओको मासिक बैठकमा भाग लिईरहेकी थिइन् र उनलाई हंसराज कलेज क्याम्पसमा जान र हंसराज कलेज नजिकैको पुलिस स्टेशनमा एफआईआर दर्ता गर्नको लागि व्यवस्था गर्न आग्रह गरे।

जब सुमित्रा हंसराज कलेज होस्टेलमा पुगे र होस्टल सुपरिटेन्डेन्टलाई भेटे, उनले मोबियसको संस्थाका अधिवक्ता पहिले नै आइपुगेको र मनिषा र शिबा दुवैको झगडाको विवरण नोट गरिरहेको थाहा पाए।

चाँडै, हंसराज कलेज नजिकैको मुखर्जी नगर पुलिस स्टेशनबाट मनिषा र शिबा दुवैलाई स्टेशनमा बोलाउने फोन आयो। होस्टल सुपरिटेन्डेन्ट सुमित्रा,

शिबा र मनिषा कलेजको मेन गेटको ठीक छेउमा रहेको स्टेसनमा पुगेका थिए, जहाँ स्टेशन इन्चार्जले उनीहरूलाई चारजना केटाका अभिभावकले कुटपिट गरेको गुनासो आएको बताए । दुई केटी। कडा अनुहारका साथ सुमित्राले इन्स्पेक्टरलाई कुनै अनिश्चित शब्दमा भनिन् कि उनीहरूले चार युवाहरूद्वारा बलात्कार प्रयास र टम्मी ब्वायद्वारा हत्या प्रयासको आरोपमा एफआईआर दर्ता गर्न चाहन्छन्, मनिषाको घाँटीमा रातो दाग खुलासा गर्दै जहाँ टम्मी केटाले घुँडा टेकेको थियो। उनको, र शिबाको घुँडा र उनको सुन्निएको ओठमा घाँटी।

त्यहाँ पढेदेखि नै हंसराज कलेजका विद्यार्थीहरूप्रति नरम कुना भएका इन्स्पेक्टरले नजिकैको अस्पताल वा नर्सिङ होमबाट मेडिकल रिपोर्ट लिनुपर्ने सर्तमा एफआइआर गर्न राजी भए। सुमित्राले दुई बालिकालाई छेउछाउको निजी अस्पताल लगिन् । उनले आफ्नो शरीरमा लागेको शारीरिक चोटपटक, अनुहार, हात, घाँटीमा चोटपटक र घाउका चोटहरूका बारेमा प्रमुख चिकित्सा अधिकारीको हस्ताक्षर गरेको मेडिकल रिपोर्ट प्राप्त गरे।

मेडिकल रिपोर्ट र बयानका आधारमा एफआईआर दर्ता गरिएको थियो। यसैबीच, मोबियसको दिल्ली कार्यालयका अधिवक्ता पनि प्रहरी चौकीमा आइपुगे र दुई बालिकालाई बलात्कार प्रयासको मुद्दामा DU अदालतले छाप लगाइएको र स्वीकार गरेको उजुरीको फोटोस्टेट प्रतिलिपि बुझाए। इन्स्पेक्टरले एफआईआरसँग निवेदनको प्रतिलिपि संलग्न गर्यो। उनले एफआईआरका दुई सेट मिलाइदिए, जसमध्ये एउटा उनले सुमित्रालाई र अर्को अधिवक्तालाई दिए। सुमित्राले इन्स्पेक्टर र अधिवक्तालाई आफू र केटीहरूसँगै खाजाको लागि बोलाइन्। इन्स्पेक्टरले मुस्कुरायो र अहिले सम्भव नभएको बताए। अधिवक्ताले संकेत गरे कि उनीसँग अर्को मुद्दासँग सम्बन्धित धेरै महत्त्वपूर्ण कार्यभार थियो, जसमा उनले अहिले उपस्थित हुनुपर्दछ।

अफिस फर्कने क्रममा, अधिवक्ताले शंकर मार्केटमा पसल किपर्स एसोसिएसनको कार्यालयमा गए र उनीहरूलाई एफआईआरको प्रतिलिपि देखाए र घटनालाई स्पष्ट विवरणसहित स्पष्ट रूपमा देखाउने महत्वपूर्ण सीसीटीभी फुटेज प्राप्त गरे। टमी ब्वायले मनिषाको घाँटीमा घुँडा राखेको र उनको एउटा पाखुरालाई आफ्ना दुवै हातमा फसाएको दृश्य प्रष्ट देखिन्थ्यो। अर्को दृश्य, शिबालाई एक केटाले समातेको र अन्य दुई केटाहरू डरलाग्दो रूपमा आक्रमण गर्न तयार भई उनको नजिक आइपुगेको दृश्य एकदमै स्पष्ट

देखिन्थ्यो। फुटेज, अधिवक्ताका अनुसार, चलचित्रबाट सिंक्रोनाइज्ड फाईट स्टन्ट जस्तै थियो, जसरी उनले मोबियसलाई सुनाए। उनले एफआईआर प्रतिलिपि र मेडिकल रिपोर्टको साथ जिप फाइलमा मेलमा सम्पूर्ण फुटेज मोबियसलाई पठाए।

मोबियसले आफ्नो पत्र जाँच गर्दा उसको आँखामा चमक थियो। चारवटा हुडलमहरू ताला, स्टक र ब्यारेलमा फसेका थिए। मोबियसले स्कूलमा आफ्नो ब्याच साथी असीम तिवारीलाई सम्पर्क गरे, जो दिल्लीमा हिन्दुस्तान टाइम्सका वरिष्ठ रिपोर्टर थिए।

असीम अर्को दिनको संस्करणमा दिल्लीमा गोरखा विद्यार्थी समुदायको जातीय भेदभावको रूपमा समाचारमा समाचार राख्न सहमत भए। त्यसको लगत्तै, मोबियसले आफ्नो चलिरहेको साथी शिवानी ठाकुरलाई सम्पर्क गर्‍यो, जसले CNBC-TV18 मा एन्कर र वरिष्ठ निर्माताको रूपमा उनको दिल्ली कार्यालयमा काम गरिन्। उनले तुरुन्तै देशको राजधानीमा महिलालाई लैङ्गिक धम्कीको बिरूद्ध मनिषा र शिबा दुबैको अन्तर्वार्ता दिन सहमत भइन्। मोबियसले उनलाई धेरै धन्यवाद दिए र आफ्नै चतुरताको गतिमा छक्क परे। वाह!

शंकर बजारमा बिहान १०ः३० बजे घटना भएको हो । अधिवक्ताले दिउँसो १२ः३० बजे तल्लो अदालतमा निवेदन दिए । केही समयपछि दिउँसो २:३० बजे एफआईआर दर्ता भयो।

साउथ क्याम्पस डीयूका विद्यार्थीहरुसँग मुठभेड भएको दिनको साँझ, सुमित्राले केटीहरूलाई हंसराज कलेज नजिकैको डोमिनोज पिज्जामा प्रारम्भिक डिनरमा उपचार गरिन्।

मनिषा चिन्तित भइन् । "सुमित्रा आन्टी, के हामी समस्यामा छौ ? के हामी भविष्यमा पुलिसद्वारा गिरफ्तार हुन सक्छौं?"

सुमित्राले जवाफ दिइन्, "मनिषा, तिमीले मोबियसलाई बाघ भाइ भनेर सम्बोधन गरेको हुनाले मलाई आन्टीको सट्टा सुमित्रा दीदी वा सुमी दीदी भन्न सक्छौ। मोबियसको केही द्रुत सोचका कारण अहिले तपाईं दुवै सुरक्षित हुनुहुन्छ। एफआईआरमा स्पष्ट उल्लेख छ कि तपाईं दुबैलाई चार विद्यार्थीहरूले दुर्व्यवहार र बलात्कार गर्न हमला गरेका थिए। प्रहरीले आफ्नो अनुसन्धान आफै गर्नेछ । मेरो अनुमान छ कि यो दुर्व्यवहार को मामला को रूप मा प्रतिनिधित्व हुनेछ। जब अदालतमा निवेदन सुनुवाइको लागि आउँछ,

तपाईं दुवै त्यहाँ उपस्थित हुनुपर्छ। तपाइँ एक अधिवक्ता द्वारा प्रतिनिधित्व गर्नुहुनेछ, त्यसैले डराउनु पर्ने केहि छैन। क्याम्पसका सुरक्षाकर्मीसहित होस्टेल सुपरिटेन्डेन्टलाई पनि उपस्थित गराउने कुरा गर्छु । त्यसैले चिन्ता लिनुपर्ने केही छैन। जब न्यायाधीशले तपाईलाई प्रश्नहरू सोध्नुहुन्छ, उहाँको आँखामा हेर्नुहोस र आत्मविश्वासका साथ जवाफ दिनुहोस्। तपाइँ अधिवक्ता द्वारा निर्देशित हुनेछ।"

मनिषाले राहतको सास फेरे । सुमित्रा मुस्कुराउदै शिबासँग भनी, "राम्रो देखाउ शिबा । मलाई इन्स्पेक्टरले भनेका थिए कि तपाईंले एक अपराधीको नाक भाँच्नु भयो। तपाईंले उसलाई छातीमा लात हानेपछि अर्को केटाको करङ भाँचिएको थियो। यति राम्ररी लड्न कहाँबाट सिके?"

"हो, सुमी दिदी, मेरो बुबाले मलाई सानैदेखि आत्मरक्षा सिकाउनुभयो। उनले तीन पटक नेसनलमा बक्सिङमा उड़ीसाको प्रतिनिधित्व गरेका छन्। दुई स्वर्ण र एक रजत जिते ।"

"वाह! अचम्म लाग्दैन तिमीले राम्रोसँग लड्यौ,' सुमित्राले जवाफ दिइन्। मनिषालाई हेर्दै भनिन्, "शिबाले दिन बचायो । उनी बिना दिल्लीमा यात्रा नगर्नुहोस्। त्यसपछि गम्भीर स्वरमा सुमित्राले भनिन्, "सुन्नुहोस दुबै जना । अर्को तीन हप्ताको लागि, कलेज क्याम्पसबाट बाहिर ननिस्कनुहोस्। कमसेकम अदालतले फैसला नआएसम्म होइन। तपाईं दुवैले अदालतमा लिखित माफी माग्नुपर्नेमा जोड दिनुपर्छ र त्यसपछि मात्र त्यस्तो प्रस्ताव आएको खण्डमा उजुरी फिर्ता लिन सहमत हुनुपर्नेछ।"

"ठीक छ, सुमी दिदी, र हाम्रो छाला जोगाउनु भएकोमा धेरै धेरै धन्यवाद," दुबै केटीहरूले आनन्दित एकतामा भने।

न्यूज टेलिकास्ट र मनिषा बनिन् राईजिङ स्टार

मोबियस सुमित्रासँग घरमा CNBC-TV18 हेर्दै थिए। शिवानी ठाकुरले मोबियसलाई आफ्नो च्यानलले 'टि विथ शिवानी' कार्यक्रममा *पाँच बजे न्युजमा* मनिषा राई र शिबा कल्याणी साहुको प्रत्यक्ष अन्तर्वार्ता प्रसारण गर्ने बताएकी थिइन् ।

सबैभन्दा पहिले शिबा कल्याणी साहु आए, जसले कसरी झगडा सुरु भयो र कसरी दुबै भाग्न सफल भए भन्ने बारेमा सावधानीपूर्वक वर्णन गरे। त्यसपछि मनिषा राई आइन् । उनले गोर्खा समुदायलाई नेपालका विदेशी समुदाय र

चिनियाँ समुदायसँग तुलना गर्दै भारतका जनतामा रहेको भ्रमबारे बोलिन्। उनले आफ्नो समुदायको बारेमा प्रष्ट रूपमा बोलिन् र भारतीय जनताको दिमागबाट सेनामा सिपाही र सुरक्षा गार्डको काम गर्ने गोर्खाहरूको स्टिरियोटाइपलाई भारतीय जनताको दिमागबाट हटाउन आवश्यक रहेको बताइन्।

हंसराज कलेजमा बीए (अनर्स) इकोनोमिक्स पढ्दै उनले आफूलाई भारतकी साँचो छोरी भनेर चिनिन्। उनले त्यसपछि कानून अध्ययन गर्ने र आफ्नो समुदायको जीवन सुधार गर्न आफ्नो जीवन समर्पित गर्ने योजना बनाइन्। मनिषाले पेडोङबाट आएपछि आफ्नो सादा बाल्यकाल र मितव्ययी जीवनको बारेमा आफ्नो हृदयदेखि बताइन्। उनकी आमाले छोरीको स्नातक र छात्रावासको खर्च तिर्न आफ्नो सुनको एउटा चुरा बेचेकी थिइन्। मोबियसका आँखा रसाए, र मोबियसको छेउमा बसेकी सुमित्राले आफ्नो गाला आफ्नो छेउमा र आफ्नो हात मोबियसको काँधको छेउमा राखिन् र आश्वस्ततासाथ निचोडिन्।

हवलदार गुरुङको बहादुरी र नयाँ बिहान (2010)

दार्जिलिङको चोक मानिसको भिडभाड थियो । आइतबार बिहान १० बजेको थियो, र धेरै पर्यटकहरू; तिनीहरूमध्ये केही युरोपेलीहरू सडकको छेउमा खानेकुराको पसलमा तातो चिया वा कफीका साथ मोमो र थुप्का खाइरहेका थिए।

मनिषा कुर्सीबाट उठेर मञ्चमा पुगिन् । जुनाली गोर्खा जनमुक्ति मोर्चाका अध्यक्ष र सचिव भएकी अर्की युवतीसँग बसे । आकर्षणको केन्द्रबिन्दुमा अध्यक्ष र मनिषाको बिचमा खैरो ट्राउजरमा टाँसिएको दागविहीन सेतो शर्टमा खैरो स्लिभलेस ज्याकेट मुनि आकाश निलो टाई लगाएका एक वृद्ध भद्र थिए । संघर्ष र अशान्तिको जीवनले घेरिएको उनको झुर्रिएको अनुहार थियो, टाउको अलिकति झुकेको थियो, आँखा थोरै बन्द थियो, र हातहरू हिड्ने लट्ठीको घुमाउरो ह्यान्डलमा टाँसिएका थिए। उसले नब्बे वर्ष पार गरेको हुनुपर्छ, मोबियसले सोचे। ज्याकेटको लेपलमा पदक टाँसिएको थियो र चम्किलो तारा जस्तै गर्वका साथ झुण्डिएको थियो।

स्टेज अगाडि कुर्सीहरूको पहिलो पङ्क्तिमा बसेर, मोबियसले पदकको स्पष्ट दृश्यको लागि आफ्नो आँखा चिम्ले। एक्कासी उसमा अनुभूति भयो । हो, यो भिक्टोरिया क्रस पदक थियो। कुनै शंका थिएन। रानी भिक्टोरियाले 29 जनवरी 1856 मा क्रिमियन युद्धको समयमा वीरताको कार्यलाई सम्मान गर्न VC को परिचय दिनुभयो। त्यसबेलादेखि, पदक १,३५८ पटक व्यक्तिगत प्राप्तकर्तालाई १,३५५ पटक प्रदान गरिएको छ। कांस्य जसबाट सबै भिक्टोरिया क्रसहरू बनाइएका थिए, डोनिङ्टनको केन्द्रीय अध्यादेश डिपोद्वारा आपूर्ति गरिएको थियो। यो धातु क्रिमियन युद्धको समयमा सेभास्टोपोलमा रूसीहरूबाट कब्जा गरिएका तोपहरूबाट काटिएको थियो। 1917 को रूसी क्रान्ति पछि, क्रिमिया USSR मा रूसी सोभियत संघीय समाजवादी गणतन्त्र भित्र एक स्वायत्त गणतन्त्र भयो। रुसले 18 मार्च 2014 मा क्रिमियालाई औपचारिक रूपमा विलय गऱ्यो, क्राइमिया गणतन्त्र र संघीय

सहर सेभास्टोपोललाई रूसको 84 औं र 85 औं संघीय विषयको रूपमा समावेश गऱ्यो।

डेढ शताब्दी भन्दा बढी पछि, पदक बहादुरी र वीरताको लागि सर्वोच्च सम्मान हो जुन ब्रिटिश सशस्त्र बलका सदस्यहरूलाई सम्मानित गर्न सकिन्छ।

मनिषा आफ्नो कुर्सीबाट उठिन् र भिक्टोरिया क्रस अवार्डको बारेमा बोलिन्। मोबियसले मनिषालाई मायालु भई 'द ओरिजिनल गोरखा सिपाही' भनेर सम्बोधन गरेपछि मन्त्रमुग्ध सुने। “अहिले ९३ वर्षका हवलदार लछिमान गुरुङको जन्म ३० डिसेम्बर १९१७ मा पार्टिमान गुरुङका छोरा नेपालको तनहुँ जिल्लाको दखनी गाउँमा भएको थियो । उनी सन् १९४० को डिसेम्बरमा ब्रिटिश इन्डियन आर्मीमा भर्ना भए। उहाँ 28 वर्षको हुनुहुन्थ्यो र दोस्रो विश्वयुद्धको समयमा भारतीय सेनाको 4th बटालियन, 8th गोर्खा राइफल्समा राइफलम्यान हुनुहुन्थ्यो जब निम्न कार्य मे 1945 मा भएको थियो, जसको लागि उहाँलाई भिक्टोरिया क्रस प्रदान गरिएको थियो।

मनिषाले आफ्नो हातमा रहेको कागजको बिटा सराइन् । उनले जारी राखिन्, "उनको बटालियन 7 औं भारतीय इन्फन्ट्री डिभिजनको 89 औं इन्डियन इन्फन्ट्री ब्रिगेडको हिस्सा थियो, जसलाई इरावदी नदी पार गर्न र प्रोमदेखि टाउङ्गपसम्मको सडकको उत्तरमा जापानी सेनामाथि आक्रमण गर्न आदेश दिइएको थियो। जापानीहरू तौङदाउतिर फर्किए, जहाँ राइफलम्यान गुरुङ चौथो बटालियन, आठौं गोर्खा राइफल्सका दुईवटा कम्पनीको हिस्सा थिए, बिहानै जापानीहरूले आक्रमण गर्दा पर्खिरहेका थिए। १२ मे १९४५ मा बर्मा , अहिले म्यानमारको ताउङदाउमा , राइफलम्यान लछिमान गुरुङले आफ्नो प्लाटुनको सबैभन्दा अगाडिको पोस्टको व्यवस्थापन गरिरहेका थिए, जसले कम्तिमा २०० जापानी शत्रुहरूको आक्रमणको चपेटामा परेको थियो। दुई पटक, उसले आफ्नो खाडलमा खसेको ग्रेनेडहरू पछाडि हाने, तर तेस्रो उनको दाहिने हातमा विस्फोट भयो, उसको औंलाहरू उड्यो, उसको हात भाँचियो, र उसलाई अनुहार, शरीर र दाहिने खुट्टामा गम्भीर चोट लाग्यो। उनका दुई साथीहरू पनि नराम्ररी घाइते भएका थिए, तर राइफलम्यान, अहिले एक्लै र आफ्नो घाउलाई बेवास्ता गर्दै, चार घण्टासम्म आफ्नो देब्रे हातले राइफल लोड र फायर गर्दै, शान्तपूर्वक प्रत्येक आक्रमणको लागि पर्खिरहेका थिए, जुन उसले पोइन्ट-ब्ल्यांक दायरामा फायरको सामना गर्यो। सुदृढीकरण आयो।"

मनिषाले रोकिन् र जारी राखिन्, " लन्डन गजेटमा उनको उद्धरण कम्पनी इलाका नजिकै 87 शत्रुको मृत्युको साथ समाप्त हुन्छ, 31 यस राइफलम्यानको खण्डको अगाडि राखिएको थियो, सम्पूर्ण स्थितिको चाबी। राइफलम्यान लछिमान गुरुङको खाडलमा शत्रुले ओभर रनिङ गरी कब्जा गर्न सफल भएको भए पूरै रिभर्स स्लोप पोजिसन पूरै तहसनहस हुने थियो र युद्धले कुरूप मोड लिने थियो। आफ्नो उत्कृष्ट उदाहरणद्वारा, यो राइफलम्यानले आफ्ना साथीहरूलाई दुश्मनको प्रतिरोध गर्न प्रेरित गरे; तीन दिन र दुई रात घेरिए पनि तिनीहरूले प्रत्येक आक्रमणलाई समातेर नष्ट गरे। उहाँको उत्कृष्ट वीरता र कर्तव्यप्रतिको चरम समर्पण, लगभग अत्यधिक बाधाहरूको सामना गर्दै, शत्रुको पराजयको मुख्य कारकहरू थिए। "

हवलदार गुरुङतर्फ हात देखाउँदै मनिषाले आदरका साथ अलिकति धनुष राख्दै भनिन्, "उनले १९ डिसेम्बर १९४५ मा दिल्लीको लाल किल्लामा भारतका भाइसरोय फिल्ड मार्शल लर्ड वेभेलबाट आफ्नो भिक्टोरिया क्रस प्राप्त गरेकी थिइन्।"

प्रहरीको एउटा समूह चोकको एक छेउमा उभिएको थियो । एक जना कालिम्पोङ निवासी सब इन्स्पेक्टर सुभम गोलमको दर्जाका थिए र उनी विगत दुई वर्षदेखि दार्जिलिङको मुख्य प्रहरी चौकीमा तैनाथ थिए। उनी र मनिषाले दिल्ली विश्वविद्यालय अन्तर्गत पेडोङको स्कूल र दिल्लीको हंसराज कलेजमा पढेका थिए।

मोबियस पहिले उठे, ताली बजाए, र गोर्खाहरूको युद्धको नारा 'एयो गोर्खाली' भनेर कराए।

लछिमान गुरुङको कमजोर ढाड अलिकति सीधा भयो र उसले बिस्तारै आँखा खोलेर अगाडिको पङ्क्तिमा उभिएको मोबियसलाई हेर्यो। उनको कमजोर आँखाले मोबियसको बायाँ हातमा बाघको ट्याटु पनि छुट्याउन सक्छ। बिस्तारै, उसको ओठ मुस्कानमा फुट्यो, र उसले अहिलेको उन्मादपूर्ण भीडको जपमा आफ्नो मुख खोल्यो। आयो गोर्खाली, अयो गोर्खाली, अयो गोर्खाली!

मनिषा गोर्खाहरूको लडाइँको रोदन शान्त हुन पर्खिरहेकी थिइन्। उनले आधिकारिक उद्धृत कागजातहरूबाट जारी राखे, "राइफलम्यान गुरुङलाई माथिको कारबाहीमा चोट लागेको कारण अस्पतालमा भर्ना गरिएको थियो र त्यसपछि उनको दाहिने हातको तीन औंलाको प्रयोग गुम्यो, तर उनले आठौं

गोर्खाहरूसँग रहन छनौट गर्दै सेवा जारी राखे। उनीहरूलाई सन् १९४७ मा नयाँ स्वतन्त्र भारतीय सेनामा सरुवा गर्दा। पछि सन् १९४७ मा उनले मानार्थ हवलदारको पद प्राप्त गरे । उनी १९४७ मा आफ्नो सेवापछि पेडोङमा बसोबास गरे, जहाँ उनले भारत सरकारले उनलाई उपहार दिएको सानो जमिनमा खेती गरे। उनले दुई पटक विवाह गरे, पहिलो विवाहबाट दुई छोरा र एक छोरी र दोस्रो विवाहबाट थप दुई छोराहरू थिए। उनका एक छोरा पछि ८ औं गोर्खा राइफल्समा अफिसर भए । पछि, १९९५ मा, उनले १० डाउनिङ स्ट्रिटमा बेलायती प्रधानमन्त्री जोन मेजरले प्रस्तुत गरेको ठूलो रकमको चेक प्राप्त गरे। उदार, सम्मानित र धेरै सम्मानित हवलदार लछिमान गुरुङले दार्जिलिङको गोर्खा वेलफेयर ट्रस्टलाई आधा रकम दान दिए।

यतिबेला बजार चोक भरिएको थियो । भीडले जय हिन्द, जय गोरखाको नाराले गोरखाको जयजयकार गरेको थियो । मोबियसले आफ्नो छाती गर्वले फुटेको महसुस गरे। उनले मौनतामा जय हिन्द, जय गोरखा, जय गोर्खाल्याण्डको प्रार्थना गरे।

नेपाली भाषी भारतीय गोर्खाहरूले आफ्नै देशमा भोग्नुपरेका महत्त्वपूर्ण समस्याहरू र संकट समाधानका लागि उनले के गरिरहेकी छन् भन्ने बारेमा मनिषाले भीडभाड बजार चौकमा सम्बोधन गरेको कुरा मोबियसले अचम्मका साथ सुनिन्। उनले दिल्ली युनिभर्सिटीमा कानून अध्ययन गर्ने आफ्नो दिनहरूबारे बताइन्, जहाँ उनलाई दिल्लीमा प्रायः स्थानीयहरूले उनलाई चिन्की मिन्की, चिकेन चिली, कान्ची र चाइनिज भनेर गिल्ला गरिन्। मनिषाले आफूलाई नेपाली बोल्ने र धेरैजसोले आफू नेपालकी हुँ भनी ठानेकाले आफूलाई परिचय दिँदा कस्तो असहज र दमन भएको महसुस गरिन् भन्ने कुरा प्रतिबिम्बित गरिन्। यसबाहेक, पहाडका धेरैले आफूलाई 'नेपाली' भनेर चिनाउन थालेपछि पनि अन्योल बढेको छ । मनिषाले भीडलाई सोधिन् कि उनी कहिलेसम्म मानिसहरूलाई थप्पड मारिरहन सक्छिन्। नेपाली भारतको आधिकारिक भाषा हो भनेर जनतालाई कहिलेसम्म बुझाइरहने ? के उनीहरूलाई सामूहिक प्लेटफर्ममा शिक्षित गर्नु राम्रो हुँदैन?

मनिषाले आफ्नो परियोजना, 'रन विथ मनिषा', एक व्यापक र महत्वाकांक्षी उद्यम, 'भारतीय गोर्खाहरू' र पुरानो पहिचान संकटको बारेमा चेतना फैलाउने बारे व्याख्या गरिन्। उनले म्याराथन दौडमा राजनीतिक कथन समावेश गर्नु पछाडिको अवधारणाको बारेमा विस्तृत जानकारी दिए। उनी

भारतभर विभिन्न म्याराथन दौड्न गोर्खा धावकहरूलाई सहयोग गर्ने विवरणमा गएकी थिइन्। 'हामी गोरखा हौं र भारतीय भएकोमा गर्व गर्छौं' भन्ने नारासहित दौडँदा आफूसँग ट्रेडमार्कको टी–सर्ट रहेको मनिषाले बताइन् । जय गोरखा, जय हिन्द' गोर्खाहरू भारतीय हुन् भन्ने चेतना जगाउन।

त्यसैले 'मनिषासँग दौडौं' भन्ने भिजन कथनअनुसार हामीले ओलम्पिक म्याराथनमा भारतको प्रतिनिधित्व गर्ने विश्वस्तरीय गोर्खा धावकहरू सिर्जना गर्न आवश्यक छ। मनिषाले भारतबाट आएका नेपाली भाषीहरू भारतीय नै हुन् भन्ने कुरा स्पष्ट गर्न आवश्यक रहेको पनि बताए ।

मनिषाले निराश हुँदै भनिन्, "विभिन्न अन्तर्वार्ताका क्रममा मैले पश्चिम बङ्गाल, भुटान, सिक्किम र नेपालसँग गाँसिएको दार्जिलिङको इतिहासबारे दर्शकहरूलाई जानकारी दिने मौका पाएँ। मेरो अन्तर्वार्ता लिने धेरै पत्रकारहरूलाई भारतीय संविधानको आठौं अनुसूची अन्तर्गत नेपाली एक मान्यता प्राप्त राष्ट्रिय भाषा हो र यो भारतीय मुद्रामा उल्लेख गरिएको 9 औं भाषा हो भन्ने कुरा थाहा थिएन। त्यसैले, मलाई विश्वास छ 'रन विथ मनिषा' ले एउटा प्लेटफर्म सिर्जना गरेको थियो जहाँबाट हामीले बाँकी भारतलाई गोर्खाहरू गर्व गर्ने भारतीयहरू थिए र चौकीदारहरूको पर्यायवाची होइनन् भन्ने कुरा बुझाउन सक्छौं। हामीसँग हाम्रो समुदायमा यति धेरै प्रतिभा छ कि म हाम्रा मानिसहरू, हाम्रा स्थानीयहरूलाई उनीहरूको प्रतिभा र उपहारहरू अन्वेषण गर्न र तिनीहरूलाई पूर्ण रूपमा अभिव्यक्त गर्न साहस गर्न आग्रह गर्दछु।

मनिषाले पानीको चुस्की लिएर अगाडि बढिन् । "सन् १९५० मा भारत र नेपालले भारत–नेपाल सन्धि नामक सन्धिमा हस्ताक्षर गरे जसमा पारस्परिक आधारमा दुवै देशले आफ्ना नागरिकलाई कुनै एक भूमिमा नि:शुल्क प्रवेश र बसोबास गर्न अनुमति दिएका थिए। यो सन्धिले भारतीय मूलका गोर्खाहरूको पहिचान संकट बढायो, किनकि हामीलाई भारतीय भूमिमा बसोबास गर्ने नेपाली नागरिकको रूपमा पनि हेरिएको थियो। गोर्खाहरूको बाहुल्यता भएका क्षेत्रहरूमा सानो मात्रामा अन्योलता वा संकट महसुस भए पनि हामी अल्पसंख्यक भएका क्षेत्रहरूमा त्यो ठूलो अनुपातमा बढ्यो। यो हाम्रो विशेषता र भाषाको कारण पनि हुनुपर्छ, तर म अब यसलाई बहाना बन्न दिने छैन। मैले पहिले भनेझैं हाम्रो पहिचान संकटको मूल कारण चेतनाको अभाव र भारत र नेपालबीच भएको सन् १९५० को सन्धि हो।

अचानक जय गोरखा, जय हिन्दको नारासहित दर्शकको एक समूहले ठूलो ताली बजायो। मनिषा मुस्कुराइन् र कोलाहल कम हुने प्रतिक्षा गरिन् । त्यसपछि हात हल्लाउँदै उनले थपे, "हाम्रो क्षेत्रका मानिसहरू विभिन्न आकर्षक क्यारियरमा छन् भनेर मैले थप्न चाहन्छु। म मुम्बईको उल्लेख गर्छु किनकि म अहिले बसेको ठाउँ हो। हामीले कुनै पनि इमान्दार कामलाई छुट दिनु हुँदैन, चाहे त्यो 'पहरेदार' होस् वा 'घरको सहयोगी' हो, सम्पूर्ण समुदायलाई अपमान, अवमूल्यन, कम मूल्याङ्कन र स्टिरियोटाइप गर्ने टिप्पणीहरूले समस्या र दरार निम्त्याउँछ।

मनिषाले पानीको चुस्की लिइन् र भनिन्, "बुट लगाउन, हामी बहादुर समुदाय हौं। मलाई गर्व छ कि गोर्खाहरू आफ्नो आज्ञाकारिता र प्रख्यात योद्धाको हैसियतका लागि परिचित छन्। अहिले हाम्रो समुदायमा योद्धाभन्दा कलाकार, संगीतकार, कवि र बुद्धिजीवी छन् । अझै पनि, दुर्भाग्यवश, हामीले तिनीहरूलाई प्रवर्द्धन गर्न सकेनौं, वा सायद तिनीहरूले आफैलाई प्रवर्द्धन गर्न सकेनन्। हामी एक समुदायको रूपमा एकजुट हुनुपर्दछ, हाम्रा बुद्धिजीवीहरूलाई मान्यता दिनुपर्छ र हाम्रो संस्कृति र भाषाको क्युरेटर बन्नुपर्दछ। हामीले हाम्रा प्रतिभाहरूलाई प्रोत्साहन, प्रवर्द्धन, प्रायोजन, मद्दत र समर्थन गर्नुपर्छ तिनीहरूको बारेमा लेखेर र तिनीहरूको जीवनको वृत्तचित्रहरू बनाएर, जसले हामीलाई स्टेरियोटाइपहरू माथि उठ्न मद्दत गर्नेछ। जीवनमा धेरै चाहने वा धेरै प्राप्त गर्न खोज्ने मानिसहरूको आलोचना नगर्नुहोस्। बरु, तिनीहरूलाई समर्थन र प्रोत्साहन दिनुहोस्। "

मनिषाको विस्मयकारी भाषण र गोर्खाल्याण्ड आन्दोलनको वर्णन गर्ने उपयुक्त शब्दहरू देखेर मोबियस छक्क परे।

मनिषाले 19 अप्रिल 2015 मा गोरखा गौरव पुरस्कार समारोहको सन्दर्भ दिनुभयो, जहाँ उनले गत 23 वर्षदेखि सिक्किमका मुख्यमन्त्री पवन कुमार चाम्लिङको भाषण सुन्न अवसर पाएकी थिइन्। आफ्नो सम्बोधनमा उनले आफू जहिले पनि दिल्ली जाँदा भारतका विभिन्न भागबाट आएका नयाँ मन्त्रीहरूले आफ्ना बुवा वा हजुरबुवा नेपालबाट भारत आएका हुन् भनेर सोध्दा उनले गौतम बुद्धसँगै भारत आएका हुन् भन्ने जवाफ दिनुहुन्थ्यो । । मनिषाले आशा राखिन् कि यस एपिसोडले आफ्ना दाजुभाइ तथा दिदीबहिनीहरूलाई सिक्किमका माननीय मुख्यमन्त्रीको दृष्टिकोण अपनाएर त्यस्ता टिप्पणीहरू सम्हाल्न मद्दत गर्नेछ।

भीड बढेको थियो, र मुख्य चोकतर्फ जाने केही सडकहरू अवरुद्ध थिए, ट्राफिक अवरोध सिर्जना। मनिषाले वरिपरि हेरे र आफ्नो भाषण छोटो बनाउने निर्णय गरिन्, जुन पहिले नै एक घण्टा भन्दा बढी भइसकेको थियो।

मनिषाले अगाडि भनिन्, 'यसबाहेक नेपालबाट धेरै मानिस कामका लागि भारतको कोलकाता, मुम्बई, दिल्ली जस्ता सहरमा आउँछन् । हामी एउटै भाषा बोल्छौं र कम वा कम एउटै संस्कृति साझा गर्दछौं, जुन हाम्रो पहिचानको बारेमा अन्योल हुनुको अर्को कारण हो। मानिसहरूले सबै नेपाली भाषी व्यक्तिहरू भारतका होइनन् नेपालका हुन् भनी मान्छन्। जब म पहिलो पटक मुम्बई गएको थिएँ, म हाम्रो समुदायलाई लक्षित गर्न प्रयोग गरिएका व्यभिचारहरू देखेर धेरै रिस उठ्थें। मैले सडकमा धेरैलाई थप्पड हानेको छु। तर पछि, मैले बिस्तारै तर पक्कै बुझें कि ती मानिसहरू अज्ञानी भएकाले त्यस्ता टिप्पणीहरू पास गरिरहेका थिए। उनीहरूलाई उत्तर पूर्वी भारतको कुनै ज्ञान थिएन र धेरै नेपाली भाषीहरू भारतीय पनि थिए भन्ने शून्य ज्ञान थियो। अब, यदि मसँग समय छ भने, म तिनीहरूसँग कुरा गर्न र म पनि एक भारतीय हुँ भनेर शिक्षित गर्ने बिन्दु बनाउँछु। यदि मसँग समय छैन भने, म तिनीहरूलाई बेवास्ता गर्छु।

मनिषाले आफ्नो भाषण सकिएपछि ताली बज्यो । जब उनी स्टेजबाट ओर्लिन्, उनको आँखा अगाडिको पङ्क्तिमा बसिरहेको मोबियससँग बन्द भयो र उनलाई भेट्न उनलाई हात हल्लाइन्।

"यो एकदमै ज्वलन्त भाषण थियो, मनिषा। धेरै सान्दर्भिक र विचार-उत्तेजक। मलाई लाग्छ दार्जिलिङ र कालिम्पोङका सम्पूर्ण मानिसहरू यहाँ भेला भएका छन् तपाईंको कुरा सुन्न," मोबियसले भने।

मनिषाले जवाफ दिइन्, "दयालु शब्दहरूको लागि धन्यवाद, बाघ भाइ। आज हामी हाम्रो घरमा डिनरको लागि भेट्यौं। तपाईंले भेट्नुपर्ने केही महत्त्वपूर्ण व्यक्तिहरू छन्। के हामी यसलाई साँझ 7:00 बजे राख्छौं? यसले हामीलाई कुराकानी गर्न प्रशस्त समय दिन्छ। जुनाली काकीको पनि उपस्थिति रहनेछ । सुमी दिदीको के छ ? उनी आइन् ? उहाँलाई भेट्न पाउँदा खुसी हुनेछ। धेरै समय भइसक्यो उसलाई भेटेको छैन ।"

'सुमीले भर्खर प्रमोशन पाएकी छिन् । उनी सतनामा रहेको उनको एनजीओको क्षेत्रीय प्रमुख हुन्। उनी अहिले तीनवटा सहरको निरीक्षण

गरिरहेकी छन् । सतना, रेवा र कटनी। यस समयमा धेरै व्यस्त, तर अर्को बैठकमा समात्ने आश्वासन दिनुभयो, "मोबियसले वाचा गरे।

मनिषाले मुस्कुराउँदै जवाफ दिइन्, "बाग भाइ, हामी सबैलाई उनीप्रति गर्व छ । मानवताको लागि धेरै काम गरिरहेकी छिन् । हाम्रा गोरखा धावकहरूलाई प्रयोग गरिएको जुत्ता दान गर्ने उनको अवधारणा प्रशंसनीय थियो। हामीले पेडोङको हाम्रो फाउन्डेशन कार्यालयमा उहाँबाट 300 भन्दा बढी जोडीहरू प्राप्त गरेका छौं। भगवान सुमी दीदी को कल्याण गर्नुहोस्।"

द लिजेन्ड अफ बाघ मानुष

मोबियस मुखर्जी बेज ट्राउजर र चकलेट कोर्डरोय ज्याकेट लगाएर, टाटा हाउस कलर्सको योद्धाको हेलमेट चित्रण गर्ने रातो रेशम स्कार्फसहित मनिषाको घरमा साँझ सात बजे पुगे। जुनालीले अगाडिको ढोकामा अँगालो हालेर अभिवादन गरिन् । जुनालीको अनुहारमा चमक थियो । जुनालीले दिनको समयमा ब्यूटी सैलुनमा मेकओभर गरेको मोबियसलाई देखियो। जुनालीको भौं उचालिएको थियो, र गहिरो सुन्तला रङको आँखाको छायाले चम्किलो आँखालाई जोड दिएको थियो, जसका पहराहरू पहिलेको भन्दा भरिपूर्ण र बाक्लो देखिन्थ्यो। उनको चेरी-रङ्गका ओठहरू पूर्णताको लागि पेन्सिल थिए, र उनको कपाल हावा उडेको देखिन्थ्यो र उनको सुडौल काँधको दुबै छेउमा झुन्डिएको थियो। हो, जुनाली पहिलेभन्दा धेरै सुन्दर देखिन्थिन् ।

मनिषाको घर आरामदायी थियो, बैठक कोठामा एन्टिक फर्निचर। भित्ताहरूमा मनिषाका आमाबुवा, आफन्त, बाल्यकालका साथीहरू र आफू बाल्यकालका कालो र सेतो तस्बिरहरू भरिएका थिए। भारत र विदेशमा विभिन्न दौडमा दौडिरहेको मनिषाका धेरै रंगीन तस्विरहरू पनि थिए। कुनामा एउटा सिसाको शोकेस मनिषाको पदकले भरिएको थियो। केही फ्रेम गरिएका तस्बिरहरू गिलास शोकेसको शीर्षमा स्पष्ट रूपमा विश्राम गरे। तिनीहरूमध्ये एकले मोबियसको आँखा समात्यो। यो मनिषा मध्ये एक थियो र आफैं एक अर्काको काँधमा हतियार राखेर मुस्कुराउँदै, 2010 मा मानक चार्टर्ड मुम्बई म्याराथन पदक प्रदर्शन गर्दै।

मनिषाका आमाबुवा, जसलाई मोबियसले पहिले भेटेका थिए, त्यहाँ उपस्थित थिए। कालो सूट र भगवा रङको टाई लगाएर वीर हवलदार लछिमान गुरुङ

उपस्थित थिए । उनको दाहिने छेउमा एक युवक थियो, जसलाई उनले आजको मण्डलीमा उपस्थित वर्दीधारी सब-इन्स्पेक्टरको रूपमा चिनिन्। कालो ट्राउजर र कुहिनोमा छालाको प्याच भएको ट्वीड ज्याकेटमा उनी अहिले धेरै बेदाग देखिन्थे। भिक्टोरिया क्रस वारको अर्को छेउमा विवाहित गोर्खा महिलाहरूले लगाउने परम्परागत पोतेतिल्हारी हरियो मोतीको हार लगाएकी रेशमको साडीमा एउटी मध्यम उमेरकी महिला थिइन्।

जुनालीले मोबियसलाई समूहमा परिचय गराए। मोबियसले समूहलाई नमस्ते गरे, अगाडि आए, झुके, र सम्मानपूर्वक युद्ध दिग्गजको खुट्टा छोए। गोरखा जनमुक्ति मोर्चाका संस्थापक विमल गुरुङ लुकेर बसेपछि पोतेतिल्हारीको हार लगाएकी महिलालाई गोरखा जनमुक्ति मोर्चाको वास्तविक अध्यक्षका रूपमा प्रस्तुत गरिएको थियो । बैठक कोठामा सबै बस्नेहरूलाई सर्कलमा बस्नको लागि ठाउँ पर्याप्त थियो।

मनिषाले रन मनिषा फाउण्डेसनले गरेको पहलकदमीबाट छलफल सुरु गरेकी हुन् । विमल गुरुङ यस समूहसँग सम्पर्कमा थिए, मनिषाले मोबियसलाई बताए। तर, मनिषा नियमित गतिविधिमा बाधा पु¥याउने र सर्वसाधारणलाई हानि पु¥याउने कुनै पनि आन्दोलनका लागि होइन ।

मनिषाका बुबाले गोर्खाल्याण्डलाई केन्द्र शासित प्रदेश बनाउन सुझाव दिएका थिए । मोबियस र राष्ट्रपतिले महसुस गरे कि यदि UT बनाइयो भने, सरकारले त्यस पछि राज्यलाई कहिल्यै अनुमति दिनेछैन। सबैले भिक्टोरिया क्रस अवार्ड प्राप्त हवलदार लछिमान गुरुङलाई हेरेका थिए ।

उसले मोबियसलाई हात हल्लायो र उसको नजिकै बस्न। मोबियस उहाँकहाँ गए र भुइँमा 93 वर्षीय युद्ध दिग्गजको छेउमा घुँडा टेक्यो। सजाइएको युद्ध दिग्गजले मोबियसको देब्रे हात समात्यो र उसलाई बाघको ट्याटू प्रकट गर्न भन्यो। मोबियस उठे, आफ्नो कोट हटाए, र ट्याटु प्रदर्शन गर्न आफ्नो आस्तीन घुमाए। यसैबीच जुनालीले मोबियसलाई गुरुङको छेउमा बस्नको लागि कुर्सी ल्याइन् । अर्को पन्ध्र मिनेट पिन-ड्रप मौन थियो जब सबैले सुनेका थिए, युद्ध दिग्गजलाई तल्लीन। हवलदार गुरुङले बाल्यकालमा हजुरआमाको काखमा बसेर सुनेको कथा सुनाए । यो बाघ मानुष (आधा बाघ हाफ म्यान) को पौराणिक कथा थियो।

"गोर्खाहरूलाई तिनीहरूको जालमा परेको सभ्यताबाट मुक्त गर्न पृथ्वीबाट यस्तो प्राणी उठ्नेछ। सम्मानित युद्ध दिग्गजले मोबियसको देब्रे हात समातेर

उठाए। बाघको ट्याटू हेर्नुहोस्। मनिषा र जुनालीलाई निश्चित मृत्युबाट बचाउने उही व्यक्ति हुन् । उहाँ हाम्रा उदीयमान नेताका संरक्षक हुनुहुन्छ, जसले विश्वभरका गोर्काहरूको आफ्नो मातृभूमि, जुन गोर्खाल्याण्ड हो भन्ने चाहना पूरा गर्नेछन्।"

एक्कासी गुरुङको स्वर कानासेमा आयो, "बाग मानुषको कथा सत्य हो।" अप्रत्याशित रूपमा आँधी चल्यो र मनिषाको घरको बत्ती निभ्यो । मनिषा र जुनाली हतार हतार बैठक कोठा भित्र मैनबत्ती बाल्यो। आकाशमा मेघ गर्जन र बिजुली चम्किरहेको बेला मनिषाकी आमाले तुरुन्तै घरको झ्यालहरू जाँचिन्। झ्यालका फलकहरूमा छरिएका वर्षाका थोपाहरूले मैनबत्तीको उज्यालोमा अनौठो प्रतिबिम्बहरू सिर्जना गरे।

मोबियसले लाजमर्दो हुँदै गुरुङलाई भने, "आदरणिय हजुरबुबा, म बाघको ट्याटु भएको साधारण मान्छे हुँ।"

बुढा गुरुङको औंलाले आकाशतिर औंल्यायो । "हावालाई ध्यान दिएर सुन, नातिनी। यो एक भाषा बोल्छ केवल ज्ञानीहरूले बुझ्दछ। बाघ मानुषको कथा सत्य हो। तिम्री आमा गोर्खा हुन्, तिमीले मनिषालाई मृत्युको बङ्गाराबाट बचायौ । यहाँ तपाईको उपस्थिति संयोगले होइन। यो पवित्र प्रोविडेन्स द्वारा हो।"

स्पष्ट रूपमा हल्लाए पनि, मोबियस छिट्टै बिन्दुमा पुगे र बैठक कोठामा बसेका सबैलाई आफ्नो हृदयबाट बोले, "गोर्खाल्याण्ड पछाडिको रणनीति हुनुपर्छ।"

"राज्यको लागि प्रक्रिया निम्नानुसार छ," मोबियस जारी राखे। उसले आफ्नो देब्रे हातको औंलाहरू देखाउन थाल्यो। "बिन्दु नम्बर एक। नयाँ राज्य गठनसम्बन्धी विधेयक संसदको कुनै पनि सदनमा पेस हुन सक्नेछ। तर, विधेयक पेश गर्नुअघि राष्ट्रपतिको पूर्व अनुमति लिनुपर्ने हुन्छ । दुइ नम्बर। राष्ट्रपतिले यस विधेयकलाई राज्य व्यवस्थापिकाहरूमा पठाउँछन् जसको क्षेत्र वा सीमाहरू यस नयाँ राज्यले प्रभावित हुनेछन् उनीहरूको विचार लिन। राष्ट्रपतिले तोकेको समयभित्र प्रदेशहरूले आफ्नो धारणा राख्नु पर्नेछ। बिन्दु नम्बर तीन। संसद सम्बन्धित राज्यहरूको विचार वा सुझावमा बाँधिदैन र विधेयकमा समावेश गर्न वा नगर्न पनि सक्छ। बिन्दु नम्बर चार। विधेयक संसदको दुवै सदनबाट साधारण बहुमतले पारित गर्नुपर्ने हुन्छ । अन्तमा,

अंक नम्बर पाँच। यो राष्ट्रपतिको स्वीकृति प्राप्त गरेपछि, यो एक कानून बन्छ, र नयाँ राज्य बनाइन्छ।"

"धन्यवाद, श्री मुखर्जी। त्यो राज्यको लागि सरकारले अपनाएको प्रक्रियाको संक्षिप्त र द्रुत प्रतिपादन थियो। अब प्रश्न यो छ कि हामी कसरी सुरु गर्छौं?" जुनालीले भने ।

मोबियसले जवाफ दिए, "मैले झारखण्ड, छत्तीसगढ र उत्तराखण्ड राज्यहरू कसरी बनाइयो भन्ने अध्ययन गरेको छु। दुर्भाग्यवश, सबै कुरा सजिलै संग गएन। राज्य संयन्त्रमा केही बिग्रिएको थियो। राज्यसत्ता बनाउन खोज्दा जनता मरेका छन् । हामीले यसको बारेमा बौद्धिक रूपमा जान आवश्यक छ। मनिषा दौड कार्यक्रमहरूमा बोल्नु भनेको काम गर्ने शान्तिपूर्ण र समस्या-मुक्त तरिका हुनेछ। यद्यपि, थप आवश्यक छ। हामीले दार्जिलिङमा गरेजस्तै शान्तिपूर्ण प्रदर्शनको कुनै न कुनै रूप राख्नुपर्छ। हामीले कोलकाता र दिल्ली दुवैमा र्‍यालीहरू गर्नु पर्छ। हामीले यी दुवै ठाउँमा गोर्खा संघसँग तालमेल गर्न आवश्यक छ, जुन मलाई GJM का अध्यक्ष महोदयाको कारणले कुनै समस्या हुनेछैन जस्तो लाग्छ, "मोबियसले राष्ट्रपतिलाई हेर्दै भने।

"यस बीचमा, हामीले कालिम्पोङमा हाम्रो आगामी प्रदर्शनमा बलियो प्रदर्शन गर्नै पर्छ। यद्यपि यो केवल 50,000 को जनसंख्या भएको शहर हो, यसले महत्त्वपूर्ण प्रभावको सम्भावना राख्छ। यो विशेष गरी महत्त्वपूर्ण छ किनकि दार्जिलिङको जनसंख्या 118,805 छ। हामी कालिम्पोङ बाहिरबाट कम्तिमा 50,000 सहभागीहरूको पर्याप्त आगमनको अनुमान गर्छौं, रैलीमा एक लाख सहभागीहरूमा परिणत हुन्छ," मोबियसले जारी राखे।

उपनिरीक्षक सुभमले त्यसपछि भने, "मलाई लाग्छ कि हामीले गोरखा विद्यार्थी समुदायलाई समावेश गर्नुपर्छ। दिल्ली विश्वविद्यालयमा सँगै पढेकाले मनिषा र म यसमा मद्दत गर्न सक्छौं। आज पनि राजधानीमा ज्वलन्त भाषण गर्ने हाम्रो समयका विद्यार्थी नेताहरूसँग हामी सम्पर्कमा छौं। तिनीहरूले हामीलाई मद्दत गर्नेछन्, म पक्का छु।

मोबियसले हस्तक्षेप गरे, "के तिमी कनैयाको कुरा गर्दैछौ?

"हो", सुभमले जवाफ दिए। "उनी मध्ये एक हो।"

मनिषाकी आमाले भनिन्, "मलाई लाग्छ हाम्रो समुदायका महिलाहरूले पनि विशेष गरी दार्जिलिङ र कालिम्पोङमा प्रभाव पार्नेछन्। जुनालीसँगै म त्यसमा सहयोग गर्छु।

अचानक बत्ती बल्यो । बाहिरको मौसम पनि शान्त र शान्त भयो।

वृद्ध गुरुङले भने, 'यो शुभ संकेत हो । परमेश्वरले हाम्रो प्रार्थना सुन्नुभएको छ।"

जुनालीले आफ्नो स्वरमा स्पष्ट र दृढ संकल्प सुरु गरिन्, "अब हामी हाम्रो आजको बैठकको सबैभन्दा महत्वपूर्ण छलफलमा आउँछौं - हाम्रो राजनीतिक दलको भिजन डकुमेन्ट, जसलाई हामी तीन हप्ता भित्र दर्ता गर्न चाहन्छौं।"

मोबियसले उत्सुकतापूर्वक अन्तरक्रिया गरे, "यो त्यस्तो चीज हो जुन हामी सबैले पर्खिरहेका थियौं। सुनौं ।"

जुनालीले एउटा फोल्डर निकालेर एउटा कागजको पाना निकालिन्। बैठक कोठामा जम्मा भएका मनमोहक दर्शकहरूलाई सम्बोधन गर्दै उनले घोषणा गरिन्, "८५ पृष्ठको यो भिजन डकुमेन्टलाई आकार दिन यस कोठामा रहेका प्रत्येक व्यक्तिलाई विगत केही महिनादेखि धेरै छलफलहरूमार्फत विश्वासमा लिइएको छ। हामी श्री मोबियस मुखर्जीसँग छलफल गरेर यसलाई अन्तिम रूप दिने लक्ष्य राख्छौं, जसले मनिषादेखि हाम्रो उद्देश्यलाई उत्कटताका साथ समर्थन गर्दै आएका छन् र मैले उनलाई पहिलो पटक 1995 मा मनिषा आठ वर्षकी हुँदा भेटेको थिएँ। त्यसबेलादेखि, श्री मुखर्जीले अथक रूपमा व्याख्यान दिए र गोर्खाल्याण्डको लागि समर्थन जुटाउन काम गरे। उसले आफ्नो संस्थामा पूर्ण-समयको जागिर जुटाउँदै नोकरशाहहरू, खेलाडीहरू, राजनीतिज्ञहरू र साथीहरूलाई सम्पर्क गरेको छ। हामीले हाम्रो राजनीतिक पार्टीमा श्री मोबियस मुखर्जीको नाम समावेश नगरेको कारण हो कि हामी उहाँको करियरलाई खतरामा पार्न चाहँदैनौं। उसले पहिले नै हाम्रो लागि धेरै गरिसकेको छ। "

कोठा तालीले गुन्जियो, र सब इन्स्पेक्टर सुभमले कराए, "श्री चियर्स फॉर मोबियस सर! हिप-हिप हुर्रे!"

हर्षोल्लास शान्त भएपछि जुनालीले भने, "हाम्रो राजनीतिक दलको नाम गोर्खा राष्ट्रिय एकता मोर्चा हो, यस क्षेत्रका गोर्खाहरूको हकहित र हितको वकालत गर्न समर्पित । हाम्रो प्लेटफर्मले निम्न प्रमुख स्तम्भहरू समावेश गर्दछ:

सांस्कृतिक संरक्षण: GNUF गोर्खा संस्कृति, भाषा र परम्पराको संरक्षण र प्रवर्द्धन गर्न प्रतिबद्ध छ। गोर्खाहरूको समृद्ध सम्पदालाई मनाउनुपर्छ र संरक्षण गर्नुपर्छ भन्ने हाम्रो मान्यता हो ।

सामाजिक-आर्थिक विकास: हाम्रो पार्टी गोर्खाहरूको सामाजिक-आर्थिक अवस्था सुधार्नमा केन्द्रित छ, विशेष गरी तिनीहरूले जनसंख्याको एक महत्वपूर्ण हिस्सा बन्ने क्षेत्रहरूमा। यसमा शिक्षा, स्वास्थ्य सेवा र आर्थिक अवसरहरूमा राम्रो पहुँच समावेश छ।

क्षेत्रीय स्वायत्तता: GNUF ले गोरखा-बहुल क्षेत्रहरूको लागि क्षेत्रीय स्वायत्तताको विचारलाई समर्थन गर्दछ, जसले स्थानीय स्वशासन र हाम्रा समुदायहरूलाई प्रत्यक्ष असर गर्ने मामिलामा निर्णय गर्ने अनुमति दिन्छ।

समावेशीता: हामी सद्भाव र आपसी समझदारी बढाउन अन्य समुदाय र क्षेत्रहरूसँग समावेशीता र सहयोगको वकालत गर्छौं।

वातावरण संरक्षण: GNUF यस क्षेत्रको प्राकृतिक सौन्दर्य र स्रोतहरूको संरक्षणको लागि पनि प्रतिबद्ध छ। हामी वातावरण संरक्षण गर्ने दिगो विकास अभ्यासहरूमा विश्वास गर्छौं।

जुनालीले आफ्नो भाषण सकिएपछि मोबियसले 'जय हिन्द, जय गोर्खा, जय गोर्खाल्याण्ड' भनिन् ।

जुनालीले समितिका प्रमुख सदस्यहरूको परिचय दिनुभयो र दर्शकहरूलाई थप विवरणहरू प्रदान गर्नुभयो:

पार्टी नेता तथा अध्यक्षः लच्छिमान गुरुङ

उपाध्यक्ष : मनिषा राई

महासचिव : जुनाली राई

पार्टी प्रतीक: GNUF को प्रतीक परम्परागत गोर्खा चक्कु, 'खुक्री' को एक शैलीकृत प्रतिनिधित्व हो, जो शक्ति र एकताको प्रतीक हो।

पार्टी रंग: हरियो र निलो

नारा: 'बलियो भविष्यका लागि गोर्खा एकजुट।'

जुनालीले भने, 'हामी एक साताभित्र कार्यसमितिका सदस्यहरू टुंग्याउने प्रक्रियामा छौं । यस समितिमा सेवानिवृत्त सेनाका कर्मचारीहरू, प्रहरी अधिकारीहरू, डाक्टरहरू, वकिलहरू, र कोलकाता, दार्जिलिङ,

कालिम्पोङ र नजिकका शहरहरूका प्रमुख नागरिकहरू समावेश हुनेछन्, जसले हाम्रो उद्देश्यलाई समर्थन गर्दछ। यसबाहेक, यस कोठामा भएका सबैको तर्फबाट, हामी श्री मोबियस मुखर्जीलाई GNUF को कोर कमिटीको हिस्सा बन्न हार्दिक अनुरोध गर्दछौं, यदि उहाँले आफ्नो संगठनबाट त्यसो गर्न अनुमति पाउनुभयो भने।"

मोबियस मुस्कुराउदै जवाफ दिन्छन्, "यदि मेरो संगठनले अनुमति दियो भने यो कोर कमिटीको हिस्सा बन्न पाउँदा मलाई सबैभन्दा ठूलो खुशी हुनेछ।"

लेह र खार्दुङ ला च्यालेन्जमा हिल काउन्सिल बैठक (2018)

मोबियसले दिल्लीबाट लेहका लागि उडेको बोइङ ७३७ विमानबाट हेरे। उडान भर्खर 80 मिनेट लाग्यो। झ्यालबाट हिमालय शृङ्खलाको मनमोहक दृश्यको लागि उनको उपचार गरियो। बिहानको ६ बजेको थियो, र उदाउँदो सूर्यको किरणले हिउँले ढाकिएको चुचुराहरूमा मनमोहक चमक ल्यायो। मोबियसले आफ्नो ध्यान आफ्नो बायाँतिर सार्यो, जहाँ आयुशी शान्तिपूर्वक आफ्नो काँधमा टाउको राखेर सुतेकी थिइन्। उसले बिस्तारै आफ्नो हातलाई आफ्नो वरिपरि राख्यो।

अठार वर्षीया आयुषीले सतनाका प्रख्यात स्त्री रोग विशेषज्ञ र लामो दूरीको साइकल चालक डा. सुमन जैनले तोकेको बृहत् उपचार पद्धति पूरा गरिन्। उनको दृढ संकल्प र लगातार दुई वर्षको परामर्श र उपचारको कारण, आयुषले आफ्नो संकट पछि अनुभव गरेको डिप्रेसन र तौललाई जित्न सफल भएकी थिइन्, जुन समयमा उनले आफ्नो कम्मर र तिघ्राको वरिपरि चार किलोग्राम बढाएकी थिइन्।

सुमित्राले आफ्नो पतिले आयुषीलाई खार्दुङ ला च्यालेन्जका लागि आफूसँगै लैजान आग्रह गरेकी थिइन्, लद्दाखमा १८,००० फिट अग्लो अल्ट्रा म्याराथन, जसलाई विश्वको सबैभन्दा अग्लो अल्ट्रा म्याराथन भनिन्छ। खादुङ्ला चुचुरोको उचाइ लगभग सगरमाथाको आधार शिविरसँग मिल्दोजुल्दो छ। मोबियसले अल्ट्रा म्याराथनमा भाग लिने तयारी गरेको थियो भने आयुषीले हाफ म्याराथन दौड्ने रोजेका थिए।

तर, मोबियससँग दोस्रो पटक खार्दुङ ला च्यालेन्जमा फर्कनुको अर्को कारण पनि थियो । उनले लेहमा लद्दाख अटोनोमस हिल डेभलपमेन्ट काउन्सिल (LAHDC) का चयन गरिएका सदस्यहरूसँग भेट्ने कार्यक्रम थियो। 28 अगस्ट 1995 को चुनाव पछि स्थापना गरिएको परिषदले योजना प्रक्रियालाई विकेन्द्रीकरण गर्ने र पहाडी जनतालाई तल्लो तहमा संलग्न गराउने उद्देश्यले लोकतान्त्रिक विकेन्द्रीकरणमा महत्त्वपूर्ण कदमको रूपमा चिन्ह लगाउँछ।

हिल काउन्सिलका सदस्यहरूले लद्दाख र गोर्खाल्याण्डको लागि संयुक्त राज्य योजनाको बारेमा छलफल गर्न यस बैठकमा मोबियस मुखर्जी र मनिषा राई उपस्थित र समाज सुधारक डा. तेन्जिन वान्चुक र कङ्गलाचेनका मालिक द्रोपदी नामग्यालको मार्गदर्शनमा सहमति जनाएका थिए। लद्दाखका अन्तिम राजा कुङ्गा नामग्यालका वंशजका राजकुमारसँग विवाह गर्ने होटल ।

गोर्खा र लद्दाखी जनताबीचको गठबन्धन मोबियस मुखर्जीको दिमागको उपज थियो, लद्दाख म्याराथनका आयोजक चेवाङ मोटुप गोबासँगको घनिष्ठ सम्बन्धबाट सम्भव भएको थियो, जसले लद्दाखमा हाफ म्याराथन, म्याराथन र अल्ट्रा-म्याराथन सहित वार्षिक दौडहरू आयोजना गर्यो। । यस पटक, मनिषा राईले लद्दाखमा दौडने छनौट गरेकी थिइन्, तीनवटा घटनाहरूमध्ये सबैभन्दा बढी माग गर्दै। मोबियसले अर्को आइतवार म्याराथन र हाफ म्याराथन तय गरी शुक्रबारको लागि निर्धारित दौडमा मनिषासँगै रहन दोस्रो पटक खार्दुङ ला च्यालेन्ज दौड्ने निर्णय गर्यो।

उच्च उचाइ सुमित्राका लागि उपयुक्त नभएको कारण, उनले यस दौडमा आफ्नो श्रीमानलाई साथ नदिने निर्णय गरेकी थिइन्, तर जुन उनले २०१६ मा पाएकी थिइन्। बरु, उनले आयुशीलाई आफ्नो बुबासँग यात्रा गर्न आग्रह गरिन्। सुमित्रालाई यो पनि थाहा थियो कि मोबियस दौड कार्यक्रमको लागि यात्रा गर्दा, लामो दूरीको धावकको रूपमा उनको उल्लेखनीय उपलब्धिहरूलाई ध्यानमा राख्दै मन्दिराले पछ्याउने निश्चित छिन्। सुमित्रालाई मन्दिरासँग उनको श्रीमान्को घनिष्ठ मित्रताको बारेमा थाहा थियो, जुन मोबियसको दून स्कूलको समयदेखिको हो। देहरादुनका अधिकांश पुराना तस्बिरहरूले उनीहरूलाई स्कूलका बच्चाहरूको रूपमा हात समातेको वा एकअर्काको काँधमा हात राखेको देखाइएको छ। मन्दिरा मोबियसको पहिलो प्रेम थियो, र तिनीहरूको गहिरो बन्धन राम्रोसँग परिचित थियो, यद्यपि यो एक प्लेटोनिक, गैर-यौन मित्रता थियो। यति धेरै वर्ष बितिसक्दा पनि सुमित्राले मन्दिरा र मोबियसबीच कहिल्यै रोमान्टिक सम्बन्ध भएको हो कि भनेर शंका गरिन्।

अर्कोतर्फ, सुमित्राले मोबियस र जुनाली बीचको साझा बन्धनलाई स्वीकार गर्न सकिनन्। जुनाली एक शक्तिशाली महिला, बौद्धिक रूपमा तीक्ष्ण र तेक्वान्दोमा ब्ल्याक बेल्ट थिइन्। उनीसँग मोबियसमा मनमोहक प्रभाव थियो, उनीहरूबीच स्पष्ट यौन तनावको निर्विवाद अधोप्रवाह। यद्यपि, सुमित्राले यो आकर्षणको तीव्रता मुख्यतया जुनालीको पक्षबाट उत्पन्न भएको विश्वास

गरिन्। जुनालीले मनिषासँग प्रायजसो दौडमा जाने भए पनि यसपटक उनले लद्दाखको यात्रामा मनिषासँग नजाने निर्णय गरिन् ।

सुमित्रालाई थाहा थियो कि मन्दिराले आयुशीलाई माया गर्छिन् र उनलाई आफ्नो छोरी जस्तै मान्छिन्, जुन उनीसँग कहिल्यै थिएन। आयुषी मन्दिराकी 'पहाडी राजकुमारी' थिइन्। मन्दिरा र जुनालीले आयुशी र मोबियसलाई कुनै पनि परिस्थितिमा हानि हुनबाट जोगाउन धेरै प्रयास गर्नेछन् भनी सुमित्रा विश्वस्त थिइन्।

विमान ओर्लने बित्तिकै, मोबियसले लद्दाखको हिउँ छर्केको असभ्य इलाकामा हेरे। कप्तानले घोषणा गरे कि तिनीहरू लगभग दस मिनेटमा लेह एयरपोर्टमा अवतरण हुनेछन्। मोबियसले बिस्तारै आयुषीलाई हकायो र भन्यो, "पहाडी, हामी दस मिनेटमा अवतरण गर्नेछौं।"

लेह एयरपोर्ट तुलनात्मक रूपमा छोटो रनवे भएको कम्प्याक्ट एयरपोर्ट थियो। यात्रुहरूलाई सामान्य भन्दा सानो एयरपोर्ट बसहरू प्रयोग गरेर टार्माकबाट आगमन टर्मिनलमा शटल गर्नुपरेको थियो। जब तिनीहरू आगमन लाउन्जबाट निस्किए, मोबियसलाई न्यानो अंगालोमा अभिवादन गर्ने मन्दिरा पहिलो थिइन्।

"लेहमा स्वागत छ, मोब्सी प्रिय!" मन्दिराले चिच्याइन्, त्यसपछि आयुषीतिर फर्किन् । "ओहो, तिमीले अन्ततः लेह पुग्यौ, मेरी पहाडी राजकुमारी!"

मन्दिराले तल झुकेर आफ्नो बलियो हातले जमिनबाट उठाएर आयुशीलाई आश्चर्यचकित गरिन्, र आयुषी छक्क पर्न सकेनन्।

"राजकुमारी, तपाई अहिले धेरै फिट र बलियो महसुस गर्नुहुन्छ।"

"म्यान्डी आन्टी, तपाईं पहिले भन्दा बलियो हुनुहुन्छ," आयुषीले जवाफ दिइन्।

“खारदुङ्गला च्यालेन्ज तिम्रा बापीसँग चलाउनु पर्यो भने हुनुपर्छ । तपाईं हाफ म्याराथनमा सहभागी हुनुहुनेछ भन्ने थाहा पाउनु राम्रो छ। तपाईं यसलाई सजिलै गर्न सक्नुहुन्छ। आफूलाई धेरै दबाब नदिनुहोस्, "मन्दिराले सल्लाह दिइन्।

"म्यान्डी आन्टी, म तपाईं जस्तै अग्लो र बलियो हुन सक्छु।"

"पहादी, तिमी एकदमै मुक्का प्याक गर्न सक्छौ।"

"म्यान्डी आन्टी, तपाईंले मलाई एक पटक आर्म-रेस्लिङमा जित्न दिनुभयो, मलाई क्लाउड नाइनमा महसुस गराउनको लागि, यद्यपि मलाई थाहा थियो

कि तपाईंले सबै कुरामा धाँधली गर्नुभयो। तर मलाई एकदमै खुसी लाग्यो,' आयुषी मुसुक्क हाँसिन् ।

"वास्तवमा, मेरो बलियो पहाडी, तिमीले मलाई निष्पक्ष र स्कायर पिट्यौ," मन्दिराले गम्भीर अभिव्यक्तिका साथ भनिन्।

"झूटो," आयुषीले जवाफ दियो, र तिनीहरू सबै हाँसे।

मोबियस दृश्यबाट उत्प्रेरित भयो। मन्दिराले आफ्नी छोरीको साँच्चै हेरचाह गरिन्, र आयुशीले आत्महत्याको प्रयास गरेपछि डिप्रेसनसँगको लडाइँमा, मन्दिराले आफ्नो व्यस्त तालिकाको बावजुद हरेक दिन आयुशीसँग कुरा गर्ने र सल्लाह दिने बिन्दु बनाइन्। उनीहरु दिदीबहिनी जस्तै थिए । मोबियसलाई प्रायः रमाइलो लाग्थ्यो कि उनको हृदय नजिकका सबै महिलाहरू - सुमित्रा, मन्दिरा र जुनाली - 5 फिट 10 इन्च अग्लो थिए। आयुषी, जसलाई उनले धेरै माया गर्थे, 5 फिट 6 इन्चको सानो थिइन्, र तैपनि, उनले गोरखाको गर्वको भावनालाई बाहिर निकालिन्। उनी आफ्नो बुबाजस्तै नेपाली बोल्न सक्थे र ६ वर्षको उमेरमा पनि आयुषीले मन्दिरालाई केही नेपाली सिकाउन सफल भइन्। सुमित्रा छेउमा बस्दा उनी र मन्दिराले आफ्नी आमाबाट आयुषीलाई पाएको गालीको गुनासो बाँड्ने गरी गोप्य रूपमा नेपालीमा कुराकानी गर्थे।

मोबियस, आयुषी र मन्दिरा कङ्गलाचेन होटलमा आइपुगे, मनिषा गेटमा उभिरहेकी थिइन् ।

मनिषाले नेपालीमा " *तपाईं कसरिगर्नुहुन्छ आयुषी*" भनिन् ।

"*म-लाइसन-चेचुह मनिषा काकी,*" आयुषले नेपालीमा मनिषाको खुट्टा छोएर जवाफ दिइन्।

लेहमा हिल काउन्सिल बैठक

मोबियस र मनिषा हिल काउन्सिलको कार्यालयमा प्रवेश गरे। उनीहरूले लद्दाख स्वायत्त पहाडी विकास परिषद्को पहिलो संयुक्त बैठकमा गोरखा समुदायको प्रतिनिधित्व गर्ने मनिषा र मोबियसका ७८ सहभागीहरूलाई हेरे। त्यहाँ केही गोर्खाहरू उपस्थित थिए जो लेहमा बस्थे।

डा. तेन्जिन वाञ्चुक र द्रोपदी नामग्याल अगाडिको पङ्क्तिमा बसेका थिए। मोबियस र मनिषाका लागि उनीहरुबीच दुईवटा कुर्सी थिए । चेवाङ मोटुप गोबा आफ्नो सिटबाट उठे र हात मिलाउन अगाडि आए, उनीहरूलाई डा.

तेन्जिन र द्रोपदी बसेको ठाउँमा लगे र परिचय गराए। चारै जना हात मिलाएर बसे । चेवाङ स्पार्टन कोठामा माइक्रोफोन लिएर स्ट्यान्डमा गए। गैर-लद्दाखी भाषी श्रोताहरूलाई फाइदा पुऱ्याउन उनले लद्दाखीको सानो समूहलाई स्थानीय भाषामा सम्बोधन गरे।

चेवाङले अनुहारमा मुस्कान बोकेर बोले । उहाँ लद्दाखका एक प्रख्यात व्यक्तित्व हुनुहुन्थ्यो र भर्खरै आइस हक्की र आरोहण र पछि दौडको माध्यमबाट लद्दाखका युवाहरूमा शारीरिक तन्दुरुस्ती जगाउनको लागि अग्रगामी प्रयासहरूका लागि सरकारद्वारा पद्मश्री सम्मानित भएको थियो। चेवाङले लद्दाखको इतिहासको बारेमा संक्षिप्त कुरा गरे।

चेवाङले लद्दाखीका जनताको जटिल इतिहासको व्याख्या गर्दा मोबियस मुखर्जीले यसलाई मनमोहक सुने। परिभाषा 'ला' को अर्थ पासहरू, र 'ढाक' को अर्थ असंख्य, र यसैले लद्दाखलाई 'उच्च मार्गहरूको भूमि' भनिन्छ। लेह (लद्दाख) विगतमा विभिन्न नामले चिनिन्थ्यो। यसलाई कसैले 'मरिउल' वा तल्लो जमिन, कसैले 'खा-चम्पा' भन्थे। फा-हेनले यसलाई 'किया-छा' र ह्युएन त्साङले 'मा-लो-फो' भनेर उल्लेख गरे।

लद्दाखको प्रारम्भिक जनसंख्या डार्ड्स वा ब्रोक्पासको भएको दाबी गरिएको छ। ग्रीक इतिहासकारहरू हेरोडोटस र मेगास्थेनिस र अलेक्ज्याण्डर द ग्रेटका एडमिरल, नेर्चसका धेरै पुरातन विवरणहरूले लद्दाखमा ब्रोक्पास (डार्ड्स) को अस्तित्व पुष्टि गरेको छ। एउटा रोमाञ्चक तथ्य यो हो कि हेरोडोटसले मध्य एशियाको सुन खन्ने कमिलाहरू पनि उल्लेख गरेका छन्, जसलाई नेर्चसले लद्दाखका डार्डी मानिसहरूको सम्बन्धमा पनि उल्लेख गरेको छ। खलत्से पुल नजिकै भेटिएको खरोष्टी शिलालेखले पहिलो शताब्दीमा लद्दाख कुषाण साम्राज्यको अधीनमा रहेको बताउँछ।

प्राचीन तिब्बती शाही घरानाको प्रतिनिधि न्यामा-गोनले सन् ८४२ मा तिब्बती साम्राज्यको विघटनपछि पहिलो लद्दाख राजवंशको स्थापना गरेका थिए। यस समय देखि, तिब्बती जनसंख्या ब्रोक्पास संग बस्न थाले। त्यसोभए, लद्दाखको कुल जनसंख्या ब्रोक्पास र तिब्बती मानिसहरू भन्दा बढी बनेको थियो। यस युगमा, बोनको बौद्ध र तिब्बती धर्महरू पनि यस क्षेत्रमा फैलिएका थिए। एक प्रारम्भिक राजा, Lde-dpal-hkhor-btsan (c. 870-900), लद्दाखमा धेरै मठहरू निर्माण गर्न जिम्मेवार थिए, जसमा माथिल्लो मनहरिस मठ थियो।

लद्दाखलाई दुई भागमा विभाजन गरिएको थियो: माथिल्लो लद्दाख र तल्लो लद्दाख। माथिल्लो लद्दाखमा लेह र शेका राजा ताकबुम्डेले शासन गरेका थिए र तल्लो लद्दाखमा बास्गो र टेमिसगामका राजा ताकपाबुमले शासन गरेका थिए। पछि, बास्गो राजवंशको तल्लो लद्दाखका राजा भगनले लेहका राजालाई पराजित गरे, उपनाम नामग्याल (विजयी) धारण गरे र नयाँ राजवंशको स्थापना गरे, जुन आज पनि जीवित छ।

सिंह राजा भनेर चिनिने सेङ्गे नामग्यालको शासनकालमा लद्दाखमा निर्माण कार्य तीव्र गतिमा भएको थियो। उनले प्रसिद्ध हेमिस मठ सहित लद्दाखमा धेरै मठहरू निर्माण गर्न कमान्ड गरे। सेङ्गे नामग्यालले लेह दरबार निर्माणको आदेश पनि दिए र आफ्नो राज्यको मुख्यालयलाई शे दरबारबाट यो नवनिर्मितमा सारियो। सेन्जेको अधीनमा, साम्राज्य झन्स्कर र स्पीतिसम्म विस्तार भयो। उनी पछि मुगलहरूद्वारा पराजित भए, जसले पहिले नै कश्मीर र बाल्टिस्तानलाई जितेका थिए।

सेङ्गे नामग्यालका उत्तराधिकारी डेलदान नामग्यालले मुगलहरूसँग सन्धि गर्नुपऱ्यो र त्यसको प्रतीकको रूपमा उनले मुगल सम्राट औरंगजेबलाई लेहमा मस्जिद निर्माण गर्न अनुमति दिए। पछि, फिदई खानको नेतृत्वमा मुगल सेनाको सहयोगमा, डेलदान नामग्यालले निमु र बास्गो बीचको चारग्यालको मैदानमा पाँचौं दलाई लामा आक्रमणलाई पराजित गरे।

19 औं शताब्दीको सुरुमा मुगल साम्राज्यको पतन पछि, सिख राजा रंजित सिंहको अधीनमा राजा गुलाब सिंहले 1834 मा लद्दाखमा आक्रमण गर्न जनरल जोरावर सिंहलाई पठाए। लद्दाखका तत्कालीन शासक त्शेसपाल नामग्याललाई जनरल जोरावर सिंहद्वारा गद्दीबाट हटाइयो र स्टोकमा निर्वासित गरियो र लद्दाख डोगरा शासनको अधीनमा आयो। पछि, लद्दाखलाई ब्रिटिश शासन अन्तर्गत जम्मू र कश्मीरको रियासत राज्यमा समाहित गरियो।

सन् १९४७ मा ब्रिटिस इन्डियाको विघटन भएदेखि लद्दाखलाई भारत र पाकिस्तानले लड्दै आएका छन्; सन् १९४९ मा भएको युद्धविराम सम्झौतापछि यसको दक्षिण-पूर्वी भाग भारत र बाँकी पाकिस्तानमा गएको थियो। सन् १९६० को दशकको सुरुमा चीनले लद्दाखको आफ्नो भागमा आफ्नो सेना प्रवेश गरेपछि नियन्त्रणमा लिएको थियो।

यसको प्रमुख स्थानले यसलाई भारतको राष्ट्रिय सुरक्षाको लागि महत्त्वपूर्ण र रणनीतिक रूपमा महत्त्वपूर्ण बनाउँछ। प्राचीन कालदेखि, लद्दाख रेशम मार्गको साथमा भारत र पाकिस्तानको विभाजनसम्म महत्त्वपूर्ण बिन्दु थियो।

चेवाङले आफ्नो भाषण समाप्त गरेपछि, त्यहाँ धेरै ताली बज्यो, र मोबियसले महसुस गरे कि चेवांगले लद्दाखी जनताको इतिहासलाई थालमा राखेको थियो। उनी मोबियस र मनिषाले लद्दाखी जनताको राज्यसत्ताको लागि लडाइँ गोर्खाल्याण्ड राज्यभन्दा कम महत्वको नभएको कुरा बुझ्न चाहन्थे। मोबियस र मनिषाले एकअर्कालाई जानाजानी हेरे, प्रत्येकले बुझे कि चेवांगले लद्दाखको इतिहासको प्रतिपादन उद्देश्यको भावनाको साथ थियो। चेवाङ आफ्नो सिटमा बसेपछि डा. तेन्जिन वान्चुक बोल्न उठे। डा. तेन्जिन वान्चुकसँग लद्दाखका समस्याहरू बुझ्ने सबैभन्दा राम्रो प्रमाण थियो, र मोबियसलाई इन्जिनियर, आविष्कारक र शिक्षा सुधारवादी डा वान्चुकको बारेमा केन्द्र सरकारको चिन्ताको बारेमा थाहा थियो। उनी लद्दाखका एक व्यक्ति थिए जसले विश्वव्यापी रूपमा सम्मान पाएका थिए।

डा वान्चुकले लद्दाख राज्यको लागि आफ्नो भिजन स्टेटमेन्ट दिए। उनको भाषण बयानबाजीबाट रहित थियो, र मानिसहरूका दुवै विशिष्ट जातिहरूका लागि राज्यको लागि निष्पक्ष बिन्तीको लागि उनको आह्वानको सरलताले रंग र अविश्वासरहित कोठामा बसेका सबैको हृदयमा सीधा छियो। मोबियस र मनिषाका लागि, यो न्यायको लागि सबैभन्दा भावनात्मक बिन्ती थियो, जुन उनीहरूको लक्ष्य प्राप्त गर्ने प्रयासमा दुवै जातका सरल, देहाती र कठोर मानिसहरूको पहाडमा प्रतिध्वनित थियो।

मनिषा राई उठेर मञ्चमा पुगिन् । उनको पाइलामा आत्मविश्वास थियो र टाउको माथि राखेर उनले दार्जिलिङ, कुर्सियोङ, सिलगढी, माटिगारा र पहाडी क्षेत्रहरूमा शैक्षिक संस्थान, अस्पताल र आधारभूत पूर्वाधारहरू उपलब्ध गराउने क्रममा आफ्नो समुदायमाथि भएका अन्यायहरूबारे बोलिन्। फणसिदेवा। उनले लद्दाखका जनताप्रति ऐक्यबद्धता देखाउँदै आफ्नो भाषणको अन्त्य गरिन् । मनिषाले ‘जय हिन्द, जय लद्दाखी, जय गोरखा!

मनिषाले आफ्नो सम्बोधनको अन्त्यमा स्ट्यान्डिङ ओभेसन पाएको देखेर मोबियस खुसी भए। डा. वान्चुक अगाडि बढे र मनिषासँग न्यानो हात मिलाए। त्यस साँझ पछि, लेहको बाहिरी भागमा रहेको उनको घरमा डिनरको लागि डा. तेन्जिन वान्चुकको निमन्त्रणामा, मोबियस र डा. वान्चुक

लेह शहरलाई हेरेर टेरेसमा भेट्टाए। मनिषा घरका महिला र बालबालिकासँगै थिइन् । लेह दरबार तिनीहरूको पछाडि देखिन्थ्यो।

डा. वान्चुक पहिले बोल्नुभयो, उहाँको स्वर जिज्ञासाले भरियो, “श्री. मुखर्जी, गोर्खाल्याण्डको लागि तपाईको अटुट समर्थनबाट म सँधै उत्सुक छु, विशेष गरी तपाईको आमा मार्फत तपाईको गोर्खा सम्पदालाई विचार गर्दै। विवेकशील सोधपुछ पछि, म यो अपरिहार्य निष्कर्षमा पुगेको छु कि गोर्खा आन्दोलनप्रतिको तपाईंको सद्भाव र गहिरो समर्पण मनिषाको लागि होइन, उनको काकी जुनालीप्रतिको गहिरो प्रेममा निहित छ।"

मोबियस यस खुलासाबाट गार्ड बन्द भएको थियो। उसले आफ्नो जीवनमा कसैले त्यस्तो व्यक्तिगत भावनालाई यति ठुलो ढङ्गले उजागर गर्ने अपेक्षा गरेको थिएन। जुनालीका लागि उनको हृदयमा विशेष स्थान रहेको कुरा लामो समयदेखि स्थापित भइसकेको थियो, तर उसले यसरी प्रत्यक्ष रूपमा कसैले औँल्याउला भन्ने सोचेको थिएन। उनले जवाफ दिनुअघि नै डा. वान्चुकले आफ्नो आँखामा शरारती चमक देखाउँदै भने, "यसमा कुनै हानि छैन साथी, जबसम्म हाम्रो नियत शुद्ध छ।"

"अवश्य पनि," मोबियसले हतारमा जवाफ दिए। “तर पहाडी जनताका लागि मेरो समर्थनको मेरो बाल्यकालदेखि नै गहिरो जरा छ भन्ने कुरा स्पष्ट गर्न आवश्यक छ। जुनाली रोमान्टिक रुचि होइन; उहाँ मेरो परिवार जस्तै प्रिय साथी हुनुहुन्छ। त्यहाँ एक गलतफहमी भएको छ, र म तपाईंलाई आश्वासन दिन्छु, तपाईं कारणको लागि मेरो प्रतिबद्धतामा विश्वास गर्न सक्नुहुन्छ।"

"म गर्छु, मेरो भाइ मोबियस, र यसैले म तिमीलाई गोप्य कुरा गर्न जाँदैछु। छ महिना अघि, मैले प्रधानमन्त्री र एचएमसँग गोप्य भेट गरें, तपाईले मोटा भाइ भनेर सम्बोधन गर्नुहुने सज्जन," डा वाञ्चुकले भने।

“म केही वर्ष सुरतमा थिएँ। मोटा भाइ भनेको एल्डर ब्रदर हो, फ्याट ब्रदर होइन,” मोबियसले मुस्कुराउँदै भने।

"मलाई थाहा छ, श्री मुखर्जी," डा. वान्चुकले मुस्कुराउँदै जवाफ दिए। "यो कोठामा उपस्थित अरू कोहीसँग गोप्य बैठक थियो। मलाई विमानस्थलबाट सिधै ७ लोककल्याण मार्गस्थित प्रधानमन्त्री निवासमा लगियो । बैठक पछि, मलाई रातको लागि एयरपोर्ट होटलमा फर्काइयो र भोलिपल्ट बिहान लेह फर्कने उडान। दुईजना सुरक्षाकर्मीहरू रातको लागि मेरो होटेलको कोठा बाहिर तैनाथ गरिएका थिए र उनीहरूले मलाई लेहको उडानमा चढ्दासम्म

साथ दिए। मैले प्रधानमन्त्री र मोताभाइसँग भेटघाटमा एक घण्टा बिताएँ। पछिल्लो आधा घण्टा मोटा भाइसँग एक्लै थियो । प्रधानसेनापति विपिन रावतसँगको पत्रकार सम्मेलनमा सहभागी हुन प्रधानमन्त्री बिहानै प्रस्थान गरेका थिए । मोता भाइले टेबलमा मेरो तर्फ नजिकै झुकेर मलाई भन्नुभयो, “म तिमीलाई केन्द्र शासित प्रदेश दिन सक्छु। लिनुहोस् वा छोड्नुहोस्। राज्यको सवाल छैन। यदि तिमी निरन्तर लागिरह्यौ भने, म तिमीलाई देशद्रोहको आरोपमा झुटो फसाउने र गिरफ्तार गर्नेछु।" मैले त्यसबेला पुष्टिमा टाउको हल्लाएँ, तर म भित्र गहिरो, मलाई थाहा थियो कि हामीसँग छुट्टै राज्यको लागि दबाब दिने राजनीतिक प्रभाव छैन। मोटा भाइको अडान स्पष्ट थियो - अर्को वर्ष अक्टोबरसम्म दुई केन्द्र शासित प्रदेशहरू - जम्मू कश्मीर र लद्दाख, र यसमा कुनै दुईवटा बाटो थिएन।

"एक विराम पछि, डा. वान्चुकले जारी राखे, "त्यसोभए, श्री मुखर्जी, हामीसँग अक्टोबर 2019 सम्म लद्दाख र जम्मू र कश्मीरको केन्द्र शासित प्रदेश हुनेछ। तर म तिमी र मनिषालाई गोर्खाल्याण्डको लागि छुट्टै राज्यको लागि जान आग्रह गर्छु। हामी लद्दाखिहरू जस्तो नभई, जो हाम्रो घरबाट बाहिर निस्कनुहुन्न, गोर्खाहरूले देशभर काम गरेका छन् र हाम्रो सशस्त्र बलको अभिन्न अंग हुन्, फ्रान्स र इङ्गल्याण्डमा पनि आफ्नै रेजिमेन्टहरू छन्। श्री मुखर्जी, तपाईं यसको लागि सबै बाहिर जानुपर्छ। राजनीतिज्ञ, खेलाडी, नोकरशाह, पत्रकार, प्रहरी र सेनामा आफ्ना सबै स्रोतसाधनहरू लगाउनुपर्छ।”

मोबियसले पीडामा परेको आत्माको पीडादायी रोएको महसुस गर्न सक्थे, आफ्नो समुदायलाई केन्द्र शासित तर राज्यको रूपमा नराख्ने गहिरो असहायताबाट उत्पन्न। मोबियसले लद्दाखिहरूले छुट्टै राज्यको लागि दबाब दिने व्यर्थतालाई पनि महसुस गरे। तिनीहरू युद्धको लागि काटिएका थिएनन्।

मोबियस अगाडि बढे र डा. तेन्जिन वान्चुकको वरिपरि आफ्नो हात राखे र उनको काँध बिस्तारै थिचे। “चिन्ता नगर्नुस दाजु । म तिमीलाई निराश पार्ने छैन। हामी अब पछाडि हट्न धेरै अगाडि छौं। ” डा. तेन्जिन वान्चुकका आँखा रसाए ।

मन्दिराको आत्म खोजको यात्रा

मन्दिरा, मोबियस र मनिषा आयुषीसँग होटलमा फर्केर खार्दुङ ला गाउँ जाने कार्यक्रमको अघिल्लो दिन, चारै जनाले बिहानको खाजा पछि लेहको केन्द्रीय बजार घुम्ने निर्णय गरे, जुन पसलहरूको बीचमा फराकिलो सडक थियो। र दुबै छेउमा रेस्टुरेन्टहरू, जुन एउटा ठूलो रातो पालमा स्थापित तिब्बती स्मारिका स्टलमा समाप्त भयो।

आयुषी मनिषासँग हात मिलाएर अगाडि बढे, दुबै लेहको पहिलो भ्रमणमा उत्साहित थिए। मन्दिरा र मोबियसले कालो विन्डचेटर लगाएका र हरियो रंगको रे बान एविएटरहरू लगाएर अलि टाढा उनीहरूलाई पछ्याए।

"पहाडीले PCOS बाट आफ्नो निराशा हटाउन पाएकोमा खुशी छ," मन्दिराले भनिन्।

"हो, म्यान्डी। पहाडीको आधिकारिक मनोवैज्ञानिक भएकोमा धन्यवाद, जसले उनलाई पूर्ण रूपमा निको हुन पुग्यो।"

"ओह, त्यो केहि थिएन, मोब्सी। पहाडी राजकुमारी पनि मेरी छोरी जस्तै छिन्।

अप्रत्याशित रूपमा, मन्दिराको दाहिने हातको औंलाहरू मोबियसको बायाँसँग जोडिए। मोबियसले आफ्नो औँला उनको समातबाट निकालेनन्। एउटा खाली काठको बेन्चले मन्दिराको ध्यान खिच्यो।

"बसौं, मोब्सी," मन्दिराले भनिन्। तिनीहरू बस्दा, मोबियसले नजिकैको एउटा क्याफेमा जासुसी गरे र मन्दिरालाई बस्न इशारा गरे, जबकि उनले दुईवटा स्ट्रबेरी आइसक्रिम सोडा पाए, जसमा स्ट्रबेरीका टुक्राहरू ठूलो गिलासको मगमा पौडी खेलिरहेका थिए। क्रीम र फल माथि तैरिरहेको। मन्दिराले आफ्नो हात मोबियसको काँधमा राखेर मुखर्जी परिवारका नजिकका साथीहरूको ओठमा रहेको प्रश्न सोधिन्। "तिमीलाई सुमीले कहिले लात हानेको छ?"

मोबियसले मुस्कुराए र मन्दिरालाई आफ्नो स्टिरियोटाइप जवाफ दियो। "अहिले सम्म छैन, म्यान्डी, तर भविष्यमा यस्तो हुनेछैन भन्ने कुनै ग्यारेन्टी छैन।" जसमा मन्दिरा हाँस्दै भनिन्, "मोब्सी डार्लिंग, संसारले कहिलेसम्म यस्तो हुनको लागि पर्खने?"

"राज्य नआएसम्म," मोबियसले जवाफ दिए, र दुवै एकै स्वरमा हाँसे।

"रास्कल म्यान्डी, म तिमीलाई वर्षमा मिलि ३६५ दिनको लागि ६९० दिन ईर्ष्या गर्छु," मोबियसले टिप्पणी गरे, मन्डिराको बेफाइदामा विषय परिवर्तन गर्दै।

"यसबाट टाढा, मोब्सी प्रिय," मन्दिराले उदासीन रूपमा जवाफ दिइन्। "संसारमा बस्नको लागि त्यस्तो रमाइलो ठाउँ होइन। सुमीलाई आफ्नो राम्रो हाफको रूपमा पाएको तपाईं भाग्यशाली व्यक्ति हुनुहुन्छ। उसले तिम्रो श्रीमतीको रूपमा मात्र होइन तर कान्छो भाइको रूपमा हेरचाह गर्छ। उसले तपाईको स्कूलको दिनदेखि तपाईलाई बचाउन धेरै कठिनाइहरूको सामना गर्यो। त्यो समय नबिर्सनुहोस् जब उनले तपाईंलाई डूनमा फ्याग बत्ती बाल्नबाट जोगाइन्।

"मलाई आइस क्यूबहरू राम्रोसँग याद छ," मोबियसले सम्झाए।

"उनी तिमीलाई बिल्कुल माया गर्छिन्। सुमीलाई सधैं चिन्ता लाग्थ्यो तिमीलाई समस्यामा पर्न । तपाईलाई थाहा छ, मोब्सी, सुमी यो ग्रहमा तपाईको गार्जियन एन्जिल हुनको लागि जन्मिएको थियो। म पक्का छु कि उसले ओछ्यानमा पनि तिम्रो राम्रो हेरचाह गर्छ, "मन्दिराले मुस्कुराई।

"उनी गर्छिन्। उनी ओभरबोर्डमा जाँदा मलाई दुखाइ हुन्छ। तर तिमीले मलाई यो सब किन भनिरहेका छौ,' मोबियसले जवाफ दिए।

"मोब्सी, तपाईले सँधै मिल र म परफेक्ट जोडी हौं भन्ने सोच्नुहुन्छ।"

"वाह!" मोबियसले भने। "किन हो, सम्पूर्ण ग्रहले यस्तै सोच्दछ। कामसूत्र पोजिसनलाई लोभ्याउने गरी म्यागजिनहरूमा तपाईंहरू दुवैका धेरै वाष्पयुक्त तस्बिरहरू छन्। खै के कुरा ! ती तस्बिरहरू देखेर किशोरहरूले भिजेको सपना देखेको म कल्पना गर्न सक्छु।"

"तपाई के सोच्नुहुन्छ, मूर्ख। यो धेरै टाढाको कुरा हो।"

"बुल, म्यान्डी। तिमी झुट बोल्दै छौ ।"

"होइन, म होइन, मोब्सी," मन्दिराले आँखाभरि आँसु लिएर भनिन्।

"तिमी सधैं मेरो सबैभन्दा राम्रो साथी हुनुहुन्थ्यो, मोब्सी प्रिय, जबदेखि मैले दून स्कूलमा वेल्हम गर्ल्स र डोस्कोस बीचको हाम्रो पहिलो सामाजिक कार्यक्रममा तपाईंलाई गालामा चुम्बन गरें। हाम्रो मोडलिङ करियरलाई बलियो बनाउन कलेजपछि मिलसँग जोडिएँ। यदि तपाईंलाई याद छ भने, उनको पहिलो ब्रेक मिस्टर वर्ल्ड प्रतियोगितामा थियो, जहाँ न्यायाधीश तनवीर बेदीले उनको पक्षमा निर्णायक भोट दिएका थिए। ठीक छ, अघिल्लो रात, म उहाँसँग सुते।

अन्यथा, जसरी चीजहरू अघि बढिरहेका थिए, स्वीडेनले हात जित्ने थियो, पहिले नै तीन श्रेणीका विजेताहरू जितिसकेका थिए र मिल एकसँग अड्किए।"

"तपाईको मतलब म्यान्डी; तपाईंले स्वीडेनको बेस्ट फिजिक, बेस्ट फेस, र बेस्ट इन्टेलिजेन्स विधाको बिरूद्ध उत्कृष्ट व्यक्तित्वको एकल विधाको विजेतासँग मिलको लागि सम्झौता गर्नुभयो? बकवास मानिस, अरू कसैलाई यसबारे थाहा छ ।"

"होइन, तिमी निटविट। मिललाई पनि थाहा छैन । यति धेरै वर्षपछि अहिले म तिमीलाई एउटा कारण देखाउँदैछु। मिल र मेरो ती सबै उग्र छविहरू भावनाविहीन यान्त्रिक आन्दोलनहरू मात्र थिए।

"तर आकर्षक, चम्किलो तस्बिरहरूले हामीलाई फरक कथा दियो," मोबियसले तर्क गरे।

"सबै मोडेल संयोजकहरू, फोटोग्राफरहरू, र फोटो-सुट निर्देशकहरूको टोलीद्वारा बनेको छ," मन्दिराले जवाफ दिइन्।

"ठिकै!" मोबियसले भने। तिनीहरूमध्ये केही लगभग पोर्न-जस्तै थिए, एक पुरुषलाई इरेक्शन दिन पर्याप्त।"

"उनीहरूले भन्न खोजेका थिए, nincompoop!"

"अब सबै खुलासा किन?" मोबियसले सोध्यो।

"किनभने, मेरो प्यारो मोब्सी," म्यान्डीले जवाफ दिइन्, उनको स्वर नम्रताले भरिएको थियो। "महिलाले चाहेको महसुस गर्नु महत्त्वपूर्ण छ। एक पुरुष र एक महिला बीचको सम्बन्ध प्रेमको बारेमा मात्र होइन। यो आवश्यकता र इच्छाको जटिल संलयन हो जसले पति र पत्नी बीचको अटूट बन्धनलाई प्रज्वलित गर्दछ। सत्य के हो, मोब्सी, तपाईंलाई आफ्नो जीवनमा सुमीको आवश्यकता थियो, र उनले बदला दिइन्। मिल र मलाई आफ्नो करियरमा अगाडि बढ्न एक अर्काको आवश्यकता थियो। तर, हामीभित्र शून्यता थियो । हाम्रो प्रेम पनि यान्त्रिक भयो। मेरा केही सन्तोषजनक क्षणहरू थिए जब मैले हाम्रो प्रेम सम्बन्धको क्रममा तिमीलाई मिलको रूपमा कल्पना गरें।

मोबियस छक्क परे, उद्घोष गर्दै, "म्यान्डी, तिमी आफ्नो दिमागबाट बाहिर छौ! मैले तिमीलाई त्यो उज्यालोमा कहिल्यै देखेन।"

"यो किनभने सुमीले आफ्नो पतिको खुशी सुनिश्चित गर्न र उसलाई बहकाउनबाट जोगाउन कुनै पनि असल पत्नीले जस्तै तपाईंको हेरचाह गर्न लगनशील थियो," म्यान्डीले बताए।

"ठीक छ, म्यान्डी, म यति वर्ष पछि यो भन्न पागल महसुस गर्छु। हामी दुबै नेभरल्याण्डको वेन्डी र पिटर प्यान जस्तै थियौं, "मोबियसले सम्झाए।

मन्दिराका आँखा आत्मसमर्पणका आँसुले भिजेका थिए । आज, लेहको बजारमा मोबियसको काँधमा टाउको राख्दा उनको दिमाग अनौठो हल्का महसुस भयो। धेरै बिस्तारै, उनले मोबियसको हातले आफ्नो गालाको कपाल माझ्यो र आफ्नो हत्केला त्यहाँ आराम गरेको महसुस गरे। मन्दिराले आफ्ना आँखा बन्द गरिन् र मोबियसको हत्केलामा चुम्बन गर्न आफ्नो ओठ उठाइन्। सडकको बेन्चमा झुकेका दुईवटा व्यक्तित्वहरूमा शान्तिको एक उदात्त आभा झरेको थियो जब भीड बेवास्ता गर्दै तिनीहरूको वरिपरि घुमिरहेको थियो।

खार्दुङ ला च्यालेन्ज

बिहान ३ बजे ८ डिग्री फरेनहाइट थियो । ७५ धावकहरू मनिषा, मन्दिरा र मोबियससँगै खार्दुङ्गला गाउँबाट लेह हुँदै खार्दुङ्गला चुचुरो हुँदै ७२ किलोमिटरको अल्ट्रा द खार्दुङ्गला च्यालेन्जको प्रारम्भिक लाइनमा लाइनमा थिए। मन्दिरा र मोबियसले दुई वर्षअघि १० घण्टामा एकअर्कालाई रुटमा पेसिङ र प्रोत्साहन गर्दै अल्ट्रा गरेका थिए। त्यो वर्ष पनि मोबियसले दून स्कूलको बोर्ड अफ गभर्नर्सलाई लद्दाखी केटालाई 7 औं कक्षादेखि 12 कक्षासम्म आईसीएसई बोर्डको छात्रवृत्ति अनुदान अन्तर्गत भर्ना गर्न अनुरोध गरेको थियो। बोर्ड अफ गभर्नरका अध्यक्ष र विद्यालयमा मोबियसका एक वर्ष जुनियर गौतम थापरले केटाले अंग्रेजी, हिन्दी, गणित र सामान्य ज्ञानको प्रवेश परीक्षामा उत्तीर्ण हुनुपर्ने चेतावनी दिएका थिए।

मोबियसले आफ्नो जुनियर स्कूलको सहपाठी, भ्यालेन्टिना त्रिवेदी, एक बहुआयामी प्रतिभा, एक लेखक, अभिनेता, र दास्तांगोई कलाकार, पुरातन उर्दू कथा कथनको पुनरुत्थान कला रूपको रूपमा आफ्नो सीपका लागि परिचित बहुआयामी प्रतिभासँग सहयोग मागेका थिए। भ्यालेन्टिनाले देहरादुनमा प्रवेश परीक्षा हुनुभन्दा चार साताअघि प्रभा सेठीसँग केटा स्टानजिन डोल्माका लागि निजी ट्युटरिङ सत्रहरू आयोजना गरेर माथि र

बाहिर गएकी थिइन्। उनले स्टान्जिनलाई देहरादुनमा सस्तोमा बस्ने र बस्ने ठाउँ उपलब्ध गराउन पहल गरेकी थिइन्।

स्टान्जिन डोल्मा लेहको लामडन सिनियर सेकेण्डरी स्कूलका केटा थिए। सुमित्रा र मोबियसले चेवाङ मोटुप गोबाको दयालु शिष्टाचार मार्फत लेहका उत्कृष्ट पाँच विद्यालयका १७ जना विद्यार्थीलाई अन्तर्वार्ताका लागि आउन लगाएका थिए।

लेह सिटीमा ४५ मिनेटको अंग्रेजी निबन्धको आधारमा तीन उत्कृष्ट छानिएपछि भोलिपल्ट सुमित्रा र मोबियसले तीन जनाको अन्तर्वार्ता लिए र स्टान्जिनलाई छनोट गरे। उनका लागि भर्ना फारम स्टान्जिनका बुबाले सुमित्राको सहयोगमा भरेका थिए। प्रवेश परीक्षा शुल्क रु. 30,000/- मोबियस र उनका दुई ब्याच-साथीहरू दूनमा उनीहरूको आग्रहमा, होट्टी र सामले तिरेका थिए, जो स्कूलमा उत्कृष्ट वैज्ञानिक बक्सर घोषित भए। स्टान्जिनले दुई वर्षभित्रै फुटबल र ब्याडमिन्टनमा जुनियर स्कूल टोली र क्विज र चेसका लागि स्कूल टोलीमा आफ्नो नाम कमाए। एक पटक गौतम थापरले मोबियसलाई लद्दाखबाट दूनमा भर्ना हुने पहिलो विद्यार्थीको उत्कृष्ट छनौट गरेकोमा बधाई दिन फोन गरे। उदारताको यो कार्यले मोबियसलाई लेहमा डा. तेन्जिन वान्चुकलगायत स्थानीय समुदायसँग मन परायो।

स्टार्टिङ लाइनमा चेवाङ मोटुप गोबाले सिट्टी बजाए र सबै धावकहरूले लेह शहरको ७२ किलोमिटर यात्रा सुरु गरे। मन्दिरा र मोबियस, दुबै अनुभवी धावकहरूले मनिषासँग दौडने र 14 घण्टाको कट-अफ समय भन्दा पहिले नै अन्तिम रेखा पार गर्ने योजना बनाएका थिए। खेल योजना सरल थियो - ३० किलोमिटरको दुरी छिट्टै उकालो लाग्ने खारदुङ्गला चुचुरोमा पहिलो चरणमा पुग्नको लागि ८ घण्टाको पहिलो कटअफबाट दुई घन्टाको लिभरेज प्रदान गर्ने । । खार्दुङ ला चुचुरोबाट ४२ किलोमिटर डाउनहिल थियो । खार्दुङ ला चुचुरोमा अक्सिजनको स्तर समुन्द्री सतहभन्दा करिब ३० प्रतिशत कम थियो । सबै धावकहरू हेडलाइट बालेर अन्धकारमा दौडिरहेका थिए। मोबियसले पहाडको बाटोमा दौडँदा धावकको हेडलाइटहरू माथि र तल बबिरहेको देख्न सक्थे। मनिषा अगाडि मन्दिराको बीचमा र मोबियस पछाडि दौडिरहेका थिए । तीनैजनाले आफ्नो खुट्टामा कम्प्रेसन स्लिभ लगाएका थिए जसमा सर्टहरू थिए। ज्याकेटसहितको तीन तहको कपडा, फुल बाहुलाको टि-सर्ट, र मुनि स्लिभलेस भेस्ट। अनुहारमा, ब्यान्डनाले ऊनी टोपीले अनुहारको तल्लो आधा भाग छोप्छ। तिनीहरूको पछाडि 1.5 लिटर पानी, केही

इलेक्ट्रोलाइटिक जेल, ड्राई फ्रुट्स र 500 एमएल राखेर हाइड्रेशन झोला राखिएको थियो। सुन्तला स्वादको ग्लुकोज पेयको प्लास्टिकको बोतल। तीन घण्टाको दौड पछि, मन्दिराले मोबियससँग स्थिति उल्ट्याइन्, जसले बाटोको नेतृत्व गरे। मनिषा उनीहरुको बिचमा सहजै दौडदै थिई ।

बिहान 6 बजे पनि अँध्यारो थियो, दुई पहाड चुचुराहरू बीचको आकाशमा मात्र उज्यालोको झिल्का मात्रै थियो। पाँच मिनेटमा घाम उदाउँथ्यो । २० किलोमिटरको मार्कमा, मोबियसले गति कम गर्यो र मनिषा र मन्दिरालाई २० मिनेटको लागि तीव्र गतिमा हिंड्न संकेत गर्यो। ल्याक्टेट थ्रेसहोल्ड गति भन्दा तल दौडने विचार थियो। ४८ वर्षको उमेरमा मोबियस र मन्दिरालाई ०५:४५ मिनेट प्रति किलोमिटरको गतिमा अल्ट्रा दौडने बानी थियो तर मनिषाको गतिसँग मिलाउन ०६:३० को गतिमा दौडने योजना थियो। कार्यक्रमअघि मनिषाले जुनालीसँग कालिम्पोङको पहाडमा चार महिना अभ्यास गरेकी थिइन् । उनले रेस डे अघि ६ हप्ता अघि ६० किलोमिटर, ६३ किलोमिटर र ६५ किलोमिटरको तीनवटा छुट्टाछुट्टै दौड गरेकी थिइन् । अन्य रनहरू मुख्यतया टेम्पो रनहरू थिए, हाफ म्याराथन (21K) देखि पूर्ण म्याराथन (42K) सम्म। खरदुङ ला चुचुरोमा धावकहरुको आँखामा घाम लागेको थियो । तीनैजनाले आ-आफ्नो छाया लगाएर आफ्नो ऊर्जा जेल खाए।

खार्दुङ्ग्ला चुचुरोमा पुग्ने क्रममा हल्का हिमपात सुरु भयो र तापक्रम माइनस ८ डिग्री फरेनहाइटमा झरेको हो । मोबियसको सल्लाहमा मन्दिरा र मनिषाले आँखा मुनिको बन्दना ताने र कानमा बुनेको ऊनी टोपी ताने। खार्दुङ ला चुचुरोमा दौड स्वयंसेवकहरूले प्याजसहित लसुनको सूप खुवाएको थियो।

खार्दुङ ला चुचुरोमा १० मिनेट आराम गरेपछि तीनै जना लेह सहरतर्फ ४२ किलोमिटर तल ओर्लन थाले । बाटो पहाडबाट तल घुम्ने बाटो थियो। ६० किलोमिटरको मार्कमा, मोबियसले पातलो र कम अक्सिजन वातावरणका कारण मनिषालाई सास फेर्न गाह्रो भएको महसुस गरे।

पेसिङ चार्ट कायम राख्ने मन्दिराले मोबियसलाई मनिषाको गति एकदमै घटेको सम्झाइन्। दस मिनेटको लागि आराम गर्नु राम्रो थियो, आफैलाई राम्रोसँग हाइड्रेट गर्नुहोस्, र त्यसपछि जारी राख्नुहोस्। आराम गर्दा, मन्दिराले मनिषाको बाछोको मांसपेशीमा दुखाइको बामले मालिस गरिन्, उनको जुत्ता हटाइन् र उनको औंलाहरू सीधा गरिन्। मनिषा पीडाले चिच्याइन् । मन्दिराले उनलाई आफ्नो खुट्टाको औंला चाँडै सहज महसुस गर्ने आश्वासन दिइन्। मन्दिराले मनिषाको जुत्ता लगाएर उनको खुट्टामा मद्दत

गरिसकेपछि, मनिषाले केही कदम पछि मन्दिराको मसाजको लाभदायक फाइदाहरू महसुस गरे।

अन्तिम विश्राम बिन्दुबाट एक घण्टा दौडिएपछि मनिषाले खुसीसाथ टिप्पणी गरिन्, “लाखौं धन्यवाद, म्यान्डी दिदी। मेरो खुट्टा अहिले धेरै राम्रो महसुस गर्दै हुनुहुन्छ। ”

"महान! अब, बस चिसो। तपाईं ओलम्पिक म्याराथनमा भाग लिइरहनुभएको छ भनी सोच्नुहोस्। हामीले निरन्तर गति कायम राख्नुपर्छ। बाघ भाइलाई फलो गरिरहनुहोस्। यदि तिमी खस्यो भने तिमीलाई समाउन म तिम्रो पछाडि छु। तलको ढुङ्गामा नजाऊ,’ मन्दिराले हौसला बढाउँदै भनिन्।

मोबियसले भने, “मनिषा, तिमी रक स्टार हौ। अहिले बाहिर निस्कनु हुँदैन । मलाई पछ्याउनुहोस् ।”

धेरै हर्षोल्लास र हर्षोल्लासका बीचमा, मनिषाले कटअफको ३० मिनेटभित्रै शक्तिशाली खार्दुङ ला च्यालेन्जको अन्तिम रेखा पार गरिन्, मोबियस र मन्दिरा उनको छेउमा दौडिएर हौसलाका शब्दहरू बोलाउँदै। ‘जय भारत, जय गोरखा, जय लद्दाखी!

अन्तिम रेखा पार गरिसकेपछि, मोबियसले मनिषालाई उनको खुट्टाबाट बगाएर बच्चा जस्तै आफ्नो काखमा बोके। चेवाङ मोटुप गोबा र डा. तेन्जिन वाङ्चुक तीनैलाई अभिवादन गर्न अन्तिम रेखामा थिए। आयुषी खुशीमा उफ्रिन् र मनिषालाई बलियो अँगालो हालिन्, त्यसपछि उनका बुबा र सबैभन्दा मिल्ने साथी मन्दिरा।

पछि, मन्दिरा वा उनका बुबाको दुबै छेउमा हात समात्दै, आयुषीले भनिन्, "म्यान्डी आन्टी र बापी, आइतवारको हाफ म्याराथनको बारेमा सोच्दै मलाई गुसबम्प भइरहेको छ।"

मन्दिराले आयुषीको टाउकोमा हात राखे र हँसीसाथ कान चिम्टाईन्। "खुसीको खबर, मेरी पहाडी राजकुमारी। तिम्रो म्यान्डी आन्टीले पनि हाफ म्याराथनका लागि दर्ता गरिसकेकी छिन् र त्यसका लागि तिमीलाई गति दिनेछिन्।"

आयुषीको खुशीको सीमा रहेन । "साँच्चै, म्यान्डी आन्टी? वाह! आज 72K पछि, के तपाईलाई आइतवार 21K गर्दा थकाइ लाग्दैन?"

मन्दिराले जवाफ दिइन्, "होइन, म मेरो बेस्टी, पहाडी राजकुमारीसँग दौडने छुट्नेछु।"

रिट्रोस्पेक्ट (अक्टोबर) मा दार्जिलिङको विगत वर्षको समाचार रिपोर्ट

वर्ष भर्खरै बित्यो, र 15 जुन 2017 देखि दार्जिलिङमा 104 दिनसम्म चलेको हडताल पछि असीम हिंसाको सामना गर्यो। हिंसाको तत्काल नतिजाले प्रिमियम दोस्रो फ्लश चिया बाली तोड्न बन्द गरेको थियो र लगातार मनसुन र शरद ऋतु फ्लश उत्पादनले कुल रु. भन्दा बढी नोक्सान गर्यो। चिया व्यवसायमा ५५० करोड तर, नवनिर्वाचित गोर्खाल्याण्ड टेरिटोरियल एडमिनिस्ट्रेशन (जीटीए) बोर्डका अध्यक्ष विनय तामाङले हडतालको आह्वान गरेपछि चिया व्यवसायीसँग सम्झौता नगर्ने वाचा गरेका थिए ।

17,600 हेक्टरमा फैलिएको 87 बगैंचाहरू छन्, जसले विश्वको उत्कृष्ट स्वादको चिया उत्पादन गर्दछ, जुन 40 देशहरूमा निर्यात गरिन्छ। जेठको मध्यमा सुरु हुने र असारमा चर्को हुने बाली गत वर्ष पहाडको अशान्तिका कारण अवरुद्ध भएको थियो । अशान्तिले पर्यटन, बोर्डिङ स्कूल, होमस्टे, होटल, खेलौना ट्रेन र अन्य राजस्व उत्पादन गर्ने उद्योगहरूका लागि परिचित दार्जिलिङलाई नराम्ररी अवरुद्ध पारेको छ, जसले सडक यातायातमा अवरोध, रक्तपातपूर्ण हिंसा र पर्यटक घट्दै गएको छ।

खतरा धारणाले धेरै प्रश्नहरू खडा गरेको छ। केहीले यसलाई पश्चिम बंगालबाट गोर्खाल्याण्डको विलयको माग भन्न सक्छन्, किनकि यो औपनिवेशिक युगदेखि सय वर्षभन्दा बढी समयदेखि अस्तित्वमा छ। इतिहासले देखेको छ कि हिलम्यान एसोसिएसन अफ दार्जिलिङले सन् १९०७ मा मोर्ले-मिन्टो सुधार प्यानललाई छुट्टै प्रशासन इकाईको माग गर्दै ज्ञापनपत्र बुझाएको थियो। गोर्खा राष्ट्रिय मुक्ति मोर्चा (GNLF) का नेता सुवास घिसिङको नेतृत्वमा सन् १९८६-८८ को आन्दोलनमा छुट्टै राज्यको माग एउटै भयो । त्यसपछि गोर्खा जनमुक्ति मोर्चाका नेता विमल गुरुङ र उनका सहकर्मीले आन्दोलनलाई अगाडि बढाएका थिए । विमल गुरुङले सन् २०१७ मा गोर्खाल्याण्ड क्षेत्रीय प्रशासनको प्रमुख कार्यकारीको पदबाट राजीनामा दिएका थिए।

आन्दोलनले गोर्खाहरूको लागि छुट्टै राज्यको दावीको समर्थनमा धेरै कारणहरू पनि प्रस्तुत गरेको छ, मुख्य रूपमा दार्जिलिङ भौगोलिक रूपमा

पश्चिम बंगालको हिस्सा थिएन भनेर उल्लेख गर्दै। धेरै थिंक ट्याङ्कहरूले एंग्लो-नेपाल युद्ध (१८१४-१६) र नेपालका राजा र इस्ट इन्डिया कम्पनीबीच भएको सेगौली सन्धि (१८१५) लाई औंल्याएर यस विचारलाई समर्थन गर्छन्, जसअन्तर्गत दार्जिलिङ र तराईलगायत केही नेपाली नियन्त्रित क्षेत्रहरू थिए। बेलायती नियन्त्रणमा आएको थियो ।

हालसालै प्रकाशमा आएको एउटा नचिनेको पक्ष सन् १९५० को इन्डो-नेपाल शान्ति र मैत्री सन्धि धारा ८ हो, जसमा ब्रिटिश भारत र नेपालबीच भएका यसअघिका सबै सन्धिहरू तुरुन्तै रद्द हुने कुरा स्पष्ट रूपमा उल्लेख गरिएको थियो। सोही सन्धिको धारा ७ ले एक देशका नागरिकलाई अर्को देशको भूभागमा बसोबास, सम्पत्तिको स्वामित्व, व्यापार तथा वाणिज्यमा सहभागिता, आवागमन र अन्य विषयमा समान विशेषाधिकार प्रदान गर्ने पारस्परिक आधारमा सहमति जनाउँछ। समान प्रकृति को लाभ।

गोर्खाल्याण्ड टेरिटोरियल एडमिनिस्ट्रेशन (GTA) मा तीन पहाडी उप-डिभिजनहरू - दार्जिलिङ, कुर्सियोङ, र मिरिक, साथै सिलिगुडी उपविभागका केही क्षेत्रहरू र यसको अख्तियारमा रहेको सम्पूर्ण कालिम्पोङ जिल्लाहरू समावेश छन्। राज्य सरकार, केन्द्र र गोर्खा जनमुक्ति मोर्चा (GJM) बीचको त्रिपक्षीय सम्झौताद्वारा दार्जिलिङ पहाडको कार्यपालिका, प्रशासनिक र वित्तीय अधिकार बिना विधायिकाको अधिकारको व्यवस्थापन गर्न GTA गठन गरिएको थियो। GTA को अवधारणा पूर्व दार्जिलिङ गोर्खा हिल काउन्सिल (DGHC) भन्दा बढि उन्नत मोडेल थियो, जुन मुख्यमन्त्री ज्योति बसुको नेतृत्वमा बंगालको वाम शासनको समयमा पनि उही फेसनमा सिर्जना गरिएको थियो। दार्जिलिङको भौगोलिक संरचना, जसलाई GJM ले गोर्खाल्याण्डको पक्षमा जाने ठान्छ, राज्यको रूपमा गठन गर्न लामो हुनुपर्छ। दार्जिलिङको क्षेत्रफल 3149 वर्ग किलोमिटर छ जसको जनसंख्या 2011 को जनगणना अनुसार 1846,825 छ। नवगठित जिल्ला, कालिम्पोङ, 251,642 जनसंख्याको साथ 1053 वर्ग किलोमिटर क्षेत्रफल छ।

प्रारम्भिक गोर्खाल्याण्ड नक्सामा तराई र डोरसे क्षेत्रहरू समावेश गरिएको थियो, यद्यपि जनसंख्यामा मुख्यतया बंगाली र बिहारीहरू थिए। पहाडी क्षेत्रमा बाँकी रहेका मानिसहरू विशेषगरी लेप्चा, भुटिया, मारवाडी र तिब्बतीहरू हुन्। तर, यी क्षेत्रहरूमा गोर्खाहरूको ऐतिहासिक संलग्नतालाई ध्यानमा राखी अन्य समुदायहरूले गोर्खाल्याण्ड अवधारणालाई अस्वीकार गर्दैनन्।

राष्ट्रिय सांसदको समर्थन (2019)

हिन्दुस्तान टाइम्स, सिलगढी
प्रमोद गिरीको लेख
११ मंसिर

गोर्खा जनमुक्ति मोर्चा (विमल गुरुङ गुट), गोर्खा राष्ट्रिय मुक्ति मोर्चा, अखिल भारतीय गोर्खा लिग, क्रान्तिकारी मार्क्सवादी कम्युनिष्ट पार्टीलगायत धेरै गोर्खाल्याण्ड समर्थक राजनीतिक दलहरू उपस्थित थिए। जम्मु र कश्मीर र लद्दाखको केन्द्र शासित प्रदेशहरू सिर्जना गर्ने केन्द्रको कदमबाट प्रभावित, राष्ट्रिय गोर्खाल्याण्ड समिति (एनजीसी) ले पश्चिम बंगालको दार्जिलिङ पहाडी क्षेत्रमा गोर्खाल्याण्डको केन्द्र शासित प्रदेश बनाउन माग गऱ्यो।

UT स्थिति, समितिले आइतवार भने, पश्चिम बंगालबाट अलग हुने 100 भन्दा बढी वर्ष पुरानो मागको स्थायी राजनीतिक समाधान खोज्ने दिशामा एक कदम हुनेछ। गोर्खा समुदायका धेरै पूर्व सैनिक अधिकारीहरू र नोकरशाहहरू लेफ्टिनेन्ट जनरल (रिटायर्ड) शक्ति गुरुङको नेतृत्वमा रहेको गोर्खाहरूको अखिल भारतीय गैर-राजनीतिक संगठन एनजीसीका सदस्य थिए।

उल्लेखनीय कुरा के छ भने दार्जिलिङका भारतीय जनता पार्टीका विधायक नीरज जिम्बा तामाङको उपस्थितिमा उत्तर बंगालको सिलगढी सहरमा भएको पत्रकार सम्मेलनमा यो माग उठाइयो।

गोर्खा जनमुक्ति मोर्चा (विमल गुरुङ गुट), गोर्खा राष्ट्रिय मुक्ति मोर्चा, अखिल भारतीय गोर्खा लिग, गोर्खा राष्ट्रिय एकता मोर्चा र क्रान्तिकारी मार्क्सवादी कम्युनिष्ट पार्टीलगायत धेरै गोर्खाल्याण्ड समर्थक राजनीतिक दलहरू पनि उपस्थित थिए।

"एनजीसीले उत्तर बंगालमा गोर्खा समुदायलाई केन्द्र शासित प्रदेश (स्टेटस) प्रदान गर्नमा जोड दिएको छ। यसलाई अन्तरिम उपायका रूपमा र राज्यसत्ता पूरा गर्ने चरणको रूपमा सिफारिस गरिएको छ, "लेफ्टिनेन्ट। भिजन डकुमेन्ट सार्वजनिक गर्दै जनरल (अव.) शक्ति गुरुङले भने ।

"पश्चिम बंगाल राज्यबाट क्षेत्र अलग गर्न सिफारिस राष्ट्रिय सुरक्षाको आधारमा गरिएको छ, जसले गोर्खाहरूको पहिचानलाई पनि ध्यान दिनेछ," उनले भने।

अलग गोर्खाल्याण्ड राज्यको मागको समर्थनमा 2017 मा दार्जिलिङ जिल्लाका पहाडीहरूले 104 दिन लामो बन्दको साक्षी दिए। आन्दोलनका क्रममा १३ जनाको मृत्यु भएको थियो। त्यसयता आन्दोलनको नेतृत्व गर्ने गोर्खा जनमुक्ति मोर्चाका अध्यक्ष विमल गुरुङ लुकेर बसेका छन्।

नीरज जिम्बा तामाङले भने, "देशले आफ्नो हितमा गोर्खाल्याण्डको मागलाई स्वीकार गर्नुपर्छ र एनडीए सरकारले गोर्खाहरूलाई न्याय गर्नेछ"।

आइतवार पारित प्रस्तावहरूमा, NGC ले भन्यो, "यदि लद्दाखको क्षेत्र संवेदनशील छ भने, सिलगढी कोरिडोर सहित दार्जिलिङ पहाडी क्षेत्र पनि छ। लद्दाखको संस्कृति र भाषा कश्मीर उपत्यकाभन्दा फरक छ भने बंगालका गोर्खाहरू पनि। लद्दाखको जनसङ्ख्या २.५ लाख मात्रै छ भने दार्जिलिङ पहाडी क्षेत्रले त्योभन्दा धेरै बढी छ।

तीनवटा प्रस्ताव सर्वसम्मतिले पारित भएको एनजीसीका सचिव मुनिष तामाङले बताए।

"एनडीए सरकार द्वारा स्थायी राजनीतिक समाधान खोज्ने बारे चुनावी वाचाहरूलाई ध्यानमा राख्दै गोर्खाल्याण्डको मागलाई चाँडो सम्बोधन गरिनुपर्छ," एक प्रस्तावमा भनिएको छ।

अर्कोले गतिरोध तोड्न र "राष्ट्रिय एकताको बृहत्तर हितका साथ राजनीतिक समाधान" मा पुग्न सबै सरोकारवालाहरू सम्मिलित वार्ताको माग गर्‍यो।

तेस्रो प्रस्तावमा शान्ति र प्रगति र गोर्खाल्याण्ड राज्यको संवैधानिक र स्थायी समाधानको माग गरिएको थियो।

राष्ट्रिय लकडाउन, कोविड र एक अभिनेताको मृत्यु (2020)

मार्च

यो 24 मार्च 2020 थियो, जब प्रधानमन्त्रीले 25 मार्च 2020 देखि 31 मे 2020 सम्म 21 दिनको लागि राष्ट्रव्यापी लकडाउन घोषणा गर्नुभयो। मिलिन्द दांडेकर आफ्नी आमासँग राउरकेलामा हुँदा प्रधानमन्त्रीको घोषणा भयो। मिलिन्दको फोन बज्यो । यो लाइन मा एक क्रोधित मंदिरा थियो।

"तिमी राउरकेला मिलमा के गर्दैछौ? के तपाईको दिमागबाट बाहिर गएको छ?" मन्दिराले फोनमा सल्लाह दिइन् ।

"म मेरी आमा, म्यान्डीसँग छु, र भोलि बिहान उत्कल एक्सप्रेसबाट जाने योजनामा थिएँ, तर उहाँ पछि हट्नुभयो, त्यसैले म एक्लै जाँदैछु।" "निटविट, टिभी हेर्दैछौ कि पर्दैन ? आइतबार बिहान ७ बजेदेखि लकडाउन सुरु भएको छ । तपाईको ट्रेन शनिबार राति ११:१५ बजे आइपुग्छ। अब मेरो कुरा सुन, मूर्ख। शनिबार बेलुका भोपालबाट कटनी जाँदै छु । रातको 11:15 बजे कटनी मुरवारा स्टेसनबाट संकलन गर्नेछौं। यो ट्रेन सधैं समय मा छ। राष्ट्रिय तालाबन्दी हुनुभन्दा दुई घण्टा अगाडि आइतबार बिहान ६ बजेसम्म गाडी फिर्ता गरी भोपाल पुग्न सक्षम हुनुपर्छ। राउरकेलाबाट शनिबार बिहान ९:१५ बजेको समयमै रेल चढ्न निश्चित हुनुहोस्।"

"म्यान्डी, के तपाईं अहिलेको लागि आफ्नो कसम शब्दहरू काट्न सक्नुहुन्छ?" मिलिन्दले रिसाएर जवाफ दिए ।

"मेरो मृत शरीरमाथि, तिमी गधा! तपाईं पहिले आफ्नो वचन राख्नुहोस र गङ्गाम ट्रेनमा चढ्नुहोस्। सहरमा धारा १४४ लागू भइसकेका बेला तपाईंले रायपुरको फेसन शोको लागि करारमा कसरी हस्ताक्षर गर्न सक्नुहुन्थ्यो, म बुझ्दिनँ," मन्दिराले रिसाउँदै जवाफ दिइन्।

मिलिन्दले आफ्नो निर्णयको बचाउ गर्दै भने, "परिस्थिति रातारात बदलियो, म्यान्डी। तपाईको जानकारीको लागि, मैले पाँच लाख रुपैयाँ कमाएको थिएँ। यसबाहेक, छत्तीसगढमा एक कोभिड-१९ केस थिएन, र ओडिशामा मात्र एक जनाले उचित हेरचाह पाएका थिए। तर प्रधानमन्त्रीको भर्खरको सम्बोधनसँगै

सबै कुरा अलपत्र परेको छ । र, वैसे, म मोब्सी होइन, कोही हो जसलाई तपाईले दोषारोपण गर्न सक्नुहुन्छ।"

मन्दिराले दृढतापूर्वक जवाफ दिइन्, “अहिलेको लागि, मिस्टर मिलिन्द दांडेकर, तपाईं मेरो पति होइन तर मेरो लिभ-इन पार्टनर हुनुहुन्छ। र, मैले भन्नु पर्छ, तपाईले Mobsy लाई IQ विभागमा उसको पैसाको लागि दौड दिदै हुनुहुन्छ। कमसेकम उसले तर्क सुन्छ।"

राति 11:15 बजे, एक देखिने रिसाएको मिलिन्द कटनी मुरवारा स्टेशनबाट प्लेटफर्म नम्बर तीनमा ओर्लिए। मन्दिरासँगै प्लेटफर्ममा पर्खिरहेका चालकले मिलिन्दको सामान उठाए, केही गडबड भएको महसुस गरे, र मिलिन्दले मन्दिरा पछाडि बस्नुको सट्टा अगाडि बस्ने छनौट गरेपछि छक्क परेन। तीनै जना चुपचाप गाडी चलाएर भोपालमा मिलिन्दको घरतिर लागे। बाटोमा राति राष्ट्रिय राजमार्ग ३० मा सडक छेउमा ट्रकले ब्यारिकेड खोल्दै गरेको देखे । शुक्रबार बिहान ६০:१५ बजे उनीहरु भोपालको बाहिरी भागमा आइपुग्दा दिउँसो भइसकेको थियो । केही अवरोधहरू आंशिक रूपमा ठाउँमा थिए, आधा सडकहरू अवरुद्ध गर्दै, लाउडस्पीकरहरूमा पुलिसहरूले सवारी साधन मालिकहरूलाई छिटो आफ्नो गन्तव्यमा पुग्न आग्रह गर्दै।

जुन

कोभिड-१९ पोजिटिभ चन्द्रिका

मोबियस बैठक कोठामा रिपब्लिक टिभी हेरिरहेका थिए, जहाँ उनीहरूले हालैको गुरवान उपत्यकामा चिनियाँ र भारतीय सैनिकहरूबीच भएको झडपबारे छलफल गरिरहेका थिए। घटनाले हताहत भयो र चिन्ताको कारण बन्यो।

उनको मोबाइलको घण्टी बज्यो । शिव लाइनमा थिए। मोबियसले आफ्नो चिन्ता व्यक्त गर्दै भने, “गुरुवान उपत्यकाका हालैका घटनाहरू गहिरो चिन्ताजनक छन्। शत्रुहरू आफ्नो बममा लातको योग्य छन्। यस विषयमा कूटनीतिको आवश्यकता छैन।

भान्साकोठाबाट सुमित्राले बोलचाल नम्र राख्न र कडा भाषाबाट बच्न मोबियसलाई चिच्याइन्। मोबियसले उनको सल्लाह लिँदै थप नम्र स्वरमा अगाडि बढे र विषय परिवर्तन गर्दै शिवलाई सोधे, “तपाईको इलाकाको अवस्था कस्तो छ ? के यो अझै कन्टेनमेन्ट जोनमा छ?"

शिवको स्वर काँपिरहेको थियो, "चन्द्रिका कोभिड पोजिटिभ छ।"

"छोरा मान्छे। यो कसरी भयो? तिमीले दुई महिनादेखि आफ्नो घर छोडेका छैनौ!" मोबियसले भने।

शिवले जवाफ दिए, "मैले गत हप्ता कामदारलाई दिन दिएँ । चन्द्रिकाले उनीबाट पाएकी थिइन् । चन्द्रिकालाई कम्मर दुखेको हुनाले हाम्रो घरको छेउमा रहेको हाम्रो भवनमा काम गरिरहेकी नियमित कामदारलाई बोलाउनु राम्रो होला भन्ने लाग्यो । कामदार र चन्द्रिका दुवैको परीक्षण पोजेटिभ आएको छ । नगरपालिकाले भवन सिल गरेको छ । कोही बाहिर जाँदैन, कोही भित्र आउँदैन। उनीहरूले क्वारेन्टाइन लागू गर्न भवनको प्रवेशद्वारमा एक जना प्रहरी पनि राखेका छन्। अहिले चन्द्रिका हाम्रो मास्टर बेडरूममा छिन्। मलाई उनको कोठा बाहिर बस्न र टेबलमा सुत्ने कोठाको ढोकामा खाना सुम्पन भनिएको छ। त्यसपछि उनीहरूले मलाई भने, ड्रिल अनुसार, म पाँच कदम पछाडि सर्नु पर्छ। त्यसपछि चन्द्रिकाले सुत्ने कोठाको ढोका खोलेर खाना खान्छिन् । मेडिकल टोलीले मलाई औषधिको सेट दिएको छ, जुन उनीसँग छ, र मेरो लागि छुट्टै औषधिहरू। उनलाई ज्वरो र घाँटी दुखेको गुनासो गरेपछि हिजो बिहान यस्तो भएको हो । Mobsy, मेरो जीवनमा पहिलो पटक, म डराएको छु। दुई दिनपछि उहाँलाई जाँच्न आउँदै हुनुहुन्छ । यदि उनको अवस्था बिग्रियो भने, उनलाई नजिकैको जबलपुर जिल्ला अस्पतालको कोभिड क्वारेन्टाइन सेन्टरमा सारिनेछ।

"शिभ, शान्त रहनुहोस्। बुल, यो एक नरक अवस्था हो। कस्तो छ आज चन्द्रिका ?" मोबियसले भने।

"उनी ठीक देखिन्छिन्। उसले राती बाहेक हरेक तीन घण्टामा आफ्नो तापक्रम मापन गर्नुपर्छ। अहिले तापक्रम एक सय छ। हामी एउटै घरमा बस्छौं, तर मैले चन्द्रिकासँग मोबाइलमा कुरा गर्नुपर्छ। यसले मलाई पागल बनाइरहेको छ, मोब्सी।"

"सुन्नुहोस्, साथी," मोबियसले आश्वस्त पारे। "आत्तिनु पर्दैन। जबसम्म तापक्रम १०० भन्दा माथि जाँदैन, यो राम्रो कुरा हो। औषधि प्रतिक्रिया गर्न समय चाहिन्छ। बाबा लोकनाथमा आस्था राख।

दुई औंलाहरूले मोबियसको टाउकोमा पछाडिबाट हान्यो। सुमित्रा थिइन् । सुमित्राले उनलाई फोन दिनको लागि संकेत गरेको देखेर मोबियस फर्किए।

सुमित्राले खुसीसाथ टिप्पणी गरिन्, “शिभि, नआत्तिनुहोस्; मेरी बहिनीको श्रीमान् कटक मेडिकल कलेजमा डाक्टर हुनुहुन्छ। उनी अहिले कोभिड वार्डको जिम्मेवारीमा छन् । म उहाँसँग छलफल गर्नेछु। कृपया चन्द्रिकाले तोकेको औषधीको सूचीको स्न्यापसट लिनुहोस् र यसलाई व्हाट्सएपमा मोब्सीसँग साझा गर्नुहोस्। चिसो राख्नुहोस्। म चन्द्रिकासँग केही समयपछि फोनमा कुरा गर्छु।

शिवी, राम्रो महसुस गर्दै, जवाफ दिए, "धेरै धेरै धन्यवाद, सुमी। तपाईको सहयोगको साँच्चिकै कदर गर्दछ। ”...

मोबियसले आफ्नो मोबाइल बन्द गरेपछि, सुमित्राले आफ्नो पतिलाई फोनमा अपमानजनक प्रयोग नगर्नको लागि फेरि डोज दिइन् र दादाभाई (पत्नीकी बहिनीको पति) लाई सम्पर्क गर्न निर्देशन दिइन्।

मोबियसले फोन गर्दा दादाभाई कोविड सेन्टरमा थिए। मोबियसलाई वार्ड हेर्न रुचि थियो, र दादाभाईले व्हाट्सएप कलिङमा भिडियो मोडमा स्विच गरे। मोबियसले सेतो सूट लगाएका धेरै पुरुषहरूलाई मास्क, भिजर, टोपी र सुरक्षात्मक कपडाले टाउकोदेखि औंलासम्म ढाकेको देखे। आईसीयूमा प्रत्येक बेडको बिरुद्ध बक्स जस्तो संरचनासहित दश शय्या थिए। उपकरणको प्रत्येक टुक्रामा एउटा छोटो, पारदर्शी ट्यूब बक्समा जोडिएको थियो, जुन भेन्टिलेटरहरू थिए। जम्मा बेडमध्ये तीन ओटा ओगटेका थिए । बिरामीहरू मध्ये एकको अनुहारको मास्कमा भेन्टिलेटर ट्यूब जोडिएको थियो। यो मोबियसको लागि एक नरमाउने दृश्य थियो।

मोबियसको पछाडि सुमित्राको आवाज आयो। "मोब्सी डियर, कृपया भिडियो पछि हेरेर पहिले आफ्नो काम गर्न सक्नुहुन्छ?"

दादाभाईले मोबियसलाई मौखिक र इन्जेक्सन गर्न मिल्ने औषधि चन्द्रिकाको व्हाट्सएप फोटो पठाउन जानकारी दिए। त्यतिकैमा शिवको व्हाट्सएप म्यासेज आयो, जसलाई उनले दादाभाईलाई फर्वार्ड गरे । पन्ध्र मिनेटपछि दादाभाईको म्यासेज आयो जसमा थप एउटा मौखिक औषधि, डेक्सामेथासोन ४ मिलीग्रामको ट्याब्लेट दिनमा दुईपटक तीन दिनसम्म खान सिफारिस गरिएको थियो। मोबियसबाट शिवबाट नम्बर लिएपछि दादाभाईले चन्द्रिकाको उपचार गरिरहेका मेडिकल अफिसरसँग कुरा गरे । डाक्टरले दादाभाईको प्रमाण सुनेर राजी भए र भोलिपल्ट शिवको घरमा आफै औषधी लिएर आउने बताए ।

भोलिपल्ट तापक्रममा कुनै परिवर्तन भएन र दादाभाईले दिएको औषधि चन्द्रिकालाई तीन दिनसम्म खुवाइयो । तेस्रो रातमा, शिवले मोबियसलाई फोन गरे कि चन्द्रिकाको तापक्रम औसत छ, परीक्षण नकारात्मक छ, र धेरै राम्रो महसुस भयो। तर, कोभिड सेन्टरका डाक्टरले दुवैलाई थप एक साताको लागि वैधानिक क्वारेन्टाइन अवधि जारी गरेका थिए तर सामान्य अवस्थामा सहवास गरेका थिए । फोनमा मोबियस र सुमित्रालाई धन्यवाद दिंदा शिवको अनुहारबाट आँसु बग्यो। मोबियसले आफ्नो हृदय भित्र एउटा सानो प्रार्थना भने। बाबा लोकनाथले उनको कुरा सुनेका थिए।

अगस्ट

एक अभिनेता को मृत्यु

मिलिन्दले अविश्वासले टाउको हान्यो । उनलाई २२ अगस्टमा गणेश चतुर्थीको दिन भएको डीआरडीओ गेस्ट हाउसमा बोलाइएको थियो, जुन १४ जुनमा बलिउड अभिनेता सुमित सिंह राठोडको असाधारण परिस्थितिमा भएको मृत्युको बारेमा सीबीआई अधिकारीहरूले सोधपुछ गर्नका लागि। यो सन्देश उहाँलाई व्हाट्सएप मार्फत पुग्यो, त्यसपछि एक व्यक्तिले आफूलाई मुम्बईको सीबीआई अफिसरको रूपमा चिनायो। उनीसँग सडकबाट भोपालबाट मुम्बई पुग्न तीन दिन थियो।

भोपाल पहिले नै कोरोना महामारीबाट आक्रान्त थियो, गान्धी नगरमा रहेको उनको घर रेड जोनमा थियो। उनले आमा र मन्दिरासँग घरमै गणेश पूजा गर्ने योजना बनाएका थिए तर अहिले त्यो सम्भव भएन । मिलिन्दको जिद्दीको बावजुद मन्दिराले उनलाई मुम्बईमा साथ दिनु हुँदैन, मन्दिराले त्यसमा केही गरेनन् र दृढतापूर्वक उनीसँगै मुम्बई जाने निर्णय गरे। सोही दिन पिठानी, सञ्जय र सन्दीपलाई सीबीआईले दोस्रो पटक सँगै सोधपुछ गर्ने थियो। प्रिया चटर्जीलाई बलिउड ड्रग कार्टेलको सदस्य भएको र नोभेम्बर 2019 देखि 14 जुनमा रहस्यमय परिस्थितिमा उनको मृत्यु नहुँदासम्म सुमित सिंह राठोडलाई नियन्त्रित तरिकाले ड्रगिङ गरेकोमा पनि कडाइ गरिएको थियो। वा १३ जुनको रात उनको हत्या भयो र उनको शवलाई आत्महत्या जस्तो देखियो?

मिलिन्दको दिमागमा यी अनगिन्ती प्रश्नहरू थिए। १२ जुनमा सुमितको शव उनका साथी वा अपराधीले फेला पार्नुभन्दा दुई दिनअघि बेलुका ७ः३० बजे सुमितले मिलिन्दलाई फोन गरेका थिए । उनले आफूलाई ल्याएको जुसमा आफ्नै फ्ल्याट-मेट पिठानीले धेरै नशा खाएको र उनी भ्रमबाट पीडित भएको बताए। उसले प्रहरीलाई खबर गर्न सक्छ ? मोडलिङको कामका लागि सान्ताक्रूजको एउटा होटलमा बसेका मिलिन्दले तत्कालै आफ्नो छेउमा बसेकी मन्दिरासँग यस विषयमा कुरा गरे । उनले उनलाई सान्ताक्रूज पुलिस स्टेशनमा गएर एफआईआर दर्ता गर्न सल्लाह दिइन्। मिलिन्द मन्दिरासँगै सान्ताक्रूजको प्रहरी चौकीमा साढे ८ बजे पुगेका थिए ।

उनीहरुलाई देखेर एसएचओ उठे र फोनमा कुरा गर्दा दुई मिनेट पर्खन अनुरोध गरे । मिलिन्द बसेर अफिसको वरिपरि हेरे । भित्तामा महात्मा गान्धीको कालो र सेतो तस्बिर थियो जसमा उनको पछाडिको भित्तामा र दाहिनेपट्टि महाराज शिवाजीको तस्वीर थियो। एसएचओको छेउमा रहेको बुकसेल्फमा चाखलाग्दो कुरा के छ भने ती मध्ये भारतीय दण्ड संहिताको रातो किताब थियो। मिलिन्दले एसएचओलाई बताए, जसले बलिउड स्टार सुमितको फोनको बारेमा ध्यान दिएर सुने। SHO, केही समयको लागि मन्दिराको अगाडिको सम्पत्तिबाट विचलित, कार्यमा आए र पुलिस आयुक्तसँग कुरा गरे, जसको कार्यालय बान्द्रा पुलिस स्टेशन नजिक थियो। उनले मिलिन्दलाई ठूलो विगसँग कुरा गरिरहेको संकेत गरे।

सीपीले धैर्यतापूर्वक सुने र यो प्रश्न कसले गरिरहेको छ भनेर सोधे। एसएचओले मिलिन्दलाई फोन दिए र सुमितको ज्यान खतरामा रहेको बताए। सीपीले मिलिन्दलाई पाँच मिनेटमा सुमित सिंह राठोडको घरमा दुई प्रहरी जवानसहित इन्स्पेक्टर पठाएको जानकारी दिए। मिलिन्दले राहत महसुस गरे र मन्दिरासँग सान्ता क्रुज पुलिस स्टेशन छोड्नु अघि SHO लाई धेरै धन्यवाद दिए, जसले उनलाई राती 10:00 बजे सुमितलाई सम्पर्क गर्न आग्रह गरे। मिलिन्दले सुमितको नम्बरमा फोन गर्दा सुमित सुतिरहेको छ र डिस्टर्ब गर्न सकिदैन भन्ने आवाज आयो । जब मिलिन्दले सोधे कि विगत दुई घण्टामा उनीहरूको घरमा कोही गएका थिए, फोन काटियो। मिलिन्दले तुरुन्तै सुमितको फोन स्वीच अफ भएको थाहा पाउन फेरि प्रयास गरे। पछि मिलिन्दले थाहा पायो कि यो उनको रहस्यमय मृत्यु अघि सुमितको नम्बरमा अन्तिम आगमन कल थियो। मन्दिरासँग केही पनि थिएन र भोलिपल्ट सुमितको घर जान आग्रह गरिन्।

भोलिपल्ट दुबैजना सुमितको घर जाने तयारी गर्दै गर्दा एकजना व्यक्तिको फोन आयो कि उनी निर्देशक हुन् जसले मिलिन्दलाई आफ्नो आगामी फिल्ममा महत्वपूर्ण भूमिका दिन चाहन्छन् । बिहान ९ बजेबाट तत्काल भिडियो कन्फरेन्स गर्ने तयारी थियो । मिलिन्द आफ्नो ल्यापटप अगाडि बसे। मिलिन्दलाई एक घण्टा पर्खाइ राखिएको थियो, जबकि मन्दिराले उनीहरूले महत्त्वपूर्ण भूमिका खेल्न र सुमितको घर जानुपर्ने तर्क गरे। मन्दिराले सुमितको नम्बर पटक पटक खोजेपछि लगातार स्वीच अफ भएको पाईन् । मिलिन्दले मन्दिरालाई सुमितको घरमा एक्लै जान निषेध गरे।

मन्दिराले गाली र गाली गरिरहँदा मिलिन्दलाई निर्देशकका सहायकले तीन घण्टा भिडियो कन्फरेन्सिङमा व्यस्त राखे, छोटो ब्रेकपछि दिउँसो फलोअप बैठक। सुमितको घरमा आउन नदिन यो भिडियो कन्फरेन्सिङको व्यवस्था गरिएको हो भन्ने मन्दिराको भनाइका बाबजुद मिलिन्दले अन्यथा सोचेका थिए र मन्दिराका धेरै गुनासो सुन्नुपरेको थियो।

साँझ ६ बजेपछि भिडियो कन्फ्रेन्स सकिएको थियो । मिलिन्द अगाडिको पोर्चमा पुग्दा मन्दिराले आफ्नो कार स्टार्ट गरिसकेका थिए, एउटा कार भाडा एजेन्सीबाट भाडामा लिएको हुण्डाई स्यान्ट्रो। उनीहरुलाई १२ किलोमिटर टाढा बान्द्रामा रहेको सुमितको घर पुग्न ४५ मिनेट लाग्यो । शुक्रबार साँझको ट्राफिक जामका कारण सवारी चलाउन एक घण्टाभन्दा कम समय लागेको थियो ।

तीन पटक सुमितको डोरबेल बजाएपछि एकजना मानिसले आफूलाई सुमितको म्यानेजर भनेर चिनाउँदै ढोका खोल्यो । मिलिन्दले प्रबन्धकको पछिल्ला गतिविधिहरू महसुस गर्न सक्थे। प्रबन्धकको आवाज र हिजो राती फोनमा बोलेको आवाजसँग अनौठो समानता थियो। घरमा करिब ६ जना मानिस रहेको देखियो । सुमित कतै देखिएन । मिलिन्दले म्याराथन प्रशिक्षणको लागि आफूलाई सुमितको प्रशिक्षकको रूपमा चिनाउँदै सुमितलाई भेट्न चाहेको प्रबन्धकलाई विनम्रतापूर्वक सोधे। प्रबन्धकले जवाफ दिनुभयो कि सुमित व्यापारिक सहयोगीहरूसँग व्यस्त छ र डिस्टर्ब गर्न सकिँदैन।

मिलिन्दले प्रबन्धकको काँधमा हेरिरहेका कोठामा रहेका मानिसहरूलाई हेरेर स्थितिलाई आकार दिए। उसलाई थाहा थियो केहि गडबड छ, र सुमितमा पुग्ने एउटै उपाय भनेको आफूलाई हुडलमको गिरोहबाट धकेल्ने थियो। मिलिन्दले आधा खुल्ला ढोकाको नबमा आफ्नो हात दृढतापूर्वक राखे,

मन्दिरालाई पछाडि बस्न संकेत गरे, र एक्कासि ढोका ढक्ढकाए। मिलिन्दको ६ फिट दुई इन्चको फ्रेमसँग पाँच फिट सात इन्चको म्यानेजरले कुनै मेल खाएन । मिलिन्दले उनको दायाँ मुट्ठीले उनको निधार र सोलार प्लेक्ससमा दुई पटक हिर्काए। प्रबन्धक इँटाको बोरा जस्तै तल गए। मिलिन्दले बैठक कोठामा सर्वेक्षण गरे, जहाँ चारजना व्यक्ति थिए। सुमितको सुत्ने कोठा आंशिक खुला थियो । ओछ्यानमा बसेको सुमितसँग झगडा गर्दै दुईवटा गुण्डा भित्र थिए । उनी थकित, विचलित र नशालु देखिन्थे।

बैठक कोठामा बसेको मिलिन्द तर्फ छैटौं लुटपाटले टाउको घुमाए र सुमितको सुत्ने कोठातिर लागिरहेको थियो । मिलिन्दले सुमितलाई कोठाबाट बाहिर निस्कन चिच्याए । तीनवटा हुड गोरिल्लाजस्तै बनाइएको थियो। मिलिन्द हतियार हल्लाउँदै उनीहरूतिर गए। तर चाँडै, उनले महसुस गरे कि यो एक हारको युद्ध हो। चाँडै, तीन गोरिल्लाहरू, तिनीहरूका बलियो हतियारहरूले मिलिन्दको हात र घाँटीलाई उपजस्तै समात्यो। त्यसको बावजुद मिलिन्दले बाँकी आक्रमणकारीहरूलाई बाहिर निकाले। उसले ती मध्ये दुईसँग जोड्यो, तिनीहरूलाई पछाडिको गिलासको तखतामा रिलिङ्ग पठाउँदै, जसका फलकहरू प्रभावले चकनाचुर भए। बिस्तारै बिस्तारै चारवटा हुडले मिलिन्दलाई भुइँमा ल्याए। एउटा बाँदरले मिलिन्दलाई छातीमा टेकेर बस्यो। उनलाई अर्को बाँदरले सिरिन्ज दिएको थियो । मिलिन्दको छातीमा बसेको बाँदरले मिलिन्दको नाडी समातेर सिरिन्जमा रंगहीन तरल भएको सुई फ्याँक्न खोज्यो । एक्कासी कोलाहल मच्चियो । मन्दिरा पछाडिबाट देखा पऱ्यो, उसको हातबाट बाँदरको सिरिन्ज समात्यो, र उनको घाँटीमा सुई हाने। बाँदर चिच्यायो र पछाडि पल्टियो। मिलिन्दले ब्याकवर्ड कलवाली गरे र दुबै हुडहरू फर्श गरे।

तीमध्ये एउटा मिलिन्दको घाँटीमा अझै टाँसिएको थियो। मिलिन्द उठे र दाहिने कानको माथिको ठाउँमा पछाडी झुल्केर आफ्नो घुँडा प्रयोग गरेर हुडमा मुक्का हाने। दुवै हातले टाउको समातेर पीडामा हुड ढल्यो। यसैबीच सुमितको सुत्ने कोठामा रहेका अन्य दुई हूडले ढोका भित्रबाट ताला लगाएका थिए ।

अब, तिनीहरूको खुट्टामा तीन जना थिए - मिलिन्द, मंदिरा र हुडी। हुडीले मन्दिरालाई पछाडिबाट आक्रमण गरे र उनको घाँटी थिच्ने प्रयास गरे। मिलिन्दले मन्दिरालाई मद्दत गर्न अघि, उनले झुकेर आफ्नो खुट्टाको बीचबाट बाँदरको दाहिने खुट्टा ताने। बाँदर खस्दै गर्दा मन्दिराले चारैतिर घुमेर

बाँदरको आँखामा दुईवटा औँला हालिन् । बाँदर पीडाले चिच्यायो र अन्धो भएर भाग्न खोज्दै बैठक कोठाको भित्तामा ठोक्कियो र भुइँमा खस्यो। मिलिन्दले मन्दिराको नाडी समातेर अगाडिको ढोकामा बोल्ट लगाए। मूक दर्शक बनेर कुनामा बसिरहेका प्रबन्धकले मिलिन्दको क्रोध महसुस गरे किनभने मिलिन्दले प्रबन्धकको दाँतमा आफ्नो कुहिनो यति बलले प्रहार गरे कि उनको रगत बगिरहेको मुखबाट एउटा छेउको दाँत भुइँमा खस्यो। ऊ तल खस्दै, मन्दिरा अगाडिको ढोकाको बाटोमा आफ्नो कम्मरमा क्रूर रूपमा पाइला टेकिन्। प्रबन्धकले आफ्नो घाईते जननांगमा समातेर चिच्याउदै रोए ।

त्यतिन्जेल, चारवटा अस्थायी स्तब्ध हुडहरू भुइँबाट उठिरहेका थिए। तिनीहरूमध्ये एकको हातमा टेजर थियो, जसलाई मन्दिराले अमेरिकामा प्रहरीको क्यारी-किटको रूपमा चिनिन्।

मन्दिराले मिलिन्दलाई फुसफुसाउँदै भनिन्, "मिल, हामी धेरै संख्यामा छौँ । सुमितको सुत्ने कोठा भित्रबाट बन्द छ । हामी भाग्न आवश्यक छ।"

मन्दिरा र मिलिन्द दुवै अगाडिको ढोकाबाट भागे। मिलिन्दले इग्निशन साँचो घुमाएपछि सुशान्तको भाडाको घरको अगाडिको सडकमा पार्क गरिएको सेन्ट्रो फेरि उठ्यो। उनीहरु सिधै बान्द्रा प्रहरी चौकी पुगे ।

उनीहरुलाई भित्र पसेको देखेर एसएचओ उठे र बस्न आग्रह गरे । मिलिन्द र मंदिराले घटनाको क्रम सम्बन्धित र SHO लाई कारबाही गर्न आग्रह गरे। एसएचओले प्रहरी आयुक्तसँग मोबाइलमा कुरा गरे । एसएचओ कोठाबाट बाहिर गए, र मिलिन्द र मन्दिरा दुवैले खुला ढोकाबाट दुईबीचको लामो फुसफुसाए कुराकानी हेर्न सके। अन्ततः एसएचओले आफ्नो मोबाइल तल राखे र कोठामा पसे। टोपी लगाएर एसएचओले भने, "म टोली लिएर त्यहाँ जाँदैछु । "तिमीहरू दुवै घर जान सक्नुहुन्छ," उनले भने। "हामी स्थिति ह्यान्डल गर्नेछौं।" मिलिन्द वा मन्दिराले जवाफ दिनु अघि नै एसएचओले एकैछिनमा आफ्नो कोठा छोडे। मिलिन्द र मन्दिरा नतिजाको चिन्ता गर्दै घर गए।

भोलिपल्ट साँझ ४ बजेसम्म सुमित सिंह राठोडको आत्महत्याको खबर टिभी र सामाजिक सञ्जालमा घुमिरहेको थियो । त्यसले मिलिन्द र मन्दिरालाई त्यतिखेर प्रहार गऱ्यो कि यो आत्महत्या होइन तर पूर्व-ध्यान गरिएको चिसो रगतको हत्या हो, जुन १३ औं रातमा भएको थियो।

मिलिन्दले सीबीआईसँग सोधपुछ गर्दा उनले आत्महत्या गर्नु अघिल्लो दिन सुमितको घरमा लुटेराहरूसँग भएको झडपको विस्तृत विवरण दिए। सीबीआई टोलीले ध्यान दिएर सुन्यो र मिलिन्दलाई सोधपुछ पछि तयार गरेको लिखित बयानमा हस्ताक्षर गर्न भन्यो। मिलिन्दले सुमितको प्रबन्धक पिठानीले आफ्नो अगाडिको दाँत कसरी कुहिनोले भाँच्यो भन्ने ग्राफिक विवरण पनि दिए।

सुमितले आत्महत्या गरेको तीन दिनपछि भोपालस्थित मिलिन्दको घरमा स्पीड पोस्टबाट पठाइएको चिठी आइपुग्यो । त्यसमा रु १० हजारको चेक थियो । रन मनिषा रन फाउन्डेसनलाई सुमित सिंह राठोडबाट ५ लाख मिलिन्दले चेक देखाउँदा म्यान्डी अविश्वासमा चिच्याइन्।

"हस्ताक्षरकर्ताहरूलाई हेर, मिल," मन्दिरा चिच्याइन्। "त्यहाँ ती मध्ये दुई छन्।" एउटा सुमितको र अर्को निर्देशकले, जसले मिलिन्द र मन्दिरा बिहान सुमितको घर पुग्दा मिलिन्दलाई बदनाम गरिराखेका थिए।"

मन्दिराले आक्रोशित भइन्, "मिल, मदरफकरले तिमीलाई दिनभरि व्यस्त राख्यो ताकि हामी सुमितको घरमा नजान सकौं। हामीलाई समयमै उहाँसम्म पुग्न र गुण्डागर्दीबाट उहाँलाई बचाउन ढिलाइ गर्न यो जानाजानी गरिएको हो। निर्देशक लुटपाटमा छन्। तपाईंले फाउन्डेसनको लागि चन्दाको लागि सुमितलाई सम्पर्क गरेपछि, उसले चेकमा हस्ताक्षर गरी आफ्नो खाताका व्यक्तिलाई हस्ताक्षर गर्न दिएको हुनुपर्छ र तपाईंलाई दिइएको ठेगानामा पठाउन भन्यो। निर्देशक तपाई जस्तो सोच्नुहुन्छ त्यो होइन, बरु एक ठग र सुमितको लेखा अधिकारी, लुटेराहरूसँग मिलेर। मिल, तपाईं nincompoop, तपाईं मूर्ख हुक, रेखा, र डूबिएको थियो। तिमी यति मुर्ख नभएको भए सुमितको ज्यान बचाउन सक्थ्यौं । धिक्कार, मिल, हामीले सुमितको ज्यान बचाउन सक्थ्यौं । मैले तपाईलाई भनिरहेँ कि यो निर्देशक एक माछा मान्छे थियो; उनको कुरा नसुन्नुहोस्। अब हामीले परिणामको लागि तिर्नुपर्छ। "

मिलिन्द आक्रोशित भएर टाउको हान्छन् । मन्दिरासँग बोल्ने शब्द थिएन । यस बीचमा मन्दिराले आफ्नो आँसुलाई नियन्त्रण गर्न सकेनन्, जुन बगिरह्यो। पन्ध्र मिनेट रोएको पछि, मन्दिरा आफ्नो फोन लिएर पुगिन्, मोबियसको घण्टी बजाई र आफ्नो दुःखको कथा सुनाइन्।

मोबियसले फोनमा जवाफ दिए। "ठुलो हुनुहोस्, म्यान्डी, के भयो सकियो। हामी अब केहि गर्न सक्दैनौं। मिललाई धड्काउनुको कुनै अर्थ छैन। उहाँ निर्दोष हुनुहुन्छ। यी चकचके बास्टर्डहरू पत्ता लगाउन गाह्रो थियो। कुनै पनि कुराले सुमितलाई फेरि जीवनमा ल्याउन सक्दैन। तपाईको हातमा चेक भएको र उनको मृत्युको तीन दिन अघिको मिति भएको हुनाले तपाईले मनिषालाई यसलाई नगद गर्न पनि भन्न सक्नुहुन्छ। कानुनी रूपमा भन्नुपर्दा, बैंकले सुमितका कानुनी प्रतिनिधिहरूबाट रोक लगाउने निर्देशनहरू प्राप्त नगरेसम्म चेकलाई सम्मान गर्नुपर्छ। मिललाई फोन देउ ।"

मोबियसले भने, "मिल, तिम्रो गल्ती थिएन। ती केटाहरू हाम्रो लागि धेरै स्मार्ट थिए। चिन्ता नगर्नुहोस्। चिसो राख्नुहोस्। म्यान्डी रिसाएकी छिन्। तिमीहरु आपसमा झगडा नगर । यस मामिलामा हामी कसैले गर्न सक्ने केही छैन। सुमितले मुम्बई हाफ म्याराथन दौड्दा मैले एकपटक भेटेको थिएँ। उनका केही चलचित्र पनि हेरे । यस्तो उज्यालो तारा यसरी जानुपर्दा साँच्चै दुःखी महसुस गर्नुहोस्। पुलिस वा सीबीआईलाई औंला नगर्नुहोस् किनभने तिनीहरू यस श्रृंखलामा सँगै छन्। केही प्रमुख व्यक्तिहरूले शटहरू बोलाउँछन्; सुमितकी प्रेमिकालाई पनि शंका लाग्छ । त्यो बोङ केटीले हाम्रो समाजलाई बदनाम गरिरहेकी छिन्।

मिलिन्दले उदास भएर जवाफ दिए । "धन्यवाद साथी, मलाई सान्त्वना दिनुभएकोमा। म्यान्डीको कुरा सुन्नुपर्छ । सिल्वर-स्क्रिनमा प्रसिद्धिको लालचले मेरो निर्णयलाई बादल बनायो। "

"ठीक छ मिल। ख्याल राख्नुहोस्, "मोबियसले जवाफ दिए।

नोभेम्बर

एक समाचार रिपोर्ट

विमल गुरुङ तीन वर्षअघि सन् २०१७ मा सार्वजनिक रूपमा हराएजस्तै रहस्यमय र नाटकीय रूपमा फेरि देखा परे । जनवरी २०२० मा बीजेपीसँग सम्बन्ध तोड्ने उनको घोषणा अझ नाटकीय थियो, जसलाई उनको पार्टी, गोर्खा जनमुक्ति मोर्चा (जीजेएम) ले दार्जिलिङ पहाडमा आधार स्थापना गर्न मद्दत गऱ्यो। पश्चिम बङ्गालका मुख्यमन्त्री ममता बनर्जीसमक्ष विमल गुरुङको आत्मसमर्पणले दार्जिलिङमा राजनीतिक जटिलता थप गहिरो बनाएको छ,

जहाँ उत्तरी बंगालको मैदानी भागहरू मिलेर छुट्टै गोर्खाल्याण्ड राज्यको माग दशकौंदेखि केन्द्रविन्दु बनेको छ, विशेष गरी सन् १९८० को मध्यदेखि।

२००७ र २०१७ को बीचमा गोर्खाहरूका लोकप्रिय नेता, अहिले ५६ वर्षका बिमल गुरुङले २००९ देखि तीन पटक दार्जिलिङ लोकसभा जित्नमा महत्वपूर्ण भूमिका खेलेका थिए। उनले 21 अक्टोबर 2020 मा बीजेपीसँग सम्बन्ध तोडे, भाजपालाई विश्वासको भंग गरेको र राज्यको लागि उनको निवेदनलाई समर्थन नगरेको आरोप लगाए।

GJM नेता जून 2017 देखि फरार रहेका छन्, जब पश्चिम बंगाल प्रहरीले भारतीय दण्ड संहिता र गैरकानूनी गतिविधि (रोकथाम) ऐन अन्तर्गत उनको विरुद्ध धेरै गैर-जमानती मुद्दाहरू दायर गरेको थियो। उनी सिक्किम, नेपाल, नयाँ दिल्ली र झारखण्डमा लुकेर बसेको बताइएको छ ।

सेप्टेम्बर 2017 मा टुटेको र तृणमूल कांग्रेस (TMC) सँग एकतामा उभिएको विनय तामाङको नेतृत्वमा रहेको GJM गुटको बावजुद बीजेपीले 2019 मा दार्जिलिङमा 4 लाख भन्दा बढी मतको अन्तरले लोकसभा सीट जित्यो। न त 2009 मा न 2014 मा भाजपाले राज्यको रूपमा विचार गर्यो तर गोर्खाहरूको लामो समयदेखि विचाराधीन मागहरूलाई सहानुभूतिपूर्वक विचार गर्ने वाचा गर्यो। 2019 मा, बीजेपीले पहाडहरूको लागि स्थायी राजनीतिक समाधानको संकेत दियो। हाल, बिमल गुरुङ र विनय तामाङ दुबै GJM को साथमा, ममता बनर्जीको साथमा, GJM को प्रभाव 2007 देखि पहाडको प्रभावशाली संगठन पछि ओइलाएको देखिन्छ। सुवास घिसिङको विद्रोही गोर्खा नेशनल लिबरेसन फ्रन्ट (GNLF) को नेतृत्वमा सन् १९८६ देखि १९८८ सम्म चलेको दुई वर्षको हिंसात्मक आन्दोलन अर्ध-स्वायत्त दार्जिलिङ गोर्खा हिल काउन्सिल (DGHC) गठनसँगै टुङ्गियो।

GNLF ले त्यसबेलादेखि पहाडमा गोली हानाहान गर्‍यो, तर सुवास घिसिङका नजिकका सहयोगी विमल गुरुङले आफ्नै पार्टी बनाएपछि २००७ मा आफ्नो कार्यालय बन्द गर्नुपरेको थियो। त्यसपछि GJM ले राज्यत्वको खोजी गर्दै उग्रवादी आन्दोलनको अर्को चरण सुरु गर्यो। बिमलको विद्रोह अन्ततः GTA (गोर्खाल्याण्ड क्षेत्रीय प्रशासन) को गठन संग समाप्त भयो, भारतको पश्चिम बंगाल राज्यको दार्जिलिङ र कालिम्पोङ जिल्लाहरूको लागि अर्ध - स्वायत्त परिषद । (जीटीए 2012 मा दार्जिलिङ गोर्खा हिल

काउन्सिललाई प्रतिस्थापन गर्न गठन गरिएको थियो , जुन 1988 मा गठन गरिएको थियो र 23 वर्षसम्म दार्जिलिङ पहाडहरू प्रशासन गर्‍यो)।

GNLF, अहिले सुवास घिसिङका छोरा, मान घिसिङको नेतृत्वमा, ममता बनर्जीको आक्रामक जवाफी हमलाको सामना गर्दै बिमल गुरुङले अन्य पहाडी-आधारित संगठनहरूलाई ठाउँ दिन अनुमति दिएपछि 2017 आन्दोलन पछि पुनरागमन भयो । 2019 मा, GNLF ले बिमल गुरुङलाई लोकसभा चुनाव र दार्जिलिङमा भएको विधानसभा उपचुनावमा भाजपालाई समर्थन गर्न हात मिलायो। GNLF नेता नीरज जिम्बा तामाङ GNLF नेता रहे पनि भाजपा उम्मेदवारको रूपमा विजयी भए। 2017 को आन्दोलनमा पुलिस ज्यादतीहरू विरुद्ध सार्वजनिक भावनाहरूले GJM र GNLF लाई मिलाउन बाध्य पार्‍यो।

नोभेम्बर २०२० मा, बिमल गुरुङले कोलकातामा पुन: देखा परे, बीजेपीसँग सम्बन्ध तोड्ने र ममता बनर्जीको नेतृत्वमा रहेको तृणमूल कांग्रेस (TMC) मा सामेल हुने घोषणा गरे। पश्चिम बङ्गालका मुख्यमन्त्रीको यो कथित आत्मसमर्पणले दार्जिलिङमा राजनीतिक जटिलतालाई गहिरो बनाएको छ, जहाँ १९८० को दशकको मध्यदेखि छुट्टै गोर्खाल्याण्ड राज्यको माग प्रमुख विषय बनेको छ। परिमल भट्टाचार्यको 'नो पाथ इन दार्जिलिङ इज स्ट्रेट' नामक पुस्तकका अनुसार गोर्खाल्याण्डको निर्माणको सन्दर्भमा अहिलेको अवस्थालाई सम्बोधन गर्न सक्ने एउटै राजनीतिक पहिचानको अभाव अत्यन्तै अपर्याप्त छ।

शोडाउन र अनलुक्ड प्रमोशन (2021)

तीन वर्ष भूमिगत बिताएपछि बिमल गुरुङले दार्जिलिङमा ठूलो जमघटलाई सम्बोधन गर्दा दार्जिलिङमा तातोपानी र चर्को दिन थियो। मनिषा र जुनालीले हेरे, भीडबाट अप्रभावित। गोर्खाल्याण्ड आन्दोलनको सबैभन्दा चिनिने अनुहार मध्ये एक विमल आफ्नो पुरानो स्वयम्को छायाँ मात्र हो जस्तो लाग्थ्यो। उसको स्वरमा गडबड भयो । अनुहार लज्जित र लज्जित थियो। गोर्खाल्यान्ड आन्दोलनको प्रमुख राजनीतिक वाहन गोर्खा जनमुक्ति मोर्चाको संस्थापक मानिने र यसअघि गोर्खाल्याण्ड क्षेत्रीय प्रशासन, एउटा स्वायत्त प्रशासनको अध्यक्ष भइसकेका व्यक्ति हुन् भन्ने कुरा बुझ्न गाह्रो थियो। गोरखाको बाहुल्य क्षेत्र हो । यो पत्याउन गाह्रो थियो कि यो मानिस कुनै समय मशाल वाहक मानिएको थियो, गोर्खाल्याण्ड आन्दोलनको नेतृत्व गर्दै, पश्चिम बङ्गालको उत्तरी छेउमा रहेका नेपाली भाषी समुदायको प्रतिनिधित्व गर्न छुट्टै राज्यको लागि दबाब दिए।

भर्खरै भएको पश्चिम बंगाल विधानसभा चुनावमा गोर्खाहरूको आक्रोशको कारण, 17 अप्रिलमा सम्पन्न GTA का सबै क्षेत्रहरू समावेश गरी पाँचौं चरणमा, गुरुङको GJM ले गोरखा बहुल क्षेत्रका सबै तीन पहाडी सीटहरू गुमाएको थियो। पुनरुत्थान भएको भारतीय जनता पार्टी र आफ्नै पार्टीबाट अलग भएको गुट। बीजेपीले जितेको दुई सिटमा, GJM को दुई गुटहरूले उनीहरूको मतहरू थपिएमा बढी मतदान गरे, जसले चुनाव गोर्खाल्याण्ड आन्दोलनको सट्टा बिमल आफैंलाई बढी घाटा भएको संकेत गर्दछ।

मनिषा जुनालीतिर फर्किन् र भनिन्, "के यो त्यही व्यक्ति हो जसको लागि तिमीले सन् २०१७ मा आफ्नो ज्यान जोखिममा राख्यौ ?"

जुनालीले लाजमर्दो हुँदै जवाफ दियो, 'अहिले त त्यो व्यक्तिले उल्टो पल्टाएको छ । 2017 मा, बिमलले GTA का क्षेत्रहरूलाई पूर्ण राज्य बनाउनको लागि आह्वान गर्दै 104-दिनको बन्दको नेतृत्व गरे। पश्चिम बंगाल सरकारले राज्यभरका विद्यालयहरूमा बंगाली अनिवार्य गर्ने निर्णय गरेपछि विरोध सुरु भएको हो। विमलको अनुहार सर्वव्यापी थियो, ह्वाट्सएप र फेसबुकमा भिडियोहरू मार्फत विरोधको आग्रह गर्दै जुन हरेक युवाले

आफ्नो फोनमा हेरेको देखिन्छ। गोर्खाल्याण्ड राज्य बनाउनको लागि भावनात्मक आह्वान गर्नुको सट्टा, विमलले जीटीएलाई तराई र डुअर्स क्षेत्रहरूमा विस्तार गर्न र 11 जनजातिहरूलाई अनुसूचित जनजाति वर्गमा समावेश गर्न आग्रह गरिरहेका छन्। उनले आफूलाई पश्चिम बंगाल सरकारसँग सम्झौता गरेका छन्। जे होस्, उहाँको भाइ अर्जुन गुरुङलाई जसरी पनि भेटौं ।" यति भन्दै जुनालीले मनिषालाई आँखा चिम्ले ।

मनिषाले हँसिलो स्वरमा भनिन्, "सुनेँ आन्टी, कुनै बेला तपाईं अर्जुनको बुमचुम हुनुहुन्थ्यो।"

जुनालीले मनिषाको पछाडिको भागमा घुँडा हानिन्।

जुनाली र मनिषा आफ्नो अफिसमा पसेको देखेर अर्जुनले आफ्नो कुर्सीबाट उठेर भने, "नमस्ते जुन्नु ! भित्र आउ। भीडमा मैले तिमीलाई चिनेँ। धेरै समय पछि भेट्दा राम्रो लाग्यो। पुरानो समय जस्तो लाग्छ" र जुनालीलाई अँगालो हाल्न अगाडि बढिन् ।

जुनालीले छेउमा पुगेर नमस्ते गरिन् । "धन्यवाद, अर्जुन साब। हो, धेरै समय पछि भेट्दै छु । तिमीमा ठूलो परिवर्तन आएको छ। एक पलको लागि, तिमीलाई चिन्न सकिन।"

अर्जुनले हाँस्दै उसको अनुहार छोएर भने, "मेरो अनुहार । मलाई साँच्चै थाहा छैन। तैपनि अलिकति तौल राख।

जुनालीले गम्भीर भएर भन्यो, "होइन अर्जुन साब । म तिम्रो विचारधारा परिवर्तनको कुरा गर्दैछु। तपाईंले कुल ब्याकफ्लिप गर्नुभयो। दिदीले कति घूस दिनुभयो अचम्म । तपाईलाई प्रशस्त जग्गा र त्यससँग जानको लागि घर प्रस्ताव गरेको हुनुपर्छ।

अचानक गम्भीर हुँदै अर्जुनले भने, "होइन, त्यस्तो केही छैन । मेरो पुख्र्यौली सम्पति नै मलाई धान्न पर्याप्त छ । तिम्रो मनमा कसैले विष हालेको छ।"

जुनालीले निन्दा गर्ने स्वरमा जवाफ दिए, "त्यस अवस्थामा, तपाईंको पार्टीले भर्खरको विधानसभा चुनावमा किन यति नराम्रो काम गर्यो, र तपाईंले अचानक भाजपालाई तृणमूल कांग्रेसको लागि कसरी फ्याँक्नुभयो?"

अर्जुनले खुसीसाथ जवाफ दिए, "सत्ताधारी दल ठग हो । तिनीहरूले मलाई जित्नको लागि प्रयोग गरे र त्यसपछि मलाई कार्डहरूको प्याक जस्तै त्यागिदिए। तिमीलाई वास्तविक कथा थाहा छैन। सत्तारुढ दलले

सञ्चारमाध्यमलाई के भन्यो भन्ने कुरा पढ्दै हुनुहुन्छ । तिमी तिनीहरूको काखमा पर्यौं।"

जुनालीले रिसाउँदै जवाफ दिइन्, "हो, तिमीले मलाई त्यो भनेकी छौ । तिमीले मलाई मेरो आँखा र कान खुला राख्न सिकायौ। मैले भर्खरै थाहा पाएको छु कि सत्तारुढ दलले तपाईलाई चन्दाको लागि उपहार दिएको जग्गाको बारेमा। तीन एकड जमिनको लागि दश हजार रुपैयाँ। तिमीले हामीलाई धोका दियौ, गोर्खा साथीहरू, जसले राज्यको खोजीमा विश्वास गरेका थिए।"

अर्जुनले रिसाएको स्वरमा भने, 'मसँग यसरी कसैले बोल्दैन । यदि तिमी नारी नभएको भए तिम्रो टाउको मेरो खुकरीमुनि घुम्ने थियो ।"

जुनाली उठेर कोठाको छेउमा पुगे र भित्रबाट ढोका बन्द गरिन् । उनले आफ्नो विन्डचीटर हटाइन् र कोठाको कुनामा फ्याँकिन्, उसको छातीमा कालो रंगमा शान्तिको प्रतीक भएको नीलो टी शर्ट प्रकट गर्दै।

"ठीक छ अर्जुन साहब । नाङ्गो हातले महिला विरुद्ध पुरुष लडौं। यहाँ मनिषा मात्र छिन्, जसलाई तपाईंले बाल्यकालदेखि नै चिन्नुभएको छ। उसले कसैलाई भन्नेछैन । यसका साथ अगाडि बढौं।"

जुनालीको बक्सरको अडानमा छिटो परिवर्तन भएको देखेर अर्जुनले तुरुन्तै आफ्नो गल्तीको गम्भीरता बुझे। आफ्नो राजनीतिक यात्राको प्रारम्भिक चरणहरूमा जुनालीलाई एक पटक जोगाउने, तेक्वान्दोमा 10th डिग्री ब्ल्याक बेल्ट रणबहादुर बोगटीको निर्देशनमा सम्मानित मार्सल सीप भएको जुनालीले उहाँलाई देख्यो। जुनालीले मानिसलाई कुखुराको घाँटी मुर्दा जति सहजै मार्न सक्छ ।

"ओहो, जुन्नु, एक कदम पछि हटौं। मलाई मेरो रिसलाई राम्रो बनाउन दिनुभएकोमा म माफी चाहन्छु। हाम्रो मित्रताको परिसीमा पुगे पनि, सौहार्दपूर्ण सर्तहरूमा भाग लिनुहोस्। गोर्खाल्याण्डको लागि संघर्ष समाप्त हुन सकेको छैन, र पश्चिम बंगालका सीएमले हामीलाई समाधानको लागि मार्गदर्शन गर्नेछन्। " सम्मानजनक नमस्ते गर्दै, उसले बाहिर निस्कने इशारा गर्यो।

मनिषाले आफ्नी काकीलाई आशंकित नजरले हेरिन्, "जाऔं काकी।"

जुनालीले आफ्नो विन्डचिटर निकालेर हातको पल्टाएर लगाइन् । मनिषाको हात समातेर कोठाबाट बाहिर निस्किन् । कोठाबाहिर एउटा बेन्चमा बसेका

अर्जुनका दुवै अंगरक्षकहरूले आफ्नो ढाड सीधा पारेर दुवैलाई हेरे । तिनीहरूले केही गलत भएको महसुस गर्न सक्थे।

अर्जुन गुरुङको अफिस बाहिर जुनालीको फोन बज्यो । अर्को छेउको आवाजले जवाफ दियो, "नमस्ते जुनाली। मिलिन्द हो। तिमीले दार्जिलिङमा अर्जुनको बमलाई लात हानेको हुनुपर्छ।"

जुनाली हाँस्दै भनिन्, "लगत्तै । मिलिन्द ब्रो, जीवन कस्तो छ?"

मिलिन्दले जवाफ दिए, "तिमी र मनिषा भोपाल आउनुहोस्। पहिलो खोपहरू सहरमा प्लस-४५ उमेर समूहका लागि उपलब्ध छन्। म तार तानेर मनिषाको काम पनि गराउँछु, यद्यपि उनी ३२ वर्षकी भएकी छिन्।

"वाह मिलिन्द ! त्यो तिमीलाई एकदमै मीठो छ। मलाई रसद हेर्न दिनुहोस्।"

मिलिन्दले जवाफ दिए, "म म्यान्डीलाई फोन दिन्छु।

म्यान्डी लाइनमा आयो, "नमस्ते, जुनाली। आशा छ तपाईं चिल आउट हुनुहुन्छ। सुन्नुहोस्, म जवाफको लागि होईन। म तिम्रो र मनिषाको बागडोगरादेखि दिल्ली, दिल्लीदेखि भोपालसम्मको हवाई भाडामा पैसा जुटाउँदै छु। तपाई हामीसँग केही दिन बस्नुहुनेछ। यो खोप ४५ वर्षभन्दा माथिकालाई सर्वसाधारणका लागि खुल्ला गरिएको छ । मनिषाका लागि मिलिन्दले तार तान्नुहुनेछ। यो सबैभन्दा कम मिलिन्द हो, र म गोर्खाल्याण्डका दिग्गजहरूको लागि गर्न सक्छु। मोब्सी, सुमी र पहाडी पनि यतै हुनेछन् । यो एक पुनर्मिलन हुनेछ किनभने, पहाडीको दुस्साहस पछि, हामी सबै कहिल्यै सँगै थिएनौं। शिववी र चन्द्रिकाले छोरा दिपेशसँग यहाँ आउने वाचा गरेका छन्।

जुनालीले भनिन्, 'ठूलो । कोष आवश्यक थिएन। तर हामी दुबै आउछौ।"

मन्दिराले जवाफ दिइन्, "यो राम्रो छ। म कोषमा जोड दिन्छु। हाम्रो हाउजिङ कालोनीको ठीक छेउमा एउटा सुन्दर रिसोर्ट छ। मैले तिम्रो र मनिषा, मोब्सी, सुमी र आयुषी र शिववी, चन्द्रिका र दिपेशका लागि तीनवटा हनिमुन कटेजहरू बुक गरेको छु। जब तपाईं यहाँ हुनुहुन्छ, हामी गोर्खाल्याण्ड मुद्दामा विचार गर्नेछौं। गोर्खाल्याण्डका लागि धेरै काम भइसकेको छ, तर अझै धेरै गर्न आवश्यक छ। मोब्सीसँग केही विचारहरू छन्। "

जुनालीले भनिन्, 'ठूलो । मलाई थाहा थियो कि खोप बिट एक चाल थियो! तिम्रो मनमा अर्कै कुरा थियो । तपाईले पहिले नै धेरै मद्दत गर्नुभयो। म जीवनभर ऋणी छु।"

मन्दिराले भनिन्, 'भावनामा नपर। तपाईंका दुवै उडान टिकट बुक भएपछि म तपाईंलाई जानकारी दिनेछु। तब सम्म, बस चिसो।"

सक्छ

कार्यस्थल अन्याय र विद्रोह

मोबियस मुखर्जीको मूड खराब थियो। भर्खरै उनको मूल्याङ्कन प्रतिवेदन प्राप्त भएको थियो । उहाँलाई उत्कृष्ट दिइएको थियो, तर पदोन्नति बिना। बृद्धि रकम उचित थियो, तर मोबियसलाई रिस उठेको कुरा के थियो कि पाँच वर्ष बितिसक्दा पनि उसलाई बढुवा दिइएन। वाणिज्य विभागका अध्यक्ष हितेश गम्भीरको नेतृत्वमा उनी तीन वर्षसम्म वाणिज्य विभागमा थिए । तीन वर्षसम्म उनले आफ्नो विभागका दुई महिला अधिकारीलाई टेबुलमा बस्दा अश्लिल कमेन्ट र मोबाइलमा पोर्न देखाएर यौन उत्पीडन गरिरहे । हितेशले आफ्नो विभागका दुई महिलालाई बारम्बार आफ्नो क्याबिनमा बोलाए। उसले भित्रबाट ढोका बन्द गर्दथ्यो र महिलालाई अन्डरवियर मात्रै फुकाल्न बाध्य पार्थ्यो। त्यसपछि उनी मोबाइलबाट फोटो खिच्न थाले । दुबै महिलाहरूलाई उनीहरूको मौनता कायम राख्नको लागि भारी वृद्धिसहित उनीहरूको सबै मूल्याङ्कनमा 'उत्कृष्ट' दिइयो। साथै, दुवैले विभागमा कार्यकालको दुई वर्षभित्र बढुवा पाए ।

विभागमा तेस्रो नम्बरमा रहेको मोबियसलाई बन्द ढोका पछाडि केही माछा लागेको थाहा थियो। हितेह गंभीरको क्युबिकलको मुख्य ढोका बाहेक अरु कुनै ढोका थिएन, जसमा सिसाको फलक थिएन। कोठा लगभग साउन्डप्रुफ थियो। मोबियसले कहिलेकाहीं दुई महिलाहरूबाट जानकारी बाहिर निकाल्ने प्रयास गरे, तर तिनीहरू कडा ओठमा थिए। यद्यपि, दोस्रो वर्षमा, मोबियसले मानव संसाधन विभागलाई सबै काठको केबिनका ढोकाहरू हटाउन र फ्रोस्टेड ग्लासको ढोकाले प्रतिस्थापन गर्न सिफारिस गरे। हितेश गम्भीरले मोबियसको पछाडि रहेको कुरा थाहा पाए र मोबियसको मूल्याङ्कनलाई औसत दिएर बिगारे। मोबियसले यसबारे आवाज उठाए र मुम्बईको कर्पोरेट

हेड अफिसमा प्रबन्ध निर्देशक र मानव संसाधनको कर्पोरेट प्रमुख लगायत शीर्ष व्यवस्थापनलाई हितेश गम्भीरको अपमानजनक कार्यहरू सुनाए।

कर्पोरेट एचआर हेडले मोबियसलाई कर्पोरेट कार्यालयमा बोलाए र उसलाई प्रमाण चाहिन्छ, सुनुवाइ मात्र होइन भनेर बताए। मोबियसले ट्रिशालाई आफ्नो संस्करण HR लाई दिन अनुरोध गरे। हितेश गम्भीर बोल्ड भएपछि तृषा राजी भइन् र एक दिन काँचको ढोकाको बाबजुद पनि आफ्नो स्तनलाई माया गरिन् । जब हितेशले आसन्न घोषणाको बारेमा थाहा पाए, उनले तुरुन्तै महाप्रबन्धक तह र माथिको तहलाई मात्र दिइने धेरै कम ब्याजमा कार ऋणको लागि विशेष स्वीकृति दिने पत्र दिए। त्रिशा गत वर्ष बढुवा भई एक वर्षभित्र प्रबन्धक बनाउने वाचासहित डेपुटी म्यानेजर थिइन् । मोबियसको असुविधाको कारण, कर्पोरेट HR द्वारा मुख्य कार्यालयमा बोलाउँदा त्रिशाले पछि हटिन्।

मोबियसले वाणिज्य विभागमा तेस्रो वर्ष पास गरेपछि, हितेश गम्भीरले मूल्याङ्कन अवधिमा व्यवस्थापनलाई सिफारिस गरे कि मोबियस अब वाणिज्य विभागमा आवश्यक छैन। बुद्धिमान एमडीले सतनाको प्लान्टमा के भइरहेको छ भन्ने कुरा बुझे र प्लान्ट एचआर प्रमुखलाई मोबियसलाई कमर्शियलबाट प्लान्टको कर्पोरेट छविमा नयाँ-सिर्जित स्थितिमा स्थानान्तरण गर्ने पत्र जारी गर्न आग्रह गरे। जसरी पत्र मोबियसलाई दिइयो, उसले हितेश गम्भीरलाई कम IQ भएको चिम्पान्जी भनेर बोलाएर मुख्य गल्ती गर्यो। कर्पोरेट मुम्बई अफिस र प्लान्ट अफिसका शीर्ष नेताहरू बीचको कोलाहल थियो, अवज्ञा र अनुशासनहीनता।

सुमित्राले नतिजाको अनुमान लगाइन्, श्रीमानको इच्छाविपरीत मुम्बई कर्पोरेट अफिसमा पुगिन् र एमडीसँग व्यक्तिगत रूपमा माफी मागेकी थिइन्। एमडीले वास्तविकता बुझेर प्लान्ट एचआरलाई ट्रान्सफर लेटर जारी गर्न भने। मोबियसले मनोज प्रताप त्रिवेदीको, वरिष्ठ उपाध्यक्ष प्रशासन, कर्पोरेट छविको प्रभारी नयाँ जागिरमा, विद्यमान तलब र पदनामको साथ रिपोर्ट गर्यो। हितेश गम्भीरका नजिकका साथी मनोजले मोबियसलाई वृद्धिसहित कर्पोरेट छविमा राख्ने निर्णय गरे, तर पदोन्नति बिना। त्यसोभए यो कमर्शियलमा पदोन्नति बिना तीन वर्ष र कर्पोरेट छविमा कुनै परिवर्तन बिना दुई वर्ष भयो, परिणामस्वरूप मोबियस मुखर्जीको लागि कुनै पदोन्नति बिना पाँच वर्ष भयो। उहाँसँग रिसाउनु पर्ने हरेक कारण थियो, तर यस बारे केहि गर्न सकेन।

आफ्नो मूल्याङ्कन पत्र प्राप्त गरेपछि, मोबियसले मनोज प्रताप त्रिवेदीको कार्यालयमा रिसाए।

'सर, संस्थामा पाँच वर्ष बितिसक्दा पनि बढुवा भएको छैन । के यो न्याय हो ? कतिपय मूर्खहरू पढ्न वा लेख्न मात्र सक्दैनन्, प्रत्येक दुई-तीन वर्षमा बढुवा हुँदैछन्। हाम्रो सतना प्लान्टमा गुण्डागर्दी र नातावाद सँगसँगै छन्, "मोबियसले दुःख व्यक्त गरे।

मनोजले जवाफ दिए, "मोबियस, तिमीले मलाई थिच्यौ। मैले तिमीलाई चाहिनँ। हामीले हाम्रो सतना प्लान्टमा तपाईंको लागि विशेष विभाग सिर्जना गरेका छौं। कर्पोरेट छवि विभाग, व्यावहारिक उद्देश्यका लागि, हाम्रो कर्पोरेट कार्यालयमा मात्र अवस्थित छ। मैले तिमीलाई राम्रो वृद्धि दिएँ। तपाईं संसारको लागि माग्न सक्नुहुन्न।"

मोबियसले बेवास्ता गर्दै भन्यो, "सर, म अफिसमा हुँदा सजावट र कर्पोरेट शिष्टाचार कायम राख्छु। एकपटक मैले यो संस्था छोडेपछि, म बाबा लोकनाथको कसम खान्छु, म मन्दिर जान्छु, घण्टी बजाउँछु र मेरो विरोध गर्नेहरूलाई श्राप दिनेछु। मेरो शत्रुहरू भयानक सडक दुर्घटनामा मर्दा मात्र मेरो आत्माले शान्ति पाउनेछ। आफ्नो मृत्युको क्षणमा, तिनीहरूले मेरो अनुहार आफ्नो आँखामा पश्चात्ताप लिएर हेर्नु पर्छ। तर यो मैले संगठन छोडेपछि मात्र गर्नेछु। के तपाईलाई थाहा छ कि श्रीमान हितेश गंभीर एक अपमानजनक र परोपकारी हुन् र आफ्नो विभागमा पाप गरेका छन्?"

मनोजले जवाफ दिए, "मोबियस, तिमीसँग यसको कुनै प्रमाण छैन । त्यसैले यसको बारेमा कुरा नगरौं।"

"सर, यसबारेमा त्यत्ति नराम्रो नबन्नुहोस्। यदि तिम्रो साथीको बाटो भएको भए उसले तिम्रो श्रीमतीसँग मिलनसार हुने थियो।"

"मोबियस, तपाईं सीमाहरू पार गर्दै हुनुहुन्छ। तपाईबाट थप एक चिच्याएर तपाई संगठनबाट बाहिर हुनुहुनेछ।"

त्यतिकैमा सिनियर जनरल म्यानेजर (खनिज स्रोत) विजय श्रीवास्तव भित्र पसे र मनोजको क्याबिनबाट मोबियसलाई बाहिर निकाले । "सुन बेवकूफ, के तिमी आफ्नो हाकिमसँग यसरी कुरा गर्दैछौ कि 6 फिट 4 इन्चले तिमीलाई जेली बीन जस्तै कुचल्न सक्छ? मैले पूरै कुराकानी ढोका बाहिर सुनेँ। सुन, साथी, तिमी जे गर्न चाहन्छौ, तर सावधानीपूर्वक गर। तपाईंले उसलाई सबै कुरा भन्नु पर्दैन। मन्दिर जानुहोस्। घण्टी बजाउनुहोस्। आफ्नो श्राप घोषणा

गर्नुहोस्। मेरो प्रिय मोबियस, तपाईं स्थापना विरुद्ध लड्न सक्नुहुन्न। साँझ मेरो घरमा बियरको लागि आउनुहोस्। हामी कुराहरू कुरा गर्नेछौं। तपाईंले राम्रो महसुस गर्नुहुनेछ। सुन्नुहोस्, मोबियस, शीर्ष व्यवस्थापनले तपाईंलाई कर्पोरेट कार्यालयमा मन पराउँछ। नत्र तिनीहरूले क्वालालम्पुरमा दुई म्याराथन र सिंगापुरमा एउटा सहित राष्ट्रव्यापी रूपमा तपाइँका सबै दौडहरू प्रायोजित गर्न किन सहमत हुनेछन्? तपाईं सतना मा एक रक स्टार हुनुहुन्छ। तपाईलाई यहाँ सबैले चिन्नुहुन्छ। तपाइँको दौडको बारेमा हरेक केहि दिन पेपरहरूमा केहि बाहिर आउँछ। तपाईंले दौडमा एउटा किताब पनि लेख्नुभएको छ, जुन अमेजन र फ्लिपकार्टमा राम्रो भइरहेको छ। थप के चाहनुहुन्छ? फुर्सदको पदोन्नतिले जीवनमा धेरै अर्थ राख्दैन।

मोबियसले जवाफ दिए, "विजय, तपाईं संस्थामा एक व्यक्ति हुनुहुन्छ जसलाई मेरो दुर्दशा थाहा छ। जे होस्, मैले मनोजसँग झूट बोलें। म अब सेवानिवृत्तिको लागि पर्खिरहेको छैन। म आज हाम्रो उपनिवेशको मन्दिरमा जाँदैछु, र तपाईले भनेझैं, यो सावधानीपूर्वक गर्न।"

विजयले दुवै हात टाउकोमा समातेर निराशाले करायो । "मोबियस, तपाईं सीमा हुनुहुन्छ। जे होस्, तिमी मेरो साथी भएकोले म तिमीलाई साथ दिन्छु।"

मोबियसले कालोनी परिसरमा रहेको मन्दिरको भ्रमण गरे, घण्टी बजाए र भगवान शिव, दुर्गा माता, गणेश र हनुमानका मूर्तिहरूलाई पूजा गरे। उसले निहुरिएर भगवान शिवको द्वारपाल नन्दीको कानमा कानमा कानमा भन्यो, "नन्दी, हितेश गम्भीर र मनोज प्रताप त्रिवेदीको सडक दुर्घटनामा मृत्यु होस् र नर्कमा जलोस्!"

मोबियस मन्दिरबाट बाहिर निस्के, चन्दा बाकसमा बीस रुपैयाँको नोट हाले, फेरि मन्दिरको घण्टी बजाए र घर पुगे । सुमित्रा बालकनीमा उभिएर उल्टो दिशाबाट मोबियसको गाडी हेरी । उनले सोधिन्, 'कलोनीको मन्दिरबाट अफिसबाट नभई कसरी फर्किनुहुन्छ ?

"मलाई मन्दिरमा काम थियो।"

"यो साँच्चै राम्रो छ," सुमित्राले भनिन्, "विहान तपाईंको मूल्याङ्कन पत्र प्राप्त गरेपछि तपाईं भित्रको रिस उठेको देखेपछि, तपाईंले भगवानसँग शान्ति पाउनुभयो भन्ने थाहा पाउँदा राम्रो लाग्यो।"

"साँढे, म शान्ति खोज्न गएँ। म कुकुरका दुई छोराहरूलाई घातक श्राप दिन गएँ।"

"मलाई बुल नगर्नुहोस्, मोब्सी। मलाई के भयो ठ्याक्कै भन।"

मोबियसले बीन्स फैलाउने निर्णय गर्छ। सुमित्राले कफीको मग टेबुलमा हालेर उठिन् । मोबियस पनि कफीको मग हातमा लिएर उठ्यो । पाँच फिट दश उचाइमा, दुवै तरवारहरू पार गर्न लागेका योद्धाहरू जस्तै देखिन्थे।

मोबियसले सुमित्रालाई भन्छ, "सुमी, के म मेरो कफी शान्तिपूर्वक समाप्त गर्न सक्छु?"

आक्रोशित सुमित्राले जवाफ दिइन्, "होइन, मोब्सी डियर, नहोस्। कफीको मग तल राख्नुहोस्। अब हामी श्राप फिर्ता लिन मन्दिर जाँदैछौं।"

आयुषी पछाडीबाट भित्र पस्दै भनिन्, "बापि, मैले सबै सुनें । आमासँगको नब्बे प्रतिशत तर्कमा मैले तिम्रो समर्थन गरेको छु । यस पटक होइन, बापि। निन्दा गर्दा पनि ज्यान खोस्ने अधिकार कसैलाई छैन।"

मोबियसलाई हेरेर सुमित्राले जवाफ दिइन्, "हेर, मोबिस, तिम्री छोरीलाई पनि तिमीभन्दा धेरै बुद्धि छ। उनी बिल्कुल सही छिन्। ईश्वरनिन्दामा पनि, तपाईलाई जीवन लिने अधिकार छैन। अब मन्दिरतिर लागौं । मिल, म्यान्डी, शिववी र चन्द्रिकाले पनि तपाईंले गरेको कामलाई कहिल्यै अनुमोदन गर्दैनन् भनी म पक्का गर्न सक्छु। र हो, जुनाली पनि।

मोबियस पोर्च नजिकैको ल्यानमा आफ्नो होन्डा सिटीमा जान हिचकिचाउँथे। सुमित्रा ड्राइभरको सिटमा बसिन् र मोबियसलाई भित्र पस्न इशारा गरिन् । बुवाको छेउमा उभिएकी आयुषीले भनिन्, 'बापि, मैले जीवनमा आमालाई यति रिसाएको देखेको छैन । दादुले मलाई भन्नुभयो कि तपाई दुबैले उसलाई मोडेस्टी ब्लेज र विली गार्विनको सम्झना गराउनुहुन्छ। उनले मलाई किताब पढ्न दिए । यो लेखिएको छ कि यदि मोडेस्टी र विली बीच हल्का लडाई छ भने, विलीले जित्नेछ। तर गम्भीर लडाइँमा, यो नम्रता हुनेछ। बापि, तिम्रो बाइसेप्स १४ इन्च छ, र मा १३ इन्चमा अलि कम छ। मलाई लाग्छ तपाईले आमाको कुरा सुन्नुपर्छ, "र हाँस्नुभयो।

मोबियसले हाँस्दै भन्यो, "पहाडी राजकुमारी, तिमीले मेरो हास्य र आमाको बुद्धि विरासतमा पायौ।"

त्यसपछि मोबियसले आफ्नी छोरीको काँधमा हात राखेर भने, "राम्रो कुरा, पहाडी, यो उल्टो भएन।" दुबै जना बेरमा हाँस्छन् ।

खुसीमा आयुष दोब्बर भयो । “बापि, बन्द गर। मलाई हाँसोको पीडा आउँछ।"

मन्दिरमा आएर सुमित्रा हतास हुँदै ओर्लिन् । मोबियसले पछाडिबाट भने, "यदि म तपाईसँग सहमत छैन भने के हुन्छ?"

"यदि तपाईले आफ्नो श्राप फिर्ता लिनुहुन्न भने तपाईले आफ्नो कान पछाडि क्लिप पाउनुहुनेछ। तिमी आठ वर्षको हुँदा के भयो याद छ?" सुमित्राले जवाफ दिइन् ।

"ए सुमी, तिमीले मलाई आठ वर्षको हुँदा भुइँमा टाँस्यौ किनभने मेरो खुट्टा घाँसमा चिप्लियो।"

सुमित्रा अलिकति मुस्कुराउदै भनिन्, "मोब्सी, मलाई धक्का नदिनुहोस् र इतिहास दोहोर्याउनुहोस्।"

मोबियस मुस्कुरायो र आफैसँग कुरा गर्यो, सुमित्राले सुन्न सक्ने चर्को स्वरमा, "के हो? दुईवटा फोहोर हरामीका कारण श्रीमतीसँग झगडा ? ठीक छ, म पनि तिमीसँगै जान्छु, सुमी। तर, यसपटक मात्रै ।”

"अब मलाई थाहा छ किन म्यान्डी तिमीलाई धेरै मन पराउँछिन्। तपाईं दुबैजना एक्स्प्लेटिभहरू प्रयोग गर्नमा राम्रो हुनुहुन्छ, "सुमित्राले भनिन्।

पन्ध्र मिनेट पछि, सुमित्राले कुशलतापूर्वक तीन कप कफी पिउनुभयो, निर्बाध रूपमा डुराबिल्ड सिमेन्ट लिमिटेड कालोनी, सतना प्लान्टमा मुखर्जी परिवारको लागि परिचित दिनचर्यालाई पुनर्स्थापित गर्दै, रमाईलोको जीवन्त मिश्रणको साथमा।

जुलाई

एक रणनीतिक कर्पोरेट मिशन

मोबियसले आफ्नो पदोन्नतिको बारेमा आफ्नो तत्काल वरिष्ठ, मनोज प्रताप त्रिवेदीसँग चर्को बहस गरेपछि, उनलाई मुम्बईको मुख्य कार्यालयमा बोलाइयो।

मोबियसलाई एमडीको कोठासँग जोडिएको लाउन्जमा पर्खन भनियो। दस मिनेट पछि, एमडी भित्र गए, र मोबियस खडा भयो।

"सुप्रभात मोबियस," एमडीले मुस्कुराउँदै भने। उनले पास्टेल रंगको शिफन साडी लगाएकी थिइन्, जसले उनको स्लिम फिगरलाई झल्काउँछ। एमडीले मोबियसलाई अभिनेत्री कितु किदवानीको सम्झना गराए। उनले मोबियसलाई बस्न इशारा गरिन्।

"शुभ बिहानी, महोदया। तपाईलाई देखेर धेरै राम्रो लाग्यो, "मोबियसले जवाफ दिए।

"के हुँदैछ, सतना प्लान्टमा मोबियस? तपाईको शब्दावली 'शोषक' मोर्चामा बढ्दै गएको सुनेको छ? एमडीलाई सोध्यो ।

"माफ गर्नुहोस्, महोदया। म सुधार गर्छु, "मोबियसले लज्जित हुँदै जवाफ दिए।

"मोबियस, तपाईंको एक्स्प्लेटिभको दायरा सुधार गर्नुहोस्," एमडीले भौंहहरू उठाएर मुस्कुराउँदै भने।

"होइन, होइन। मेरो मतलब मेरो शब्दावलीबाट व्यभिचार हटाउनु थियो।"

"त्यो असम्भव छ, मोबियस," एमडीले अझै मुस्कुराउँदै भने। "तिमीलाई पनि थाहा छ मलाई जस्तै। ठिक छ, यसलाई अलिकति प्रयोग गरेर रोक्नुहोस् मैले भनेको मात्र हो। "

"अवश्य पनि, महोदया। म धेरै टाढा गएको हुन सक्छ। मेरो हार्दिक माफी चाहन्छु।"

“हो, मोबियस, मैले तिमीलाई आफ्नो र श्रीमान मनोज प्रताप त्रिवेदीबीचको वैमनस्यबारे छलफल नगर्न बोलाएँ। यो केहि चीज हो जुन तपाईं दुवैले आफ्नो बीचमा मिलाउनु पर्छ। श्रीमती सुमित्रालाई कस्तो छ ? दीपावली र हाम्रो कालोनीको वार्षिक खेलकुद दिवसमा प्लान्टमा पारिवारिक समारोहहरूमा मैले उहाँलाई केही पटक भेटेको छु। मैले सुमित्रालाई भेटेको सम्झना छ, जब उनी केही वर्षअघि कमर्शियलका पूर्व अध्यक्ष हितेश गम्भीर विरुद्ध तपाईको अनुचित भाषाको लागि माफी माग्न आएकी थिइन्।

"पूर्व राष्ट्रपति महोदया?" मोबियसले अचम्मको स्वरमा सोधे। "मैले उसलाई केही दिन अघि प्लान्टमा देखेको थिएँ।"

प्रबन्धकले जवाफ दिए, "हाम्रो गहिरो डर महसुस भयो, र सञ्चालक समितिले उनलाई हिजो तुरुन्तै हटाउने निर्णय गर्यो। उनलाई झोला र झोला लिएर उपनिवेश छाड्न एक साताको समय दिइएको छ । उनलाई हिजोदेखि प्लान्ट

परिसरमा प्रवेश गर्न दिइएको छैन । केटि तृषा याद छ ? उनले एक हप्ता अघि मलाई सिमीहरू फ्याँकिन्। उनले मेरो सचिवसँग कुरा गरिन्। म सामान्यतया मानव संसाधनलाई त्यस्ता केसहरू ह्यान्डल गर्न दिन्छु। तर उनी मसँग कुरा गर्न चाहन्थिन् । मेरो सेक्रेटरीले बताए अनुसार उनले आत्महत्या गर्ने धम्की दिइन्। म त्यतिबेला सचिवसँगै थिएँ, मैले उनीसँग कुरा गर्ने निर्णय गरें। श्री हितेश गम्भीरले विगत पाँच वर्षमा उनलाई दुईवटा आउट अफ टर्न प्रमोशन दिएका थिए, अर्थात् छ वर्षमा तीन पटक प्रमोशन भएको त्रिशाले बताइन्। श्री गंभीरले पैसा फिर्ता गर्ने समयको बारेमा सोच्दै थिए र तृषासँग यौनसम्पर्क गर्न चाहन्थे र गत शनिबार उनलाई चूना ढुङ्गा पठाउने अनौपचारिक छलफलको बहानामा आफ्नो घरमा निम्तो दिए।

"श्री। हितेश गम्भीर आफैं शैतानको अवतार हो,' मोबियसले घृणा गर्दै भने।

एमडीले गाली गरे, "मोबियस, कृपया आफ्नो गुनासोलाई रोक्नुहोस्। गालीगलौज तिम्रो बानी बन्दैछ। तिम्रो श्रीमतीलाई यसमा आपत्ति छैन ?"

मोबियसले डरलाग्दो जवाफ दिए, "म अक्सर उनीबाट कान पाउँछु। मलाई लाग्छ कि पुराना बानीहरू कडा मर्छन्! "

एमडीले जवाफ दिए, "मोबियस, मलाई तपाईंको हास्यको भावना मन पर्छ। तर तिमीलाई थाहा छ म तिमीलाई सधैं यस अगाडि रक्षा गर्न सक्दिन। जे होस्, मैले सुरु गरेको ठाउँमा फर्किएँ। श्री गंभीरकी श्रीमती नोएडामा आफ्नो अभिभावकको घरमा थिइन्। त्रिशाले पनि मलाई श्री गंभीरको विगतका अत्याचारका बारेमा जानकारी गराएको र तपाईंले एचआरलाई जानकारी गराएको पनि बताइन्। तर उपयुक्त समयमा, गम्भीरले सफ्ट कार लोन दिएपछि उनी मानव संसाधन प्रमुखसँगको बैठकबाट पछि हटिन्। यी सबै कुरा मेरो कानमा आइसकेको थियो । अब यो गोप्य राख्नुहोस्, मोबियस। अध्यक्ष, तपाईलाई थाहा छ, मेरो बुबा हुनुहुन्छ। उहाँका केही घनिष्ठ व्यापारिक सहयोगीहरू छन्, र श्री गंभीर, तिनीहरूमध्ये एकको भतिजा भएकोले, राष्ट्रपति कमर्शियलको प्लम पोस्ट दिइएको थियो। निस्सन्देह, श्री गंभीर कामको लागि योग्य थिए। अब मेरो बुबाले आफ्नो गल्ती महसुस गर्नुभयो र हामीलाई कारबाही गर्न भन्नुभयो।

"ठीक छ, महोदया। यो एकदम सही निर्णय थियो। प्लान्टमा सबैलाई झट्का दिइनेछ। " मोबियसले धेरै राहत र खुशी महसुस गरे। उसले आफ्नो उत्साहलाई थाम्न सकेन ।

मोबियसले थप पुष्टि गर्दै, कान-कान मुस्कुराउँदै, "म्याडम, श्री त्रिवेदी पनि स्तब्ध हुनुहुनेछ किनभने उहाँ श्री हितेश गम्भीरको नजिकको साथी हुनुहुन्थ्यो।"

एमडीले ठूलो मुस्कानलाई हेर्दै भने, "मोबियस, मलाई थाहा थियो कि तपाइँ यो समाचारबाट खुशी हुनुहुनेछ, त्यसैले मैले यो तपाइँलाई व्यक्तिगत रूपमा दिनेछु। तर, आज मैले तिमीलाई बोलाएको होइन।"

"गोर्खाल्याण्ड आन्दोलनलाई तपाईंको समर्थनको बारेमा धेरै सुन्दै छु। तपाईं यो धर्मयुद्धमा कत्तिको गम्भीर हुनुहुन्छ?"

"म्याडम, मैले मेरो व्यक्तिगत अभिप्रायलाई मेरो व्यावसायिक करियरलाई ओभरल्याप गर्न कहिल्यै दिइन। दुवै छुट्टाछुट्टै संस्था हुन् । व्यावहारिक रूपमा, मेरो सबै बिदा गोर्खाल्याण्ड मुद्दामा जान्छ। धन्यबाद, HR धेरै उदार भएको छ, मलाई मेरो दौड दौडको लागि विशेष बिदा स्वीकृत गर्दै, जुन राम्रोसँग सन्तुलन मिल्छ। तपाईलाई धन्यवाद, महोदया, म तपाईप्रति धेरै आभारी छु।"

"मोबियस, हामी हेड अफिसमा तपाईलाई धेरै माया गर्छौं। जे होस्, तपाईंप्रतिको हाम्रो प्रेमलाई वरिष्ठहरूसँग दुर्व्यवहार र दुर्व्यवहारको लागि गलत अर्थ लगाउनु हुँदैन।

"म्याडम, यो फेरि हुनेछैन, म तपाईंलाई वाचा गर्छु।"

"त्यसो भए होस्," एमडीले जवाफ दिए।

“अब अर्को कुरामा आउँछु। गोर्खाल्याण्ड र उत्तर पूर्वी राज्यहरू भनेर बहस भइरहेको पश्चिम बंगाल क्षेत्रमा सिमेन्ट उत्पादनमा केही प्रवेश गर्ने योजना छ। दार्जिलिङ र कालिम्पोङ जिल्लाबाट सुरु गर्ने योजना छ। दार्जिलिङ, जलपाईगुडी डिभिजनको उत्तरी जिल्ला, एक उल्टो वेज जस्तो देखिन्छ जसको आधार सिक्किममा रहेको छ, यसको छेउमा नेपाल, भुटान, र पश्चिम बंगालको जलपाईगुडी जिल्ला छोएको छ। यसको विपरित, 7 फेब्रुअरी 2017 मा, कालिम्पोङ जिल्ला भयो।

"तर, महोदया, ती क्षेत्रहरूमा चूना पत्थर बेल्टहरू छैनन्।"

“हामीले सबै कच्चा पदार्थ सडकबाट ट्रकमा ल्याउँछौं; हाम्रा उत्पादनहरू त्यही बाटोमा जानेछन्,' प्रबन्धकले जवाफ दिए।

एक पज पछि, एमडी जारी राखे। "त्यहाँ लगभग एक दर्जन उत्तर पूर्वी सिमेन्ट कम्पनीहरू छन्, प्रायः असम र मेघालयमा। मेघालयको स्टार सिमेन्ट सबैभन्दा ठूलो खेलाडी हो।

"हो," मोबियसले जवाफ दिए। "उनीहरूको मेघालय, असम र पश्चिम बंगालमा बिरुवाहरू छन्। यसबाहेक, पूर्वोत्तर औद्योगिक लगानी प्रवर्द्धन नीति (NEIIPP) अन्तर्गत, पूर्वोत्तर क्षेत्रमा सञ्चालन गर्ने सिमेन्ट कम्पनीहरूले सहुलियत र कर छुट पाउँछन्।"

'र गोर्खाल्याण्ड बनेमा त्यो क्षेत्रमा धेरै पूर्वाधार निर्माण हुनेछ', प्रबन्ध निर्देशकले भने । "यदि गोर्खाल्याण्ड बन्यो भने।"

"पक्कै पनि गोर्खाल्याण्डको जन्म हुनेछ।"

"के तिमी बुबा बन्ने हो?" एमडीलाई हास्यास्पद स्वरमा सोधे ।

"मेरो आन्द्रा महोदया, गोर्खाल्याण्ड भारतको 30 औं राज्य हुनेछ भन्ने छ। हामी जित्नेछौं भन्ने कुरामा कुनै शङ्का छैन," मोबियसले गम्भीरतापूर्वक जवाफ दिए।

"मोबियस, तिम्रो गोर्खा आमा छ। तपाईं बंगाली, हिन्दी, नेपाली र अङ्ग्रेजी भाषामा सिपालु हुनुहुन्छ। हाम्रो शीर्ष व्यवस्थापनले तपाईलाई कानूनको समस्यामा नपरिकन गोर्खाल्याण्डको लागि आफ्नो मुद्दा जारी राख्न चाहन्छ। यस विषयमा मैले अध्यक्ष र सञ्चालक समितिसँग छलफल गरेको छु । सर्वसम्मतिको निर्णयमा, हामी तपाईंलाई पश्चिम बंगाल र उत्तर पूर्वमा टेन्टाकलहरू फैलाउने विशेष परियोजनामा राख्दैछौं। म तपाईसँग युवा टोली राख्दै छु। तपाईं अझै पनि कर्पोरेट छवि विभागको प्रभारी हुनुहुनेछ तर यसमा कम समय खर्च गर्नुहुनेछ। तपाईं सतना प्लान्टको कोलोनी परिसरमा रहनुहुनेछ किनभने तपाईंको पत्नी सुमित्राको CSR कार्यको लागि रातनामा कार्यालय छ। तर प्रत्येक महिना, तपाईंले सुरुका महिनाहरूमा पश्चिम बंगाल र असममा एक हप्ता बिताउनु पर्ने हुन सक्छ। पछि, सायद, मेघालय। कर्पोरेट छविमा, तपाईंको सहायक, वन्दना सिंह, पदोन्नति भइरहेको छ तर तपाईंलाई रिपोर्ट गर्नेछ। म तपाईंलाई, मोबियस, सहायक उपाध्यक्ष - विशेष परियोजनाहरूमा पदोन्नति गर्दैछु। यहाँ तपाईंको पत्र हो, मिस्टर मोबियस मुखर्जी।" एमडीले एउटा खाममा चिठ्ठी निकालेर मोबियसलाई दिए ।

मोबियस छक्क परे। उनी शब्दहरूको लागि हानिमा थिए। एमडीले जारी राखे। "तपाईंले अब श्री मनोज प्रताप त्रिवेदीलाई रिपोर्ट गर्नुहुनेछैन, तर

प्लान्टको वित्त विभागमा वित्त प्रमुख जसपिन्दर सिंह अरोरालाई रिपोर्ट गर्नुहुनेछ।"

"वाह," मोबियसले गनगन गरे। "त्यो एकदम ठुलो कुरा हो! मसँग भन्न को लागी कुनै शब्द छैन, महोदया। जीवनको लागि तपाईलाई अनन्त कृतज्ञ, महोदया! " मोबिसका आँखा रसाए।

"ठीक छ, मोबियस, मैले पाँच मिनेटमा बैठक पाएँ। सबै राम्रो, "एमडीले उठेर आफ्नो हात फैलाउनुभयो, र त्यसपछि उनको आँखामा एक झलक संग, "नयाँ असाइनमेन्ट मोबियसलाई बकवास नगर्नुहोस्।" दुवैको मनमनै हाँसो थियो।

मोबियस उठ्यो र गम्भीरतापूर्वक बोल्यो, "म्याडम, मेरो विनम्र अनुरोध छ। वीर योद्धा लछिमान गुरुङको निधनपछि नेतृत्व सम्हाल्ने गोरखा राष्ट्रिय एकता मोर्चाकी वर्तमान अध्यक्ष मनिषा राईले दुराबिल्ड सिमेन्ट लिमिटेडको नीतिअनुरुप मलाई उनीहरुको कोर कमिटीमा सहभागी हुन आमन्त्रण गर्नुभएको छ । उल्लेखनीय छ, उनले उपराष्ट्रपतिको भूमिका पनि प्रस्ताव गरे, दोस्रो-उच्च पद। मनिषाकी काकी जुनाली, महासचिवको हैसियतमा काम गरिरहेकी थिइन्, मलाई उनीहरूका सबै बैठकमा उपस्थित हुन आवश्यक नपर्ने आश्वासन दिइन्। गोर्खाल्याण्ड आन्दोलनको शुरुवातदेखि नै जुनाली मनिषाका लागि मार्गदर्शक शक्ति बनेका छन्।

एमडी मुस्कुराए र जवाफ दिए, "पक्कै पनि, मोबियस। कृपया अगाडी बढ्नुस। म हाम्रो सञ्चालक समितिबाट विशेष अनुमोदन खोज्नेछु। तपाईंलाई GNUF कोर समिति बैठकहरूमा उपस्थित हुन आवश्यक बिदा दिइनेछ। वास्तवमा, म यो सहयोगलाई स्वागत गर्दछु। GNUF मा तपाईंको संलग्नता हाम्रो कम्पनीको उद्देश्यसँग मेल खान्छ। हामी उनीहरूको कारणलाई समर्थन गर्न हाम्रो कर्पोरेट सामाजिक उत्तरदायित्व खाताबाट सावधानीपूर्वक रकम विनियोजन गर्न सक्छौं। हामी यो विषयलाई सावधानीपूर्वक ह्यान्डल गर्नेछौं। मोबियसले GNUF लाई प्रवर्द्धन गर्न र तिनीहरूलाई कर्षण प्राप्त गर्न मद्दत गर्न काम गर्दछ। आगामी चुनावमा उहाँहरूको सफलतालाई प्रोत्साहन दिनुहोस्। आवश्यक परे मनिषा राई र उनकी काकी जुनालीलाई दिल्लीमा गृहमन्त्रीसँग भेट्न जानुहोस्। गृह मन्त्रालयमा मेरो सम्पर्क छ, जसले व्यवस्था गर्न सक्छ।"

एमडीले केही बेर रोकिएर सोधे, "हो, मोबियस, जुनालीसँगको आफ्नो सम्बन्धलाई कसरी वर्णन गर्नुहुन्छ?"

थोरै अचम्ममा परेर मोबियसले सावधानीपूर्वक जवाफ दिए, "जुनाली र म दाजुभाइको जस्तै सम्बन्ध साझा गर्छौं।"

जब उनी आफ्नो कार्यालयको ढोकामा पुगिन्, एमडीले फर्केर मुस्कुराउनुभयो र टिप्पणी गर्नुभयो, "यो सुन्दा अचम्मको छ, मोबियस। गोर्खाल्याण्डको लागि निरन्तर दबाब दिनुहोस्।

सेप्टेम्बर

गोर्खाल्याण्ड दुविधा नेभिगेट गर्दै

प्रधानमन्त्री कार्यालयमा मौनता छायो । कोठा बाहिर नियमित जेड सुरक्षाको साथ रातको ११ बजेको थियो। प्रधानमन्त्रीले सचिवलाई घर जान भनेका थिए ।

टेबुलमा गृहमन्त्री बसेका थिए । कोठामा अरु कोही थिएन । गृहमन्त्रीले भने, “प्रधानमन्त्री महोदय, एउटा सानो अनुरोधः मैले तपाईलाई जे भने पनि गोप्य रहनुपर्छ । तपाईंका कुनै पनि सल्लाहकार वा मन्त्रीलाई एक शब्द पनि बोलेन ।”

सेतो दाह्री हल्लाउँदै प्रधानमन्त्रीले जवाफ दिए, “मोताभाइ, मेरो कुरा छ । के मैले तिमीलाई कहिल्यै निराश पारेको छु?"

एक विराम पछि, गृहमन्त्रीले जारी राखे, "मैले दिदीबाट प्राप्त जानकारीको बाबजुद पश्चिम बंगालको गोर्खाल्याण्ड मुद्दालाई नजिकबाट नियालेको छु। उनी कडा पक्षपाती छिन् र सधैं गोर्खाल्याण्ड आन्दोलनको कलंकित चित्र दिन्छिन्। दार्जिलिङको दंगापछि पश्चिम बंगाल सरकारले गोर्खाहरूलाई कच्चा सम्झौता गरेको महसुस गरें। तिनीहरूले जानाजानी गोर्खाहरूलाई उनीहरूको जिल्लामा उचित शिक्षा प्राप्त गर्न अनुमति दिएनन्। पेडोङ र कालिम्पोङका धेरैजसो राम्रा विद्यालयहरू स्व-समर्थित मिसनरी स्कूलहरू हुन्। पश्चिम बंगाल सरकारले १६ मे २०१७ मा राज्यका सबै विद्यालयहरूमा बंगाली भाषा अनिवार्य गर्नुपर्ने घोषणा गरेपछि सुरु भएको विरोध प्रदर्शनको एउटा फ्ल्यास बिन्दु थियो। यसलाई गोर्खा जनमुक्ति मोर्चा (जीजेएम)

प्रशासित क्षेत्रले विदेशी संस्कृति थोपरेको भनेर व्याख्या गरिएको थियो जहाँ अधिकांश मानिसहरू नेपाली बोल्छन्।

प्रधानमन्त्रीले भने, “तर मोटाभाई, हरेक राज्यको आफ्नो राज्य भाषा सबै विद्यालय तहमा पढाइ दिनु पर्ने विशेषाधिकार छ ।”

एचएमले बताए, “गोर्खा बालबालिकाहरू पहिलेदेखि नै अंग्रेजी, हिन्दी र नेपालीमा दक्ष छन्। नेपाली भाषा एक स्वीकृत भारतीय भाषा हो। भारतीय रिजर्भ बैंक द्वारा हाम्रो मुद्रा नोटहरूमा 15 भाषाहरू छापिएको छ। यो नोटको बीचमा देखाइएको हिन्दी र रिभर्स साइडमा अंग्रेजीको अतिरिक्त हो। नेपाली लिपिमा उल्लेखित सम्प्रदाय मराठी र उडिया लिपिहरू बीचको नवौं लाइनमा छ। गोर्खाहरूले यी वर्षहरूमा कहिल्यै पनि अप्ठ्यारो दिएनन्, राजनीतिक रूपमा प्रेरित व्यक्तिहरू जो बदमाश भए। दीदीले उनीहरूलाई फलामको हातले व्यवहार गरे। अहिले पनि प्रतिबन्धित गोर्खा सङ्गठनका विगतका पदाधिकारीहरू निस्किएमा पश्चिम बङ्गाल प्रहरीले उनीहरूलाई गिरफ्तार गरी समस्यामा पार्छ।

एक पज पछि, एचएमले जारी राखे, "तर, म तपाईलाई के भन्न चाहन्छु त्यो ठूलो रहस्य हो। एउटा न्याग-ट्याग टोली बिस्तारै तर स्थिर रूपमा नयाँ राज्यको रूपमा प्रवेश गर्दैछ - गोर्खाल्याण्ड। चिन्तित हुनुपर्ने केहि छैन, "एचएमले जवाफ दिए।

प्रधानमन्त्रीले भने, ‘त्यसो भए केही फरक पर्दैन । आफ्नो समय खेर नफालौं।"

HM ले जवाफ दियो, "चिन्ता नगर्नुहोस्, प्रधानमन्त्री सर। यदि कुनै त्यस्तो समस्या छ भने, म व्यक्तिगत रूपमा समाधान गर्नेछु। गोर्खाल्याण्ड कारणका लागि समर्पित यस मोटली समूहको पछाडि केही नागरिकहरू छन्। तिनीहरूमध्ये कोही गैर-गोर्खाहरू छन् भने छक्क पर्नेछैन।

प्रधानमन्त्रीले जवाफ दिए, "त्यसमा कुनै समस्या छैन, जबसम्म त्यहाँ कुनै विदेशी तत्वहरू जस्तै सीआईए, केजीबी, वा आईएसआई एजेन्टहरू छैनन्।"

"तपाईंलाई लाग्छ कि पुटिन यसको पछाडि हुन सक्छ?" HM हाँसे।

“सायद, मोटाभाई। हाम्रो देशमा कुनै पनि जातीय सफायाले अस्थिरता निम्त्याउन सक्छ। चीन, संयुक्त राज्य अमेरिका र रुस जस्ता सबै ठूला राष्ट्रहरूले भारतलाई आन्तरिक अशान्तिबाट फुस्किएको हेर्न चाहन्छन्।

विषय परिवर्तन गर्दै प्रधानमन्त्रीले भने, ‘देश अल्पसंख्यक, अनुसूचित जाति वा जनजातिलाई अँगाल्न चाहन्छ । हाम्रो देशमा वास्तविक अल्पसंख्यकहरू तथाकथित पण्डितहरू हुन्। उनीहरूसँग कश्मीरमा कच्चा सम्झौता थियो।

एचएमले जवाफ दिए, "बुद्धि, धन र शाही वंशका बावजुद, पंडितहरू आज पछुताउँछन्। मलाई उनीहरूप्रति दया लाग्छ।”

“के गर्ने मोटाभाई ? हामीले केही मानिसहरूलाई मात्रै खुसी राख्न सक्छौं। आजकल, यो त तल्लो जातको वा महिला हुनु राम्रो हो - उनीहरूका लागि प्रशस्त प्रोत्साहनहरू। मलाई याद छ धेरै वर्ष पहिले कोची (तत्कालीन कोचीन) को केरला उच्च अदालतमा आरक्षित कोटा अन्तर्गत मेडिकल सिटको वास्तविक मुद्दा थियो जुन उच्च अदालतका न्यायाधीशको अनुसूचित जातिको छोरालाई गएको थियो, जसको औसत अंक मात्र थियो। यसको विपरित, सोही अदालतमा ब्राह्मण चपरासीका छोराले धेरै अङ्क ल्याएर पनि सिट पाएनन् र उत्कृष्ट २० को सामान्य कोटामा थोरै भए पनि । आम जनता छक्क परे, र प्रेसले ब्राह्मण चपरासीको छोराको लागि दाँत र कीला लडे, तर अन्तमा, सबै कुरा थोपा भयो। कुनै पनि कुराले समीकरण परिवर्तन गरेको छैन। त्यो देशको कानुनको पछाडिको विडम्बना हो।"

एचएमले तुरुन्तै जवाफ दियो, "पीएम सर, गलत महसुस गर्न केहि छैन। तपाईंले सहि भन्नुभयो, यो देशको कानुन मात्र हो। कहिलेकाहीँ, हाम्रा सिद्धान्तहरू सम्झौता हुन्छन्। कहिलेकाहीँ, जब हामीसँग उत्तराखण्ड, छत्तीसगढ र झारखण्ड जस्ता राज्यहरू छन्, गोर्खाल्याण्ड किन हुँदैन? गोर्खाहरू सिपाही वा पहरेदार हुनबाट निकै बढेका छन् । यसबाहेक, यदि हामीले पश्चिम बंगालबाट गोर्खाल्याण्ड काट्यौं भने, हामी त्यहाँ हाम्रो पार्टी स्थापना गर्न सक्छौं। त्यो महिलाको कारणले पश्चिम बङ्गालमा हामी प्रवेश गर्न सक्दैनौं। उहाँ हाम्रो लागि टाउको दुखाइ हो, गोर्खाहरू होइन।

प्रधानमन्त्री मुस्कुराए । “मोताभाई, तपाईं बूढो, बूढो र भावुक हुँदै हुनुहुन्छ। अहिले करिब मध्यरात भइसकेको छ । मैले मेरो योग सत्रको लागि बिहान 4 बजे उठ्नु पर्छ। शुभ रात्रि, मोटाभाई।"

एचएमले जवाफ दिए, "प्रधानमन्त्री सर। शुभ रात्री।"

कालिम्पोङ योजना, ठेगाना र भाग्रे (2022)

कालिम्पोङमा जुलाईमा मौसम असामान्य रूपमा आर्द्र थियो। मोबियस र जुनालीले फुटबल खेल हुने नगरको मुख्य खेल मैदानको सर्वेक्षण गरिरहेका थिए। दुई दिनमा ८० प्रतिशत स्थानीय जनसङ्ख्या र वरपरका गाउँ र दार्जिलिङका अन्य आगन्तुकहरू जम्मा हुने अपेक्षा गरिएको थियो। फुटबल मैदान भित्र पस्न र बाहिर निस्कन एउटा मात्रै खोलिएको थियो। जुनालीसँग मोबियसले पहिलो कुरा भनेको खेल मैदानमा दर्शकहरूको रूपरेखा थियो।

फुटबल मैदानलाई हेरेर उच्च बिन्दुबाट, मोबियसले टिप्पणी गरे, "खराब छनौट, जुनाली। सबैलाई पर्खाल लगाइनेछ। मनिषा सुन्न दार्जिलिङ, जलपाईगुडी, सिलगढी र अन्य ठाउँबाट धेरै मानिसहरू आउनेछन्। बिहान मात्रै सुभम गोलमसँग भेट भयो । हिजो रातिदेखि नै कालिम्पोङमा २० जना प्रहरी घोडासहित प्रहरी ब्यारेकमा बसेको उनले बताए । आज बिहान करिब ५० प्रहरी र महिला हेलमेट, अनुहार ढाल र लाठी लगाएर दंगा गियरमा पुगेका थिए । तिनीहरूमा कुहिनो प्याड र शिन प्याडहरू पनि छन्। यसको मतलब उनीहरूले समस्यामा पार्नेछन्। पश्चिम बंगाल सरकार यो भाषण सफल होस् भन्ने चाहँदैन।

"मोब्सी, तपाईं धेरै निराशावादी हुनुहुन्छ। हामीलाई डराउनका लागि प्रहरी यहाँ आएको हो । यति नै। उनीहरूले केही गर्दैनन्,' जुनालीले जवाफ दिए।

मोबियसले सोचे, "होइन, जुनाली। यो गम्भीर छ। घोडामा सवार पुलिसहरू र पुलिस र महिलाहरू पूर्ण रूपमा दंगा गियर लगाएका थिए। तिनीहरू यहाँ समस्या सिर्जना गर्न आएका छन्। शान्ति सुव्यवस्था कायम गर्न होइन । मैले जुनालीलाई भन्दा तपाईले पश्चिम बंगालको राजनीति बुझ्नु आवश्यक छ। म मिश्रित जातको हुँ। आधा गोर्खा, आधा बंगाली । यो मुख्यमन्त्रीको पैसा फिर्ता गर्ने समय हो। आज कालिम्पोङमा पत्रकार छैनन् भन्ने तपाईंले याद गर्नुभएको छ? त्यहाँ गम्भीर रूपमा केहि गलत छ। म अहिले मेरा पत्रकार साथीहरूलाई बोलाउँछु।

मोबियसले केही फोन कल गरे।

"जुनाली, मेरो सोच सही थियो। आज सबै प्रेस सवारी साधन कालिम्पोङ प्रवेशमा रोक लगाइएको छ । प्रहरीले ब्यारिकेड लगाएर हरेक सवारीसाधन चेकजाँच गरिरहेको छ । प्रेस स्टिकर भएका सबै कारहरूलाई फर्कन भनिएको छ।

“तर त्यो कानुनविपरीत हो,” जुनालीले आक्रोशित स्वरमा जवाफ दिइन् ।

"जुनाली। यो हो मुख्यमन्त्रीको आदेशमा कानुन मिच्ने काम । यो राम्रो कुरा हो कि हाम्रो पक्षमा सुभम छ, जसले पुलिस गतिविधिहरूको बारेमा सबै जानकारी दिन्छ। जे होस्, मैले मेरो आनन्दबजार पत्रिका, गणशक्ति, र समय सङ्वादपत्रका साथी पत्रकारहरूलाई प्रेस स्टिकर बिना जतिसक्दो चाँडो यहाँ पुग्न जानकारी गराएको छु। गणशक्तिका पत्रकार, सौभाग्यवश हाम्रो लागि, आफ्नी दादीमा (हजुरआमा) लाई भेट्न जलपाईगुडीमा हुनुहुन्छ। उहाँ बाइकमा आउँदै हुनुहुन्छ र आफ्नो क्यामेराम्यानसँग जलपाईगुडीबाट यात्रा गर्नुहुनेछ। तिनीहरू पर्यटकहरू जस्तै लुगा लगाइनेछन्, त्यसैले भिडियो क्यामेराले ध्यान आकर्षित गर्दैन। फिर्ता पठाइएका केही पत्रकारहरूले मलाई मनिषाको भाषणको **संक्षिप्त** विवरणसहितको फोटो व्हाट्सएपमा पठाउन आग्रह गरेका छन्। तिनीहरूले यसलाई कागजमा प्रकाशित गर्नेछन्।"

जुनालीले हर्षोल्लास भई, “वाह, मोब्सी! तपाइँको प्रेस संग साँच्चै राम्रो सम्बन्ध छ।"

"जुनाली, मैले तिमीलाई भनिन। म पत्रकारितामा स्नातकोत्तरमा स्वर्ण पदक विजेता हुँ। मैले मेरो नियमित एमबीएसँग समानान्तर रूपमा मेरो पत्रकारिता कोर्स गरें। म मेरो पत्रकारिता पाठ्यक्रमको लागि साँझको कक्षामा भाग लिन्थें, "मोबियसले नम्र जवाफ दिए।

"ल। त्यसकारण तपाई राज्यको स्तर र देशको राजनीतिक र कानुनी प्रणालीले कसरी काम गर्छ भन्ने बारे जानकार हुनुहुन्छ। त्यो एकदम ठुलो कुरा हो। म हरेक दिन नयाँ मोबियस मुखर्जी खोज्दै छु। सुमी पनि तिम्रो परफेक्ट पार्टनर हो। तपाईहरुले एउटा विजयी कम्बो बनाउनुहोस्।"

मोबियस मुस्कुराए, "जति कम भन्यो, त्यति राम्रो।" मोबियस र जुनाली एकैसाथ हाँसे ।

त्यतिकैमा सुभमको फोन आयो, “श्री. मुखर्जी। घोडा सवार र दंगा प्रहरीको झडपपछि अहिले कालिम्पोङमा पाँच प्रहरी भ्यान आइपुगेका छन् । मलाई डर छ कि चीजहरू राम्रो देखिदैनन्।"

"जानकारीको लागि धन्यवाद, सुभम। मलाई जानकारी दिनुहोस्। "

मोबियसले जुनालीलाई हेर्यो, जसले केही हतार सोच्दै थियो। "म मनिषालाई माथिल्लो कार्ट रोडमा रहेको बरसाना रेस्टुरेन्टमा भेट्न र भान्छाको पछाडिको ढोकाबाट रेस्टुरेन्ट भित्र पस्न बोलाउँछु।"

रेस्टुरेन्टमा धेरै भीड थियो र माथिल्लो तला थियो, जुन वातानुकूलित थियो। यसमा मालिकको परिवारलाई चिनिने लजर्सका लागि पाँचवटा कोठाहरू पनि थिए। त्यसैले, आधिकारिक रूपमा, रेस्टुरेन्टले कालिम्पोङ भ्रमण गर्ने सामान्य पर्यटकलाई कोठाहरू प्रदर्शन गरेन। जुनालीले मालिकलाई चिनेका कारण उनीहरूलाई ऱ्याली हुने ठाउँको राम्रो दृश्य हेर्नको लागि ठाउँ दिइयो। कुनै आदेश बिना पनि, तीन लेमोनेड सोडा र तीन प्लेट चिकन मोमोको साथ एक ट्रे कोठामा पठाइयो।

मोबियसले दुईजनालाई भने, "जुनालीको आतिथ्यताका कारण। मलाई कालिम्पोङमा बस्न कुनै आपत्ति छैन।"

"हुनसक्छ एक दिन बाघ भाइ, तिमी र सुमी दिदी यहाँ बस्न सक्छौ, र जब त्यो हुन्छ, म गहिरो सम्मान महसुस गर्नेछु," मनिषाले जवाफमा मुस्कुराउनुभयो।

"धन्यवाद, मनिषा। अहिले एउटा गम्भीर कुरा आएको छ । यहाँ कालिम्पोङमा प्रहरी पूर्ण शक्तिमा छन् - २० प्रहरी घोडामा सवार, ५० प्रहरी र महिला पूर्ण दंगा गियरमा, र ५ मिनि प्रहरी बस, प्रत्येकमा २० जना उल्लंघनकर्तालाई समात्ने क्षमता। यसको मतलब उनीहरूले कम्तिमा १०० प्रदर्शनकारीहरूलाई पक्राउ गर्ने योजना बनाएका छन्। सबैलाई रिहा गरिने भए पनि दुई दिनमा ऱ्यालीमा भाग लिने गोरखा राष्ट्रिय एकता मोर्चा र रन मनिषा फाउण्डेशनका सबै प्रमुख सदस्यहरुको नाम, ठेगाना र सम्पर्क नम्बर उल्लेख गर्नुपर्नेछ ।

त्यत्तिकैमा सुभमले फोन गरे, "श्री. मुखर्जी, अश्रु ग्यासका क्यानिस्टर पनि आइपुगेका छन् । तिम्रो र जुनालीको नाम गिरफ्तारीको हिटलिस्टमा छ । मुखर्जी महोदय, ऱ्याली गर्ने यो नराम्रो समय हो। पासा तपाईं विरुद्ध लोड छन्। म मनिषा दिदी र जुनाली आन्टीलाई ऱ्याली फिर्ता गर्न आग्रह गर्दछु। उनीहरु मनिषाका बाबुआमालाई पक्राउ गर्ने हदसम्म पनि जान सक्छन् ।"

"सुभम। जानकारी को लागी असाध्यै कृतज्ञ। नतर्सनुहोस्। हामी केही योजना बनाउँछौं। "

"ठीक छ, श्री मुखर्जी। यदि मनिषा दिदी साथमा हुनुहुन्छ भने, उहाँलाई भन्नुहोस् म मेरी बहिनीलाई बचाउन सक्दो प्रयास गर्नेछु, तर मलाई उनको लागि डर लाग्छ, जुनाली आन्टी, र हजुर।

"शान्त बस, सुभम। चिन्ता नगर ।"

मोबियसले जुनाली र मनिषालाई सम्बोधन गर्दै भन्छन्, "पुलिसलाई गिरफ्तार गर्नमा लापरबाही छ। जुनाली र मलाई निशाना बनाएका छन् । अब, यो हामीले गर्नुपर्ने कुरा हो। सबैभन्दा पहिले दिउँसो २ बजेको र्‍याली तोकिएको समयमा ६ बजेसम्मका लागि र्‍याली स्थगित भएको घोषणा गर्दछौं । कालिम्पोङमा साँझ ६ः३० बजे सूर्यास्त हुन्छ । बेलुका ६:१५ सम्ममा जेनेरेटर बत्ती बाल्नेछौं। पहिलो पन्ध्र मिनेटको लागि बंगालीमा मेरो सानो परिचय हुनेछ। त्यसपछि जुनालीले मनिषाको आगामी भाषणको सार दिँदै १५ मिनेट हिन्दीमा बोल्नेछिन् । मनिषाले साढे ६ बजे नेपालीमा कुरा गर्न थाल्नेछिन् । उनको भाषण एक घण्टाको हुनेछ। त्यस क्षेत्रमा प्रहरी जम्मा हुन थालेपछि एकाएक बत्ती निभ्यौं । साथै जुनालीले त्यस क्षेत्रका पसललाई कुनै समस्या परे बत्ती बन्द गर्न जानकारी गराउने छ । जुनाली, हामीले जनतालाई आफ्नो विवेकअनुसार भित्र-बाहिर जान र भित्र पस्न नपाउने गरी करिब छ–सात ठाउँमा बाँसको बार काट्ने व्यवस्था गर्नुपर्छ ।"

जुनालीले तुरुन्तै जवाफ दियो, "गरियो। हाम्रा स्वयंसेवकहरूले यी बिन्दुहरूमा कुनै पनि पुलिस हस्तक्षेप रोक्नको लागि यी बिन्दुहरू व्यवस्थापन गर्नेछन्। यी प्रत्येक बिन्दुमा कम्तिमा तीन राम्रो निर्मित पुरुषहरू हुनेछन्। उचाइको मैदान, जहाँ स्टेजको पछाडि सानो पट्टी छ जहाँ GNUF का प्रमुख समितिका सदस्यहरू एडवर्ड बेकरीबाट चिप्लन सक्छन्, र तलको घुमाउरो सडकबाट जानुको सट्टा पछाडिको ढोकाबाट सुभम काकाको निजी निवासमा जान्छन्। सेवानिवृत्त सैनिक अधिकृत मेजर गोलाम । सगितिका ६ सदस्य भित्र लुकेका छन् । त्यतिन्जेल यति धेरै अराजकता हुनेछ कि पुलिसले कसैको घरमा पस्ने सोच्ने छैन, सेनाको घर छोड्नुहोस्।

मोबियसले हस्तक्षेप गरे, "म र मनिषा स्टेजमा बस्छौं र गिरफ्तार हुनेछौं।"

मनिषाले जवाफ दिइन्, "यहाँ बलको खेल फेरिन्छ, बाघ भाइ। म मात्रै गिरफ्तार हुन्छु । तिमी हैन। जुनाली र मैले तिमी कालिम्पोङ पुग्नुअघि केही योजना बनाएका थियौं। जुनालीले तपाईलाई टिस्टा नदीमा लैजान्छ, जुन १० किलोमिटर छ। यहाँबाट, एकान्त बाटोबाट उसलाई राम्रोसँग परिचित छ।

तपाईं सिक्किम पुग्न डुङ्गाको प्रयोग गरेर टिस्टा नदीको किनारमा जारी रहनुहुनेछ। जुनालीले तिमीलाई त्यहाँबाट निस्कने बाटो देखाउनेछ। सिक्किममा पश्चिम बङ्गाल पुलिसले तपाईंलाई छुन सक्दैन।

मोबियसले अनुमान लगायो, "मलाई गिरफ्तार गर्नमा के गलत छ?"

मनिषाले दोहोर्‍याएर भनिन्, उनको भौहें फलायो, “बाग भाइ, तपाईंले पहिले नै हाम्रो समुदायको लागि पर्याप्त त्याग गरिसक्नुभएको छ। म भन्दा फरक, तपाईं विवाहित हुनुहुन्छ र एक छोरी हुनुहुन्छ। तपाईं गोर्खा राष्ट्रिय एकता मोर्चाको उपाध्यक्ष भए पनि राजनीतिक विवादमा म तपाईंको परिवारलाई खतरामा पार्न सक्दिन। यसबाहेक, तपाईं नियमित कर्पोरेट काममा हुनुहुन्छ। अहँ, बाघ भाइ। म तिमीलाई जुनालीसँग भाग्न आदेश दिन्छु। त्यसपछि, एक विराम पछि, मुस्कान संग, "तिमीले आफ्नो बच्चा बहिनी को कहिले काँही सुन्नु पर्छ, बाग भाई।"

मोबियस मुस्कुराए। “ठीक छ दिदी। अब जाऔं। हामीसँग गर्न धेरै चीजहरू छन्। खैर, खुसीको खबर, शीर्ष व्यवस्थापनले गोर्खाल्याण्डको लागि मेरो धर्मयुद्धमा कुनै आपत्ति जनाएन।

जुनालीले हर्षोल्लासपूर्ण स्वरमा हर्षित भई, “बधाई छ, मोब्सी डियर! हामी थप केहि योजना बनाउनु अघि, मोमोस समाप्त गरौं।" जुनालीले आफ्नो थाल समातिन् ।

कालिम्पोङ ठेगाना

मोबियसले पहाडको चुचुरोमा घाम लाग्दै बंगालीमा आफ्नो सम्बोधन गरे। मञ्चमा मनिषाको छेउमा बस्दा जुनालीले १५ मिनेटमा हिन्दीमा आफ्नो भाषण पूरा गरिसकेपछि घाम अस्ताउनेछ भन्ने उनलाई थाहा थियो । योजना अनुसार, जेनेरेटरले बेलुका 6:15 मा एक विचित्र पहेंलो चमकको साथ फिल्डलाई उज्यालो बनायो। सङ्केतमा मनिषा बोल्न उठिन् र मञ्चमा पुगिन् । तालीको ठूलो गर्जन थियो, जुन उपत्यकाभर गुन्जियो। बीच-बीचमा ‘मनिषा बहने जिन्दाबाद!

मनिषाले नमस्ते गरिन् र भीडलाई भुइँमा बस्न इशारा गरिन् । मनिषाले सर्वप्रथम गोर्खा हुनुको महिमाको बारेमा बोलिन् । यो भाषणको पहिलो भाग थियो। जब उनी पुगे, भीडले जय हिन्द जय गोरखाको नारा लगाउन थाल्यो। मोबियसले घोडामा सवार प्रहरीहरू पृष्ठभूमिमा घुमिरहेको देखे। उसले ती मध्ये 20 लाई गणना गर्न सक्छ। सुभमको मृत्यु सही थियो। मनिषाले आफ्नो

भाषणको दोस्रो भागमा गोर्खामाथि भएको अन्यायबारे बोल्न थालेपछि भीड आक्रोशित भयो । दंगा गियरमा पैदल थप प्रहरी मैदान वरिपरि देखा पर्न थाले। तर, पर्खाल खोलेर बसेका गोर्खाहरूले उनीहरूलाई उक्त क्षेत्रमा प्रवेश गर्नबाट रोकेका थिए। जुनालीले पुरुषलाई राम्रोसँग छनोट गरेका थिए । तिनीहरू सबै स्थानीय जिम सदस्यहरू थिए र सोह्र इन्च र माथिको बुलिङ बाइसेप्स थिए।

इन्स्पेक्टर सुभम गोलम मैदानको उत्तरपश्चिम कुनामा उभिए । उसले आफ्नो टोपी फुकालेर र रुमालले निधार पुछेर मोबियसलाई संकेत दिने थियो, पुलिसले आफ्नो कदम चाल्न लागेको संकेत गर्दै।

मोबियसको आँखाले मैदानको वरपर स्क्यान गरे। उनीहरूलाई दंगा गियरमा राखिएका प्रहरी र प्रहरीहरूले घेरेका थिए। मनिषाको स्वर चर्को भयो । भीडले नेपालीमा नारा लगाए, "नयाँ राज्यको जन्म! राज्यसत्ताको विरोध गर्नेलाई मृत्यु ! तानाशाहहरू फर्किए!"

सुभमले आक्रोशित भीडलाई हेरे, र बढ्दो त्रासले उसलाई घेर्यो। उसलाई थाहा थियो कि उनका दाजु गोर्खाहरूले आफ्नो पोशाकमा पवित्र हतियार खुक्री बोकेका थिए। उनको समुदाय वरपरको प्रसिद्ध रूपकले खुकरीलाई म्यानबाट हटाइँदा रगत निकाल्ने समावेश थियो। त्यसैले सुभमलाई थाहा थियो कि एक पटक खुकरी नलिएपछि रगत तान्नुपर्छ । ह्यान्डलमा जोडिएको ब्लेडको सानो थोप्लाले गोर्खाले खुक्रीलाई म्यान फुकालेर प्रयोग गर्न नचाहेको अवस्थामा आफ्नै औँला खन्याउन र रगत निकाल्ने सुनिश्चित गऱ्यो। यसले गोर्खाको दिमागमा आफ्ना पुर्खाहरूको विरासतमा सम्झौता नगरेको बुझाइ सृजना भयो।

सुभमले आफ्नो आँखाको कुनाबाट एक गोर्खाले गोर्खाहरूको युद्धको नारा 'एयो गोर्खाली ! उनको फैलिएको दाहिने हातमा नाङ्गो खुक्री थियो, खेतमा रहेको ट्यूबलाइटबाट प्रकाश परावर्तित गर्ने ब्लेड। शुभमले खुकरीको टुप्पोमा रगतको धब्बा देखेर आँखा मिच्यो । यसको म्यानबाट कुकरीको रेखाचित्र प्रतीकात्मक थियो। तर, दंगा प्रहरीले यसलाई आक्रामकताको संकेतका रूपमा गलत व्याख्या गरेको थियो । पाँच दंगा प्रहरी लाठी टेकेर गेट नम्बर ३ तर्फ लागे । सुभमले तुरुन्तै आफ्नो टोपी हटायो र सेतो रुमालले निधार पुछ्यो। क्यु लिएर, मोबियसले मैदानको पूर्वी तर्फको मानिसलाई संकेत गरे। जेनेरेटर टुक्राटुक्रा भएर रोकियो । मैदानका सबै बत्तीहरू निभिए। सिग्नल पर्खेर बसेका पसले पसलका बत्ती निभाएर शटर काट्न थाले

। अब, पूरै क्षेत्र र वरपर अन्धकार थियो। पन्डेमोनियम फुट्यो। मनिषा पोडियममा उभिइन् र भीडलाई शान्त पार्न हात उठाइन्। जुनालीले मोबियसको हात समातेर साँघुरो बाटो हुँदै एडवर्ड बेकरीतिर दौडिइन्। जुनालीको अर्को हातमा पेन्सिल टर्चलाइट थियो। उनीहरूले महिलाहरूको चिच्याहट र गोर्खाहरूको लडाइँको आवाज एकैसाथ सुन्न सक्थे।

कालिम्पोङ चेस

एडवर्ड्स बेकरीको पछाडिको ढोकाबाट एउटा ग्रेनाइट-टाइलको बाटोले एउटा सानो बाइ-लेनमा पुऱ्यायो, जुन दस किलोमिटर टाढा टिस्टा नदीसम्मको जंगलको बाटोमा पुग्यो। जुनाली जंगलको बाटोको सुरुमा रोकियो। "स्पष्ट कारणहरूका लागि, हामी ट्रेल तल जाँदैनौं, तर ओक रूखहरू मार्फत। मैले यो ठाउँ बाल्यकालदेखि नै चिनेको छु, त्यसैले चिन्ता नगर्नुहोस्। तपाईको अहिलेसम्मको उत्कृष्ट 10K के थियो?"

मोबियसले जवाफ दिए, "नराम्रो दिनमा, म अझै 52 मिनेटमा गर्न सक्छु।"

"राम्रो छ, तर तिमी मेरो पछि दौडिनु पर्छ। जाऔं।" चन्द्रमा अर्धचन्द्राकार आकारको थियो र यसको चन्द्रकिरणहरू झरेको थियो, जुन रूखहरू मार्फत हिड्नको लागि मात्र पर्याप्त थियो तर अरूलाई देख्नको लागि होइन। मोबियसले जुनालीको पसिना आफ्नो पछाडि दौडिरहेको र कालिम्पोङको हरियो बगैंचामा उनको दौडधुप हेर्दै कोलकातामा जुनालीसँगको 25K को रमाइलो सम्झनाहरू फिर्ता ल्याई सुगन्धित हुन सक्छ।

तिनीहरू लगभग 15 मिनेटको लागि दौडिरहेका थिए, र मोबियसले टिस्टा नदीलाई चन्द्रमाको चन्द्रमा झैं नदीमा झरेको देख्न सक्थे। तर, पछाडीबाट कुकुर भुक्ने आवाज आयो । मोबियस र जुनालीले तुरुन्तै महसुस गरे कि तिनीहरू पुलिस स्निफर कुकुरहरू हुन्, सम्भवतः जर्मन शेफर्डहरू जसको बारेमा सुभमले मोबियसलाई चेतावनी दिएका थिए।

जुनालीले मोबियसको पाखुरा समातेर भने, “हामी अल्सेटियनहरूलाई कहिले पनि उछिन सक्दैनौं। तर मैले यो अनुमान गरेको थिएँ।" जुनालीले कालो मिर्चको सानो झोला निकालेर एउटा ठूलो फलाँटको रूखको वरिपरि छर्कन थाल्यो। भुक्ने आवाज झन् चर्को हुँदै गइरहेको थियो र कुकुरहरूसँगै झरेका हाँगा र पातहरूको जमिनमा पाइला चालेका प्रहरीहरूको पाइलाको आवाज पनि सुनिन्थ्यो। जुनालीले मोबियसलाई बाँदरजस्तै चाँडै ओकको रूख

चढ्नुपर्ने बताए। जुनाली बाँदरझैँ रुखमा चढे । मोबियसले पछ्याइयो, यद्यपि धेरै अनाड़ी। तिनीहरू फलाँटको रूखको टुप्पोमा पुगिसकेका थिए जब स्निफर कुकुरहरू रूखको खोडमा पुगे।

कालो मिर्चको गन्धले जर्मन शेफर्डको घ्राण तंत्रिका इन्द्रियहरूलाई सुस्त बनायो। अर्धचन्द्राकार चन्द्रमा, जसले केवल न्यूनतम रोशनी दिन्छ, मानिस र जनावरलाई ओकको रूखको वरिपरि घुमिरहेको देख्यो। जताततै टर्चको बत्ती बलिरहेको थियो । अँध्यारोमा फुसफुसाएको कुराकानी । मोबियसका दुवै हातहरू एउटा ठूलो हाँगाको वरिपरि थिए जुन रूखबाट माथितिर झुकाव भएको घुमाउरो कनभोलुसनमा निस्किएको थियो। जुनाली मोबियसको अगाडि एक समानान्तर बलियो शाखामा थिए। तिनीहरूको तिरस्कारमा, कुकुर र पुलिसहरू रोकिए। एकजना पुलिसले चुरोट बाल्यो, र मोबियसले धातुको लाइटरको झिलमिला देख्न सक्यो र त्यसपछि आगोमा फट्यो। अचानक, केहि चीज मोबियसको हातबाट चिप्लियो र उसको हातमा टाँसियो। मोबियसले आफ्नो पाखुरा हेरे र यो एक शक्तिशाली गन्ध संग एक बच्चा स्कंक थियो।

"चिन्ताको कुनै कुरा छैन," जुनालीले भने। "यो एक गैर-आक्रामक स्तनपायी हो। बस शान्त रहनुहोस्; यो टाढा जान्छ।" बल्लतल्ल, स्कंक चकनाचूर भयो। सुगन्ध पछ्याउन नसक्दा कुकुरहरू निराश भए, तिनीहरूको खुट्टा मुनि पुच्छरहरू लिएर टाँसिए, तिनीहरूका ह्यान्डलरहरूले तिनीहरूको भाडामा ताने।

जुनालीले भने, “हामी तल झर्न पन्ध्र मिनेट पर्खेछौं । जुनालीको ठीक माथिको हाँगामा एउटा खाल्डो थियो, र मोबियसले कालो सर्प जस्तो देखे। मोबियसले जुनालीलाई चेतावनी दिए र उनको रिफ्लेक्सहरू देखेर छक्क परे। जुनालीले आफ्नो हातले हाँगाबाट सर्पलाई झारेकी थिइन् । सर्प तलको हाँगामा खस्यो, आफ्नो वरिपरि घुम्यो, र टाढियो, तर आफ्नो कुरूप टाउको उठाउनु अघि र आफ्नो काँटेको खोडलाई प्रकट गर्नु अघि। जुनालीले सर्प देख्नका लागि आफूलाई घुमाएपछि उनको खुट्टा तलको हाँगामा चिप्लियो र दुवै हातले हाँगामा समातेर शरीरको टुक्रा बोकेर भागिन् । जुनालीले हाँगामा आफ्नो पकड ढिलो भएको महसुस गर्दा असहाय भएर हेरी। यो तीस फिट तल थियो, बीचमा धेरै हाँगाहरू सहित। जुनालीले आफू बाँचेको खण्डमा आफूलाई ठूलो चोट पुग्ने महसुस गरिन् ।

मोबियस, सुरुमा सर्पले डराए, तुरुन्तै आफूलाई कम्पोज गरे र जुनालीतिर आफ्नो हात फैलाए। "मलाई तिम्रो हात दिनुहोस्, जुनाली," मोबियसले भने। "म तिमीलाई माथि तान्न प्रयास गर्नेछु।"

जुनालीले राम्रो हाँसोमा जवाफ दिइन्, "सुरुमा, मोब्सी, मलाई लाग्यो कि तपाईंले विवाहमा मेरो हात मागेको हो।"

"जुनाली, मजाकहरू छोड्नुहोस् र आफ्नो देब्रे हातले मेरो नाडी समात्नुहोस्।"

मोबियसले आफ्नो हात समातेर जुनालीले आश्वस्त महसुस गरिन्। जुनालीलाई शाखामा तान्न सुरुमा करिब तीन मिनेटको संघर्ष भयो। जुनालीले चलाखीपूर्वक आफ्ना खुट्टाहरू हाँगाको वरिपरि घुमाउन र आफूलाई माथि उठाउन प्रयोग गरिन्। शाखामा सुरक्षित र सुरक्षित, जुनालीले आफूलाई मोबियससँगै तानिन्।

"धन्यवाद, मोब्सी प्रिय, मेरो जीवन बचाउनु भएकोमा। थाहा छैन म तिमीलाई कसरी चुक्ता गर्न सक्छु, तर अहिले, मैले तिमीलाई एक पटक चुम्बन गर्नुपर्छ।" जुनालीले मोबियसको टाउको आफ्नो नजिक तानिन्, र उनको ओठ उसमा टाँसिएर उनको जिब्रोलाई भित्र धकेल्न खोलिदिइन्। मोबियस, जुनालीको गतिविधि देखेर अलिकति निराश महसुस गर्दै, अनिच्छुकतासाथ जवाफ दिए। विशाल रुखबाट ओर्लिएपछि मोबियसले जुनालीलाई आफ्नो मोबाइलबाट सिम कार्ड निकाल्न निर्देशन दिए र आफूले पनि त्यसै गरे। जुनालीतिर फर्किएर मोबियसले भने, "यस प्रकारले पुलिसले GPS प्रयोग गरेर हामीलाई ट्र्याक गर्न सक्नेछैन।"

जुनालीले जवाफ दिइन्, "तिम्रो चतुर थियो तर मलाई पनि थाहा छ र हामी पोडियमबाट हाम फाल्नुअघि नै गरेकी छु। अहिले मसँग नचिनेको सिम भएको डब्बा फोन (गैर एन्ड्रोइड मोबाइल फोन) छ।

खोलाको किनारमा पुगेपछि जुनाली मोबियसतिर लागे। "अब, हामी मेरो साथी मोगली सम्म बिहानको पर्खाइमा छौं, जसले सिक्किमबाट रबरको राफ्टमा प्याडल गर्नेछ। अब हामी मार्न समय छ, त्यसैले सुतौं। टिस्टा नदीको किनारमा त्यो छेउमा खाली ठाउँ छ।" जुनालीले खोलाको उल्टो दिशामा औंला देखाउँदै भनिन्। "जंगली जनावरहरू सामान्यतया खोलाको किनारमा हिंड्दैनन्। हामीले सतर्क रहन पालैपालो लिनुपर्छ, त्यसैले यो अहिले मेरो सतर्कता हो।"

"त्यसोभए, मोब्सी प्रिय, सुत्नुहोस्। म यस काठको लगमा मेरो पछाडि आराम गर्नेछु। तिमी मेरो काखमा टाउको राखेर सुत्न सक्छौ। ल।"

"ठुलो," मोबियसले जवाफ दियो र जुनालीको काखमा टाउको राखेर उसको गालामा हत्केला राखेर सुत्यो। हल्का सुत्ने भएकाले जुनालीले निदाउनको लागि टाउको हल्लाइरहेको देखेर मोबियस चाँडै ब्युँझियो ।

“जुनाली, हामी दुवै सुत्न गएको भए राम्रो हुन्थ्यो। कुनै पनि जंगली जनावरले हामीलाई बाधा पुर्याउने छैन। ”

"हो। मलाई लाग्छ,' मोबियसको छेउमा सुतिरहेको बेला जुनालीले आँखा मिच्दै गनगन गरिन्।

मोबियस सुत्नको लागि जुनालीतिर फर्कियो। उसको पछाडि लुगाको खसखस देखेर जुनालीले आफूलाई लुगा फुकालेको महसुस गरे । जुनाली पूरै नग्न देखेर उनी फर्किए । उनको शरीरको बारेमा दृढता थियो, जसले उनको उमेरलाई झल्काउँछ। प्रकृतिको अस्पष्टताको बावजुद उनको स्तनहरू झरेनन्, जसले छ वटा पेटको क्यूब्सको हल्का सङ्केतको साथ अचम्मको रूपमा समतल मिड्रिफमा निम्त्यायो। उनको सुडौल काँधमा पुरुषार्थी स्पर्श थियो। जुनालीका खुट्टाहरू मांसपेशी र चिल्लो थिए, उनका बाछोहरूमा सही पूर्णता थियो।

"जुनाली, कृपया आफैलाई छोप्नुहोस्। यहाँ चिसो छ, "मोबियसले आफ्नो ज्याकेट हटाएर जुनालीलाई दियो।

"कम्तीमा, यो लगाउनुहोस्," मोबियसले भने, त्यसपछि आफ्नो दिमागमा अलिकति खतरा धारणाको साथ गहिरो निद्रामा गए। उसको सबैभन्दा नराम्रो सपना सत्य भयो जब उसले जुनालीलाई एक हात घाँटीमा र अर्को कम्मरमा बेरेको महसुस गरे। जुनालीको हत्केलामा रगडेको कारण उसले आफ्नो कम्मरमा सुखद अनुभूति महसुस गर्दा मोबियसको इन्द्रियहरू आंशिक रूपमा जागा थिए।

"कुनै रमाइलो कुरा छैन, कृपया," मोबियसले जुनालीलाई ताराको आकाश हेर्दै भन्यो। उसले ताराको आकाशमा ठूलो भालु तारामण्डल बनाउन सक्छ। (यो ग्रीष्मकालीन समयमा रातको प्रारम्भिक भागमा देख्न सकिन्छ)। उसले जुनालीका चतुर औंलाहरूले आफ्नो घाँटीमा ओठ राखेर ट्राउजरको बटन फुकालेको महसुस गर्यो।

जुनालीले मोबियसको कानमा फुसफुसाएर भने, "हाम्रो शरीरलाई कुरा गर्न दिनुहोस्, मोब्सी प्रिय। "ओक रूखमा मेरो जीवन बचाउनु भएकोमा धन्यवाद। नाथु ला पास पछि यो दोस्रो पटक हो, "जुनालीले भनिन् र मोबियसको ट्राउजर बिस्तारै तल तानेर आफ्नो अथक कार्यलाई जारी राखिन्। उपयुक्त क्षणमा, जुनालीले आफ्नो मांसपेशी जांघ मोबियसको टाउकोमा फसेर तुरुन्तै स्थिति परिवर्तन गरिन्। उनको मुख र औंलाहरूले निष्पक्ष रूपमा अर्को छेउमा ओभरटाइम काम गरे। मोबियस आफ्नो कामोत्तेजनाको थुप्रोले उसलाई सातौं स्वर्गमा उचाल्दासम्म असहाय परे। एउटा ब्वाँसो, एकमात्र साक्षी, नजिकै चिच्यायो तर चुपचाप अविश्वसनीय दृश्यबाट टाढा गयो। जुनाली र मोबियस छोटो तर सन्तोषजनक भेट पछि राम्रोसँग सुते, ताराहरू उनीहरूलाई तल हेर्दै।

उज्यालोको पहिलो सङ्केतमा, मोबियस र जुनाली डुङ्गाको पर्खाइमा टिस्टा नदीको किनारमा हिँडे।

मोबियसले जुनालीमा गुनासो गरे, "हिजो रातको उत्तेजनाको लागि अनावश्यक थियो।"

"काममा नलाग्नुहोस्। मैले आफूलाई जबरजस्ती गरें, मोब्सी प्रिय। तिमी निर्दोष थियौ।"

"यो सबै उस्तै ठीक थिएन," मोबियसले जवाफ दिए।

"हामीलाई कुनै मानिसले देखेन। तिमी सपना देख्दै थियौ । यस्तो कहिल्यै भएन,' जुनालीले जवाफ दिए ।

मोबियसले जवाफ दिए, "तिमी आफैंले ईश्वरनिन्दा गर्न प्रतिबद्ध छौ। मैले चाहिनँ ।"

जुनालीले मोबियसलाई सोध्नुभयो, "मलाई जंगलमा तिम्रो र म्यान्डीको मायालु रोम्पहरू बारे थाहा छैन भन्ने नसोच्नुहोस्।"

मोबियसले आक्रोशित भई, ठूला भौंहरू लिएर, "म पवित्र सुसमाचारको कसम खान्छु, मन्डीसँग अपवित्रको एक पल पनि थिएन, यद्यपि मैले उनलाई स्कूलको दिनदेखि चिनेको थिएँ। यदि तपाईं चाहनुहुन्छ भने उहाँलाई सोध्न सक्नुहुन्छ। "

जुनालीले जवाफ दिइन्, "मोब्सी, तिमी हास्यास्पद हुन खोज्दै छौ कि मूर्ख हुने नाटक गर्दैछौ ? अब मेरो कुरा सुन्नुहोस् र सीधा तथ्यहरू लिनुहोस्।

Marriam-Webster, Dictionary अनुसार, 'यौन सम्भोग' लाई लिंगद्वारा योनिमा प्रवेश गर्ने विषमलिङ्गी सम्भोगको रूपमा परिभाषित गरिएको छ। खैर, यो भएको छैन, त्यसैले तपाईं सुरक्षित हुनुहुन्छ। 'सिक्सटी नाइन' स्थिति वैध छ। यसबाहेक, मैले सबै काम गरें, र मैले के पाएँ हेर्नुहोस्। प्रशंसाको एक शब्द होइन, तर कट्टरताको आरोप! ”

जुनालीले मोबियसलाई कलरमा समात्दै भन्यो, “आफ्नो विवेक सफा राख्, मोबियस प्रिय । देवताहरूलाई पनि थाहा छ। तिमी निर्दोष नश्वर हौ। मैले तिमीलाई सादा र सरल रूपमा बहकाएँ।"

विषय परिवर्तन गर्दै मोबियसले भने, “हामीले किन मनिषालाई तपाईको डब्बा फोनबाट फोन गरेर हिजो राती उनको भाषणपछि के भयो भन्ने थप विवरण थाहा पाउन सक्दैनौं ?”

जुनालीले मनमनै भनी, “अहिलेसम्म होइन, प्रहरी चलाख छ । उनीहरूले अचानक उनको फोन कब्जा गर्ने र उनको मोबाइलमा आउने र बाहिर जाने सबै कलहरू ट्रेस गर्ने निर्णय गर्न सक्छन्। सुभमले मलाई पहिल्यै बताउनुभयो कि पश्चिम बंगाल पुलिसले तिम्रो लागि बन्दुक चलाउँदैछ। तपाईलाई गिरफ्तार गर्ने यो उत्तम समय हो। गत डिसेम्बरमा टाटा स्टील कोलकाता 25K मा मनिषालाई अवैध हिरासतमा लिँदा तपाईंले कोलकाता पुलिसको छविलाई कसरी बिगार्नु भयो भन्ने कुरा बिर्सेका छैनन्। प्रेस ब्रिफिङमा मनिषाको हिरासतमा भएको यातनामा पश्चिम बङ्गाल प्रहरीका डीआईजीलाई संलग्न गराएर, सबै पीडादायी विवरणहरू वर्णन गरेर, र मनषाको रगतले लतपतिएको अन्डरगार्मेन्ट र मेडिकल रिपोर्ट प्रेस रिपोर्टरहरूलाई देखाएर तपाईंले आफ्नो क्रोध कमाउनुभयो। सिक्किमको पेलिङ सहर नजिकैको सिन्द्रोङ गाउँमा मोगली र उनकी आमासँग तीन दिनसम्म बस्नुपर्छ। त्यसपछि तपाईं कोलकातामा बस्ने म्याराथन धावक इन्द्रजीत बनर्जीको नामको नक्कली आधार र मतदाता कार्ड लिएर नक्कली परिचयपत्र लिएर बागडोगरा एयरपोर्टमा जानुहुन्छ र उहाँको उचाइ बाहेक ५ फिट ७ इन्च छ । तपाईंको 5 फिट 10 इन्च। उसको बनावट र रंग तपाईको मिल्दोजुल्दो छ। तिम्रो नक्कली परिचय बनाउनको लागि हामीले तीन महिनाअघि नै उसलाई रोज्यौं।”

"तिम्रो मतलब मनिषा, अनि तिमीले सबै योजना बनायौ?" चकित मोबियसले सोधे।

जुनालीले जवाफ दिइन्, “मोब्सी, तिमीलाई मेरो बारेमा धेरै कुरा थाहा छैन । म हाल बन्द भएको गोर्खा महिला सतर्कता विंगको संस्थापक सदस्य थिएँ। मलाई विमल गुरुङले उनको सुरक्षाको जिम्मेवारीमा छानेका थिए । म मार्शल आर्टमा तालिम लिएको छु। तेक्वान्दोमा ब्ल्याक बेल्ट। म पाँचवटा भाषा जान्दछु र एक जना मानिसलाई विभिन्न १५ तरिकामा मार्ने तालिम पनि दिएको छु।”

मोबियसले भने, "मैले हिजो राती एउटा तरिका अनुभव गरें जब तपाईंले मेरो टाउकोलाई आफ्नो बलियो तिघ्राको बीचमा राख्नुभयो। मलाई तिम्रो पकडमा असहाय महसुस भयो!"

"मोब्सी प्रिय, कृपया हिजो रातको सम्झना मेटाउनुहोस् वा यसलाई सुखद सपनामा पठाउनुहोस्। सुमीलाई यसबारे बकबक नगर, नत्र तिम्रा पनि लुकाउछिन् र मेरो पनि ।”

“पक्कै पनि जुनाली, तर उसले मलाई भित्रबाट चिन्छ। सायद उसले यो शंका गर्नेछ, तर तपाईं सही हुनुहुन्छ। अनावश्यक रूपमा मेरो बमलाई लात हान्नुको कुनै अर्थ छैन।”

"ओए मोब्सी, त्यो हेर," जुनालीले नदीको किनारमा औंल्याए। एउटा डुङ्गा नदीमा बगिरहेको थियो, र एउटा सानो मान्छे डुंगामा थियो। जुनाली हल्लाउँदै डुङ्गाको दिशातिर चिच्याइन् । त्यो व्यक्ति जुनालीतिर फर्कियो र उनको दिशामा डुङ्गा चलाउन थाल्यो ।

मोबियस डराउँदै, "तपाईलाई कसरी थाहा हुन्छ कि त्यो व्यक्ति असाइनमेन्टमा छ?"

जुनालीले जवाफ दिए, “डुङ्गालाई हरियो रङमा पेन्ट गरिएको थियो र त्यो व्यक्ति सुन्तला रंगको टिसर्टमा थिए । दुबै मिल्दोजुल्दो छ।"

जब डुङ्गा नजिक आयो, मोबियसले देखे कि त्यो व्यक्ति एक केटा थियो, सायद लगभग पन्ध्र वर्ष। डुङ्गा नदीको किनारमा आइपुग्दा उसले दुवैलाई हात हल्लायो। किनार छोएपछि जुनालीले डुङ्गामा हाम फाले, केटालाई अँगालो हालेर नेपाली भाषामा भनिन्, "कलिम्पोङ जिल्लामा स्वागत छ, तिम्रो सफल यात्राको लागि धन्यबाद।" जुनालीले केटाको हात समातेर डुङ्गाबाट ओर्लिन् । "यो सिक्किमको पेलिङ शहर नजिकैको सिन्द्रोङ गाउँको मोगली हो।"

मोबियसले भने, "तिमीलाई भेटेर राम्रो लाग्यो, मोगली। हिजो राती जङ्गलमा तिम्रा साथीहरू, बालु र बगीरालाई भेट्न अलिकति पनि छुटेको थियो।"

"यसको मतलब तपाईंले किपलिङको जङ्गल बुक पढ्नुभयो," मोगली उत्साहित हुँदै भने।

"हो, मैले तिम्रो उमेरमा स्कूलमा किताब पढेको थिएँ," मोबियसले जवाफ दिए।

डुङ्गामा चढ्दा मोगलीले सुपको फ्लास्क खोले र जुनाली र मोबियसलाई एक-एक कागजको प्याकेट दिनुभयो र सुपको लागि दुईवटा स्टिल मगहरू दिनुभयो, जसमा परम्परागत लेप्चा खाना 'खुरी', अनिवार्य रूपमा पालक र घरको चीज, बाँसको साथ बनाइएको बकव्हिट प्यानकेकहरू थिए। मोगलीकी आमाले मायाले तयार पारेको सुप र तरकारीको सुप। मोबियसले ओअर्स लिएको बेला, मोगलीले आफ्नो परिवारको बारेमा कुरा गरे, जसमा उनको आमा, पेलिङमा आफ्नै पसल भएको फलफूल र तरकारी विक्रेता थिए। मोगलीले खुलासा गरे कि उनी पढेर इन्जिनियर बन्न चाहन्छन् र सरकारी पेलिङ सिनियर सेकेन्डरी स्कूलमा आफ्नो 10 कक्षा गर्दै थिए, जुन 1964 मा सीबीएसईसँग सम्बद्ध अंग्रेजी माध्यमको सह-शैक्षिक संस्थाको रूपमा स्थापित भएको थियो र सरकारको शिक्षा विभागद्वारा व्यवस्थित गरिएको थियो। सिक्किम।

मोगलीको बुबा भारतीय सेनामा सिपाही थिए। उनी कश्मीरमा गस्तीमा रहेका बेला इस्लामिक समूहले गरेको आक्रमणमा मारिएका थिए। भारी आगोमा, मोगलीको बुबा आफ्नो घाइते कमाण्डिङ अफिसर, मेजर क्षेत्रीको अगाडि उभिए र अफिसरको रक्षा गर्दै र तीन चरमपन्थीहरूलाई मार्दै आफ्नो शरीरमा 15 गोलीहरू लगे। सिक्किम सरकारले सिपाही लेप्चाको असाधारण बहादुरीलाई मानेको थियो र उनको विधवालाई स्थायी घर बनाउनको लागि भूमि प्रदान गर्‍यो। बुबाको निधन भएको दुई महिनापछि मोगलीको जन्म भएको थियो। यो खुलासा गर्दा मोगलीको आँखाबाट आँसु आयो। जुनालीले उसलाई नजिकै अँगालो हाल्यो। मोबियसले बंगालीमा ट्यागोरको एक दोहोरी उद्धृत गरे। "*जोडी तोर डाक सुने किउ नसे तोबे एकला छोलो रे, एकला छोलो रे।*" (यदि तिम्रो पुकार कसैले सुनेन भने एक्लै हिड, एक्लै हिड।

द ग्याङ्ग अफ सिक्स र एमडीसँगको भेट (2023)

जुन

मोबियस मुखर्जी नयाँ दिल्ली स्टेसनको पहिलो तल्लाको प्लेटफर्म वनमा रहेको आईआरसीटीसी लाउन्जमा बसेर विगत १५ वर्षदेखि आफ्नो कर्पोरेट जीवन र गोर्खाल्याण्ड मुद्दाबारे विचार गरिरहेका थिए। अहिले सम्म, धेरै राम्रो; पहाडीको जीवनमा पठार तल झरेको थियो। दिल्ली आईआईटीमा केमिकल इन्जिनियरिङ गर्दै उनी सकुशल लगिइन् । उनको PCOS (Polycystic Ovary Syndrome), हार्मोनल असंतुलनको समस्या जसले डिम्बाशयमा अण्डालाई सामान्य रूपमा विकास हुनबाट रोक्छ जसले अनियमित मासिक धर्म चक्र र महिनावारी छुटेको थियो, लामो समयदेखि हट्यो र पूर्ण रूपमा निको भयो। दौड र साइकल चलाउने साथी डा. सुमन जैनलाई धन्यवाद, जसले दुई वर्षको लामो उपचार र व्यायामले पहाडीलाई सतनाबाट ख्रीष्ट ज्योति सिनियर सेकेण्डरी स्कूलमा पढाइ पूरा गर्न सक्षम बनाइन्। सुमी र मोबियस दुवैको पहाडीलाई देहरादुनको वेल्हम गर्ल्स स्कूलमा भर्ना गर्ने तीव्र इच्छा थियो, तर किशोरावस्थामा उनको सदाको स्वास्थ्य समस्याले गर्दा उनीहरूले आफ्नो मन परिवर्तन गरे। जेईई मेन र जेईई एड्भान्स परीक्षामा उत्तीर्ण भएपछि, उनी शीर्ष पाँच सयमा परिन् र छिट्टै दिल्लीमा उनको पहिलो रोजाइमा पुगिन्।

मोबियसले बाबा लोकनाथलाई मौन प्रार्थना भने। "धन्यवाद, बाबा लोकनाथ, पहाडीलाई आमाको बुद्धि दिनुभएकोमा।"

आरामदायी सोफामा बसेर मोबियसले आफ्नो ल्यापटप खोले। बेलुकाको ८ बजेको थियो, र फराकिलो लाउन्जमा अरू पाँच जना मात्रै थिए, जसमध्ये केही सुतिरहेका थिए। सतनाको लागि उनको ट्रेन प्लेटफर्म वनबाट राति ११ बजेको थियो। आईआरसीटीसी लाउन्जबाट ट्रेनमा पुग्न उनलाई पाँच मिनेट मात्र लाग्ने थियो। उसको दिमागलाई राम्रोसँग प्रयोग गर्न धेरै समय थियो। गोर्खाल्याण्डका लागि दिल्ली, कोलकाता, दार्जिलिङ, कालिम्पोङ र लद्दाखमा पनि यति धेरै दौडधुप गरिसकेपछि अपेक्षित नतिजा दिन आवश्यक थियो ।

अहिले गोर्खा राष्ट्रिय एकता मोर्चाको उपाध्यक्षको हैसियतमा गोर्खाल्याण्डको बारेमा गहिरो सोच राख्नुअघि उनले आफ्नो भोकलाई मार्नु परेको थियो । मोबियस रिसेप्शनमा गए र दश मिनेटमा आफ्नो ठाउँमा ल्याइएका मसाला डोसा र क्रिस्पी फ्राइड वडाको प्लेट अर्डर गरे। "छिटो सेवा," मोबियसले मुस्कुराउँदै वेटरलाई भने, जो पहाडबाट आएका एक व्यक्ति जस्तो देखिन्छ।

मोबियसले वेटरलाई सोधे, "तिमी दिल्लीको हो?"

"होइन, जलपाईगुडी, पश्चिम बंगालबाट," वेटरले जवाफ दियो।

"त्यसको मतलब तिमी गोर्खा हौ । महान। मलाई तिमीसँग कुरा गर्नुछ। कृपया बस्नुहोस्, "मोबियसले अनुरोध गरे।

"अवश्य, सर।" वेटर झुक्किएर बस्यो ।

"चिन्ता नगर्नुहोस्, मेरो एक गोर्खा आमा छ। केहि प्रश्नहरू मात्र।"

"तपाईं यो काम जलपाईगुडीबाट कसरी गर्दै हुनुहुन्छ?"

"ल, सर। म एक साधारण स्नातक हुँ। बुबा पालनपोषण विभागमा क्लर्क हुनुहुन्छ। आमाले हाम्रो घरको हेरचाह गर्नुहुन्छ। दुई अविवाहित बहिनीहरू। जीवन एक संघर्ष हो। कम्तिमा रु. 4000/- हरेक महिना मेरो आमाबाबुलाई। म रातमा अन्य दुई गोर्खा पहरेदारसँग भाडामा कोठा बाँड्छु, त्यसैले रातमा पूरै कोठा मसँग हुन्छ।"

वेटरले मुस्कुराउँदै अगाडि भन्यो, "मेरो हिस्सा प्रति महिना रु १०००/- भाडा छ। विद्युत र पानी हामीले वास्तविक रूपमा तिर्छौं। तर विभाजन गर्दा, यो हामी प्रत्येकको लागि रु 500/- भन्दा बढी हुँदैन। हामी तीनजनाले आफ्नै खाना पकाउँछौं। त्यसैले म महिनाको रु १०००० तलबले घरमा रु. ४०००। व्यवस्थापनले मलाई तीन सेट युनिफर्म र एक जोडी जुत्ताको लागि धुने भत्ता प्रदान गर्दछ। हामी तीन गोर्खा सँगै बस्ने भएकाले हामी बाँच्न सक्छौं । संयोगवश, हामी सबैले रु. 10000/- म स्नातक र अरूले म्याट्रिक भए पनि प्रत्येक, "र उनी हाँसे।

मोबियस हाँसोमा सामेल भयो। "गोर्खाल्याण्डलाई समावेश गरी नयाँ राज्यको रूपमा के सोच्नुहुन्छ? यसले गोरखा युवाहरूका लागि थप शैक्षिक संस्थाहरू, अस्पतालहरू र नयाँ रोजगारीका अवसरहरू ल्याउनेछन्।"

केही बेर सोचेपछि वेटरले जवाफ दियो । "होइन सर। उपयोग छैन। पश्चिम बंगाल सरकारले राज्यको लागि लडिरहेकाहरूलाई जेल हालिरहेको छ।

गोरखा राष्ट्रिय एकता मोर्चाकी नेतृ मनिषा राई नामकी युवा धावक थिइन् । बाघ जस्तै लडेकी थिइन् । तर उनलाई कोलकाताको सबै महिला प्रहरी चौकीमा पक्राउ गरी यातना दिइयो, मैले सुनें।

"तपाईंले सहि सुन्नुभयो," मोबियसले GNUF सँगको सम्बन्धलाई बेवास्ता गर्दै जवाफ दिए।

"त्यसोभए, तपाईंलाई राज्यको लागि कुनै वास्तविक आशा छैन जस्तो लाग्छ?"

'कहिलेकाहीं हामी तीनजना गोर्खाले राती ड्युटीबाट फर्किदा बिहानै यस्तो अवस्थाबारे छलफल गर्छौं, म कामको लागि तयार हुँदैछु। हामीले छलफल गर्ने रणनीति छ। म अझै काम गर्छु कि भनेर निर्धारण गर्दैछु। आखिर, सोचाइ दुई म्याट्रिकुलेट्स र एक स्नातक द्वारा गरिन्छ।"

मोबियस, धेरै चासो देखाउँदै, वेटरलाई प्रोत्साहन दियो। "अवश्य, जानुहोस्। प्रत्येक विचार राज्यको लागि गनिन्छ, र कुनै पनि विचार सानो वा अप्रासंगिक हुँदैन।

"ठीक छ," वेटरले अनुमान लगायो, उसको झुकेका आँखा प्रत्येक क्षणमा साँघुरो हुँदै गयो। "मलाई थाहा छैन तपाईंले यी रिपोर्टहरू डिजिटल म्यागजिनहरू र नेटमा सुन्दै हुनुहुन्छ कि गर्दैन।"

"अगाडि बढ। बोल, जवान मानिस, "मोबियसले भने।

"नेपालबाट धेरै गोर्खा युवाहरू रुसको निजी सेना वाग्नर ग्रुपमा भर्ना भइरहेका खबरहरू आइरहेका छन्। तीमध्ये केही नेपाली सेनाबाट अवकाशप्राप्त पनि छन् । व्यक्तिगत हैसियतमा गएकाले नेपाल सरकारले यसमा केही गर्न सक्दैन । यसबाहेक, एक वर्षअघि भारत सरकारले दीर्घकालीन रोजगारीलाई छोटो करार अवधि र निवृत्तिभरण नदिने व्यवस्था गरेपछि नेपाल र भारतबीचको सम्बन्धमा तनाव आयो। पछि, तपाईंले सुन्नु भएको होला, नेपालले थप स्पष्टता नभएसम्म २०० वर्ष पुरानो भर्ती प्रक्रिया रोक्यो।"

मोबियसले जवाफ दियो, "तपाईं धेरै राम्ररी जानकार हुनुहुन्छ, सायद नेटमा समाचार पढ्ने रुचिको कारणले गर्दा। यो एक उत्कृष्ट बानी हो। वास्तवमा, वाग्नर समूहलाई रुसी सेनाको तुलनामा बढी कुशलको रूपमा हेरिएको छ, विशेष गरी वाग्नर समूहका भाडाका सैनिकहरूले पूर्वी युक्रेनको एउटा सानो तर रणनीतिक रूपमा अवस्थित सहर बाख्मुतमाथि रूसको नियन्त्रण

जितेपछि। केहि दिन पहिले, विशेष गरी 23 जुन 2023 मा, वाग्नर समूहले राष्ट्रपति भ्लादिमिर पुटिन (रूसी राष्ट्रपति) विरुद्ध विद्रोह गर्यो। यद्यपि, पुटिनले आफ्ना नेता येभगेनी प्रिगोजिनलाई देशद्रोहको आरोपबाट बच्न र बेलारुसमा निर्वासन स्वीकार गर्न अनुमति दिएपछि उनीहरू अब आफ्नो आधारमा फर्किएका छन्।

वेटरले जवाफ दियो, "16 मे 2023 मा, रूसी अधिकारीहरूले एक वर्षको सैन्य सेवा पछि रूसी नागरिकता पहुँच गर्न सजिलो बनायो। वास्तवमा, मेरा दुई सहकर्मीहरूले पर्यटकको रूपमा रूस भ्रमण गर्न र त्यसपछि अनुबंधको आधारमा रूसी सेनामा भर्ती गर्न पर्याप्त पैसा बचत गर्दैछन्। वाग्नर समूहले विदेशी नागरिकहरू र रूसी जेलबाट जेल सजाय भोगेका दोषीहरू र मोहभंग भएका रूसी सेनाका कर्मचारीहरूमध्ये सेनाका मानिसहरूलाई भर्ती गर्थे, जसले उच्च तलब र राम्रो जीवनयापनको लागि वाग्नरलाई प्राथमिकता दिए। तपाईलाई थाहा छ, सर, हामी तीन जनाले हरेक बिहान छलफल गर्ने एउटा अवधारणा छ। रुसमा गोरखा भर्तीको वर्तमान अवस्थाको फाइदा उठाउँदै राज्यको चाहना।

"जानुहोस्," मोबियसले वेटरलाई भने। "म सबै कान हुँ।"

वेटरले जवाफ दियो, "अब सोच्नुहोस् सर। नेपालसँग गोर्खाहरूको अमिट इतिहास छ। सुरुमा गोर्खाहरू नेपालका थिए। यदि भारतमा सशस्त्र सेनामा रहेका सबै गोर्खाहरू एकजुट भएर उनीहरू रुसी सेनामा भर्ना हुन चाहन्छन् भनी बताए भने, सुरुमा सम्झौताको आधारमा, उच्च तलब र राम्रो जीवनयापनका लागि?

"तपाई भारतीय सेनामा रहेको गोर्खा रेजिमेन्टको कुरा गर्दै हुनुहुन्छ, होइन?" मोबियसले भारी सास फेर्दै सोधे।

"ठ्याक्कै, सर। भारतीय सशस्त्र सेनाका सबै गोर्खाहरूबीच अचानक विद्रोह भयो भने त्यसले भारत सरकारलाई निकै अप्ठ्यारो पार्छ । उनीहरूले गोर्खाहरूलाई सन्तुष्ट पार्न राज्यको दर्जा दिनेछन् ताकि उनीहरू विद्रोह नगर्न र आफ्नो सेनामा भर्ती हुन रुस जान्छन्।"

रमाइलो ध्यानमा, मोबियसले मुस्कानका साथ जवाफ दिए, "तपाईंलाई थाहा छ, तपाईं तीन थिंक ट्याङ्कहरू - दुई म्याट्रिकुलेट्स र एक स्नातक - एक अविश्वसनीय समाधानको साथ आएका छन्। तपाईको समुदायको लागि

तपाईमा रहेको आत्मीयताको भावनाले भारत सरकारलाई राज्यको रूपमा पुनर्विचार गर्न बाध्य पार्छ। शानदार विचार।"

वरिपरि हेर्दै र उठ्दै, वेटरले भन्यो, "सर, म काममा जानुपर्छ। तपाईसँग कुरा गर्दा राम्रो लाग्यो, सर। कहिलेकाहीं हामी गोर्खाहरू कुरा गर्दा, हामी राज्यको मुद्दामा भावुक बनाउँछौं। आज यस्तै एक समय छ। सपना देख्दा कहिलेकाहीं फलदायी विचारहरू हुन सक्छ। मेरो नाम थमन रेग्मी हो। वेटरका आँखा रसाए ।

मोबियसले जवाफ दिए, "सन् १७९१ देखि १८१५ सम्मको कुमाउँमा भएको गोर्खाली शासनको विवरण 'इम्पेरियल गोर्खा' का लेखक प्रसिद्ध गोर्खा महेशचन्द्र रेग्मीसँग कुनै सम्बन्ध छ? मैले धेरै वर्षअघि किताब पढेको थिएँ।"

"हजुर सर। ठूलो गोर्खासँग मेरो टाढाको सम्बन्ध छ,' वेटरले गर्वका साथ भने।

मोबियस उठ्यो र वेटरलाई अँगालो हाल्यो। "तपाई धेरै उज्यालो र राम्ररी जानकार हुनुहुन्छ कुनै आश्चर्य छैन। तपाईलाई लेखकको बौद्धिक जीन विरासतमा छ। राज्यसत्ता आउँछ । चिन्ता नगर। भगवान हाम्रो पक्षमा हुनुहुन्छ। आयो गोर्खाली थमन रेग्मी!"

"अयो गोर्खाली सर।"

मोबियसले आफ्नो मसाला डोसा र वडा चुपचाप खाए। त्यसको लगत्तै केही रमाइलो घटना भयो। उसले आफ्नो इमेल जाँच गर्दै र जवाफ दिईरहेको थियो। उनले ट्रेनमा चढ्ने समय पाएको महसुस गरे र आफ्नो फेसबुक खाता मार्फत जाने निर्णय गरे। उसको चलिरहेको भिडियोहरू धेरै लोकप्रिय हुँदै गइरहेका थिए, र उसले प्रत्येक पोस्टिङको जवाफ दिने बिन्दु बनायो। एक दिन बोलाउनु अघि, उनले कर्पोरेट छवि विभागमा सहकर्मी वन्दना सिंहको पोस्ट देखे। उनले GIF को साथ एक उत्कृष्ट टुक्रा पोस्ट गरेकी थिइन्। पोस्टिङ पनि मुस्कान र प्रेम प्रतिमा संग समाप्त भयो। मोबियसले प्रेम र नमस्ते आइकनको साथ छोटो जवाफ दिए। त्यसको केही समयपछि सुमित्राले उनलाई ह्वाट्सएपमा म्यासेज पठाइन् । "के तिमी ट्रेनमा चढ्दै छौ? तपाईंले बेलुकाको खानामा के खानुभयो?"

मोबियसले टाइप गरे: "अहिले सम्म छैन। डिनरको लागि मसाला डोसा र वडा खाएँ।

उनको मोबाइलमा रहेको एल्गोरिदम सफ्टवेयरको कारण सुमित्राको अन्त्यमा के देखा पर्‍यो: “अहिलेसम्म छैन। डिनरको लागि मसाला डोसा र वन्दना खाएँ।

एक सेकेन्ड पछि, मोबियसले फेसबुकमा व्हाट्सएपसँग जडान गर्ने एल्गोरिदमको काम महसुस गरे। त्यतिन्जेलसम्म मेटाउन ढिलो भइसकेको थियो किनभने सन्देशमा दुईवटा निलो टिकले सुमित्राले देखेको संकेत गरेको थियो। मोबियसको तुरुन्तै प्रतिक्रिया सुमित्रालाई फोन गर्ने र पूर्ववत गर्ने बारे व्याख्या गर्ने थियो। उनले टेक्स्ट म्यासेज पनि गरे: "होइन, माफ गर्नुहोस्। टाइपो त्रुटि। डिनरको लागि वडा थियो, वन्दना होइन।" तुरुन्तै, मोबियसले दुईवटा निलो टिकहरू देखे। उसले छिट्टै गलतफहमी हटाउनुपर्‍यो।

त्यतिन्जेल उनको मोबाइलको घण्टी बज्यो । सुमित्रा थिइन् । मोबियसले चिन्ताले फोन उठायो। उसले बुझाउन अघि सुमित्राले फुर्सद भई, “मोब्सी, तिमीले वन्दनासँग डिनरको लागि भाडा खायौ कि वन्दनालाई मात्र खाना खान ?” र त्यसपछि हाँस्न थाले।

मोबियसले सन्तुष्ट भएर हाँस्दै भने, “तिमी सुमीलाई चिन्छौ । म अहिले एक्लै छु। वन्दना सतना कोलोनीमा छिन्।

सुमित्रा झनै चर्को स्वरमा हाँसिन् र जवाफ दिइन्, “मलाई थाहा छ, मोब्सी डार्लिंग। मैले वन्दनालाई रातिको खानाको लागि बोलाएँ। यहाँ, उनीसँग कुरा गर्नुहोस्। संयोगवश, फोन स्पिकर मोडमा थियो।

वन्दना लाइनमा आइन् र सोच्दै भनिन्, “सर, मलाई थाहा छ तपाईंले गल्ती गर्नुभयो। तर के तपाईंले मलाई हाम्रो प्लान्टका सबै महिला सहकर्मीहरूबाट छान्नुपर्छ? मलाई सुमित्रा म्याडमको अगाडि साँच्चै लाज लाग्छ,’ अनि अनियन्त्रित भएर हाँसिन् ।

मोबियसले वन्दना र सुमित्रा दुवैलाई एकसाथ हाँसेको सुने। मोबियसले मनमनै गुनगुनाउँदै भने, “आज राती तिमीले क्लोज सेभ गर्यौं यार। तपाईले फोनमा एल्गोरिदम र एआई (कृत्रिम बुद्धिमत्ता) को लागी हेरिरहनु पर्छ।"

उसको ट्रेनमा ओर्लने समय भयो। माथिल्लो बर्थमा रहेको २-टियर एसी कम्पार्टमेन्टमा, मोबियसले आँखा बन्द गरे र सुत्नुअघि केही बेर सोच्यो, जुनाली र आफू वाग्नर समूहसँग लडिरहेको सपना देखे। शत्रुको पेटभित्र संगीन हानेर ‘अयो गोर्खाली’ चिच्याए ।

मोबियसको उथलपुथलपूर्ण सपना चकनाचुर भयो किनकि उसले आफ्नो काँधमा हातले बिस्तारै थिचेको महसुस गर्यो। यो TT। थियो। "सर, हामी पाँच मिनेटमा सतना स्टेसन पुग्छौं।"

मोबियस निद्रामा अल्झिएर गनगनाए, "धन्यवाद।"

"हजुर," युवा टीटीआईले भने। "तपाईलाई जानकारी गराउछु भन्ने सोचेको थिएँ। तपाईले नराम्रो सपना देख्नु भएको जस्तो देखिन्छ। एक यात्रुले मलाई तिमी आफैँसँग कुरा गर्दैछौ भन्नुभयो र 'अयो गोर्खाली' जस्ता केही असंगत वाक्यहरू उद्धृत गर्नुभयो। मलाई त्यसबेला तिमीलाई नब्युँझाउनु नै राम्रो लाग्यो किनकी यात्रुले यो कुरालाई अगाडि नबढाउनुभएन, र मेरी आमाले मलाई एक पटक कसैलाई नराम्रो सपनाबाट ब्यूँझाउन भन्नुभएको थियो।

मोबियसले तुरुन्तै आफैलाई पुनः रचना गरे। "गडबडीको लागि माफ गर्नुहोस्। यो एक सकारात्मक सपना थियो।"

"यो सुनेर खुसी लाग्यो, सर। दिन शुभ होस्।"

"तपाईलाई पनि, श्री राम प्रसाद। जय श्री राम," आफ्नो नाम ट्याग हेरेर मोबियस मुस्कुराए।

"जय श्री राम, सर," TT। फर्केर मुस्कुराए।

जुलाई

Gang of Six को बैठक

मिलिन्दको घरको अगाडि भोपालको गान्धी नगरमा रहेको स्विमिङ पुलको छेउमा रहेको वुड्स इन रिसोर्टको ल्यानमा ग्याङ्ग अफ सिक्स आरामसँग बसिरहेको थियो। मिलिन्द र मन्दिराले गोर्खाल्याण्ड मुद्दामा मोबियसको पछिल्लो योजनाबारे छलफल गर्न गैंगलाई भोपालमा आमन्त्रित गरेका थिए। गत हप्ता, मोबियसले सुमित्रासँग खेल योजना ब्रोच गरे। अचम्मको कुरा के छ भने, सुमित्राले उसको निन्द्रालाई लात हानेकी थिइनन् न त बोध नै गरिन् । उनले मोबियसले गिरोहसँग छलफल गर्नुपर्छ भनेर मात्र भनिन्। शिव र चन्द्रिका जबलपुरबाट रेलबाट ओर्लिए। मोबियस र सुमित्रा आफ्नो होन्डा सिटीमा सतनाबाट तल झरेका थिए। मोबियसले जुनाली र मनिषाको संवेदनशीलताका कारण बाहिर राख्ने निर्णय गरे। एक घण्टा बोल्दै गर्दा, मोबियसले महसुस गरे कि उसलाई गिरोहको यर्थाट ध्यान थियो। सबैजना

मंत्रमुग्ध थिए, र मोबियस बोल्दा कसैले एक शब्द पनि बोलेनन्। अन्तमा, उनले रिसोर्टमा मिलिन्दद्वारा व्यवस्था गरिएको पेय पदार्थ, चिल्ड बियर, ह्विस्की र तंदुरी चिकेन, फ्राइड फिश कटलेट, आलु चाट, पनीर टिक्का र पापड लगायतका खाजाको एक राउन्डमा समापन गरे।

त्यहाँ स्तब्ध मौनता छ, र त्यसपछि मन्दिरा ताली बजाउन थाले, शिव, मिलिन्द र चन्द्रिका पछि। सुमित्राले आफ्नो प्लेट मुनिको रुमालमा औंलाले घेरा कोरिन्। मन्दिरा र चन्द्रिकाले धेरै नक्सा र औँला प्रहार गरेपछि सुमित्रा ताली बजाउन सामेल भइन्।

शिवले पहिले बोल्यो, "मोब्सी, तपाईको यो योजनाले नेटफ्लिक्स र अमेजन प्राइममा उत्कृष्ट चलचित्र बनाउनेछ, तर जे होस्, राम्रो विचार छ। तपाईंले गोरखा सेनाका केही वरिष्ठ कर्मचारीहरूलाई विश्वासमा लिनुपर्छ। उनीहरू कसरी अगाडि बढ्छन् भन्ने कुरा पेचिलो कुरा हो । गोर्खा रैंकहरू बीचको असन्तुष्टिको कुनै पनि संकेतले सेनाले गरेको दुर्व्यवहारको गम्भीर उल्लङ्घनको रूपमा अनुपातमा सर्पिल हुन सक्छ, जसले गर्दा कोर्ट मार्शल र सेवा समाप्त हुन्छ। यदि तपाईलाई कुनै कुराले डोर्याउँछ भने, यसको मतलब तपाई गोर्खा समुदायको आन्दोलनलाई उक्साउने र देशको सुरक्षालाई जोखिममा पारेको आरोपमा प्रहरीले पक्राउ गरेको हुन सक्छ।

मिलिन्दले अर्को कुरा गरे । "राम्रो योजना, मोब्सी। केवल सुनिश्चित गर्नुहोस् कि तपाईं पक्राउ पर्नुहुन्न। तपाईंले हेरफेर गर्न आवश्यक छ ताकि कसैले पनि अनुमान गर्न सक्दैन कि मास्टरस्ट्रोक पछाडिको मास्टरमाइन्ड को हो। खै, सुमी दीदीले अहिलेसम्म लात हानेको हो ?" ऊ आफैँ मुसुक्क हाँस्यो अनि हाँस्न थाल्यो । मोबियस बाहेक सबै हाँस्न थाले ।

चन्द्रिकाले आफ्नो पति शिवलाई साथ दिन्छिन्। महान विचार, Mobsy। तथापि, सुरक्षित खेल्नुहोस्, र कानूनको दाहिने पक्षमा रहनुहोस्।

शिव हस्तक्षेप गर्छन्, "मोब्सी, म यसलाई 'KLPD' अवस्थाको रूपमा देखा पर्न चाहन्न, तर दोस्रो विचारमा, यो तपाईंको सुरक्षाको लागि राम्रो विचार नहुन सक्छ।

अपरिचित परिवर्णी शब्दले अचम्ममा परेर चन्द्रिकाले एउटा भौं उठाईं। "KLPD' को अर्थ के हो प्रिय?"

ग्याङ्ग अफ सिक्सले शिवलाई फोहोरी रूप दियो। सुमित्राले पहिलो प्रतिक्रिया दिइन्। "तिमीहरू डोस्कोससँग कुनै शिष्टाचार छैन। के तपाईहरु आफ्नो

भाषाप्रति बढी सचेत हुन सक्नुहुन्न ? म मान्डीको समर्थनमा मोब्सी हामी बीचको एक मात्र दुर्व्यवहारको लाउट हो भन्ने मलाई लाग्यो। अब चन्द्रिकाको प्रश्नको जवाफ कसले दिने ?

मोबियस हिचकिचाए, आफ्नो शब्दहरू सावधानीपूर्वक छनोट गरे। "ठीक छ, यो एक कच्चा वाक्यांश हो, चन्द्रिका। यो हामीले विनम्र कम्पनीमा प्रयोग गर्ने चीज होइन। मानौं यो एक शब्द हो जसले निराश वा निराश हुने भावना व्यक्त गर्दछ। साँच्चै, त्यसमा नबस्नु नै राम्रो हो।"

शिवले जवाफ दिए, "धन्यवाद मोब्सी। मेरो जिब्रो चिप्लियो।"

"ठीक छ, शिवी। तपाईंको समय सही थियो, तर ठाउँ गलत थियो। सुमी दीदीको अगाडि होसियार हुनुपर्छ नत्र नराम्रो परिणाम भोग्नुपर्छ,' मिलिन्दले सुमित्रालाई मुस्कुराउँदै भने।

विषय परिवर्तन गर्दै, मन्दिराले भनिन्, "यो सजिलै गोर्खाल्याण्डको लागि उत्तम समाधान हो। महान मस्तिष्क-लहर Mobsy। यसको लागि तपाईलाई माया गर्नुहोस्। तिमीले गोर्खाहरूलाई अगाडिबाट अगुवाइ गर्ने नियति थियो। एक सच्चा योद्धा।" सुमित्राले मन्दिरालाई फोहोर नजर दिईन् ।

मन्दिरा आफ्नो कुर्सीबाट उठे र घोषणा गरिन्, "मोब्सी डार्लिंग, म यस पटक सुमीको कुनै अनुमति बिना नै तिमीलाई अँगालो हालेर चुम्बन गर्नेछु।"

मोबियसले आशंकित नजरले सुमित्रालाई हेर्यो।

सुमित्राले जवाफ दिइन्, "मोब्सी आफ्नो निर्णय आफै लिन सक्ने उमेर भइसकेका छन्।"

मिलिन्दले मध्यस्थता गरे, "मोब्सी, सुमी दीदी रिसाएकी छिन्। म्यान्डीले तपाईलाई गालामा मात्र हान्न दिनुहोस्।

उहाँ भित्रको 'जोनी वाकर ब्ल्याक लेबल' को तीन पेग पछि उदार मूडमा, शिवले भने, "मोब्सी, ओठ ठीक छ। कुनै जिब्रो एकअर्काको मुख भित्र धकेल्दैन। "

चलिरहेको कुराकानीमा लाजमर्दो हुँदै चन्द्रिकाले भनिन्, 'तिमी डस्कोस त शरारती छौ ।

मन्दिरा मोबियसको अगाडि उभिइन्, गाला रगाएर उसलाई अँगालो हालिन्, मुस्कुराउँदै भनिन्, "अहिले कुनै गैरकानूनी गर्न चाहन्न। हुनसक्छ भविष्यमा। "

सुमित्राले मन्दिरासँग घृणित भएर बोलिन् । "एक लाख धन्यवाद म्यान्डी। तपाइले मेरो दिन बनाइदिनुभयो।"

शिवले हस्तक्षेप गर्दै मोबियसलाई भने, "सुमीको सद्भावले गर्दा तिम्रो नितम्ब अचानक पीडाबाट बचेको छ।"

मोबियसले आक्रोशित भई टिप्पणी गरे, "तिमीहरू, बकवास काट्नुहोस् र हाम्रो मुख्य उद्देश्यबाट विचलित नहुनुहोस्।"

मिलिन्दले भन्यो, "पहिले सुमी दिदीबाट अन्तिम फैसला गरौं ।"

सुमित्रालाई हेरेर सबैले धैर्यपूर्वक पर्खिरहेका थिए ।

अन्तमा सुमित्राले नराम्ररी बोलिन्, "म योजनासँग सहमत छु। तर के हामी जेलमा मोब्सीको खाना बाँड्न सक्छौं? म खाजा खान जान्छु। डिनरको लागि म्यान्डी र ब्रेकफास्टको लागि चन्द्रिका।

मिलिन्द र मन्दिराले हाँस्नबाट जोगाउन आफ्नो ओठ काटे । चन्द्रिकाले आफ्नो अनुहार सीधा राख्न सक्दो प्रयास गरिन् । शिव अगाडिको दाँत देखाउँदै मुस्कुराए ।

आफू लगायत छ जना मध्ये चार जना कुनै पनि पल हाँस्नेछन् भन्ने देखेर मन्दिरा भनी, "के चिकेन म्यागी नूडल्स डिनरको लागि ठीक छ, मोब्सी डियर?"

मोबियसले आक्रोशित स्वरमा भने, "फ्रेन्च फ्राइज पनि थप्दा कुनै हानि छैन, म्यान्डी!"

सबैले मनमनै हाँसेपछि, आफ्नो सन्तुष्टि कायम राख्ने शिव पहिलो थिए। "केही गम्भीर व्यवसायमा जाऔं। वरिष्ठ गोर्खा सेनाका जवानहरूसँग सीधै कुरा गर्नुको सट्टा पहिले यसको पछाडिको अवधारणामा उनीहरूको प्रतिक्रिया हेरौं। म गोर्खा कर्णेललाई व्यक्तिगत रूपमा चिन्छु। म आपसी साथीको ठाउँमा दिल्लीमा सामान्य भेटघाटको व्यवस्था गर्नेछु। म व्हिस्कीको साथ डिनर पछि एक्लै हुँदा मोब्सीको नाम उल्लेख नगरी यस विषयलाई ब्रोच गर्नेछु। यदि उसले अनुमोदन गर्यो भने, म थप विवरणहरूमा जानेछु। तर, आघात र अविश्वासको पहिलो चिन्हमा, म भूमध्यसागरको तटको फेदमा ओइस्टरको खोल जस्तै टाँसिनेछु, अलमलमा पर्नेछ, र जिब्रोको चिप्लोमा माफी माग्छु।"

मिलिन्दले भने, "यो राम्रो विचार हो, शिवी। हामीले विषयलाई धेरै सावधानीपूर्वक हेर्नु पर्छ र यदि यो उल्टो भयो भने द्रुत रूपमा पछि हट्नु पर्छ।"

"आफ्नो औंलाहरू पहिले पानीमा राख्नुहोस्, मोब्सी, यसको न्यानोपन परीक्षण गर्न। अनावश्यक रूपमा टोस्ट गर्नुको कुनै अर्थ छैन,' चन्द्रिकाले खुसी व्यक्त गरिन्।

सुमित्राले भनिन्, "मोब्सी, मलाई गम्भीर रूपमा लाग्छ कि तपाईंले पहिले आफ्नो एमडीसँग छलफल गर्न आवश्यक छ किनभने उनी गोर्खाल्याण्ड मुद्दालाई खुलेर समर्थन गर्छिन्। उनीसँग कुरा गर्नुहोस्। हुनसक्छ उसले तपाईलाई केहि राम्रो विचार दिनेछ। उनले तपाईंलाई कानुनको गलत पक्षमा नपर्न चेतावनी दिएकी छिन्। यदि तपाईंले आफ्नो एमडीलाई लुपमा राख्नुभयो भने, तपाईंसँग उनको बिना शर्त समर्थन हुनेछ।"

सुमित्रा यो विचारको बारेमा थप प्रोत्साहनजनक हुन सक्छ भन्ने महसुस गर्दै, मोबियसले उनीसँगै जाने निर्णय गरे।

सबैलाई सम्बोधन गर्दै मोबियसले भने, 'म भोलि एमडीसँग कुरा गर्छु र उनको राय लिन्छु । त्यस्ता कुराहरू इमेल गर्न वा लिखित रूपमा राख्न सकिँदैन। उसले अगाडि बढ्यो, अचानक शिव र मिलिन्दलाई औंल्याए। "डोस्को लेफ्टिनेन्टलाई सम्झनुहोस्। जनरल विपुल सिङ्गल, भोपालमा सुदर्शन चक्र कोरका कमाण्डर? उनले गत वर्ष अक्टोबरमा हाम्रो ब्याचको लागि खाजा आयोजना गरे। मैले उहाँलाई दौडेर मेरो पुस्तक प्रस्तुत गरेको याद छ। उहाँका अधिकारीहरूसँग कुरा गर्ने बहानामा म उहाँलाई भेट्नेछु। त्यसपछि, हेरौं। मिलिन्द भोपालमा भएकाले मसँगै आउनुभयो भने राम्रो हुन्थ्यो । हामी दुबैले अफिसरहरूको फिटनेसमा संयुक्त कार्यक्रम बनाउन सक्छौं।"

मिलिन्दले जवाफ दिए, "अवश्य, मोब्सी। जुनसुकै बेला।"

अगस्ट

एमडीसँगको महत्वपूर्ण भेटघाट

बिहान १० बजे एमडीको कार्यालयमा मोबियसको बैठक बसेको थियो । उहाँ बिहान ९:४५ मा लबीमा हुनुहुन्थ्यो र बिहान ९:५५ मा एमडीको लाउन्जमा लगियो। बेज रंगको छालाको सोफामा डुब्दा उनले विगत दुई महिनामा

एमडीसँगको छवटा भ्रमणहरूबारे सोचेका थिए। एमडीको कार्यालय बिस्तारै उनको दोस्रो घर बनिरहेको थियो। एमडी सिल्कको ओडिशा साडीमा मनमोहक देखिएर हिँडे। मोबियस उसलाई शुभकामना दिन उठ्यो। वाह, उनी किट्टु गिडवानीजस्तै देखिन्छिन्, उनले सोचे।

"मोबियस, मसँग तपाईंसँग छलफल गर्न धेरै छ तर धेरै थोरै समय। त्यसोभए सुरु गरौं, के हामी? सुन्तला, आँप वा कागती कुन जुस खान मन लाग्छ?"

"तिमीले जे लिन्छौ, म गर्नेछु," मोबियसले विनम्रतापूर्वक जवाफ दिए।

एमडीले इन्टरकम उठाए र भने, "दुई सुन्तलाको जुस, कृपया।"

एमडीले आफ्नो कुर्सीमा आफुलाई सहज बनाउदै भने, "मोबियस, सर्वप्रथम, म तपाईलाई भन्न चाहन्छु कि दार्जिलिङ जिल्लामा हाम्रो सिमेन्ट प्लान्ट स्थापना गर्नको लागि तपाईले सम्पर्कहरू गर्दै हुनुहुन्छ भन्ने प्रगतिबाट संचालक समिति खुसी छ। तर हामी अगाडि बढ्नु अघि, पहिले मामूली संग समाप्त गरौं। एचआरले सतना प्लान्टमा दुई महिला इन्जिनियरहरू एकअर्कासँग विवाह गर्न चाहने बारे रिपोर्ट गरे। मलाई लाग्छ कि तिनीहरू केही समयको लागि समलिङ्गी सम्बन्धमा हुनुपर्छ। हामीले तिनीहरूको सेवाहरू समाप्त गर्नु अघि, म तपाईंसँग कुरा गर्न चाहन्छु। तपाईं सधैं बाकस बाहिर सोच्नुहोस्। कृपया मलाई आफ्नो सुझाव दिनुहोस्। बिल्कुल स्पष्ट हुनुहोस्। तपाईले जे भन्नुहुन्छ त्यो हामी बीच रहन्छ, मोबियस।

एक पज पछि, मोबियसले सुरु गरे, "म दुबै महिलालाई चिन्छु। तिनीहरूको व्यवहार र शरीरको हावभावबाट, मैले तिनीहरू समलैंगिकहरू हुन् भन्ने अनुमान गरें। तर विवाहको बारेमा यो कुरा नयाँ र अप्रत्याशित छ। महोदया, स्पष्ट रूपमा, समय परिवर्तन भएको छ। अहिले युवाहरूको व्यवहार र व्यवहारले तर्कलाई बेवास्ता गर्छ। सामाजिक नैतिकताको बन्धन भत्किएको छ । धेरै सामाजिक र व्यवहार परिवर्तनहरू अब वर्जित छैनन्। LGBT समुदाय बिस्तारै हाम्रो समाजमा स्वीकार भइरहेको छ। हामीले यो विशेष मामलामा सहानुभूतिपूर्ण दृष्टिकोण लिन आवश्यक छ। मलाई थाहा छ यो हाम्रा कर्मचारीहरूका लागि असहज क्षण हो। पहिले नै, समलिङ्गी संस्कृतिलाई दण्डनीय अपराध मान्ने कठोर कानून आईपीसी आचार संहिताबाट हटाइएको छ। अब दुई समलिङ्गी वा समलिङ्गी सँगै बस्नु अपराध होइन। तर, हालै वैवाहिक कानुनमाथि सर्वोच्च अदालतमा यस वर्षको अप्रिलमा छलफल र बहस भएको थियो । समलिङ्गी विवाहलाई कानुनी

मान्यता दिनु असंवैधानिक र मौलिक अधिकारको हनन भएको तर्क गर्दै करिब ५० निवेदकहरूले सर्वोच्च अदालतमा निवेदन दिएका थिए । केन्द्रबाट सत्तारुढ सरकारद्वारा समलिङ्गीहरू बीचको विवाहलाई स्वीकार गर्न कठोर अस्वीकार गरिएको छ, तर सर्वोच्च अदालत पक्षमा थियो र विशेष विवाह ऐनमा संशोधन गर्न सुझाव दिन चाहन्थे।

एमडीले थपे, "यदि उनीहरू सफल भए भने, अदालतले समलिङ्गीतालाई अपराध घोषित गरेको पाँच वर्षपछि मात्रै भारत नेपाल र ताइवानपछि समलिङ्गी युनियनहरूलाई अनुमति दिने एसियाको तेस्रो देश बन्नेछ।" एमडीले रोकेर प्रश्न गरे, "तर निगमको हैसियतमा हामीले यस्तो विवादबाट टाढिनुपर्छ जस्तो लाग्दैन ? सबैभन्दा महत्त्वपूर्ण कुरा, मोबियस, को पति हुनेछ र को पत्नी हुनेछ? यो जोडीले कसरी निर्णय गर्नेछ? यदि तिनीहरूले एक महिनाको बच्चालाई धर्मपुत्र राख्छन् भने, दुई समलिङ्गी महिला दम्पतीहरू बीचको मातृत्व लाभको लागि को योग्य हुनेछ? यसबाहेक, हाम्रो संस्थामा अर्को, हामीसँग पति र पत्नीको समान सम्बन्ध चाहने दुई पुरुष हुन सक्छ। पुरुषको हैसियतमा तपाईको दृष्टिकोण के छ ? एचआईभी भाइरस समलिङ्गी व्यवहारका कारण अफ्रिकाबाट निस्किएको भनिन्छ।

मोबियसले गहिरो सोचेर जवाफ दिए, "व्यक्तिगत रूपमा, म समलिङ्गी विवाहको विरुद्धमा छु। यदि दुई समलिङ्गीहरू सँगै बस्न चाहन्छन् भने, यो तिनीहरूको व्यवसाय हो। तर, समलिङ्गी जोडीबीचको विवाहले सभ्य समाजमा नैतिक मूल्यमान्यताको क्रमशः पतन हुँदै जान्छ । मेरो विचारमा, यदि कोही समान-लिङ्गी अभिविन्यास छ भने, तपाईंले उसलाई विपरित लिङ्गसँग विवाह गर्न बाध्य पार्न सक्नुहुन्न। यद्यपि, यदि लैङ्गिक अभिमुखीकरण मुख्य रूपमा शारीरिक प्रकृतिको हो भने, यसले पुरुषहरू बीच निर्दोष व्यक्तिहरूको यौनसम्बन्धलाई निम्त्याउन सक्छ, जुन वर्तमानमा अपराध हो र यसलाई बलात्कारको रूपमा लिइन्छ।"

एमडीले टिप्पणी गरे, "मोबियस, मलाई 6 सेप्टेम्बर 2018 को ऐतिहासिक निर्णयको बारेमा 2018 मा भएको होहल्ला र रुवावासी सम्झन्छु, जसले भारतको दण्ड संहिताको धारा 377, ब्रिटिश औपनिवेशिक शासनको अवशेष, अन्तर्गत कठोर कानूनलाई प्रहार गर्यो जसले 'शाहरिक सम्बन्धलाई सजाय दिन्छ। प्रकृतिको आदेशको विरुद्धमा १० वर्षको जेल सजाय ।"

मोबियसले जवाफ दिए, "हो, मलाई त्यो फैसला राम्ररी याद छ। त्यहाँ LGBT समुदाय द्वारा धेरै उत्सवहरू थिए। त्यसयता देशमा समलिङ्गी सम्बन्धलाई

फौजदारी अपराध मानिएको छैन। अदालतले आफ्नो शयनकक्षको गोपनियतामा कसैलाई माया गर्ने वा के गर्ने भन्ने विरुद्ध भेदभाव गर्नु हुँदैन भनेर पुष्टि गरेको थियो।

"यद्यपि, मोबियस, थप ढिलाइ नगरी, मैले दुबै महिलाहरूलाई चेन्नई र दिल्लीमा छुट्टाछुट्टै कार्यालयमा स्थानान्तरण गर्ने संकल्प गरेको छु, जानाजानी कुनै पनि सहवासलाई निरुत्साहित गर्न दूरी सिर्जना गर्दै। यो निर्णयले हाम्रा कर्मचारीहरूलाई संयम अपनाउन र व्यावसायिक सीमाहरू पालना गर्न आग्रह गर्दै दृढ सन्देशको रूपमा पनि काम गर्दछ।

"तपाईंको दयाको लागि धन्यवाद, महोदया।"

एमडीले सोधे, "मोबियस, तपाइँसँग छलफल गर्न केहि महत्त्वपूर्ण छ। कृपया अगाडि बढ्नुहोस्।"

मोबियसले जवाफ दिए, "हाम्रो प्रयासको बावजुद गोर्खाल्याण्ड आन्दोलन अझै निस्किएको छैन। मनिषाकी काकी जुनाली र म कालिम्पोङमा प्रहरीको जालबाट बच्न दौडनुपरेको थियो । राती प्रहरी कुकुरले पिटेपछि बिहानै टिस्टा नदी पार गरेर हामी सिक्किम आइपुग्यौं। मेरा आमाबाबु यस विषयमा चिन्तित छन्, विशेष गरी मेरो बुबा, जसले गोर्खाल्याण्डलाई बेकारको प्रयास ठान्नुहुन्छ। मेरी श्रीमतीले अनिच्छुकतासाथ मलाई समर्थन गरिरहेकी छिन्, र मेरी छोरी मेरो लागि चिन्तित छिन्। "

एमडीले भने, "मोबियस, यदि तपाईं बाहिर चाहनुहुन्छ भने, केवल शब्द भन्नुहोस्। गोर्खाल्याण्ड नभए पनि त्यस क्षेत्रमा सिमेन्ट प्लान्टमा हाम्रो प्रवेश जारी रहनेछ। तिम्रो हात सधै भरी हुनेछ।"

"होइन, महोदया, म पछाडि हट्ने मान्छे होइन, र मसँग धेरै साहसी योजना छ यदि हामी यसलाई पछाडि को छ भनेर कसैलाई थाहा नदिई यसलाई तान्न सक्छौं," मोबियसले जवाफ दिए।

"म सबै कान मोबियस हुँ। अघि बढ।"

मोबियसले भने, "मैले यो आइडिया पहिलो पटक एउटा असाधारण स्रोतबाट सुनेको थिएँ, नयाँ दिल्ली रेलवे स्टेशनको IRCTC लाउन्जमा काम गर्ने गोर्खा वेटरबाट। यदि हामीले गोर्खा सिपाहीहरूलाई आफ्नो रेजिमेन्ट भित्र विद्रोह गर्न रुसी सेनामा सामेल हुन उक्सायौं भने आन्दोलनले सरकारलाई गोर्खाल्याण्ड दिन बाध्य पार्न सक्छ। सरकारको अन्तिम कुरा भनेको सेनामा

रहेको आफ्नो उत्कृष्ट लडाकु बल गुमाउनु हो - गोर्खा रेजिमेन्ट। गोर्खा रेजिमेन्टका केही शीर्ष इचेलन्सहरूलाई नजाएर यो सावधानीपूर्वक गर्नु पर्छ। मेरो विचारमा गोर्खाल्याण्ड बनाउनको लागि हल्ला मात्रै पुग्छ । स्कूलमा मेरा सहपाठीहरूले मलाई केही वरिष्ठ गोर्खा सेनाका जवानहरूसँग कुरा गर्न मद्दत गर्नेछन्। समस्या यो छ, यदि कसैले हामी यसको पछाडि छौँ भनेर चिच्यायो भने, यसले गिरफ्तार गर्न सक्छ। "

एक चिन्तित क्षण पछि, एमडीले भने, "मोबियस, यद्यपि धेरैले यो विचारलाई हास्यास्पदको रूपमा उद्‌धृत गर्नेछन्, मलाई लाग्छ कि यो एकदम सही छ। तर, तपाईंको दृष्टिकोण गलत छ। हामीले सशस्त्र बलहरू बीच अफवाह फैलाउनै पर्छ कसैलाई थाहा छैन यसको पछाडि को छ। हामीले भर्खरै हाम्रो डिजिटल विज्ञापनहरूमा मद्दत गर्नको लागि हाम्रो कर्पोरेट IT विभागमा आर्यन डिसिल्भा नामक युवालाई भर्ती गरें। उहाँसँग धेरै असामान्य शौक छ। उनी प्रशिक्षित ह्याकर हुन् । यसले कुनै पनि तीन-स्तरीय सुरक्षा प्रणालीमा ह्याक गर्न सक्छ, गहन फायर-वालिङको बावजुद प्रवेश गर्न सक्छ, र कुनै ट्रेस बिना बाहिर आउन सक्छ। उनले इजरायलको एक कम्पनीमा दुई वर्ष काम गरे, जहाँ उनले इजरायलको रक्षा वेबसाइटलाई बहादुरीको प्रदर्शनमा ह्याक गरे, जुन संसारको सबैभन्दा सुरक्षित वेबसाइटहरू मध्ये एक हो।"

मोबियसले सोधे, "के उनी पक्राउ परेका थिए?"

एमडीले जवाफ दिए, "होइन, यसको विपरित, इजरायली इन्टेलिजेन्स प्रभावित भए र उनीहरूलाई यो कसरी गरिन्छ भनेर सिकाउनको लागि उनलाई राम्रो रकम प्रस्ताव गरे। यसले उनलाई इजरायली सेनाको इन्टेलिजेन्स विंगमा छ महिनाको लागि प्लम असाइनमेन्ट पाए, त्यसपछि उनी पारिवारिक मामिलालाई उद्‌धृत गर्दै भारत फर्किए। सत्य यो थियो कि ऊ डराएको थियो कि उसलाई हटाउन सकिन्छ, विशेष गरी जब उसले विश्वका केही दिमागी ह्याकरहरूसँग नोटहरू साझा गर्ने र आदानप्रदान गर्ने अवसर पाएको थियो। उहाँको बुबाले मसँग कलेजमा कानून पढ्नुभयो। आफ्नो छोरो सुरक्षित हुन चाहन्थे र मसँग कुरा गरे। यसरी मैले उनलाई कामको प्रस्ताव गरें।"

मोबियसले भने, "वाह! इजरायली ह्याकरहरू संसारका उत्कृष्ट मध्ये एक हुन्, र उनले उनीहरूसँग तालिम लिए।

एमडीले व्याख्या गरे, "मोबियस, मलाई योजनाको सोच र कार्यान्वयन गर्न दिनुहोस्। बस तल सुत्नुहोस्। कसैलाई एक शब्द पनि छैन। तपाईंको नजिकका साथीहरू, पत्नी वा आमाबाबु पनि होइन। सेनाको वेबसाइटमा दुई हप्तासम्म अफवाह फैलाउने काम गर्नुपर्छ। यदि मैले अन्य सरकारी वेबसाइटहरूमा थप अध्ययन गरें भने, हामी समात्न सक्छौं। हामी केवल सेनाको मिलिटरी इन्टेलिजेन्स विंगमा ध्यान केन्द्रित गर्नेछौं। मोबियस, म अहिले आर्यनसँग कुरा गर्छु। मलाई एक पल दिनुहोस्।"

एमडी उठेर लाउन्जको झ्यालको छेउमा पुगिन् र आर्यनसँग पन्ध्र मिनेटको गहिरो कुराकानीपछि मुहारमा मुस्कान लिएर फर्किन् ।

"आर्यनले भने कि यो एक हप्तामा गर्न सकिन्छ र अफवाह फैलाउनको लागि एक हप्ता पर्याप्त समय हो। उनले महाराष्ट्रको दुर्गम सहर महडमा सर्भर स्थापना गर्नेछन्। सबै ह्याकिङ त्यहीँबाट हुनेछ। महडमा उनका भरपर्दो साथीहरू छन् जसले त्यहाँको औद्योगिक क्षेत्रमा फूड जोइन्ट चलाउँछन्। सरकारले पत्ता लगाए पनि समय लाग्छ । एक हप्ता पछि, सर्भर त्यहाँबाट सारिनेछ र कुनै ट्रेस बिना नष्ट हुनेछ।

सर्भरमा IP ठेगाना प्रत्येक तीस सेकेन्डमा परिवर्तन गरिरहनेछ र औद्योगिक क्षेत्रका 275 मध्यम आकारका उद्योगहरूसँग काटिनेछ। सरकारले औद्योगिक क्षेत्रको सर्भर पत्ता लगाए पनि उनीहरूलाई औद्योगिक क्षेत्रका प्रत्येक सर्भर रुममा पुगेर कर्पोरेट सर्कलमा हंगामा मच्चाउने कष्टप्रद कार्यको अभियोग लगाइनेछ। महडका अधिकांश उद्योगहरूको मुख्य कार्यालय नजिकैको मुम्बईमा छ।"

मोबियसले सोधे, "त्यहाँबाट वास्तविक काम हुने भएकाले फूड ज्वाइन्टको बारेमा के हो?"

एमडीले जवाफ दिए, "राम्रो प्रश्न, मोबियस। फूड ज्वाइन्ट औद्योगिक क्षेत्र भित्रको केन्द्रमा रहेको क्षेत्रमा छ, जहाँ कम्तिमा तीन सय बिरुवा व्यक्ति, कार्यकारी र कामदार दुबैले खाना खान्छन्। तिनीहरूमध्ये केहीले ब्रेकफास्ट, लंच र बेलुकाको खाना खान्छन्। कम्पनीहरू भ्रमण गर्ने केही बाहिरका कार्यकारीहरू रेस्टुरेन्टमा खानाको समयमा बस्छन्, आफ्नो काम ल्यापटपबाट गर्छन्। "

मोबियसले भने, "आर्यन एक साँच्चै दिमागी केटा हो जसले यति छोटो क्षणमा यो सबै सोचेको छ।"

एमडीले जवाफ दिए, "तिमीलाई गोप्य कुरा गरौं। आर्यनले एउटा प्लाष्टिक ट्याङ्की उत्पादक कम्पनीमा दुई वर्ष काम गरे र आफ्नो आईटी विभाग स्थापना गरे। त्यसैले उसलाई त्यो ठाउँको बारेमा धेरै थाहा छ।"

द मास्टरस्ट्रोक र एस्केप (2023)

21 अगस्ट

आर्यन डिसिल्भा र एमडी महडस्थित सह्याद्री रेसिडेन्सीको पहिलो तल्लामा बसिरहेका थिए । कोठा थोरै सुसज्जित थियो तर सबै प्राकृतिक आराम सहित रु. 2500/ प्रति दिन (50% छुट पछि) OYO कोठा। सर्भर उपकरण र दुईवटा ल्यापटप भएको मध्यम आकारको टेबलले कोठाको एक तिहाइ भाग ओगटेको छ। आर्यन र एमडी स्क्रिनमा ध्यान केन्द्रित गर्दै गहिरो कुराकानी गरिरहेका थिए।

"म्याडम, हामीले हिजो हाम्रो परियोजना सुरु गर्यौं, र मैले भारतको तीनवटा ठूला सैन्य वेबसाइटहरूमा लग इन गर्न सफल भएँ। भारतीय सेनामा ७ गोरखा रेजिमेन्ट र ४० हजार गोर्खा सैनिकसहित ४० वटा बटालियन छन् । यसबाहेक, अर्धसैनिक बलमा २५,००० गोर्खा सिपाहीहरू रहेको असम राइफल्ससँग सेवारत गोर्खाहरूको २५ वटा बटालियनहरू छन्। त्यसैले भारतमा लड्ने गोर्खाहरूको कुल संख्या ६५ हजार छ । मैले आधारको वेबसाइटमा पनि लगइन गरेको छु र आधार नेटवर्कमा रहेका सबै गोरखा-ध्वनि नामहरूलाई तिनीहरूको मोबाइल नम्बरहरू सहित छुट्याएको छु र तिनीहरूलाई सशस्त्र बलहरूसँग सह-सम्बन्धित गरेको छु। अब मसँग धेरै मोबाइल नम्बरहरू छन् जसबाट म व्हाट्सएप सन्देशहरू पठाउन सक्छु।

"आर्यन," एमडीले रोक्यो। "मैले आफैंले केही गृहकार्य गरें। ६० प्रतिशत जनसंख्या रहेको दार्जिलिङ र कालिम्पोङमा नेपाली भाषी हिन्दूहरूको गणना गर्ने हो भने यसले ठूलो संख्यामा जोड दिन्छ। गोर्खा सेनाका जवानहरूलाई थप, दार्जिलिङ र कालिम्पोङमा बस्ने गोर्खाहरूलाई ट्याप गर्नुहोस् र संख्या 2,50,000 मा सीमित राख्नुहोस्। मैले 2,50,000 अन्त प्रयोगकर्ताहरूसँग सुपर DHCP सर्भरमा ठूलो लगानी गरेको छु। आर्यनलाई चिन्नुहुन्छ ? DHCP सर्भर र अन्य उपकरणहरूको लागि तपाईंको चश्माले हाम्रो संस्थालाई तीन करोडले गरिब बनायो।"

आर्यनले हताश भएर जवाफ दियो, "म्याडम, डलरमा कि रुपैयामा?"

एमडीीले नजिकैको सिरेमिक कफीको मग उठाए र रमाइलो गरी आर्यनतिर फ्याक्ने नाटक गरे। आर्यनले थ्रोलाई चकित गर्यो, र दुबै हाँसे। "यदि यो डलरमा भएको भए, आर्यन, हामी दिवालिया हुने थियौं," एमडीीले हल्का हृदयले जवाफ दिए।

एमडीीले जारी राखे, "आर्यन, कृपया DHCP सर्भरको बारेमा केहि व्याख्या गर्नुहोस्।"

"मेरो खुशी, म्याडम," आर्यन जवाफ दिन्छ। "गतिशील होस्ट कन्फिगरेसन प्रोटोकल (DHCP) सर्भरले स्वचालित रूपमा ग्राहकहरूलाई नेटवर्कमा राम्रोसँग सञ्चार गर्न आवश्यक नेटवर्क प्यारामिटरहरू पठाउँदछ। यो बिना, सञ्जाल प्रशासकले नेटवर्कमा सामेल हुने प्रत्येक ग्राहकलाई म्यानुअल रूपमा सेट अप गर्नुपर्छ, जुन कठिन हुन सक्छ, विशेष गरी ठूला नेटवर्कहरूमा। DHCP सर्भरहरूले सामान्यतया ग्राहकहरूलाई एक अद्वितीय इन्टरनेट प्रोटोकल (आईपी) ठेगाना प्रदान गर्दछ। अनिवार्य रूपमा, IP ठेगानाहरू इन्टरनेटमा कम्प्यूटरहरूले कसरी एकअर्कालाई चिन्छन्। तपाइँको इन्टरनेट सेवा प्रदायक (ISP) ले तपाइँको इन्टरनेट-जडित यन्त्रहरूमा इन्टरनेट प्रोटोकल (IP) ठेगानाहरू प्रदान गर्दछ, र प्रत्येक IP ठेगाना अद्वितीय छ। प्रत्येक एकल इन्टरनेट-जडित यन्त्रमा आईपी ठेगाना हुन्छ, अरबौं आईपी ठेगानाहरू अवस्थित छन्, जुन आईपी ठेगानाको लागि ग्राहकको पट्टा समाप्त भएपछि परिवर्तन हुन्छ। DHCP सर्भरहरू सबैभन्दा धेरै संसाधन-गहन कार्यहरू समाधान गर्नमा केन्द्रित छन् जसलाई जानकारीको टेराबाइटहरू प्रशोधन गर्न, प्रति मिनेट लाखौं वा लाखौं लेनदेनहरू प्रदर्शन गर्ने, हजारौं प्रयोगकर्ताहरूको एक साथ कामलाई समर्थन गर्ने, र स्रोतहरूको बहु स्केलेबिलिटीहरू आवश्यक पर्दछ।

एमडीीले मुस्कुराए र आर्यनलाई रोकेर पानी पिउन इशारा गरे।

आर्यनले मुस्कुराएर जवाफ दियो, "मेरो घाँटी अझै सुकेको छैन।" त्यसपछि, खुसीले जारी राखे, "त्यसैले मलाई लाग्छ कि हामी अब हाम्रो सूचीमा रहेका सबै गोर्खाहरूलाई रूसी सेनाको लेटरहेडमा, अंग्रेजी र हिन्दी दुवै भाषामा सावधानीपूर्वक शब्दहरू सहित, सबै सक्षम शरीर भएकाहरूलाई आग्रह गर्दै WhatsApp गर्न सक्ने स्थितिमा छौं भन्न सुरक्षित छ। भारतमा बसोबास गर्ने गोर्खाहरू, राम्रो तलब र जीवनयापनको लागि अनुबंधको आधारमा रूसी सेनामा भर्ती हुन।

"राम्रो काम, आर्यन। तपाईंले कसरी मस्यौदा परिवर्तन गर्नुभयो मलाई विशेष रूपमा मन पर्यो; हामीले गोर्खाहरू रुसी सेनाको सट्टा सिधै वाग्नर समूहमा सामेल हुने पहिलो मस्यौदा तयार गरेका थियौं।

"यो सत्य हो, मेडम। वायु दुर्घटनामा वाग्नर प्रमुख येभजेनी प्रिगोजिनको असामयिक मृत्युको कारणले मैले परिवर्तनलाई इन्जिनियर गर्नुपर्‍यो।"

'आर्यन, हामी दुवैलाई थाहा छ विमान दुर्घटनाको पछाडि को थियो। यो शुद्ध रक्तपातपूर्ण प्रतिशोध थियो।"

"मलाई थाहा छ, महोदया। तर जब हामी परिवर्तनलाई अनुकूलन गर्न सक्छौं भने किन यसमा हाम्रो टाउको फुटाउने? "

"तिमीलाई थाहा छ, आर्यन, हाम्रो संगठनमा मेरो दुई उज्ज्वल सुनौलो पुरुषहरू छन्। मोबियस मुखर्जी र तिमी।"

"अहिलेसम्म दुई पटक मोबियसलाई भेटें। गोर्खाल्याण्डको लागि उनको दौडने शोषण र खोज पौराणिक छन् - भारतको एक सच्चा देशभक्त। यदि गोर्खाल्याण्ड बन्यो भने, मोबियस मन्त्रिपरिषद्मा स्थान पाउन योग्य छन्। मेडम, थाहा छ ? उनका केही नजिकका साथीहरूले उनलाई मोब्सी भनेर बोलाउँछन्।

"हो। आर्यनलाई चिन्छु । मोबियसका केही स्कूलका साथीहरू छन् जो आफ्नो कारणप्रति धेरै वफादार छन्। उनीहरूले उनलाई ठूलो मानसिक समर्थन दिन्छन्। उनकी श्रीमती सुमित्रा पनि उनीभन्दा ६ वर्ष जेठी र धेरै परिपक्क महिला हुन् । उसले आफ्नो साथीलाई बाघले जस्तै जोगाउँछ। धेरै वर्ष पहिले, मोबियसले आफ्नो मालिकसँग दुर्व्यवहार गरे, र प्लान्ट एचआर विभाग प्रमुखले उनलाई कम्पनी छोड्न भने। सुमित्रा भोलिपल्ट बिहानै विचलित हुँदै मेरो अफिसमा आइन्, आँखामुनि कालो छाला लिएर, आफ्नो श्रीमानको लागि मसँग माफी माग्दै। मैले मोबियसलाई सुरुदेखि नै मन पराएँ, र त्यसै गरी आवश्यक पनि। मोबियस धेरै साहसी र स्पंकले भरिएको छ। उसलाई वशमा राख्न सुमित्राजस्तै श्रीमती चाहियो । मोबियस कहिलेकाहीँ आफ्नो विचार र विश्वासको साथ ओभरबोर्ड जान्छ। प्रहरी कुकुरले एक पटक कालिम्पोङमा भएको बैठकबाट मोबियसलाई लखेटेका थिए। मनिषाकी काकीसँग रुखमा चढे र भोलिपल्ट बिहान टिस्टा नदीको किनारमा डुङ्गा चढेर सिक्किम जान राती जंगलमा लुके। एउटा असाधारण मानिस मात्र यसबाट बच्न सक्छ।"

"वाह, महोदया! मोबियस प्रति मेरो सम्मान अब तीन गुणा भएको छ। उहाँ निस्सन्देह एक साहसी, चतुर व्यक्ति हुनुहुन्थ्यो र सधैं असफलताहरूको सामना गर्नुहुन्थ्यो। मलाई अमेरिकी अभिनेता जर्ज क्लुनीको सम्झना दिलाउँछ, तर तिरछा आँखाले।

"आर्यन, तिमी एकदम सहि छौ। उहाँ जर्ज क्लूनीसँग मिल्दोजुल्दो हुनुहुन्छ, उहाँका आँखाहरू बाहेक, जसले वास्तवमा उहाँका उल्लेखनीय विशेषताहरूलाई जोड दिन्छ। हो, मोबियस एक राम्रो देखिने केटा हो, निस्सन्देह।

एकछिन विराम पछि, एमडीले जारी राखे, "आर्यन, कति छिट्टै असर हुन्छ?"

आर्यनले एकछिन सोचेपछि जवाफ दिए, "हाम्रो आवश्यकता पूरा गर्न म सफ्टवेयरलाई ट्वीक गर्दै रातभर काम गर्नेछु। भोलि बिहान सबेरै, मेरो सूचीमा रहेका सबै गोर्खा पुरुष र केही महिलाहरूले रुसी सेनाको नक्कली लेटरहेडमा सबै गोर्खा सक्षम पुरुषहरूलाई रूसी सेनामा भर्ना हुन निम्तो पठाउने निमन्त्रणा WhatsApp मार्फत प्राप्त गर्नेछन्। रुसी सेनामा एक वर्ष सेवा गरेपछि स्थायी बनाइने प्रावधान पनि राखेको छु । उक्त पत्रमा रुसी राष्ट्रपतिको मातहतमा रहेका चिफ अफ जनरल स्टाफको नक्कली हस्ताक्षर छ। त्यहाँ दुई संस्करणहरू हुनेछन्, एउटा अंग्रेजीमा र अर्को हिन्दीमा, यसलाई थप प्रमाणीकृत रूप दिन। सबै गोर्खाहरूलाई, रूसी सेनाले उनीहरूसँग कुराकानी गर्न जानाजानी अनुवादित संस्करण पठाएको जस्तो देखिन्छ। यो निमन्त्रणामा गोर्खाली विचारका बारेमा छिट्टै टेलिभिजन च्यानल र पत्रपत्रिकाहरूमा समाचारहरू देख्नुहुनेछ। दुई दिन भित्र, म रूसी सरकारले यस अफवाहलाई कडाइका साथ खण्डन गर्ने अपेक्षा गर्दछु। तर यसले केन्द्र सरकार र सेनाको मुख्यालयलाई मात्रै आगो, पीडादायी र विचलित बनाउनेछ। यसले अन्ततः केन्द्र सरकारलाई गोर्खाल्याण्डको स्थितिमा द्रुत सकारात्मक पुनर्विचार गर्न नेतृत्व गर्नेछ। म शक्तिहरूले यो महिनाको अन्त्य वा अघि घोषणा गर्ने अपेक्षा गर्दछु। उनीहरूले जति ढिलो गर्छ, सशस्त्र बलमा गोर्खाहरू दुःखी र हताश हुँदै जान्छन्।"

"तपाई एक प्रतिभाशाली हुनुहुन्छ, आर्यन, हाम्रो योजना पहिलेको एक हप्ताको सट्टा दुई दिनमा पूरा गर्न सक्षम हुनुहुन्छ।"

"म्याडम, आवश्यकता आविष्कारको जननी हो। यद्यपि, सरकारले तुरुन्तै इजरायली ह्याकरहरूलाई यस विषयमा छानबिन गर्न बोलाउनेछ। हाम्रा

एल्गोरिदमहरू तिनीहरूसँग मेल खाएको हुनाले, यो केवल समयको कुरा हो कि कुनै बुद्धिमान व्यक्तिले दुई र दुईलाई सँगै राख्नु अघि। नबिर्सनुहोस्, महोदया, इजरायली साइबर-हातियार कम्पनी NSO समूहले आईओएस र एन्ड्रोइड चल्ने मोबाइल फोनहरूमा स्थापना गर्न पेगासस स्पाइवेयर डिजाइन गरेको छ।

“त्यसैले, आर्यन, हामी भोलि नै आधार बदल्छौं। हामी निजी गाडीमा महडबाट पाँच घण्टाको दूरीमा मुम्बई तर्फ जान्छौं। एकान्त स्टपको बाटोमा, योजना अनुसार, हामी सबै भण्डारण कार्डहरू हटाएपछि वन क्षेत्रमा सर्भर गाड्छौं। मसँग पहिले नै काम गर्ने मानिसहरू छन्। मुम्बई पुगेपछि हामी दिल्ली उड्छौं। म तिम्रो काठमाडौंको हवाई टिकटको व्यवस्था गर्छु। त्यहाँ हाम्रो विदेश कार्यालय छ। तर अफिस जानु हुन्न । तपाईं भूत बन्नुहुनेछ र सबै व्यावहारिक उद्देश्यका लागि पातलो हावामा हराउनुहुन्छ, केवल एक-बिन्दु सम्पर्क राखेर। तपाईलाई सुरक्षित घरमा राम्रोसँग हेरचाह गरिनेछ।

आर्यन अलिकति चिन्तित हुँदै भन्यो, "अनि कहिले सम्म होला म्याडम?"

"नयाँ राज्य घोषणा नभएसम्म, जुन मैले भविष्यवाणी गरेको छु लगभग एक महिना वा चाँडो लाग्नेछ। स्पष्ट रूपमा, वास्तविक राज्यता धेरै पछि हुनेछ।"

आराम देखाउँदै आर्यनले भने, "आशा छ तपाईको भविष्यवाणी साँचो हुन्छ, म्याडम।"

एमडीले मुस्कुराउदै भने, “आर्यन, तिमीलाई आफ्नो एमडीमा बढी विश्वास हुनुपर्छ । जे होस्, आर्यन, तिमी लुकेको बेला सोच्ने समय हुनेछ। म तपाईंलाई भविष्यको लागि केही विचारहरू दिँदैछु। तपाईंले यसमा आफ्नो सोचाइ राख्न सक्नुहुन्छ। ”

आर्यनले मुस्कुराउदै जवाफ दियो, “मलाई यो सोचको बानी परेको छ । कृपया अगाडि बढ्नुहोस्, महोदया।

चिन्तनशील मुडमा, एमडीले जवाफ दिए, "म मोबियसलाई थप जिम्मेवारी दिन्छु। नयाँ गोर्खाल्याण्ड राज्यको लागि मनिषाको दाबीलाई अगाडि बढाउन पश्चिम बङ्गालको चुनावमा गोर्खा राष्ट्रिय एकता मोर्चाले राम्रो काम गर्छ भन्ने सुनिश्चित गर्नेछौं। गोरखा राजनीतिक दलहरूको लोकप्रियता निकै गतिशील छ । पार्टीलाई राम्रोसँग प्रस्तुत गरे चुनाव जित्छ । मोबियस र मनिषालाई सामाजिक सञ्जालमा गोर्खा राष्ट्रिय एकता मोर्चाको लागि समर्थन जुटाउन मद्दत गर्नको लागि म तपाईंलाई IT विभागको जिम्मेवारी दिन्छु।"

आर्यनले जवाफ दिए, "पक्कै पनि, म्याडम, यो गर्न पाउनु मेरो लागि गर्वको कुरा हुनेछ। वाह! अब मैले बुझें कि तपाई किन देशको पाँचौं ठूलो सिमेन्ट समूहको एमडी हुनुहुन्छ। मैले नबुझेको कुरा, महोदया, तपाईं कसरी आफ्नो उद्देश्य प्राप्त गर्नमा केन्द्रित रहनुहुन्छ।"

"धैरै सरल, आर्यन, म मेरो दाहिने हातले के गरिरहेको छ भनेर मेरो देब्रे हातलाई थाहा दिदैन," एमडीले जवाफ दिए।

मुस्कुराउँदै एमडीले आर्यनलाई इशारा गरे। "अलि सुत, आर्यन। तपाईंसँग ह्याकिङ्को लामो रात छ। म छेउको कोठामा जान्छु। म दुई घण्टा सुत्नेछु, मेरो इ-मेलहरू समात्नेछु, र तीन घण्टामा फर्कनेछु।

आर्यनले अविश्वासका साथ जवाफ दिए, "तिमीले कुनै दिन मोबियससँग म्याराथन दौडने छौ। तपाईंसँग यसलाई लिने लचिलोपन छ।"

एमडीले आर्यनलाई विजय चिन्ह बनाइन् र उनको होटलको कोठामा गए। केही बेरपछि आर्यनको होटेलको कोठा खुल्यो र एमडी भित्र पसे । "ओहो, आर्यन। के तपाईंले होटलका सबै सीसीटीभी क्यामेराहरू बन्द छन् भनी सुनिश्चित गर्नुभएको छ?"

आर्यनले जवाफ दियो, "त्यति मात्रै होइन, रिसेप्शनमा रहेको होटलको रजिस्टरमा हाम्रो नाम पनि फोहोर गरिएको छ ।"

"तिमी एक तिखो कुकी हौ, आर्यन," एमडीले जवाफ दिइन्, उनले ढोका बन्द गर्दा उनको पछाडि 'लुइस भिटन' गन्धको ट्रेल छोडेर।

२५ अगस्ट

प्रधानमन्त्रीको आकस्मिक बैठक

प्रधानमन्त्री कार्यालयमा प्रतिबिम्बित मुडमा थिए। गृहमन्त्री, प्रधानसेनापति र सूचना प्रविधिमन्त्री अहिले आफ्नो कार्यालयमा प्रवेश गर्ने भएका छन् । पछिल्लो २४ घण्टा अस्तव्यस्त रह्यो । देशभरका २७ वटा प्रख्यात टेलिभिजन च्यानलहरू र धेरै स्थानीयहरूले भारतीय सेनामा रहेका गोर्खा रेजिमेन्टका गोर्खाहरू राम्रो तलब र राम्रो सुविधाका लागि आफ्नो सेनामा भर्ती हुन रुस गएका समाचारहरू खुसीसाथ प्रसारण गरिरहेका थिए। उनीहरुलाई एक वर्ष करार सेवापछि स्थायी गर्ने वाचा पनि गरिएको थियो । सेना र अर्धसैनिक (आसाम राइफल्स) मा गोर्खाहरूको कुल संख्या 65,000 को नजिक थियो -

एक समस्याग्रस्त संख्या। यो समाचारमा कुनै सत्यता थिएन, तर उनले यसबारे केही गर्न सकेनन्। इलेक्ट्रोनिक्स तथा सूचना प्रविधि मन्त्रालयका उत्कृष्ट आईटी व्यक्तिहरूले समस्या कसरी सिर्जना भयो भनेर काम गरिरहेका थिए।

प्रधानमन्त्रीको ढोकाबाहिर नै गतिविधिको लहर थियो, र तीनै जना भित्र पसे। प्रधानमन्त्रीले उनीहरुलाई बस्न इशारा गरे । गृहमन्त्री प्रधानसेनापति र सूचना प्रविधिमन्त्रीबीच बसे । चौथो र पाँचौं व्यक्ति, भारतीय कम्प्युटर इमर्जेन्सी रेस्पोन्स टोलीका प्रमुख, र उनका निजी सचिव आजको आपतकालीन बैठकको लागि मुख्य सदस्यहरूबाट अलि टाढा बसेका थिए।

गृहमन्त्री खोसे र बोल्ने पहिलो व्यक्ति थिए। "हामी सेना र आधार वेबसाइट ह्याक गर्ने ह्याकरहरूमा शून्य गर्दैछौं। हामी छ घण्टा भित्रमा यो सबै सुरु भएको ठाउँ पत्ता लगाउन सक्छौं।

"किन चाँडो छैन?" प्रधानमन्त्रीले रिसाउँदै भने ।

'प्रधानमन्त्री सर,' सूचना प्रविधिमन्त्रीले भने । "उनीहरूले इजरायली सफ्टवेयर प्रयोग गरिरहेका छन्, आफ्नो देशलाई मात्र थाहा छ। यसले हरेक केही सेकेन्डमा IP ठेगाना परिवर्तन गर्न सक्छ। पत्ता लगाउन समय लाग्छ। केन्द्रीय सर्भर मुम्बई नजिकै महड नामक सहरमा लगभग 169 किलोमिटर अवस्थित हुनेछ। हामी छिट्टै उनीहरूलाई भेट्नेछौं। "

प्रधानमन्त्रीले प्रधानसेनापतिलाई बोल्न आग्रह गरे । प्रमुखले खुलेर बोले, "हो, प्रधानमन्त्री सर, व्हाट्सएप मार्फत सन्देश धेरै गोरखा सैनिकहरूसम्म पुग्यो। यद्यपि, तिनीहरू सबैले पुनर्विचार गरिरहेका छन्। हाम्रा थिंक ट्याङ्कहरू मिलनसार समाधानमा काम गरिरहेका छन्। त्यहाँ चिन्ता लिनु पर्ने कुरा छैन, तर हामीले सन्देश प्रवाहलाई रोक्नु पर्छ किनभने यो दार्जिलिङ र कालिम्पोङका गोर्खा नागरिकहरूलाई पनि निर्देशित भइरहेको छ। मसँग त्यो पक्षमा कुनै नियन्त्रण छैन। "

एक घण्टापछि बैठक सकिएपछि प्रधानमन्त्रीले गृहमन्त्रीलाई फर्किन आग्रह गरेका थिए । प्रधानमन्त्री र प्रधानमन्त्री दुवै एक्लै थिए । प्रधानमन्त्रीले संक्षेपमा भने, "मोताभाई, समय सकियो। यदि तपाईंलाई इजरायली ह्याकरहरूबाट कुनै मद्दत चाहिन्छ भने, कृपया मलाई थाहा दिनुहोस्; म उनीहरूको सरकारसँग कुरा गर्छु। उनीहरुको प्रधानमन्त्री निजी साथी हुन् ।

तिनीहरूलाई ट्र्याक गर्नुहोस् र यो मुद्दा तुरुन्तै समाधान गर्नुहोस्। जे लाग्छ त्यही गर ।"

एचएम बिस्तारै आफ्नो सिटबाट उठे। प्रधानमन्त्रीले उनलाई फेरि बस्न इशारे गर्दै भने, "मैले गोर्खाल्याण्डको बारेमा तपाईंको प्रवचन पहिले सुनेको छु। मैले केही पुनर्विचार गरेको छु। 17 औं लोकसभाको कार्यकाल 16 जुन 2024 मा समाप्त हुनेछ। 18 औं लोकसभाका सदस्यहरू चयन गर्न भारतीय आम चुनाव अप्रिल र मे 2024 को बीचमा हुनेछ। जतिसक्दो चाँडो नयाँ राज्यको जन्मको प्रक्रिया सुरु गरौं। हामी यसको लागि पर्याप्त सहयोग जुटाउन सक्षम हुनेछौं। सन् २०२४ को अन्त्यसम्ममा नयाँ राज्य गठन हुनसक्छ । यो हाम्रो नयाँ पाँच वर्षको कार्यकालको लागि उपयुक्त सुरुवात पनि हुनेछ। 2024 मा राष्ट्रलाई हाम्रो जन्मदिनको उपहार गोर्खाल्याण्ड होस्। म मोटाभाईलाई थाहा छ कि तपाईंले मलाई हृदयदेखि नै साथ दिनुहुनेछ।

"अवश्य पनि, प्रधानमन्त्री सर। गोर्खाहरूप्रति मेरो सधैं नरम कुना थियो। तुरुन्तै नयाँ राज्यको लागि प्रक्रिया सुरु गर्नेछौं, "एचएमले जवाफ दिनुभयो, आफ्नो ढाडमा, थकित तर मुस्कुराउँदै कोठा छोडेर। ढोकामा, HM फर्किए र भने, "प्रधानमन्त्री महोदय, मलाई लाग्छ कि हामी सेप्टेम्बरको अन्त्यसम्ममा गोर्खाल्याण्ड मुद्दाको बारेमा एक महिना भित्र घोषणा गर्न सक्छौं। यसले सेनामा रहेका गोर्खाहरूलाई शान्त पार्नेछ। आखिर, हामीलाई यस सम्बन्धमा कुनै अप्रिय घटनाको आवश्यकता छैन। "

"मोताभाई, तपाईं मेरो राम्रो विवेक हुनुहुन्छ। कृपया अगाडि बढ्नुहोस्। वास्तवमा, प्रयास गर्नुहोस् र पहिले घोषणा गर्नुहोस्, "प्रधानमन्त्रीले मुस्कुराउँदै जवाफ दिए।

२७ भदौ

न्यायको लागि मोबियसको पलायन

मोबियस आफ्नी छोरी आयुशीसँग सतनाको रीवा सडकमा रहेको भेनस बेकरी तर्फ हिड्दै गर्दा मोटरसाइकलमा सवार एक महिला सब इन्स्पेक्टरले मोटरसाइकललाई छेउमा रोकिन्। " *नमस्ते, मुखर्जी साहेब* ," (अभिवादन, श्री मुखर्जी) सब इन्स्पेक्टर मोबियसलाई मुस्कुराए।

मोबियसले सई इन्स्पेक्टर 'पर्की बुब्स' लाई एउटै महिलाको रूपमा चिनिन् जसले आयुषीको बयान लिएकी थिइन्, जहाँ उनी धेरै वर्षअघि आफ्नो हातको कलाईमा लागेको घाउबाट निको भइन्।

" *इन्स्पेक्टर मेमसाहेब । आप कैसे हो* ?" (म्याडम इन्स्पेक्टर। तपाई कस्तो हुनुहुन्छ) मोबियसले जवाफ दिनुभयो।

" *कुछ गडबड चल रेहा है आपके बारे मे। त्रिपाठीले आप के लिए लडाई कर रहे है परन्तु ये सीबीआई का ममलाहाई। ये मामला गोर्खाल्याण्ड कबरे मे है। सावधान रहनुहोस्* । त्रिपाठी साहब तपाईको तर्फबाट लडाई लिदै हुनुहुन्छ, तर सीबीआई संलग्न छ। गोर्खाल्याण्डसँग जोडिएको कुरा हो । होस् गर)।

" *मेह आपकी महरबानी कभी नही भूलंगा।*" (म तपाईको परोपकारलाई कहिल्यै भुल्ने छैन) मोबियस उसको मनमा बढिरहेको चिन्ताको बीचमा मुस्कुराए।

सब इन्स्पेक्टरले आयुषीलाई हेरेर मुस्कुराए र उनको स्वास्थ्यको बारेमा केही सोधे । उनले आयुषीलाई पहिले भन्दा पातलो देखिनु भएकोमा प्रशंसा पनि गरिन्, जसले आयुशीलाई लाजमर्दो तर खुशीको कुरामा छोड्यो।

सब इन्स्पेक्टरले मोटरसाइकल घुमाएर हिँड्नेबित्तिकै आयुषीले मनमनै कुराकानी सुने र भनिन्, "बापि, छिट्टै घर पुगेर मामालाई भनौं। तपाईले सकेसम्म चाँडो घर छोड्नु पर्छ। "

"पर्खनुहोस्, आयुषी, मलाई सहायक आयुक्त प्रकाश त्रिपाठीसँग कुरा गर्न दिनुहोस्।"

आयुषीले बुबाको हात समातिन् र निचोडिन् । "कल नगर्नुहोस्। तपाईंको फोन पहिले नै ट्याप भएको हुन सक्छ किनभने यो CBI मामिला हो। त्रिपाठी अंकलले हामीलाई भेट्नुहुनेछ। सायद उसले सब इन्स्पेक्टरलाई जानाजानी हामीकहाँ पठाएको हो । तुरुन्त घर जाऔं।"

मोबियसले अटो-रिक्शालाई स्वागत गरे, र बुबा र छोरी दुवै पन्ध्र मिनेटमा कोलोनीमा आफ्नो घर पुगे।

त्रसित सुमित्रा ढोकामा उनीहरुको आगमनको पर्खाइमा थिइन् । "मोब्सी डार्लिंग, मैले भर्खर पाँच मिनेट अघि सहायक आयुक्त प्रकाश त्रिपाठीको फोन आयो। जति सक्दो चाँडो आफूलाई टाढा राख्दा राम्रो हुन्छ। गोर्खाल्याण्डको विषयमा सीबीआई तपाईलाई छ। मैले तिम्रो लुगा, प्रसाधन

सामग्री, जुत्ताको अतिरिक्त जोडी, चप्पल, मोबाइल चार्जर, टर्च, कम्पास र शिकारी चक्कुहरू प्याक गरेको छु। प्रकाशले मलाई तिम्रा सबै सिमकार्ड तुरुन्तै निकालेर भूत बन्न भन भने । कसैलाई सम्पर्क नगर्नुहोस्। लुकेर बस्नुहोस्। रेलवे स्टेशन, एयरपोर्ट, वा सतना बस स्ट्यान्डमा नजाने।

"तिम्रो फोन देऊ, सुमी। मैले मेरो एमडीसँग कुरा गर्नुपर्छ।"

मोबियसले चाँडै आफ्नो एमडीसँग कुरा गरे। "म्याडम, म गहिरो बकवासमा छु। मैले भर्खरै थाहा पाएँ सीबीआई मेरो पछि लाग्दैछ। अहिले नै फरार हुनुपर्छ।"

एमडीले शान्तपूर्वक जवाफ दिए, "मोबियस, मेरो कुरा ध्यानपूर्वक सुन्नुहोस्। आफ्नो कालोनी गेट बाहिर जानुहोस्। Majdeep मा हाम्रो मार्केटिङ अफिसमा एउटा अटो लिनुहोस्। त्यहाँ मार्केटिङ प्रमुख, तपोवर्धनलाई भेट्नुहोस्। तपाईंले सबै निर्देशनहरू प्राप्त गर्नुहुनेछ। चिन माथि। म तिम्रो पछाडी छु। चल्नु। चिन्ता नगर ।"

मोबियसले सुमित्रालाई भने, "एमडीले मलाई मजदीपमा जान भनेका थिए। उसले मलाई रक्षा गर्छ। म सर्नु पर्छ। यहाँ मेरो मोबाइल छ। म मेरो मोबाइल फोनबाट मेरा दुबै सिमहरू हटाउदै छु। नष्ट गरिसकेपछि घरको आँगनमा फालिदेऊ।"

मोबियसले आयुषीको दुवै गालामा चुम्बन गरे । "आमा, पहाडी राजकुमारीको हेरचाह गर्नुहोस्। तिमी अहिले ठूलो छोरी भइसक्यौ ।"

मोबियसले त्यसपछि सुमित्रालाई अँगालो हाल्यो, "तिमीहरू दुवैलाई समस्यामा परेकोमा माफ गर्नुहोस्, सुमी।"

आयुषी भित्र छिरिन्, "बापि, माँलाई चुम्बन गर र दौडिन। म पछाडी फर्किरहेछु।"

सुमित्राका आँखा रसाए । "हेर, मोब्सी प्रिय, सायद मैले तपाईलाई अझ राम्रोसँग समर्थन गर्नुपर्थ्यो। त्यसका लागि म क्षमाप्रार्थी छु। तर गोर्खाल्याण्डको खोजीमा म शतप्रतिशत पछाडी छु भनी जान्न चाहन्छु। अब यसलाई नछोड्नुहोस्।"

सुमित्राले मोबियसको ओठमा भावुकतापूर्वक चुम्बन गरिन्, छोटकरीमा आफ्नो जिब्रोलाई आफ्नो मुखमा दुवै हातले टाउकोको वरिपरि दबाइदिइन्।

पछाडिबाट आयुषीले कराएर भनिन्, "अब घुम्न सक्छु ?"

सुमित्रा र मोबियस दुवै एकै ठाउँमा गुन्जिए । "अवश्य, पहाडी राजकुमारी।"

गेटमा जानु अघि, मोबियसले भने, "ठीक छ, तपाईं केटीहरू एक अर्काको हेरचाह गर्नुहुन्छ।"

सुमित्रा र आयुषीले एकै स्वरमा भने, "एयो गोर्खाली !"

मोबियसले जवाफ दिए, "एयो गोर्हकाली!"

आयुषी आफ्नो बुवालाई अँगालो हाल्न अगाडि दौडिन् र कानमा कानमा भनिन्, "तिमी पछि लागेका आफ्ना विरोधीहरूसामु आत्मसमर्पण नगर्नुहोस्। अलिकति गधा लात, बापी। गोर्खाल्याण्डमा बाक्लो र पातलो भएर म तिम्रो साथमा छु। जय बाबा लोकनाथ !"

मोबियस मजदीपमा आइपुगे र मोबियसको प्रतीक्षामा रहेका तपोवर्धनलाई भेटे।

"श्री। मुखर्जी, मैले एउटा ट्याक्सी पाएँ, जसले तपाईंलाई सडकबाट खजुराहोसम्म लैजान्छ। अहिले साँझको ६ बजेको छ । तपाईं रातभरि बिना रोकी यात्रा गर्नुहुनेछ र मध्यरातमा गन्तव्यमा पुग्नुहुनेछ। ड्राइभरले तपाईंलाई त्यहाँ लैजान्छ। मैले उसलाई तिमीसँग कुरा नगर्न निर्देशन दिएको छु। तपाईं पनि उहाँसँग मौसम जस्ता मामूली कुराहरूको बारेमा मात्र कुराकानी गर्नुहुनेछ। यहाँ चार्जर र नयाँ सिम भएको नयाँ मोबाइल फोन छ। त्यहाँ एक नम्बर मात्र छ। यो वन्दनाकी बहिनी रश्मी हो, जो हाल इलाहाबादमा बस्छिन्। सतना प्लान्टको कोलोनीमा आफ्नी बहिनीलाई भेट्दा तपाईंले उनलाई भेट्नुभयो। उसले वन्दनालाई कुनै सन्देश पठाउनेछ, जसले आवश्यक काम गर्नेछ। रश्मी बाहेक अरू कसैलाई सम्पर्क नगर्नुहोस्। यस्तो छ एमडीको कडा निर्देशन । शुभकामना। एमडीले वन्दनाकी बहिनीलाई छनोट गरे किनभने वन्दना तपाईको विभागबाट आएकाले तपाईलाई उनीसँग सहज महसुस हुन्छ।"

मोबियस कार भित्र पस्ने बित्तिकै तपोवर्धनले भने, "हामी सबैलाई तपाईमा गर्व छ, मिस्टर मोबियस मुखर्जी। तपाईलाई जानकारी दिनको लागि, गोर्खाल्याण्ड राज्यको लागि डुराबिल्ड सिमेन्ट लिमिटेडबाट तपाईलाई सबैको आशीर्वाद छ। हामी सबैलाई विगत धेरै वर्षहरूमा तपाईंको परीक्षण र कष्टहरू थाहा छ। तपाईं ढुक्क हुन सक्नुहुन्छ हाम्रो संगठनमा सबैले तपाईंको सफलताको लागि प्रार्थना गरिरहेका छन्। ड्राइभरले तपाईंलाई खजुराहोको एक निजी

निवासमा छोड्नेछ। तपाईंले त्यहाँबाट निर्देशनहरू प्राप्त गर्नुहुनेछ। ” तपोवर्धन र मोबियसका आँखा रसाए ।

सुमित्रा मोबियसका आमाबुवासँग लाइनमा थिइन्।

सुमित्रा रोइरहेकी थिइन् । “बाबा, मलाई मोब्सीको ठेगाना बारे केही थाहा छैन। यो सबै शीर्ष गोप्य छ। म धेरै असहाय महसुस गर्छु। मैले मोब्सीको जीवनभर रक्षा गरेको छु। अब के गर्ने मलाई थाहा छैन।"

बाबाले जवाफ दिनुभयो, "सुमी, तिमी विनम्रता ब्लेज जस्तै छौ। साहसिलो होऊ। चिन्ता नगर्नुहोस्। परिस्थितिले माग गरेमा हाम्रो मोब्सी नेवलाजस्तै डरलाग्दो हुन सक्छ। तपाईंले मोब्सीलाई जन्मेदेखि नै चिन्नुभएको छ। उनीसँग कठिन परिस्थितिबाट बाहिर निस्कने क्षमता छ। यसअघि पनि उनले धेरै पटक यस्तो गरेका छन् । म फोन तिम्री आमालाई दिन्छु ।”

आमाले शान्त स्वरमा भन्नुभयो, “जय बाबा लोकनाथ, सुमी! चिन्ता नगर्नुहोस्। बाबा र म सतना आउँदैछौं। हामी आज राती जाँदैछौं। भोलि बिहान, हामी 6 बजे सम्म तपाईंको ढोकामा हुनेछौं। मिलिन्द र मन्दिराले केही मिनेटअघि बाबासँग फोनमा कुरा गरेका थिए। भोलि साँझसम्म उहाँहरू र पहाडीसँग हुनुहुन्छ । शिव र चन्द्रिका अहिले दिल्लीमा छन् । शिवले मलाई के भयो थाहा पाउन दिल्ली सीबीआई मुख्यालय जाने बताए।

सुमित्राले सन्तोषजनक ढंगले जवाफ दिइन्, “जय बाबा लोकनाथ, माँ! Mobsy ले मबाट केही जानकारी लुकाएको छ। खासगरी गोर्खाहरू भारतबाट रुसी सेनामा भर्ना हुने कार्यक्रम वा समाचार आउँदा उनी ध्यान दिएर समाचार सुन्ने गर्थे । तपाईंलाई थाहा छ, मा, रुसी सेनामा भर्तीका लागि नेपालबाट नागरिकको घुइँचो छ। टेलिभिजन च्यानलहरूले रुसी सेनामा भर्ना हुन भारतबाट गोर्खाहरूको सम्भावित प्रस्थानबारे पनि चर्चा गरेका छन्। मलाई लाग्छ मोब्सी जिम्मेवार नभए पनि केही हदसम्म जोडिएको छ।

आमाले जवाफ दिनुभयो, “जे सुमी। मोब्सी फसाउन नपाउने चतुर छ र म पक्का छु कि उसले कुनै मूर्ख काम गर्नेछैन।

यसैबीच, मोबियस मध्यरातमा एक निजी निवासमा खजुराहो पुग्यो, जहाँ मालिक, श्रीमान्-श्रीमती जोडीले आफ्नो घरको भुइँ फ्लोरमा रेस्टुरेन्ट चलाए। रेस्टुरेन्टमा कुक र हेल्पर र तीन सर्भरसहित पाँच कर्मचारीको टोली थियो। मालिकले व्यक्तिगत रूपमा अर्डर लिए, र पत्नी नगद काउन्टरमा बसिन्।

उनीहरुको छोरा र बुहारी हरेक महिना सतनाबाट केही दिन तल आइपुगे, जहाँ छोरा सिमेन्ट प्लान्टमा काम गर्थे ।

मोबियसलाई अतिथि कक्षमा राखिएको थियो र श्रीमानले आफ्नो कोठाभित्रै बस्न र रेस्टुरेन्टमा नआउन भनेका थिए। भोलिपल्ट बिहानको खाजा र दिउँसोको खाना श्रीमतीले खुवायो । खाना महादेशीय थियो। मोबियसलाई विशेष गरी स्क्वायर काठको प्लेटमा बन्दागोभीको पातमा क्रिस्पी तरकारी र आलुको फिंगर चिप्सको साथ दिइने फिश सिजलर मन पर्यो। एमडीले साँझ श्रीमानको फोनबाट मोबियससँग कुरा गरे।

"सुन, मोबियस। भोलि बिहान पुलिसबाट तपाईंको गिरफ्तारीको आधिकारिक वारेन्ट आउनु अघि हामीले तपाईंलाई सतनाबाट बाहिर निकाल्यौं। सतना पुलिसमा तपाईंको साथीले तपाईंको गिरफ्तारी वारेन्ट ढिलाइ गर्यो। चिन्ता लिनुपर्ने केही छैन। पश्चिम बंगाल गृह मन्त्रालयले केन्द्रीय गृह मन्त्रालयलाई दायर गरेको देशद्रोहको आरोपको कारण गिरफ्तार गर्नको लागि अनुरोध, एक भिडियोमा आधारित छ, जसमा तपाईंले हावडा स्टेशनमा गोर्खा महिला धावकको रगतले लतपतिएको लुगाहरू देखाउनुभएको छ। आफ्ना कर्मचारीहरूको सुरक्षा गर्ने संस्थाको रूपमा, दिल्लीको हाम्रो कानुनी विभागले सर्वोच्च अदालतमा मुद्दा उठाउनेछ। तर तपाई खुजाराहोमा बन्दी रहनु पर्नेछ - तपाईलाई दिइएको मोबाइलमा नम्बर बाहेक बाहिर कुनै कल आउँदैन। तपाईको परिवार कोलोनीमा सुरक्षित छ। मैले मेरा कानुनी व्यक्ति र सुरक्षाकर्मीलाई प्रहरी वा सीबीआईले तपाईको श्रीमती र छोरीलाई सोधपुछ गर्दा तपाईको परिवारसँग रहन निर्देशन दिएको छु। हामीले सुरु गरेको अर्को कुरा चाँडै समाप्त हुनेछ। शान्त रहनुहोस्, मोबियस, र रेस्टुरेन्टको खानाको आनन्द लिनुहोस्। म उनीहरूको मटन सूप सिफारिस गर्छु, जुन मलाई मन पर्यो।"

मोबियसले हाँस्दै भन्यो, "म्याडम, म पहिले नै सूपमा छु। त्यसैले मटनको सूप भन्दा राम्रो अरू केही हुन सक्दैन! " एमडीले हल्का जवाफ दिए, "तपाईंले आफ्नो हास्यको भावना कायम राख्नुभएको देखेर राम्रो लाग्यो, मोबियस।" उनीहरु दुबै हाँसे ।

निर्वासनबाट फिर्ता (2023)

११ असोज

सतनाको डुराबिल्ड सिमेन्ट लिमिटेड हाउजिङ कालोनीमा रहेको आफ्नो घरमा पसेपछि मोबियसलाई गाली ठीकै छ भन्ने थाहा थियो। कम्पनीको गाडीले उनलाई त्यही दिन बिहान खजुराहोको रेष्टुरेन्टबाट उठाएको थियो, जहाँ उनी विगत ६ सातादेखि पहिलो तल्लामा रहेको रेस्टुरेन्ट मालिकको घरमा लुकेर बसेका थिए। यस अवधिमा, एमडीको कडा निर्देशन अनुसार उनलाई भारी पर्दा झ्यालबाट बाहिर हेर्न वा कोठाबाट बाहिर निस्कन अनुमति थिएन।

अन्य मानिसहरु संग उनको एक मात्र सम्पर्क रेस्टुरेन्ट मालिक र उनको श्रीमती संग भएको थियो, जसले उनलाई खाना र खाजा ल्याएको थियो। मोबियसको विवेकपूर्ण अन्तस्करणले मालिककी पत्नीलाई आफ्नो कोठा दैनिक सफा गर्न अनुमति दिन सकेन, त्यसैले उसले यसलाई आफैंमा लियो। यसरी, मोबियसले छ हप्ता टिभी हेर्दै, खान, सुत्न, आफ्नो कोठा सफा गर्न र आफ्नो आरामदायी कोठामा व्यायाम गर्न बिताए। पछिको विचारको रूपमा, मालिकले मोबियसको कोठामा दुई 5 किलो डम्बेलहरू छोडे, र उसले ती पूर्ण रूपमा प्रयोग गर्यो।

टिभीले मोबियसलाई राष्ट्रिय च्यानलहरूमा उनको गिरफ्तारीको वारेन्ट वरपरको प्रचारको बारेमा सचेत गराएको थियो। मनिषालाई टिभीमा अन्तर्वार्ता दिइयो र केही राजनीतिक दलहरूले गोर्खाल्याण्डको लागि समस्या उब्जाएको आरोप लगाएकी थिइन्, जसलाई उनले कडा रूपमा अस्वीकार गरिन्। उनले यस विषयमा अदालत जाने इच्छा व्यक्त गरेकी छन्। मोबियसको कम्पनीका वकिलले मोबियसको दौडको तस्विर र भिडियोहरू र प्रख्यात एथलीट मिल्खा सिंहद्वारा उद्घाटन गरिएको उनको दौड पुस्तकको पुस्तक विमोचनका साथ धेरै प्रमुख समाचार च्यानलहरूमा आफ्ना ग्राहकको निर्दोषता खुलासा गरे।

मोबियसले महसुस गरे कि उनको गिरफ्तारीको वारेन्ट र सर्वोच्च अदालतले पछि माफी दिएको सबै छ हप्ता भित्र भएको थियो, MD को हस्तक्षेप र न्यायपालिका र प्रेस र डिजिटल मिडिया दुबै शक्तिका उच्च तहहरूमा

सम्पर्कहरूका कारण। मोबियसलाई कुनै शंका थिएन कि एमडीले उनलाई गहिरो समस्याबाट बचाएको थियो।

मोबियसले रश्मीलाई गैर-एन्ड्रोइड फोन मार्फत मात्र सम्पर्क गर्न सक्थे, जहाँ उनले आफ्नो परिवारलाई सन्देशहरू पठाउन र उनका आमाबाबु, सुमी, पहाडी र ग्याङ्ग अफ सिक्स ठीक छ भनी प्रतिक्रिया प्राप्त गर्न सक्थे। सीबीआईले मोबियसका अभिभावक, सुमित्रा, आयुषी, मिलिन्द र शिवसँग सोधपुछ गरेको थियो तर एमडीको सावधानीपूर्वक योजनाका कारण मोबियसको ठेगानाको बारेमा उनीहरूलाई कुनै जानकारी थिएन।

आफ्नो छ हप्ताको अनुपस्थिति पछि घर फर्केपछि, मोबियसलाई उनका आमाबाबु, सुमित्रा, आयुशी र छवटा गिरोहले स्वागत गरे। यो स्पष्ट थियो कि व्यवस्थापनले उनीहरूलाई उनको घर फर्केको बारे जानकारी गराएको थियो। उहाँको घरबाहिर पर्खिरहेका वरिष्ठ सुरक्षा अधिकारी र प्रशासनिक अधिकारी उहाँलाई अभिवादन गरेर छाडेका थिए । मोबियसले उनलाई स्वागत गरेको हँसिलो अनुहारमा खुशी महसुस गरे। आयुषीले आफ्नो बुबालाई अँगालो हालेर सबै ठीक छ कि भनेर सोधिन्।

मोबियसले हाँस्दै जवाफ दियो, "पहाडी, चिन्ता नगर । तिम्री आमा बाहेक मलाई कसैले तल झार्न सक्दैन !"

मोबियसलाई अँगालो हालेर सुमित्राले आफ्नो चिन्ता व्यक्त गरिन्, "तिमीलाई चोट लागेको छैन, मोबिस ? मलाई आशा छ तिमीलाई यातना दिइएन। कृपया मलाई जवाफ दिनुहोस्।"

मोबियसले राम्रो हास्यमा जवाफ दिए, "मैले ती सबै महाद्वीपीय खानाबाट केही अतिरिक्त तौल घटाउन आवश्यक छ। मेरो छालाले छ हप्तासम्म घर भित्र बस्दा ट्यान प्रयोग गर्न सक्छ।" हाँसो र रमाइलोले कोठा भरियो ।

म्यान्डीले भने, "अब हामी सबैलाई थाहा छ कि मोब्सी राम्रोसँग सुरक्षित थियो।"

शिवले सावधानीको शब्द प्रस्ताव गरे, "अहिले सम्म, कसैलाई थाहा छैन कि विगत छ हप्तादेखि मोब्सी कहाँ लुकेका थिए। हामीले यसलाई मोब्सीको भविष्यको लागि गोप्य राख्नुपर्छ। Mobsy ले काम गर्नै पर्छ मानौं उनी अस्थायी स्मृतिभ्रंशबाट पीडित छन्। "

मन्दिराले हँसीसाथ थपिन्, "मोब्सीलाई अनभिज्ञ अभिनय गर्न कुनै कठिनाइ हुनेछैन। उहाँ यसमा स्वाभाविक हुनुहुन्छ।"

चन्द्रिका मोबियसको प्रतिरक्षामा आइन्, "हाम्रो मोब्सी हामीमध्ये सबैभन्दा बुद्धिमान छ। यसमा कुनै शंका नहोस्।"

सुमित्राले स्वीकृतिमा टाउको हल्लाइन् र भनिन्, "मोब्सीलाई केही समय दिनुहोस्। उसले धेरै पार गरेको छ।"

मिलिन्दले भने, "मोब्सी यहाँ सुरक्षित र स्वस्थ छ, र यो महत्त्वपूर्ण छ। यस चरणमा उनको ठेगाना आवश्यक छैन। हामी सबैलाई थाहा छ कि एमडीले उहाँलाई दृढतापूर्वक र अडिग रूपमा रक्षा गर्नुभयो।"

मोबियस अगाडि बढे, आफ्ना आमाबुबालाई अँगालो हालेर तिनीहरूको खुट्टा छोए। मनिषाले प्रयोग गरेको शब्द प्रयोग गरेर बाबाले आफ्नो छोरालाई आशीर्वाद दिनुभयो, "हाम्रो बाघ भाइ सकुशल र स्वस्थ फर्कनुभयो।"

"जय बाबा लोकनाथ!" शेक्सपियरको 'द मर्चेन्ट अफ भेनिस' को एक पङ्क्ति उद्धृत गर्दै माले ओसिलो आँखाले कराउनुभयो। "एउटा दानियल न्यायको लागि आएको छ।"

१३ असोज

आर्यनको अस्थायी शरणस्थान

हिमालयको अंगालोमा बसेको पुरानो सहर काठमाण्डौले भाग्ने क्रममा आर्यन डिसिल्भाको लागि अप्रत्याशित शरणस्थानको रूपमा सेवा गर्‍यो। सहरका साँघुरो, घुमाउरो सडकहरू एक अराजक ऊर्जाले हलचल गरिरहेका थिए जसले यसको तहहरूमा लुकेका रहस्यहरू लुकाउँदै थिए। धूपको सुगन्ध हावामा रह्यो, स्थानीयहरूको जीवन्त बकबक र प्रार्थना पाङ्ग्राहरूको टाढाको गुनगुनसँग मिलाएर।

आफ्नै मिलनसार शैलीमा, एमडीले जीवन्त पर्यटकीय जिल्ला ठमेलको मुटुमा रहेको एउटा सामान्य होमस्टे र रेष्टुरेन्टमा आर्यनका लागि आश्रय फेला पार्नुभयो। होमस्टे, यसको फीका ईंटको मुखौटा र जटिल रूपमा नक्काशीदार काठका झ्यालहरू सहित, यसको पर्खालहरूमा अभयारण्य खोज्नेहरूको कथाहरूको मौन साक्षीको रूपमा उभिएको थियो। परम्परागत

नेपाली कलाले सजिएको स्वागत क्षेत्रले आर्यनको मनको अशान्ति लुकाउने सामान्यताको अनुहार प्रदान गऱ्यो।

द डिफेन्स अफ इन्डियाको सबैभन्दा सुरक्षित वेबसाइट ह्याक गरिसकेपछि, एमडीलाई थाहा थियो कि आर्यन डिसिल्भाको दिन गनिनेछ यदि उनले छिट्टै आयरनलाई भारत बाहिर सार्न सकेनन्। र त्यसो गर्नको लागि सबैभन्दा राम्रो ठाउँ काठमाण्डौ हो, एक स्थायी पर्यटक व्यस्त ठाउँ, जहाँ विभिन्न देशका राष्ट्रियताहरू वर्षभरि भेला हुन्छन्। एमडीले आर्यनमाथि नजर राख्नका लागि आफ्ना मान्छेहरू पनि त्यहाँ राखेका थिए।

भवनको पहिलो तल्लामा रहेको आफ्नो कोठाको छेउमा रहेको आर्यनलाई उत्कृष्ट खाना र आरामदायी, आरामदायी होमस्टेले भरिएको थियो। कोठामा एउटा मिनी बार पनि थियो, जसलाई मालिकले दिनहुँ भर्ने गर्दथ्यो, व्यापक रूपमा पढिएको, गोरखा र सगरमाथाको आरोहणमा दयालु मुस्कानका साथ भुइँ तल्लामा एउटा बहु-व्यंजन रेस्टुरेन्ट थियो जसमा एशियालीहरूले ठूलो भारतीय समुदायको ग्राहक आधार पाएका थिए। । एमडीले बाहिर निस्कन निषेध गरेपछि आर्यनको सबै खाना उनको कोठामा ल्याइयो । तसर्थ, काठमाण्डौको सडक जीवनको मफ्ल गरिएको आवाज एकल झ्यालबाट फिल्टर हुन्छ, आर्यनले आफ्नो उपस्थिति लुकाउनको लागि मुख नफर्काउन बाहिरको संसारलाई निरन्तर सम्झाउँछ।

आर्यन डिसिल्भा विगत छ हप्तादेखि आफ्नो होमस्टेमा बसेका थिए तर उत्कृष्ट खाना, इन्टरनेट जडान, र टिभीका 110 च्यानलहरू भएका कारण उनी खुसी थिए। उनको दिमागमा अचानक हिन्दी फेज आयो। '*जब भगवान देताहै तो छप्पर फड के देता है*' (भगवानले दिनुहुन्छ, प्रशस्तै दिनुहुन्छ)।

शहरले प्रस्ताव गरेको गुमनामतामा आर्यनले सान्त्वना पाए। एकान्त झ्यालबाट टाढाबाट देखिने हिमालयका अग्लो चुचुराहरू शरणार्थीको प्रतीक र गोर्खाल्याण्ड राज्यको लागि अगाडी रहेका डरलाग्दो चुनौतिहरूको अनुस्मारक दुवै देखिन्थ्यो।

छ हप्तामा आर्यनले काठमाडौंको मुटुमा रहेको खुला झ्यालबाट हेरेर रात बिताए। आर्यनको विगतका घटनाहरू, यसको सैन्य बुद्धिमत्ता, सांस्कृतिक समृद्धि, राजनीतिक तनाव, र पहाडहरूको सदा-वर्तमान टकरावको संयोजनको साथ, उसको झ्यालबाट दृश्यको लागि मनमोहक पृष्ठभूमि सिर्जना गऱ्यो।

५३ वर्षको उमेरमा मोबियस मुखर्जी आफ्नो उमेरभन्दा दोब्बर भएको थाहा पाएपछि आर्यनले उनीहरूको अवस्था पनि उत्तिकै खतरनाक रहेको बुझे। उमेरको भिन्नताको बावजुद, आर्यनले मोबियससँगको सम्बन्धमा गहिरो सान्त्वना पाए। उनले मोबियस र उनका समर्पित सहयोगीहरू, विशेष गरी मनिषा, र गोर्खाल्याण्डको लागि तिनीहरूको भावपूर्ण आह्वानले उनीहरूले खोजेका उत्तरहरू चाँडै प्राप्त गर्नेछन् भनी सर्वशक्तिमानसँग प्रार्थना गरे।

त्यतिकैमा एमडीको परोपकारको बारेमा सोच्दै आर्यनको फोन बज्यो । यो एमडी थियो जो छिट्टै बिन्दुमा आए।

"के अनुमान लगाउनुहोस् आर्यन। राम्रो र नराम्रो खबर। इजरायली इन्टेलिजेन्स भारतको सहयोगमा आउँदैन। तिनीहरूको हात भरिएको छ। 7 अक्टोबर 2023 को बिहान, IST लगभग 6:30 बजे, हमासले गाजा पट्टीसँगको आफ्नो सिमानामा धेरै साइटहरूबाट इजरायलमा आक्रमण सुरु गर्यो। आक्रमणमा इजरायली क्षेत्रमा जमीन र मोटर चालित घुसपैठ र इजरायली रक्षा बल आधारहरू, र नागरिकहरूमा आक्रमणहरू समावेश थिए। बिहान 7:00 बजे, हमास लडाकूहरूले इजरायलको गाजा परिधि क्षेत्रमा धेरै बस्तीहरूमा आक्रमण गरे र एक संगीत उत्सव लगायत नरसंहार गरे , जसको परिणामस्वरूप कम्तिमा 1400 जनाको मृत्यु भयो। यसलाई इजरायलको इतिहासमा सबैभन्दा ठूलो आतंककारी हमलाको रूपमा वर्णन गरिएको छ। प्यालेस्टिनी क्षेत्रका विद्रोहीहरूले वृद्ध पुरुष, महिला र बालबालिकासहित करिब २४० जना बन्धकहरूलाई अपहरण गरेका छन्। इजरायली रक्षा बलहरू पछिल्ला केही दिनहरूमा बन्धकहरूलाई उद्धार गर्न प्यालेस्टिनी क्षेत्रमा प्रवेश गरेर पछि लागेका छन्।

"वाह," आर्यनले जवाफ दियो। "टिभीमा दुखद विवरणहरू हेर्दै। मानवता माथी ठूलो गाली। यसको मतलब के तपाई मलाई अहिले काठमाडौंबाट निकाल्न सक्नुहुन्छ, महोदया?

"पक्कै पनि, आर्यन। वास्तवमा, चाँडो, राम्रो," एमडी शान्त जवाफ दिए। "मलाई थाहा छ तपाईं के बाट गुज्रिरहेको छ। तपाईंका आमाबाबु र भाइबहिनीहरूलाई तपाईंको अवस्थाको बारेमा निरन्तर जानकारी दिइयो। जे पनि भन्न मन लाग्छ।"

आर्यनले राहत र हास्यपूर्ण स्वरमा जवाफ दियो, "म्याडम, के तपाईं मलाई अपनाउन सक्नुहुन्छ र मलाई भविष्यको अशान्तिबाट बचाउन सक्नुहुन्छ।"

एमडीले भने, "होइन, आर्यन, त्यसो गर्न सक्दिन, तर मलाई दोस्रो राम्रो कुरा भन्नुहोस्। तिम्रो इच्छा मेरो आज्ञा हो।"

केही बेर सोचेपछि आर्यनले भने, 'म सँधै ५३६४ मिटरको सगरमाथा आधार शिविरसम्म पदयात्रा गर्ने सोचमा थिएँ । अहिले म काठमाडौंमा छु, पदयात्रामा १२ दिनभन्दा बढी समय लाग्दैन।

"अवश्य, किड्डो," एमडीले उत्सुकतासाथ जवाफ दिए। "गरियो। मलाई काठमाडौंका सबै प्रमुख ट्रेकिङ समूहहरू थाहा छ। तपाईं भोलि नै आफ्नो अभियान सुरु गर्न सक्नुहुन्छ। सबै प्रबन्ध मिलाइदिनेछ र चाँडै नै दिल्ली फर्किनेछ।

आर्यनले भने, "मेरो जीवनमा भएको सबैभन्दा राम्रो कुरा तपाई हुनुहुन्छ, म्याडम।" उसको आँखा रसाएका थिए, र भावनाले उनको आवाज निसासिएको थियो।

"ओहो बोयो। सजिलोले गर्छ। दोस्रो विचारमा, म तिमीलाई अपनाउन सक्छु। मेरो २५ वर्षकी छोरीको लागि २७ वर्षको छोरा पाउनु स्वागतयोग्य हुनेछ।"

"आवश्यक छैन, महोदया। म बाँच्नेछु," आर्यनले रमाइलो मुडमा जवाफ दियो। "मेरो आफ्नै प्यारो परिवार पनि छ।"

जस्टिस अन द हिल्स (2024)

३० डिसेम्बर २०२४

भोपालमा मुखर्जी परिवारको घरको बैठक कोठामा गिरोह अफ सिक्स फैलिएको थियो। तिनीहरूको आँखा ३६ इन्चको सामसुङ एलईडी टिभीमा टाँसिएको थियो, जसले पर्खाललाई भव्य रूपमा सजाउने खुक्रिसको जोडी मुनि खाली ठाउँ साझा गरेको थियो। NTDV न्यूजले कोलकाताको राजभवनमा भारतको 30 औं राज्य गोर्खाल्याण्डका मुख्यमन्त्री र क्याबिनेट मन्त्रीहरूको सपथ ग्रहण समारोहलाई प्रत्यक्ष प्रसारण गऱ्यो। दुर्लभ इशारामा प्रधानमन्त्री र गृहमन्त्री दुवै उपस्थित थिए। गोरखा राष्ट्रिय एकता मोर्चाका संस्थापक अध्यक्ष तथा वीर भिक्टोरिया क्रसबाट सम्मानित हवलदार लछिमान गुरुङको १०७ औँ जन्मजयन्ती थियो । यो ३० डिसेम्बर २०२४ मा गोर्खाल्याण्डको स्थापना दिवसको लागि उपयुक्त क्षण थियो।

मोबियस सुमित्रा र आयुशीको बीचमा तीन सिटको सोफामा आरामसँग बसिरहेका थिए, उनका हातहरू पसारिएका थिए, आफ्ना दुई मनपर्ने महिलाहरूको काँधमा आराम गरिरहेका थिए। मोबियसले आफ्नो टाउकोमा झुकेको परम्परागत गोर्खा टोपी लगाएको थियो र हेडगियरमा सिलाइएको खुक्रिसको जोडीको चाँदीको रंगको धातुको प्रतीकले सजिएको थियो।

२४ वर्षकी आयुषी परम्परागत गोर्खा पहिरनमा आकर्षक देखिन्थिन् । उनले उज्यालो र जटिल रूपमा बुनेको गोर्खा ब्लाउज लगाएकी थिइन्, जसलाई 'गुन्यू' भनिन्छ, जसले गोर्खा संस्कृतिको समृद्ध रंग र परम्परागत ढाँचाहरू देखाउँछ। गोर्खा शिल्पकलाको कलात्मकता झल्काउने 'गुन्यु' नाजुक कढाईले सजिएको थियो। उनको स्कर्ट, जसलाई 'चोलो' भनिन्छ, उनको खुट्टामा सुन्दर ढंगले बग्यो। यसको कपडा गोर्खा कपडा परम्पराहरूको प्रमाण थियो, जटिल आकृतिहरू जसले भूमि र यसका मानिसहरूका कथाहरू बताउँछ। आफ्नो घाँटीमा आयुषीले परम्परागत गोरखा गहनाको चम्किलो हार लगाएकी थिइन् । एउटा चाँदीको चेनमा सानो खुक्री भएको लटकन थियो। कोठाको बत्तीको न्यानो चमकमुनि त्यो चम्किरहेको थियो।

उनको नाडीमा, उनले चाँदीको चुरा लगाएकी थिइन् जुन उनको चालमा झल्किन्छ। उनको कपाल चमेलीको फूलको तारले सजिएको थियो, यसको

सुगन्धले कोठा भरिदिएको थियो र उनको समूहमा प्राकृतिक सौन्दर्यको स्पर्श थपेको थियो। आयुषी अनुग्रह र परम्पराको दर्शन थिइन्।

कोठाभरिबाट आयुषीको थम्मा (मोबियसकी आमा) चिच्याइन् । "तिमी अब एक-एक इन्च पहाडी राजकुमारी देख्छौ।"

सबैले सुन्न सकून् भनेर मन्दिराले जवाफ दिइन्, “सबैलाई नबिर्सनुहोस्। पहाडी राजकुमारी मेरो केटी पनि हो। उसमा मेरो रगत छ।" यसले कोठाभरि मुस्कान ल्यायो। मोबियसका आँखा एकाएक ओसिलो भए । 2016 मा सोह्र वर्षीया आयुषीको निराशाको सम्झना उनको दिमागमा हतारिएर आयो। त्यतिबेला र अहिलेको बीचमा धेरै कुराहरू भएका थिए। सुमित्राले सान्त्वनादायी ढङ्गमा मोबियसको पाखुरा निचोडिन्।

मोबियसको छेउमा, कार्पेटमा बसेकी, मन्दिरा मोबियसको खुट्टामा टेकेर बसिरहेकी थिइन्, उनको लाजको कारणले गर्दा, तर मन्दिराले झुक्न अस्वीकार गरिन्। मिलिन्द र अतुल खुल्ला बालकनीको छेउमा कोठाको एक छेउमा कुर्सीमा बसिरहेका थिए, जसले गर्दा वर्षाको ताजा सुगन्ध कोठाभरि फैलिरहेको थियो। मिलिन्दको अनुहारमा हल्का पानी परेको देखेर मोबियसकी आमा झ्याल बन्द गर्नको लागि पुगिन्। मिलिन्द मोबियसकी आमालाई सहयोग गर्न उभिएर भने, “एयो गोर्खाली! आज बिहान तपाईं गर्व गोर्खा हुनुहुन्छ, आन्टी।

“हो मिलिन्द प्रिय। हामी सबैको लागि एक महान क्षण। आयो गोर्खाली," मोबियसकी आमाले जवाफ दिइन्।

टिभीको अगाडिको मुख्य सोफामा मोबियसका आमाबुवा, बाबा र मा बसेका थिए, चन्द्रिका माको खुट्टाको छेउमा कार्पेटमा बसेकी थिइन्।

शिवले घोषणा गरे, "एक प्रतिष्ठित क्षण, मोब्सी। तपाईको विगतका सबै घटनात्मक वर्षको परिश्रम, आँसु र अशान्तिले फल पाएको छ; गोर्खाल्याण्ड एउटा वास्तविकता बनेको छ!"

"तपाईं सबैलाई धन्यवाद, साथीहरू। तपाईहरु सबैको साथ बिना, म यसलाई मार्फत तान्न सक्दिन। कुनै हालतमा हुदैन। एकै समयमा, मलाई मेरो MD बाट धेरै समर्थन थियो। सुमित्राले चुपचाप श्रीमानको हात समातिन् र एमडीको विषयमा चुप लाग्न इशारा गरिन् । मन्दिरा, मिलिन्द र शिवले जानीजानी मोबियसलाई हेरे, र शिवले राम्रो स्वभावले जवाफ दिए, "हामी

अबदेखि यस विषयमा एमडीको पक्षमा चुप लाग्नुपर्छ।" सुमित्राले सहमतिमा टाउको हल्लाइन् ।

सपथ ग्रहण सुरु हुन लागेको केही मिनेटमै मोबियसको फोन बज्यो। जुनाली लाइनमा थियो। "टिभीमा समाचार हेर्दै हुनुहुन्छ? तपाईंले मलाई निलो साडीमा दोस्रो पङ्क्तिमा देख्न सक्नुहुन्छ।"

मोबियसले आँखा मिचेर जवाफ दिए, "हो, म सक्छु, जुनाली।"

जुनालीले टिभी क्यामेरातिर टाउको फर्काएर मुस्कुराई। अनौठो संयोगले जुनालीको मुस्कुराएको अनुहारमा क्यामेरा जुम भयो ।

"तिमीहरू, त्यो जुनाली हो," मन्दिराले चिच्याउनुभयो, र सबैजना कोरसमा सामेल भए।

"जानुहोस्, जुनाली," मोबियसले भने। "हामी तपाईंलाई देख्न र सुन्न सक्छौं।"

"तिमी हाम्रो गिरोहमा छौ, मोबियस," जुनालीले जवाफ दिए। "दार्जिलिङमा राज्यपालद्वारा छुट्टै सपथ ग्रहण समारोह हुनेछ, र गृहमन्त्री उपस्थित हुनेछन्। तपाईलाई त्यहाँ तुरुन्तै उपस्थित हुन आवश्यक छ। तीन दिनअघि हाम्रा मन्त्रिपरिषद्का मन्त्रीहरूबीच बन्द कोठा बैठक बसेर मन्त्रिपरिषद्को अन्तिम नामावली टुंग्याएका थियौं। हामीले तीनवटा महत्त्वपूर्ण पोर्टफोलियोहरू थप्नबाट बेवास्ता गर्यौं, तर गभर्नरले आज कोलकातामा सपथ ग्रहणमा नामहरू गोप्य राख्न नसकिने जिद्दी गरे तर खुलासा गरी लिखित रूपमा उहाँलाई दिनुपर्‍यो। मनिषा र मैले मन्त्रिपरिषद्का प्रमुख सदस्यहरूसँग यो महत्त्वपूर्ण विषयमा छलफल गरे। दुई घण्टा लामो बहसपछि मध्यरातमा...

मनिषाको नाम घोषणा हुनासाथ बैठक कोठामा एक्कासि हलचल मच्चियो । ग्याङ्ग अफ सिक्स उभियो र ताली बजायो। मोबियसका आमाबुबा पनि उठेर हर्षोल्लास गरे। आयुषी चिच्याइन्, “गोर्खाल्याण्ड जिंदाबाद! ऐ गोर्खाली !” बाबा र आमाका आँखा रसाए ।

"जुनाली," मोबियसले फोनमा भने, "यहाँ धेरै हलचल छ। बाल्कनीमा गएर बोल्छु ।”

मोबियसले भने, "हो, जुनाली, जानुहोस्। तपाईंले महत्त्वपूर्ण कुरा भन्नुभएको थियो। ”

जुनाली नराम्रो स्वरमा अगाडि बढ्यो । 'मुख्यमन्त्री र मन्त्रिपरिषद्का प्रमुख सदस्यहरुको चाहना छ कि तपाई बन्नुस्...'

पछाडिबाट मोबियसको काँधमा एउटा हातले समात्यो। सुमित्राले भनिन्, "सबैले टिभी हेरिरहेका छन् । जुनालीसँग गुपचुप कुरा गर्दैछौ यहाँ ?" र मोबियसलाई नराम्ररी आँखा झिम्काएर टिभी नजिक ताने।

"जुनाली," मोबियसले फोनमा चिच्याए। "सुमीले मलाई सपथ ग्रहण समारोह हेर्न बोलाइरहेकी छिन्। के म तिमीसँग पछि कुरा गर्न सक्छु?"

"ठीक छ, मोब्सी, तर निरन्तर समाचारहरू ध्यानपूर्वक सुन्नुहोस्। महत्त्वपूर्ण घोषणा हुनेछ। दस मिनेटपछि फोन गर्छु,' जुनालीले जवाफ दिनुभयो ।

"यो महत्त्वपूर्ण घोषणा के हो, मोब्सी प्रिय?" सुमित्राले वार्तालाप सुनेर सोधिन् ।

"हामी पर्खौं र हेरौं, सुमी।"

मनिषा राईले मुख्यमन्त्रीको सपथ ग्रहण गरेपछि राज्यपालले रोक लगाएका थिए ।

"मैले बाँकी क्याबिनेट मन्त्रीहरूको शपथ लिनु अघि, त्यहाँ नयाँ पद सिर्जना गरिएको छ, जसमा केन्द्र सरकारको स्वीकृति छ। ती व्यक्तिले तीन दिनपछि दार्जिलिङमा हुने सपथ ग्रहण समारोहमा बाँकी मन्त्रिपरिषद्का सदस्यहरूसँग सपथ लिनेछन्, जसमा केन्द्रीय गृहमन्त्री पनि उपस्थित हुनेछन्। यो जनमतसंग्रहको साथमा गोर्खाल्याण्ड मन्त्रीहरूका लागि पहिले पेश गरिएको नयाँ संसदीय नियमहरूको सम्बन्धमा हो, जुन केन्द्रीय संसदीय नियमहरू अन्तर्गत 2024 को पश्चिम बंगाल पुनर्गठन ऐन, जसलाई गोर्खाल्याण्ड ऐन भनिन्छ, जसमा sसबै मन्त्रिपरिषद्ले बताउँछ। गोर्खाल्याण्ड राज्यका मन्त्रीहरू मुख्यमन्त्री र उपमुख्यमन्त्रीको दुई उच्च पदहरू बाहेक, गणतन्त्र भारतको गोरखा नागरिक भएको बुबाको हुनुपर्छ, जहाँ आमाबाबु वा आमा गणतन्त्रको गोर्खा नागरिक हुनुपर्छ। भारतको। यी दुई विशेष पदहरू कुनै बंगाली गोर्खा आमा भएको अवस्थामा मात्र लागू हुन्छन्।

बैठक कोठामा स्तब्ध सन्नाटा छायो । मोबियसका आमाबाबुले अचम्ममा एकअर्काको हात समाते। मन्दिरा र चन्द्रिकाका मुखहरू विस्मय र विचलित भएर शिव र दिमागले गभर्नरको होशियारीपूर्वक बोलेको भाषणलाई ध्यानपूर्वक सुन्दै थिए।

सास फेर्दै मोबियसले सुमित्रालाई हेर्दै भने, “सुमी, मलाई नभन । के भैरहेको छ ?"

सुमित्रा छक्क परिन् र टिभीको अगाडि मोबियसलाई आफ्नो हातले ताने। "हेर्नुहोस् गभर्नरले के भन्छन्।"

गभर्नरले स्पष्टसँग जारी राखे, "यो पद गोर्खाल्याण्डका प्रथम उपमुख्यमन्त्री श्री मोबियस मुखर्जीको लागि हो।"

मुखर्जीको घरको बैठक कोठामा सन्नाटा छायो । त्यसपछि पलायन भड्कियो।

शिव र मिलिन्दले मोबियसलाई अँगालो हालेर काँधमा उठाए।

मन्दिरा र चन्द्रिका एकै स्वरमा रोए, "उहाँको महामहिम, मोब्सी प्रिय, गोर्खाल्याण्डका उपमुख्यमन्त्री दीर्घायु होस्। तपाईं सर्वश्रेष्ठ हुनुहुन्छ! ”

बाबा र मामा आँखाबाट आँसु बगेर उभिनुभयो।

जुनालीको फोन बज्यो, “अहिले नै खबर पाएको हुनुपर्छ । बधाई छ, Mobsy प्रिय! तिमी हाम्रो लागि लड्यौ; हामीले यो प्रतिष्ठित पोस्ट प्राप्त गर्नको लागि लड्यौं। क्षणको आनन्द लिनुहोस्। Gang of Six सँग आफ्नो झोलाहरू प्याक गर्न सुरु गर्नुहोस्। दार्जिलिङमा तपाईको सपथ ग्रहण समारोहमा सबैलाई निम्तो छ। मनिषा र म साँझ तिम्रा बाबा-मासँग कुरा गर्नेछौं, व्यक्तिगत रूपमा निम्तो दिन्छौं। यो पद चाहनुहुने विमल गुरुङले गएराति गभर्नरको उपस्थितिमा तपाईलाई विस्थापित गर्न सहमति जनाए । यो अचानक परिवर्तनको कारण हो। तर, बिमललाई अर्को महत्वपूर्ण पोर्टफोलियो दिइएको छ । आज केही समय व्यस्त रहने छु । Gang of Six लाई मेरो माया दिनुहोस्। जय होस्। बेलुका कुरा गर्छु ।”

मोबियसले आफ्ना साथीहरूलाई उहाँलाई तल ल्याउन संकेत गरे र तिनीहरूको आशीर्वाद लिनका लागि आफ्ना आमाबाबु तिर लागे। यसैबीच, आयुषी आफ्नो बुबालाई उफ्रिन् र उनको घाँटीमा काखले अँगालो हालिन्। चाँदीका चुराहरू उसको चालसँग झनझन्छन्।

मोबियसले निहुरेर आयुशीलाई समयमै समातेर भने, "पहादी, तिमीसँग अहिले पूर्णकालीन जागिर छ, मलाई राज्य चलाउन मद्दत गर्नुहोस्।"

आयुषीले जवाफ दिइन्, ‘पक्कै हो, बापि। म सँधै तपाईंको सबैभन्दा उत्कट अनुयायी भएको छु। उसले बिस्तारै आफ्नो अंगालोबाट आफूलाई मुक्त गरि।

सुमित्रा मोबियससम्म पुगिन् र गालामा हल्का किस गरिन् ।

मोबियसले आफ्ना आमाबाबुको खुट्टा आदरपूर्वक छोए। आँखाभरि आँसु लिएर बाबाले गनगन गर्नुभयो, "मोब्सी, मलाई त तिमी छरपस्ट भएको थाहा थियो तर अब होइन। म तिमीलाई आज नमस्कार गर्दछु। मनिषाले गोर्खाल्याण्डको 'बाग भाइ' भनेर सम्बोधन गर्ने साँच्चै तिमी नै हौ। मोबियसले बाबालाई अँगालो हाल्यो र त्यसपछि मा।

आमाले आफ्नो छोराको अनुहार हत्केलामा समातेर भनिन्, "मोबी प्रिय, तपाईंले आफ्नो कर्मले हाम्रा पुर्खाहरूलाई गर्व गर्नुभयो। हामी तपाईका अभिभावक भएकोमा गर्व गर्छौं। जय बाबा लोकनाथ !"

"जय बाबा लोकनाथ, माँ! आफ्नो छोरो भएकोमा गर्व छ," मोबियसले जवाफ दियो, तर्सिएको तर घटनाको अचानक परिवर्तनले रचना गरेको।

मन्दिरा सुमित्रा तर्फ गइन् र सुमित्रालाई अँगालो हालिन् । दुवैका आँखा रसाए । मन्दिराले भनिन्, "हामीले मोब्सीलाई जोगाउनु पर्छ। उहाँ अहिले उपमुख्यमन्त्री हुनुहुन्छ । त्यसोभए, एक भन्दा दुई अंगरक्षकहरू राम्रो छन्। दुबै हाँसे ।

बाबाले आफ्नी श्रीमतीलाई मन्दिराको हर्कत देखेर फुसफुसाउनुभयो। "प्रतिमा, हाम्रो मोब्सीसँग अब दुई संसारको राम्रो हुनेछ।"

आमाले श्रीमान्लाई टक्कर दिँदै जवाफ दिइन्, "चुप बस, प्रोसेनजित। हाम्रा छोराछोरीले सुन्नेछन्। Mobsy प्रियसँग दुईवटा मात्र होइन, तीनवटा संसारको सर्वश्रेष्ठ हुनेछ। सुमित्रा, मन्दिरा र जुनाली।"

"मोब्सी अब हुर्किसकेका छन् र एक परिपक्व व्यक्ति। उहाँको नयाँ प्रयासमा वफादार सहयोगीहरूले उहाँलाई साथ दिनु राम्रो हुनेछ," बाबाले आफ्नी श्रीमतीलाई आँखा चिम्लेर हाँसे।

त्यतिकैमा मोबियसको फोन बज्यो, जुन स्पिकर मोडमा थियो। एमडी थियो । "शुभ प्रभात, मोबियस, र तपाईलाई हार्दिक बधाई! म दार्जिलिङमा तपाईंको सपथ ग्रहण समारोहमा उपस्थित हुनेछु। हामीले गर्न धेरै कुराहरू छन्। " Gang of Six ले मोबियसको दिशामा हेर्यो र जानीजानी मुस्कुरायो।

लेखक को बारेमा

सञ्जय बनर्जी यसअघिका तीनवटा पुस्तकहरू क्रसिङ द फिनिस लाइन (रनिङ), द माउन्टेनियरिङ ह्यान्डबुक (माउन्टेनियरिङ), नोबडी डाइज टुनाइट (कोविड-१९ महामारीमा फिटनेस), र मा प्रकाशित एउटा लघुकथा 'गार्डियन्स अफ नाथु ला'का लेखक हुन्। भारत सिजन IV खण्ड । को कथाहरु मा अन्य लेखकहरु संग एक संग्रह। उहाँ एक CSR सल्लाहकार र जीवन शैली कोच हुनुहुन्छ। उनका धेरै लेख, लघुकथा र फोटो फिचर पत्रपत्रिकामा प्रकाशित छन् । सञ्जय बनर्जीले बीएससी (जुआलोजी) र एमबीए (उत्पादन) गरेका छन् र स्टिल, पेपर र सिमेन्ट क्षेत्रमा ३६ वर्षको अनुभवको साथ आफ्नो स्नातकोत्तर अध्ययनमा पत्रकारितामा स्वर्ण पदक प्राप्त गरेका छन्। उहाँले डिसेम्बर २०२० मा प्रिज्म जोन्सन लिमिटेडबाट महाप्रबन्धक-कर्पोरेट छविको रूपमा सेवानिवृत्त हुनुभयो। सन्जाईले सन् २००८ मा ४८ वर्षको उमेरमा दौडन थालेका थिए र उनले विभिन्न भूभागहरू: पहाड, मरुभूमि, जङ्गल, उच्च उचाइ, दौडने ट्र्याक र सडकहरूमा धेरै हाफ म्याराथन र अल्ट्रा दौडहरू दौडिसकेका छन्। जस्टिस अन द हिल्स उनको पहिलो उपन्यास हो।

www.ingramcontent.com/pod-product-compliance
Lightning Source LLC
LaVergne TN
LVHW041704070526
838199LV00045B/1194